Kendra Elliot

Die verschollene Schwester

EDITION M

Das Buch

Vor zwanzig Jahren wurde Emily Mills' Vater brutal ermordet. Dass der Mörder gefasst wurde, ist kaum ein Trost, denn die Tragödie trieb Emilys Mutter in den Selbstmord und ihre ältere Schwester Tara verschwand über Nacht aus der Stadt.

Als ein Mord mit ganz ähnlicher Handschrift geschieht, ist Emily wieder die Erste am Tatort. Zufall? Agent Zander Wells vom FBI ermittelt. Fasziniert von der zerbrechlichen Emily, taucht er tief in die Geschichte ihrer Familie und die dunklen Geheimnisse der kleinen Stadt ein. Mit lebensgefährlichen Folgen …

Die Autorin

Kendra Elliot wuchs im Nordwesten der USA auf, wo die studierte Journalistin auch heute mit ihrem Mann und ihren drei Töchtern lebt. Nach ihren »Bone Secets«-Romanen erscheint mit »Die verschollene Schwester« der erste Band ihrer neuen Columbia-River-Serie in deutscher Sprache. Kendra Elliot wurde für ihr Werk bereits mehrfach ausgezeichnet.

Erfahren Sie mehr unter www.kendraelliot.com.

KENDRA ELLIOT

DIE VERSCHOLLENE SCHWESTER

Thriller

Aus dem Amerikanischen von Astrid Becker

EDITION M

Die amerikanische Ausgabe erschien 2020 unter dem Titel »The Last Sister«
bei Montlake, Seattle.

Deutsche Erstveröffentlichung bei
Edition M, Amazon Media EU S.à r.l.
38, avenue John F. Kennedy, L-1855 Luxembourg
Februar 2021

Die Übersetzung dieses Buches wurde durch Amazon Crossing ermöglicht.

Umschlaggestaltung: Semper smile, München, www.sempersmile.de
Umschlagmotiv: © Ensuper / Shutterstock;
© Brandy Ali / EyeEm / Getty Images; © TMI / Alamy Stock Photo;
© Westend61 / Getty Images; © sakchai vongsasiripat / Getty Images;
Lektorat: Cathérine Fischer
Korrektorat: Manuela Tiller/DRSVS
Gedruckt durch:
Amazon Distribution GmbH, Amazonstraße 1, 04347 Leipzig /
Canon Deutschland Business Services GmbH, Ferdinand-Jühlke-Straße 7,
99095 Erfurt /
CPI books GmbH, Birkstraße 10, 25917 Leck

ISBN: 978-2-49670-504-1

www.edition-m-verlag.de

Meinen Töchtern

Das Gedächtnis ist von Natur aus unzuverlässig. Erinnerungen verblassen mit der Zeit. Spalten sich nach Traumata ab. Wuchern in der Einsamkeit.

Ellen Kirschman

1

Sie zog den Saum des Pullovers über ihre zitternden Finger, um keine Fingerabdrücke zu verwischen, als sie die hintere Schiebetür öffnete und der Blutspur nach draußen folgte. Es war noch dunkel, die Morgendämmerung würde erst in ein paar Stunden einsetzen. Die Luft war kalt vom salzigen Küstennebel.

Quer über die kleine Veranda und die Holzstufen hinunter war Blut verschmiert. Ihr Herz klopfte laut. Ohne auf den starken Rauchgeruch zu achten, ging sie den Spuren nach, die sich schnell im dunklen Gras verloren. Instinktiv wusste sie, dass sie im Wald hinter dem Garten nachsehen musste.

Etwas hing in einem Baum und schwang leicht von einer Seite zur anderen. Es verschlug ihr den Atem.

Bitte. Nicht noch einmal.

2

»Wer hat den Tatort verunreinigt?«

FBI-Agent Zander Wells unterdrückte einen seltenen Wutanfall. Er stand hinter dem kleinen Haus in Bartonville und starrte in die hohen Tannen. Diese eklatante Missachtung der Vorschriften – die schließlich überall galten – machte ihn so wütend, dass er am liebsten irgendwen geschlagen hätte.

Das sah ihm gar nicht ähnlich.

»Mein Deputy ist jung und hat gerade erst angefangen«, antwortete der hagere Sheriff von Clatsop County und wischte sich Regentropfen von der Wange. »Ich glaube, der Schock war zu viel für ihn. Wir hatten hier seit vier Jahren keinen gewaltsamen Tod mehr. Und dass er die Opfer gekannt hat, hat es noch schlimmer gemacht.« Sheriff Greer schüttelte mitleidig den Kopf. »Er wollte wirklich nur helfen.«

Zander tauschte einen Blick mit der FBI-Agentin Ava McLane. Sie rollte mit den Augen.

In Bartonville wohnten keine tausend Menschen. Der kleine Küstenort lag in Oregon am Ufer des gewaltigen Columbia River, nicht weit entfernt von dessen Mündung in den Pazifik. Der Ort war abgeschieden – die Gebirgskette der Coast Range und Tausende Hektar Nutzwald trennten ihn vom dicht besiedelten Willamette Tal. Zander hatte für die Fahrt von Portland knapp zwei Stunden gebraucht.

Eines der Opfer lag in einem verschlossenen Leichensack zu ihren Füßen. Zander und Ava hatten sich den jungen Mann still angesehen, bevor Ava dem Kriminaltechniker das Zeichen zum Zuziehen des Leichensacks gegeben hatte. Avas Miene war ausdruckslos, aber in ihren Augen brannte eine verhaltene Wut. Das Gesicht des Mannes hatte sich in Zanders Gedächtnis eingebrannt.

So wie der Zustand der Ehefrau im Haus.

Der Start der Ermittlungen war gründlich danebengegangen. Der erste Deputy am Tatort hatte das Seil durchtrennt, mit dem Sean Fitch an einem Ast im Garten aufgehängt worden war. Drei weitere Deputys waren überall herumgetrampelt und hatten die Lage der Opfer verändert. Da der Sheriff ursprünglich von einem erweiterten Suizid – Mord und Selbstmord – ausgegangen war, verstrichen wertvolle Stunden bis zum Erscheinen des Pathologen, der dem Sheriff prompt widersprach.

Und damit stand er nicht allein da. Die Zeugin, die die Mordopfer aufgefunden hatte, hatte später noch einmal beim FBI in Portland angerufen, um zu berichten, dass jemand dem erhängten Schwarzen ein Hasssymbol in die Stirn geritzt hatte. Ein auf dem Kopf stehendes Dreieck innerhalb eines größeren Dreiecks.

Auf Sean Fitchs hellhäutige Frau war unzählige Male eingestochen worden. Allem Anschein nach war Sean auch im Schlafzimmer erstochen und dann aus dem Haus geschleift und erhängt worden.

»Es wirft kein gutes Licht auf Sie, dass eine Zivilperson diese Morde als mögliche Hassverbrechen melden musste.« Zander fixierte Sheriff Greer, von dessen Hutkrempe Wasser tropfte. Es regnete nicht, das war nur die Feuchtigkeit des Nebels. Es war dieses trügerische Wetter an der Nordküste von Oregon, das einem beim Blick durchs Fenster relative Trockenheit vortäuschte, doch wenn man vor die Tür trat, kroch einem der feuchte Dunst beim ersten Schritt unter alle Kleidungsstücke und in jede Pore und durchnässte einen von Kopf bis Fuß.

Greer verzog das Gesicht und sah auf seine Stiefel hinunter. »Wir haben mit diesem rassistischen Scheiß in unserem County sonst nie etwas zu tun. Außerdem konnte man das Zeichen wegen dem Blut nicht erkennen. Und ich bin immer noch nicht sicher, dass es so etwas zu bedeuten hat.«

Einerseits verstand Zander das. Die beiden Dreiecke waren kein oft benutztes Symbol des Ku-Klux-Klans. Andererseits war der Sheriff schon lange dabei.

Er hätte wissen müssen, dass etwas nicht stimmte.

»Der Strick und die Hautfarbe des Opfers waren deutlich genug«, sagte Ava. »Wenn da kein Alarm angeht, dann weiß ich es auch nicht.«

Greer schüttelte den Kopf. »Solche Verbrechen gibt es bei uns nicht. Wir haben hier eher mit Selbstmord zu tun.«

Im kleinen Büro des Sheriffs waren drei Ermittler angestellt. Zwei sagten in einem anderen Staat vor Gericht aus und der dritte hatte Grippe. Sheriff Greer hatte die Untersuchung allein mit seinen Deputys begonnen.

War der Mann eingerostet, fragte sich Zander, oder überschätzte er sich nur?

Wie auch immer, Ava und er mussten jetzt versuchen, Licht ins Dunkel zu bringen.

Zander starrte auf das runde Dutzend kleiner gelber Schilder, das den matschigen Waldboden unter dem Baum sprenkelte, und auf die längliche Kuhle, wo das Opfer abgelegt worden sein musste. Drum herum war alles voller Fußabdrücke. Ein Stück Seil. Er wandte den Blick nach oben in den Baum. Ein weiteres Stück Seil. Der kahle Laubbaum hob sich von den über ihm aufragenden Tannen ab; sein blasser, dicker Stamm und die knotigen Äste deuteten auf ein langes, hartes Leben.

Der Ast war nicht hoch, aber hoch genug.

»Zwei Täter. Mindestens«, murmelte Ava, und Zander stimmte ihr zu. Sean Fitch war kein kleiner Mann. Ihn aufzuhängen hatte Mühe gekostet.

Die Täter wollten wohl eine Botschaft vermitteln.

Zander drehte sich um und lief auf das Haus zu, wobei er darauf achtete, die gut sichtbare Schleifspur zu umgehen, auch wenn mehrere Stiefelabdrücke davon zeugten, dass andere nicht so vorsichtig gewesen waren. Er betrachtete einen versengten Busch an der hinteren Hauswand. Benzingeruch hing in der Luft.

Jemand hatte versucht, das Haus in Brand zu setzen, und war erbärmlich gescheitert. Die Hausverkleidung war angekohlt, und ein paar Büsche würden es nicht überleben.

»Kein besonders intelligentes Manöver«, kommentierte Ava. »Vielleicht war das mit dem Feuer ein nachträglicher Gedanke?«

»Sie haben Benzin mitgebracht«, gab Zander zu bedenken.

»Wir sind auf dem Land. Bestimmt haben hier fast alle einen Benzinkanister auf der Ladefläche ihres Trucks.«

»Stimmt. Vielleicht ist ein Täter in Panik geraten und wollte auf diese Art Spuren vernichten.«

»Tja, den Regen in Oregon sollte man nie unterschätzen.«

Eine ganze Weile betrachtete Zander die geschwärzte Hauswand. Ihn störte, dass sie aus irgendeinem Grund keine Verbindung zum Rest des Schauplatzes zu haben schien.

Dann stieg er die Betonstufen hoch. Ava folgte ihm. Vor der Hintertür streiften sie Plastikhüllen über ihre nassen Stiefel. Sie trugen noch Handschuhe von ihrem ersten schnellen Durchgang durchs Haus.

Die gelbe Küche war makellos sauber, aber in die Jahre gekommen. Er hatte bereits versucht herauszufinden, ob ein Messer fehlte, war aber zu keinem Schluss gekommen. Die Fitchs hatten eine Schublade voller bunt durcheinandergewürfelter Kochgerätschaften. Keinen Messerblock. Schwarzes Fingerabdruck-Puder überzog die Schränke und Schubladengriffe.

Eine Spur getrockneten Blutes zog sich durch die Küche zur Hintertür hinaus.

Mehr schwarzes Pulver. Weitere gelbe Tatortmarker.

Auf dem Weg durch den engen Flur balancierte Zander vorsichtig dicht an der Wand lang, um die breite Blutspur auf dem Boden zu umgehen.

Zander und Ava standen auf der Schwelle zum Schlafzimmer. Überall Zeichen größter Brutalität. Ein großer, dunkler Fleck auf dem Teppich neben dem Bett zeigte an, wo Lindsay Fitch verblutet war. Lindsays Leiche war bereits ins Fahrzeug zum Transport ins Leichenschauhaus gebracht worden, aber Ava und er hatten die Frau noch gesehen, bevor sie das Haus betraten. Er war daran gewohnt, zum Tatort zu kommen, wenn die Opfer längst entfernt worden waren.

Das Team der Spurensicherung hatte Vierecke aus dem Bodenbelag herausgeschnitten. Dunkel befleckte Teppichteilchen tüpfelten das Sperrholz darunter. Blut zog sich in dicken Schlieren die Wände hoch, war an die Decke gespritzt, hatte das Kopfteil des Betts verschmiert und die Lampenschirme verfärbt. Das Bettlaken war von Blut getränkt. Der metallische Geruch stieg Zander in die Nase, während er ein paar Fotos mit seinem Handy machte.

Warum riecht die flüssige Essenz unseres Körpers nach Metall? Nach einer anorganischen Substanz?

Die Spur von Seans Blut zog sich in einem breiten Streifen von der hinteren Bettseite in den Flur und war hier und da mit gelben Schildern gekennzeichnet.

Für Zander stand fest, dass es mindestens zwei Täter geben musste. Es sah danach aus, als wären beide Opfer überrascht und schnell überwältigt worden. Beide hatten nur wenige Abwehrverletzungen an den Händen und Armen. Blutige Fußabdrücke kreuzten und überlagerten sich auf dem Teppichboden. Zander glaubte, zwei verschiedene Sohlenprofile ausmachen zu können, aber natürlich mussten die Schuhabdrücke der Hilfssheriffs noch ausgesondert werden.

Er atmete aus. Wie konnte es sein, dass Sheriff Greer nicht tobte, dass seine Leute sich so aufgeführt hatten?

»Die Leichen werden nach Portland in die Gerichtsmedizin gebracht«, ordnete Ava an, als sie sich noch einmal im Schlafzimmer umsah. »Nicht zu irgendeinem Hinterwäldler. Dr. Rutledge soll das in die Hand nehmen.«

Zander nickte. Die Arbeit am Fall musste ab jetzt fehlerlos verlaufen. Der Oberste Gerichtsmediziner von Oregon musste damit betraut werden. Sie konnten sich keine weiteren Missgeschicke leisten.

Anhaltspunkte eines rassistischen Verbrechens. Kontamination des Tatortes.

Von jetzt an würden die Opfer die Ermittlungen bekommen, die ihnen zustanden.

Zander hörte, dass der Sheriff im Flur hinter ihnen stehen geblieben war.

»Hat Bartonville je eine eigene Polizeistation gehabt?«, fragte Zander. Ava und er hatten einen Blick auf die Logistik der Einzugsbereiche der ländlichen Gegend geworfen, bevor sie das FBI-Büro in Portland verlassen hatten. Über die winzige Stadt, in der die Morde stattgefunden hatten, zog sich nur ein feines Netz externer Strafverfolgungsbehörden.

»Nein. Ab und zu schickt die Stadt Astoria ihre Beamten her, aber unsere Niederlassung in Warrenton ist näher an Bartonville, und deswegen decken wir hier meistens die Einsätze ab.« Sheriff Greer räusperte sich. »Die Staatspolizei hilft uns aus, wenn wir technische Unterstützung oder mehr Leute brauchen. Normalerweise ist es hier ziemlich ruhig. In der Touristensaison ist etwas mehr los. Die vom Staat würden uns jetzt auch aushelfen. Ich müsste sie nur anrufen.«

Was er meinte, war deutlich. *Das FBI wird hier nicht gebraucht.*

»An welche Art von Verdächtigen haben Sie gedacht, als Sie den Schauplatz zum ersten Mal gesehen haben, Sheriff?«, fragte Ava höflich. Zander kannte diesen Ton an ihr. Sie war wütend. Er arbeitete jetzt seit fünf Jahren mit ihr zusammen und kannte jede ihrer Stimmungen. Und er bewunderte sie: Sie war scharfsinnig und unnachgiebig.

Der Sheriff zupfte sich am Kinn, während er nachdachte. »Keine Ahnung. Wir haben hier auch ein paar Idioten, Besoffene und Meth-Junkies, aber so einen Gewaltausbruch kann ich mir bei keinem von denen vorstellen. War wahrscheinlich keiner von hier.«

»Sie haben gesagt, die Fitchs lebten erst seit einem Jahr hier?« Zander hoffte, dass der Beschützerinstinkt, den der Sheriff für die Bewohner und seine eigenen Deputys aufbrachte, sich nicht negativ auf seine Untersuchungen auswirkte. Sein Widerwillen, sich damit auseinanderzusetzen, dass die Mörder aus der Gegend stammen konnten, war, als wollte man den Fall durch ein Schlüsselloch betrachten.

»Ja, in etwa. Ich glaube, sie sind hergezogen, weil Sean eine Stelle als Geschichtslehrer an der Highschool bekommen hat. Lindsay ist Kellnerin.«

»Ich möchte gern mit dem Deputy sprechen, der als Erster am Tatort war«, sagte Ava.

Zander hatte sofort Mitleid mit dem jungen Mann. Hinter Avas dunkelblauen Augen, hinter ihrer gesamten attraktiven Erscheinung verbarg sich eine entschiedene Vernehmungsbeamtin. Der Bursche würde nicht damit rechnen.

»Nachdem ich ihn befragt hatte, habe ich ihn ins Büro geschickt, damit er mit dem Bericht beginnt, solange die Eindrücke noch frisch sind. Er weiß, dass er es vermasselt hat. Geht ihm gar nicht gut damit. Ich denke mal, er ist mittlerweile nach Hause gegangen.«

»Wo kann ich Emily Mills finden?«, fragte Zander. Ava und er hatten schon im Vorhinein beschlossen, die Befragungen getrennt durchzuführen, um schnell Boden zu gewinnen. Ms Mills hatte die beiden Mordopfer entdeckt, als sie am frühen Morgen zum Tatort gefahren war, weil Lindsay nicht bei der Arbeit erschienen und auch nicht ans Telefon gegangen war.

Ms Mills war auch die Zeugin, die das FBI in Portland angerufen hatte, nachdem Sheriff Greer ihre Befürchtungen, dass die Verbrechen aus rassistischen Motiven begangen worden sein könnten, abgetan hatte. Sie hatte den Anruf erst beendet, als Zanders Vorgesetzter ihr sein Wort gab, dass er noch am selben Tag einen Ermittler an die Küste schicken würde.

Zander bezweifelte, dass Greer besonders gut auf Ms Mills zu sprechen war. Ein verärgertes Flackern im Blick des Sheriffs bestätigte seine Vermutung.

»Emily arbeitet im Diner in Bartonville«, sagte er missmutig. »Großer Schuppen, die Blockhütte an der Hauptstraße, Sie können es gar nicht übersehen.« Stirnrunzelnd sah der Sheriff an Ava und Zander vorbei ins Schlafzimmer. »Als Emilys Vater vor zwanzig Jahren umgebracht wurde, war ich noch Deputy.« Greer warf den beiden einen argwöhnischen Blick zu. »Seitdem ist in unserem County niemand mehr aufgehängt worden.«

Zander stellten sich die Nackenhaare auf.

»Moment mal!«, rief Ava. »Hier ist schon mal jemand aufgehängt worden? Und das erzählen Sie uns erst jetzt?«

Der Sheriff presste die Lippen aufeinander. »Sie haben doch gehört, dass ich ›vor zwanzig Jahren‹ gesagt habe, oder? Sein Mörder ist bestimmt längst im Gefängnis gestorben. Das kann doch nicht mehr von Bedeutung sein.«

»Nur dass die Person, die Sean Fitch aufgeknüpft im Baum gefunden hat, die Tochter des Mannes ist, der damals aufgehängt wurde«, sagte Zander. »Finden Sie das nicht einen seltsamen Zufall?«

Ein verbitterter Zug schlich sich in das hagere Gesicht des Sheriffs. »Es ist ein kleiner Ort. Jeder kennt jeden. Du triffst keinen, ohne dass dessen Schwester oder Onkel mit dir in die Schule gegangen oder mit deiner Cousine verheiratet ist. Als ich erfahren habe, dass Emily die beiden Opfer aufgefunden hat, hat es mir leidgetan für sie, aber der Zufall hat mich nicht überrascht.«

Ava und Zander sahen einander an. Sie konnten die Gedanken des anderen mühelos lesen.

Sie glaubten beide nicht an Zufälle.

3

Emily Mills' Hände zitterten, als sie sich in dem großen antiken Spiegel fotografierte. Sie zoomte auf ihre Schuhe und machte ein Foto von ihnen. Dann zog sie die Turnschuhe aus, zuckte zusammen, als sie einen Blutfleck auf der einen Außenseite entdeckte, und warf sie in die Einkaufstüte auf dem Boden.

Lindsays Blut. Oder Seans?

Sie stieg aus ihrer Jeans, streifte den Pullover ab und steckte beides ebenfalls in die Tüte. Ihr Magen war hart wie ein Stein.

Nie würde sie den Anblick des brutal ermordeten jungen Paars vergessen.

Die Unmengen von Blut im Schlafzimmer.

Obwohl sie wusste, dass in den Adern des menschlichen Körpers rund fünf bis sechs Liter Blut kreisen, war sie bei dem Anblick, der sich ihr im Schlafzimmer geboten hatte, auf die Knie gesunken. Sie musste sich am Türrahmen festhalten, um nicht umzukippen. Sie wusste sofort, dass Lindsay tot war. Niemand konnte so etwas überleben. Trotzdem berührte sie Lindsays Wange. Sie war kalt. Lindsays Augen hatten ins Leere geblickt.

Bei der Erinnerung schauderte sie. Schließlich zog sie sich ein Sweatshirt von der University of Oregon und eine saubere Jeans an.

Emily hatte mehrere Stunden im Auto vor Lindsays Haus gewartet und zugesehen, wie die Deputys kamen und gingen. Ihre eigene Befragung durch den Sheriff war ihr kurz vorgekommen, zu kurz, aber wenigstens hatte er sie aufgefordert zu bleiben, bis die Kriminaltechniker von der Staatspolizei kämen. Schließlich waren zwei Techniker vorgefahren, hatten ihre Ausrüstung ausgepackt und draußen alles genau fotografiert, bevor sie ins Haus gingen.

Irgendwann war einer wieder herausgekommen und hatte Abdrücke von den Sohlen ihrer Schuhe genommen.

Es hatte sie gewundert, dass sie ihre Kleidung und Schuhe nicht mitnehmen wollten, aber sicherlich würde später jemand jedes Fitzelchen Beweismaterial untersuchen wollen. Natürlich auch Schuhe und Kleidung der Person, die die beiden Opfer des Doppelmordes aufgefunden hatte.

Emily war sicher, dass Sheriff Greers ursprüngliche Vermutung, es handele sich um einen erweiterten Selbstmord, falsch war. Und das hatte sie ihm ins Gesicht gesagt. Er war sehr erstaunt über Emilys Entschiedenheit gewesen und hatte versucht, sie damit zu beruhigen, dass er sich alles genau ansehen würde, wenn die Spurensuche durch war. Sheriff Greer war ein Fossil – ein freundliches Fossil –, aber er hinkte der Zeit hinterher. Er hatte den Job, weil er zuverlässig und belastbar war. In der Art alter Kühlschränke, die nie kaputtgehen. Nicht wie die neuen, die heute fabriziert werden.

Der Anruf vom FBI hatte den Sheriff überrascht. Er war auf ihr Auto zumarschiert, wo sie geduldig wartete, und hatte sie gefragt, ob sie hinter seinem Rücken agiert hätte. Emily hatte genickt und ihm direkt in die Augen gesehen. Er schüchterte sie nicht ein. Sie ließ sich sowieso nicht einschüchtern. Sie sagte und tat immer das, was sie für richtig hielt.

Sean hatte sich nicht erhängt.

Sean hatte sich nicht selbst ein Klan-Symbol in die Stirn geritzt.

Der Sheriff musste sehr beschränkt sein, wenn er diese Fakten nicht zur Kenntnis nahm.

Sie rieb sich die Augen mit den vor Kälte tauben Fingern. Ihr Sichtfeld begann sich zu verengen.

Jetzt nicht.

Die Wahrnehmungsstörung kam nicht überraschend. Sowie sie Sean gesehen hatte, wusste sie, dass Albträume und Panikattacken folgen würden. Wie damals, als sie ein Teenager gewesen war.

Emily stürzte aus dem Haus. Irgendetwas Schlimmes war geschehen. Draußen hob sie zitternd den Blick. Es war dunkel und kalt, der Wind blies ihr das Nachthemd um die bloßen Beine. Das Feuer im Haus knisterte. Der Rauch biss in ihren Augen. Sie bemühte sich, in die Dunkelheit hinauszuspähen. Und dann sah sie in einem plötzlichen Auflodern des Feuers das Gesicht ihres Vaters. Er baumelte von einem Ast.

Sie atmete tief durch die Nase ein, um die Panik zu bekämpfen, und versuchte, das alte Bild beiseitezuschieben, während sie in ihrem Schrank nach sauberen Stiefeln wühlte. Seit fast zwei Jahrzehnten quälten sie die Bilder in ihren Träumen, aber mit den Jahren waren sie seltener geworden. Aber als sie jetzt in die Stiefel schlüpfte, wusste sie, dass sie der alte Albtraum von ihrem Vater wieder heimsuchen würde. In den kommenden Nächten und selbst an den kommenden Tagen, wochenlang, vielleicht monatelang.

Ohne einen Blick auf die Plastiktüte zu werfen, lief Emily die Treppe hinunter. Die polierten Holzstufen protestierten knarzend. Das große Haus im Queen-Anne-Stil stammte aus einer anderen Ära: Emilys Ururgroßvater hatte es Ende des neunzehnten Jahrhunderts bauen lassen. Sie war nach dem Tod ihrer Eltern mit ihrer Schwester hier aufgewachsen, und sie war nach dem Ende ihrer Ehe hierher zurückgekehrt.

»Emily, du gehst doch nicht etwa wieder zur Arbeit?«

Emily drehte sich langsam um. Ihre Kehle war wie zugeschnürt.

Ich will nicht darüber sprechen.

Ihre Großtante Vina stand im Flur, die Hände in die Hüften gestemmt. Sie war hochgewachsen und kräftig, hatte weiße Haare, blassblaue Augen und einen durchdringenden Blick, mit dem sie jede Lüge ihrer Großnichte sofort entlarvte.

Neben Vina lebten auch ihre beiden Schwestern im Haus. Ihre Großtanten, die sich, selbstverständlich mit den allerbesten Absichten, in alles einmischten, raubten Emily nicht selten den letzten Nerv. Vina, Thea und Dory. Die drei älteren Damen standen auf der sozialen Skala des winzigen Städtchens Bartonville ganz oben, und sie nahmen ihre Rolle ernst, schon allein, weil es ihren Namen – Barton – trug.

»Doch, ich bin schon auf dem Weg. Ich bin sicher, dass sie mich brauchen.«

Vina hob eine Augenbraue. »Kannst du mir sagen, was mit Lindsay passiert ist?« Sie sah Emily mild an. »So ein wunderbares Paar. Und so jung. Es tut mir leid, Liebes.«

Ihre Tante hatte also von den Morden gehört.

Emily atmete aus.

Nachdem der Sheriff ihr gesagt hatte, dass sie gehen könne, hatte sich Emily an ihren Tanten vorbei in ihr Zimmer geschlichen, um sich etwas anderes anzuziehen. Sie wollte nicht über das grauenvolle Szenario sprechen, auf das sie am Morgen gestoßen war. Aber die Gerüchte hatten sich wohl mit Hochgeschwindigkeit durch Bartonville verbreitet. Es war jedenfalls auffällig, dass Thea und Dory fehlten, die sich normalerweise zu dieser Stunde gern in der Küche aufhielten. Zweifellos sammelten die beiden Frauen weitere Erkenntnisse und hielten Vina auf dem Laufenden.

»Lindsay und Sean sind tot, aber man weiß nicht, was passiert ist.« Emily brachte die Worte kaum hervor.

Die blassblauen Augen bohrten sich in ihren Schädel. »Und Greer leitet die Ermittlungen? Er ist ein guter Mann, aber er wird langsam alt.« Vina ließ Emily nicht aus den Augen.

Emily nickte und tastete blind nach der Klinke der Hintertür. Ihre Augen waren feucht.

»Du warst mit einem Polizeibeamten verheiratet«, sagte Vina. »Dir sind sicher mehr Einzelheiten aufgefallen als Greer.«

Emilys Trauer war bei der Erwähnung ihres Ex-Mannes wie weggeblasen. Er wäre wahnsinnig wütend darüber geworden, dass Emily sich angemaßt hatte, das FBI hinter dem Rücken des Sheriffs anzurufen.

Er hatte eine feste Meinung darüber, was Emily zustand. Und vor allem, was ihr nicht zustand.

Und Emily hatte nie einen Hehl aus ihrer Meinung über seine Meinung gemacht.

Auch ein Grund, warum sie geschieden waren.

Emily drehte sich zu Vina um und widersprach ihr dieses eine Mal nicht. Sie war zu müde für eine Diskussion und wollte nichts zur Gerüchteküche beitragen. Es würde sich schnell genug herumsprechen, dass das FBI ermittelte. »Ich bin sicher, wir werden erfahren, was passiert ist«, sagte sie unverbindlich. »Und jetzt muss ich los.«

Vina nickte, in ihrem Blick lag Mitgefühl. »Das mit Lindsay wird deine Mitarbeiter hart treffen.«

Emilys Magen zog sich zusammen.

Sie nickte und ging hinaus.

Ich kann ihnen nichts von dem grauenvollen Tod erzählen, den Lindsay erlitten hat. Und nichts von Seans.

4

Der Sheriff hatte recht, das Barton Diner ähnelte einer riesigen Blockhütte. Zander hielt inne, bevor er die Tür öffnete, und betrachtete die gewaltigen Baumstämme, aus denen die Außenwände bestanden. Er strich langsam über das Holz, wie er es als Kind getan hatte. Die runden Stämme schienen zu gleichmäßig, um echt zu sein, aber sie fühlten sich echt an. Er war in einer Holzfäller-Gegend. Er hatte auf dem Weg zum Diner drei voll beladene Holztransporter gesehen, die ihn in seine Kindheit zurückversetzt hatten, als er die großen Trucks auf dem Highway bestaunt hatte, auf deren Anhänger nur ein einziger Baumstamm Platz fand.

In dem mehr oder weniger leeren Restaurant war ein kahler Koch mit einem langen Ziegenbart damit beschäftigt, das Essen zuzubereiten und zu servieren. Der ältere Mann hielt mitten in der Bewegung inne, als Zander nach Emily Mills fragte. Ein schmerzerfüllter Ausdruck stieg dem Koch in die Augen, als er sagte, dass sie wahrscheinlich zu Hause wäre.

Also hatte er es gehört.

»Wissen Sie, wo sie wohnt?«, fragte Zander den stämmigen Mann, nachdem der einem älteren Paar routiniert zwei Burger mit Salat serviert und ihnen Kaffee nachgefüllt hatte. Auf seinem Namensschild stand LEO.

»Googlen Sie Villa Barton. Sie können es nicht verfehlen.« Und damit ließ Leo ihn stehen.

Villa? Zander tippte die Worte in sein Smartphone und sah, dass das Haus nur ein paar Minuten entfernt lag. In Bartonville war alles nah.

Sein Navi dirigierte ihn den Hügel hinauf. Bartonville war auf einem Hang gebaut, und viele Häuser hatten einen wunderbaren Blick auf die Mündung des breiten Columbia River in den Pazifik. Der Fluss bildete die natürliche Grenze zwischen den Staaten Oregon und Washington. Die Geschäfte lagen unten, wo es flach war, neben den Docks und vor den Stränden. Die Straßen zogen sich wie ein Gitternetz die Hügel hinauf; auf kleinen Parzellen standen Einfamilienhäuser mit Spitzdächern und geräumigen Veranden. Um die meisten Häuser hatte sich lange niemand gekümmert. Farbe blätterte ab, Treppenstufen zerbröckelten, Rasenflächen verödeten.

Der Himmel war grau und die Wolken hingen so tief, dass sie Teile des Flusses und die Küste von Washington auf der anderen Seite verdeckten. An einem Tag mit blauem Himmel musste die Aussicht umwerfend sein. Die nördliche Küste von Oregon war für ihre wilde Schönheit bekannt, aber in den kleinen Küstenstädten war das Leben im Herbst, Winter und Frühjahr oft deprimierend.

Grauer Himmel. Dauernd Nieselregen. Heulender Wind. Kaum Leute.

Die meisten Orte in der Gegend hielten sich mit dem Tourismus-Geschäft gerade so über Wasser. In den kühleren Monaten waren Fischen und Holzfällen die wesentlichen Einkommensquellen, aber sie waren den unvorhersehbaren Launen von Wetter und Politik unterworfen.

Zander parkte und überprüfte die Adresse. Aber die riesige Villa, die fast den ganzen Straßenzug einnahm, war tatsächlich sein Ziel.

Das massive dreigeschossige Haus hatte ein Türmchen, das zwei weitere Geschosse hoch war und von dem aus man sicherlich einen fantastischen Blick hatte. Eine Veranda, die sich über die ganze Front erstreckte, Dutzende große Fenster und Giebel mit kunstvollen Verzierungen trugen zur Pracht des Hauses bei. Steile Stufen führten zur Veranda und der dahinterliegenden großen Doppeltür. Hier und da ragten Tannen in den Himmel, die das Haus wie Wachposten zu schützen schienen.

Zander stieg aus und sah es sich näher an. So wie bei den kleineren Häusern oben auf dem Hügel, an denen er gerade vorbeigekommen war, schälte sich auch hier an vielen Stellen Farbe von den Wänden ab. Im Geländer fehlten ein paar Verstrebungen. Der Rasen war uneben und vermoost. Die Büsche waren verwildert.

Er konnte sich die Kosten für den Unterhalt dieses Hauses nicht einmal annähernd vorstellen. Dieser *Villa.*

Ein Schild an einem Metallständer machte ihn neugierig.

Villa Barton
1895 erbaut von George Barton
Gründer und Eigentümer von Barton Holzgroß-handel und Sägewerk

Zander stieg die Stufen zur Veranda hoch und klopfte an die Tür. Das ovale Fenster in der großen Doppeltür gab einen leicht welligen Blick aufs Innere frei. Altes Glas. Alles an der Villa sah alt aus, und er fragte sich, wie viel noch aus der Erbauungszeit stammte. Er bemühte sich, nicht durch das Glas zu starren, als er eine Frau kommen sah, die ihm die Tür öffnete.

Er schätzte sie auf Mitte siebzig. Sie stand steif da, das Kinn in die Höhe gereckt, während sie ihn aus blassblauen Augen von Kopf bis Fuß musterte. »Die Villa ist heute nicht zur Besichtigung geöffnet«, verkündete sie. »Nur an jedem zweiten Dienstag im Monat.«

Zander hielt ihr seinen Ausweis hin. »Ich bin auf der Suche nach Emily Mills.«

»Geht es um das junge Paar? Die Fitchs?«

Er nickte.

»Sie ist gerade eben zum Diner gefahren.«

Zander verzog das Gesicht. »Da komme ich gerade her. Und dort hat man mich hierhergeschickt.«

»So ein Pech! Da haben Sie sich knapp verpasst.« Sie presste die Lippen aufeinander. »Emily ist verstört.«

»Sind Sie Ihre … Mutter?« Zander war unvorbereitet, was selten vorkam. Er hatte sich keine Zeit genommen, etwas über seine erste Zeugin in Erfahrung zu bringen. Er wusste, dass sie den Mut aufgebracht hatte, das FBI hinter dem Rücken des Sheriffs zu kontaktieren. Dass ihr Vater auch erhängt worden war. Dass sie seinen Boss am Telefon so lange wie in Geiselhaft genommen hatte, bis er versprach, einen Agenten zu schicken. Und all das, nachdem sie zwei Freunde brutal ermordet aufgefunden hatte.

Das war alles, was er über Emily Mills wusste.

»Sie schmeicheln mir. Ich bin ihre Großtante.« Die Frau machte eine Pause, in der sich ihre Nasenflügel mehrfach weiteten. »Riechen Sie das auch?«

Er schnupperte, aber außer der Meeresluft und einem Hauch von Holzpolitur, der aus dem Flur geweht kam, roch er nichts. »Nein.«

»Blut. Und etwas Schlimmeres.« Die Frau trat auf die Veranda und zwang Zander zurückzuweichen.

Er sah an sich herunter. Hatten sich die Gerüche des Tatorts an seinen Kleidern festgesetzt? Manchmal passierte das, egal, welche Schutzmaßnahmen man ergriff.

Die alte Dame war schon an der Hausecke, bevor er zu dem Schluss kam, dass kein Blut an ihm haftete. Sie bog um die Ecke. Dann wich sie zurück und schlug die Hände vor den Mund.

Zander war sofort bei ihr. Vor einer Seitentür lag ein zerfleischtes Tier. Dem Schwanz nach zu urteilen, handelte es sich um einen Waschbären.

»Wenn Sie mir sagen, wo ich eine Schaufel und einen Müllbeutel finde, kümmere ich mich darum«, bot Zander ihr an.

Mit einem wütenden Blick auf den Kadaver schimpfte die Frau: »Verdammt und zugenäht!«

Wäre der Anblick nicht so ekelerregend gewesen, hätte er über diesen altertümlichen Ausruf lächeln müssen. »Wahrscheinlich war es ein Hund – oder gibt es hier Raubtiere?« Er vermutete, dass Bären und Pumas in den bewaldeten Hügeln um Bartonville lebten. Wilde Tiere waren sogar im Einzugsbereich von Portland gesichtet worden.

»Ich rufe meinen Neffen Rod an. Er soll das erledigen«, antwortete sie und wich seinem Blick aus. »Es ist schon öfter vorgekommen. Raubtiere, wie Sie sagen.« Ihre Hände zitterten, und sie war sehr blass.

»Ich mache das«, sagte Zander entschieden. Sie führte ihn zu einem kleinen Schuppen hinter dem Haus, wo er sich eine Schaufel und eine schwarze Tüte für Gartenabfälle nahm. Er schlug vor, sie könne schon mal Kaffee machen, und dann ging er an die Arbeit.

Er atmete flach durch den Mund. Der Kopf des Waschbären hing nur noch sehr locker am Körper. Zander schob das Fell mit der Schaufel beiseite und beugte sich tiefer hinab. Es war ein präziser Schnitt, keine Fleischwunde wie durch den Biss eines Tiers. Mit Mühe bugsierte er den Kadaver in die Tüte und hielt inne.

Ein kleines Loch in der Schulter.

Er tippte die Verletzung mit der Schaufel an und wünschte sich, er hätte Einmal-Handschuhe dabei.

Das Tier war mit Sicherheit erschossen worden.

Er band den schwarzen Sack zu und spritzte die Veranda mit einem herumliegenden Gartenschlauch ab. Er wusste nicht, wo er den Sack lassen sollte, und stellte ihn kurzerhand an die Hausecke.

Nachdem er sich die Hände abgeschrubbt hatte, setzte die alte Dame ihn in einer heruntergekommenen Küche vor eine Tasse Kaffee. Er hatte eine Küche mit all dem Schnickschnack erwartet, der zu dem herrschaftlichen Äußeren des Hauses gepasst hätte. Doch der Raum war klein und die Ausstattung längst überholt. Er fragte sich erneut, wie hoch die Unterhaltskosten der gigantisch großen Villa sein mochten.

Der Name seiner Gastgeberin war Vina. Sie saß ihm gegenüber und trank Tee. Sie hatte wieder Farbe angenommen, und ihre Bewegungen beim Servieren des Kaffees waren ruhig gewesen, aber sie wirkte zerstreut.

Nach ein paar Sätzen Small Talk fragte sie: »Kann ich offen mit Ihnen sprechen, Agent Wells? Ich glaube nicht, dass ein Tier den Waschbären so zugerichtet und auf unserer Veranda abgelegt hat.«

Zander wartete. Er hatte den fast abgetrennten Kopf und die Schusswunde nicht erwähnt.

»Es ist schon ein paar Mal vorgekommen. Ich denke, es waren die Rotznasen aus dem Ort. In Bartonville haben wir ein paar Problemfälle. Für Teenager gibt es hier nicht viel zu tun.«

»Und deswegen bringen sie Tiere um? Zum Zeitvertreib?«

»So in der Art. Ich habe es der Polizei gemeldet. Aber ich verstehe natürlich, dass die Beschwerden einer alten Frau über tote Wildtiere auf ihrer Türschwelle nicht gerade ganz oben auf ihrer Prioritätenliste stehen.«

Zander hegte den Verdacht, dass sie ihm nicht alle Vermutungen über den Waschbären mitteilte. »Ich hab immer gedacht, die meisten Teenager aus Kleinstädten fahren ziellos die Hauptstraße rauf und runter und klauen ihren Eltern Bier, um sich mit ihren Freunden zu besaufen.«

»Ja, von der Sorte gibt's bei uns auch viele.«

Er ließ eine Pause entstehen. »Der Waschbär hat eine Schusswunde.«

Sie seufzte. »Was für Idioten!«

»Verdächtigen Sie bestimmte Teenager?«

»Nein.«

Ihre Antwort kam etwas zu schnell.

»Werden Sie sonst irgendwie belästigt?«, fragte er ruhig. »Ich weiß, dass Sie keine Polizeistation vor Ort haben, aber der Sheriff des Countys sollte das auf alle Fälle erfahren.«

»Ach, ich bin sicher, es ist nichts weiter. Wenn die Leute die Villa sehen, gehen sie davon aus, dass wir reich sind.« Sie hatte einen enttäuschten Zug um den Mund. »Dabei ist dieses Haus in Wahrheit eine Last. Die Unterhaltskosten sind unglaublich hoch, und abgesehen von der Sozialversicherung und dem bisschen, was wir aus dem Diner rausholen, haben wir kein Einkommen. Und das Diner ist nun wirklich keine Goldgrube. Hier leben fünf Menschen. Und wir können sonst nirgendwo hin.«

»Das tut mir leid.« Dass sich seine Vermutungen bewahrheiteten, hinterließ einen schalen Geschmack.

»Es gab eine Zeit, da war die Familie Barton tonangebend. Wir haben beim Bau der Schule und des Rathauses geholfen und einen großen Teil der Bevölkerung im Sägewerk beschäftigt.

Wenn in der Stadt etwas gebraucht wurde, wandte man sich an uns.«

»Was ist passiert?«

»Politik, Wirtschaft, Konkurrenz, Ego. Ein bisschen von allem«, sagte sie achselzuckend.

»Sie haben von einem Neffen gesprochen. Lebt er hier?«

»Nein. Rod wohnt am anderen Ende der Stadt. Wir rufen ihn an, wenn wir einen starken Mann brauchen. Er hält die Villa einigermaßen in Schuss.«

»Und wer lebt dann hier?«

»Zwei meiner Schwestern und Emily und ihre jüngere Schwester Madison. Meine dritte Schwester war ihre Großmutter, aber sie ist schon vor Jahren gestorben. Die beiden Mädchen sind für uns drei immer wie Enkelinnen gewesen.«

Zander mochte Vina Barton. Sie war direkt, selbstbewusst und höflich.

Er setzte die Tasse ab und sah sie direkt an. »Vina, heute Morgen hat Sheriff Greer erwähnt, dass Emilys Vater erhängt wurde.«

Sie wurde blass. »Verdammt! Was hat Merrill nur dazu gebracht?«, sagte sie verärgert. »Ich weiß wirklich nicht, warum er diese schmerzhaften Erinnerungen wachrufen sollte.«

Sie weiß es nicht.

»Vina.« Zander hielt inne. Musste er es ihr wirklich erzählen? »Sean Fitch wurde erhängt.«

Ihre Teetasse klapperte beim Absetzen. »Was?«

Er sagte nichts. Vina hatte es verstanden, sie brauchte nur einen Moment, um es zu verarbeiten. Er studierte ihre Miene.

Schock. Unglauben. Verstehen. Und dann wirkte es, als wäre ihr übel.

»Was ist mit Emilys Vater passiert?«, fragte Zander leise. »Ich kenne noch nicht einmal seinen Namen.«

»Lincoln Mills.«

Vina sah aus dem Fenster. Ihre Gedanken waren in der Vergangenheit. Lange Zeit war sie still. »Lincoln wurde vor zwanzig Jahren aus seinem Haus gezerrt und an einem Baum aufgeknüpft.«

»Sie haben den Mörder geschnappt«, stellte Zander fest.

Sie sah ihn fragend an. »Ja. Dann kennen Sie die Geschichte also schon?«

»Das ist alles, was ich gehört habe.«

»Dann wissen Sie schon fast alles.«

»Was für ein Motiv hatte der Mörder?«

»Tja, wer weiß? Er hieß Chet Carlson.«

Zander wurde von einer eisigen Kälte erfasst.

»Er wurde aufgrund von Indizien verurteilt«, sagte Vina. »Wir sind uns alle sicher, dass er es gewesen ist.«

»Kannten Sie den Mann, der heute Morgen ermordet worden ist?«

»Ich weiß, wer Sean war. Er hat an der Highschool unterrichtet, und seine Frau arbeitet bei uns im Restaurant. Aber ich habe mich nie mit ihm unterhalten.«

»Haben Sie eine Ahnung, warum jemand einem oder beiden etwas hätte antun wollen?«

»Nur die offensichtliche. Er war schwarz. Und er hat eine weiße Frau geheiratet«, stellte sie nüchtern fest.

Zander verschlug es die Sprache.

»Schockiert Sie das?« Sie sah ihn mitfühlend an. »Jede Gemeinde, ob groß oder klein, nährt Hass in ihren Eingeweiden. Rassismus hat in der Geschichte Oregons eine große Rolle gespielt. Ich bin nicht stolz darauf, und ich sympathisiere nicht damit, aber ich werde auch nicht so tun, als ob es nicht so wäre. Hoffentlich wurde das junge Paar nicht aus diesem Grund ermordet.«

»Er wurde erhängt«, zwang Zander sich zu sagen. »Das ist eine ziemlich klare Botschaft.«

»Vielleicht ging es auch um den Schockeffekt. Oder darum, die Ermittler auf eine falsche Fährte zu führen.« Sie legte den Kopf zur Seite und kniff leicht die Augen zusammen. »Warum mache ich eigentlich Ihren Job?«

»Tun Sie nicht.« Aber Zander war ihr dankbar für den Hinweis, den Blick nicht zu schnell einzuengen. Vina hatte recht, dass man alle Möglichkeiten in Betracht ziehen musste. »War Lincoln Mills schwarz?«

»Nein.« Ihr Gesicht verschloss sich. »Lincoln war ein guter Vater. Sein Tod war eine Tragödie. Seine Töchter haben entsetzlich darunter gelitten.«

5

Als Emily am Nachmittag im Diner ankam, versuchte sie, Madison in ihrem langen, rosafarbenen Tüllrock nicht anzugaffen. Ein schwarzes T-Shirt, Converse Chucks und eine kleine Tiara rundeten das Outfit ab. So ein Look wäre vielleicht bei einer Dreizehnjährigen verständlich gewesen. Oder bei einer Sechsjährigen. Aber nicht bei einer Einunddreißigjährigen.

Emily stahl sich in ihr kleines Büro, ohne gesehen zu werden, sackte auf einem Stuhl zusammen und zermarterte sich das Hirn, wie sie ihren Angestellten von Lindsays Tod erzählen sollte.

Ihre Mitarbeiter waren ihre zweite Familie. Außer Madison arbeiteten heute noch Leo, der Koch, und Isaac, der alles andere tat, außer zu servieren und zu kochen. Teller waschen, aufräumen, vorbereiten. Der mürrische Teenager redete nicht viel, aber er war eine gute Arbeitskraft. Zusammen mit Lindsay und Emily selbst, manchmal sogar mit den Tanten, hielten die fünf den Restaurantbetrieb in den ruhigen Monaten am Laufen. Lindsays Fehlen würde ein klaffendes Loch aufreißen.

Es würde nicht leicht werden.

Emily schindete etwas Zeit, indem sie Einnahmen und Ausgaben vom Vortag eingab. Die Zahlen beruhigten ihre angespannten Nerven. Nach wenigen Minuten war sie fertig, die Geschäfte liefen schlecht. Sie holte tief Luft und zwang sich, das Büro zu verlassen.

Emily machte Madison ein Zeichen, ihr in die Küche zu folgen. Im Moment waren nur zwei Tische besetzt. Emily stieß die Küchentür auf und spürte, wie die Spannung in ihren Schultern etwas nachließ. Das passierte jedes Mal. Hinter der Tür konnten die Gäste sie nicht mehr sehen, hier waren nur ihr Team und sie. Ein Ort zum Entspannen, bevor sie wieder die Miene der Restaurantchefin aufsetzte.

Aber heute war es anders.

Sowie Leo sie von seiner Position am Grill entdeckte, legte er das Messer zur Seite, wischte sich die Hände an der Küchenschürze ab und kam mit ausdrucksloser Miene auf sie zu.

Emilys Kehle schnürte sich zusammen. Sie konnte nicht sprechen.

Madison stand unmittelbar hinter der Schwingtür. Leo konnte ihr die Gefühle vom Gesicht ablesen. Er hatte schon vor Emilys Geburt im Restaurant gearbeitet und war für Emily wie ein Onkel. Jetzt drehte er den Kopf zum Spülbecken in der Nische und rief: »Isaac, kommst du bitte mal?«

Der Teenager erschien zögernd mit tropfnasser Schürze.

Die drei sahen Emily erwartungsvoll an.

Schließlich brach Madison das Schweigen. »Was ist mit Lindsay?« Ihre Stimme brach. Es war ungewöhnlich für sie, so viel Gefühl zu zeigen. »Ist sie wirklich ermordet worden? Ihr Mann auch? Die Leute erzählen die wildesten Sachen, und ich weiß nicht, was ich glauben soll. Sie sagen, in ihrem Haus wimmelt es nur so von Polizisten.«

Leo und Isaac waren still und blickten Emily an. An Leos Ausdruck erkannte sie, dass er mit dem Schlimmsten rechnete.

»Lindsay ist getötet worden. Und Sean auch«, presste Emily hervor. Ihr Mund war trocken. »Sie wissen nicht, was passiert ist. Sie fangen erst an zu ermitteln.«

»Das kann nicht wahr sein«, schluchzte Madison. »Ich habe doch gestern mit ihr gesprochen.«

»Verdammte Scheiße«, murmelte Isaac und steckte die Hände in die Gesäßtaschen. Er sah überall hin, aber nicht zu Emily. Seine Augen wurden rot, und er blinzelte heftig.

Leo war still, aber die Wellen von Schock und Trauer, die ihn überrollten, waren ihm anzusehen. Er hatte keine eigene Familie, und so waren die Angestellten des Diners im Laufe der Zeit zu einem Ersatz geworden. Emily wusste, dass Lindsay sein Liebling gewesen war. Er wandte sich abrupt um und hastete hinaus. Kurz darauf knallte die Tür am Lieferanteneingang.

»Ich kann es nicht glauben«, sagte Madison. Aus ihren Lippen war alles Blut gewichen. »Du musst dich irren.« Sie hielt sich an der Arbeitsplatte unter der Kaffeemaschine fest.

Emily schüttelte wortlos den Kopf.

Vor Emilys innerem Auge blitzte Seans am Baum hängender Körper auf. Und der von Lindsay in der Blutlache auf dem Teppichboden ihres Schlafzimmers.

Niemand brauchte diese Einzelheiten zu wissen.

»Wie?«, stieß Madison hervor. »*Wie?*«

»Das festzustellen ist Sache der Polizei.«

Wut und Trauer wechselten sich auf Madisons Gesicht in schneller Folge ab.

»Müssen wir das Restaurant schließen?«, fragte Isaac. »Du weißt schon … weil …«

Emily hatte auch schon mehr als einmal daran gedacht. Sie sah von Isaac zu Madison. »Was denkt ihr?« Die beiden sahen sich verzweifelt an.

»Mir ist es lieber, was zu tun zu haben«, brummelte Isaac. »Ich will nicht zu Hause rumsitzen und ins Grübeln kommen.« Er wischte sich mit dem Handrücken übers Gesicht.

Die Klingel läutete. Kundschaft. Madisons Bestürzung war wie weggeblasen. »Ich gehe schon!« Sie wirbelte herum und schlug mit der flachen Hand gegen die Schwingtür.

Emily erstarrte kurz, dann lief sie ihr nach, weil sie sich Sorgen über Madisons Gefühlszustand machte.

»Madison!« Eine Kinderstimme klang vom Eingang her. Ein kleines Mädchen schoss herein und stoppte vor Emilys Schwester, voller Bewunderung für den Tüllrock und die kleine Tiara. »Du siehst heute so hübsch aus«, flüsterte das Mädchen und konnte sich an Madison gar nicht sattsehen.

Madison beugte sich lächelnd hinunter und blickte dem Kind in die Augen. »Hallo, Bethany, was für schicke Stiefel du hast.« Das Mädchen drehte sich vor Freude einmal um sich selbst, dann hob sie einen rosafarbenen Gummistiefel in die Höhe.

Emily hielt die Luft an. Die aufgelöste Madison aus der Küche hatte sich in eine freundliche Kellnerin verwandelt.

Emily warf einen Blick auf Bethanys Eltern. Er hielt ihr die Tür auf. Sie kannte weder das attraktive Paar noch das kleine Mädchen. Keine Einheimischen.

Aber Madison hatte ganz offensichtlich eine neue Freundin.

Sie nahm Bethany an der Hand und sagte zur Mutter: »Ich habe einen wunderbaren Tisch für Sie.« Dann ging sie plappernd mit Bethany voraus.

Bethanys Vater folgte ihnen nicht. Stattdessen richtete er seinen ernsten Blick auf Emily.

»Ich schwöre, dass Madison nicht verrückt ist«, erklärte Emily ihm. Ihr Mund war von den grässlichen Minuten in der Küche wie ausgetrocknet. »Sie hat nur einen ungewöhnlichen Modestil.«

Er warf dem Trio einen Blick hinterher, machte aber keine Anstalten, ihnen zu folgen. »Ich suche nach Emily Mills.«

Emily sah zu der Mutter und dem Mädchen, die sich intensiv mit Madison an einem Tisch in Kaminnähe unterhielten.

Seine Mundwinkel hoben sich zur Andeutung eines Lächelns. »Nicht meine Familie. Ich habe nur die Tür aufgehalten.«

»Sie haben wie eine Familie gewirkt«, sagte Emily. Zu dritt hätten sie das Titelblatt eines Elternmagazins schmücken können. »Sie könnte locker als Ihre Tochter durchgehen.« Bethany hatte eine ähnliche hellbraune Haarfarbe und graue Augen wie er.

Ein merkwürdiger Ausdruck huschte über sein Gesicht. Er presste die Kiefer aufeinander.

Emily merkte, dass sie in ein Fettnäpfchen getreten war. »Was wollen Sie von Emily?«, fragte sie. Sie wollte sich einem Fremden nicht zu erkennen geben.

Er zog seinen Ausweis aus der Innentasche seines Mantels und klappte ihn auf. »Ich möchte ihr ein paar Fragen über den heutigen Morgen stellen.«

Special Agent Zander Wells. Das FBI war eingetroffen.

Man hatte ihren Anruf ernst genommen. Sie streckte die Hand aus. »Emily Mills. Ich bin froh, dass Sie da sind.«

* * *

Der FBI-Agent saß Emily in ihrem winzigen Büro gegenüber. Sie hatte ihn erst zu einem Tisch im Diner führen wollen, sich dann aber klargemacht, dass sie absolut ungestört miteinander sprechen sollten. Ihr Büro war beengt – und das war freundlich ausgedrückt. In eine Ecke war ein kleiner Schreibtisch gequetscht, davor war noch Platz für zwei Stühle und einen Schrank. Die Regale quollen über von Aktenordnern. Hier und da hingen gerahmte Fotos. Agent Wells sah sich eines genauer an.

»Das bin ich mit meinen Schwestern. Da war ich ungefähr zehn, das heißt Madison muss sieben und Tara fünfzehn gewesen sein.« Die drei Mädchen standen vor Blumentöpfen mit bunten Blumen, im Hintergrund das Barton Diner. Sie trugen Shorts und blinzelten gegen die Sonne.

Ein guter Tag.

»Das Restaurant war immer im Familienbesitz?«

»Ja. Mein Großvater hat es 1978 eröffnet.« Sie fragte sich, wie lange der Ermittler Small Talk machen wollte. Er sah sich aufmerksam in ihrem Büro um, und das verschaffte Emily die Möglichkeit, ihn einzuschätzen. Er musste ungefähr vierzig sein. Als er mit der Frau und dem Mädchen hereingekommen war, hatte sie gedacht, er wäre etwa so alt wie sie, vierunddreißig. Aber von Nahem erkannte sie erste Lachfalten in seinen Augenwinkeln und seine Schläfen waren ganz leicht ergraut. Sein ruhiger Blick kehrte zu ihr zurück, und sie versuchte zu erraten, woran er dachte. Doch an seinem Gesicht ließ sich absolut nichts ablesen.

Das gefiel ihr nicht.

»Macht es Ihnen etwas aus, wenn ich unser Gespräch aufnehme?«, fragte er.

»Nein, gar nicht.« Sie runzelte die Stirn. »Sheriff Greer hat sich nicht einmal Notizen gemacht. Aber es hat ja auch nur zwei Minuten gedauert.«

Agent Wells begann die Aufzeichnung. »Manche Menschen haben ein gutes Gedächtnis. Also … Sie waren im Restaurant, als Lindsay ihre Schicht beginnen sollte?«

»Ja. Sie hätte um sieben hier sein sollen. Leo hat seinen Kopf um zehn Minuten nach sieben ins Büro gesteckt, um mir zu sagen, dass sie noch nicht da war. Dann habe ich sie das erste Mal angerufen. Sie ist nicht rangegangen, und ich habe eine Nachricht hinterlassen.«

»Leo ist Ihr Koch? Arbeitet er schon lange hier?«

»Leo ist ein Angestellter der ersten Stunde. Als das Diner eröffnet wurde, hat er als Abräumer angefangen.« Als sie sich den hochgewachsenen Koch als Teenager vorstellte, musste sie unwillkürlich lächeln. »Ich glaube nicht, dass er älter als dreizehn war. Mein Großvater hat ihn jahrelang schwarz bezahlt.«

»Was haben Sie getan, als Lindsay nicht ans Telefon gegangen ist?«

»Ich habe ein paar Minuten gewartet, noch mal angerufen, wieder gewartet und ein drittes Mal angerufen. Dann habe ich ihre Bewerbung hervorgekramt und die Nummer ihres Mannes Sean gefunden. Doch er ging auch nicht ran.«

Agent Wells nickte und sah ihr ruhig in die Augen.

»Da habe ich beschlossen, hinzufahren. Es ist nur ein paar Minuten entfernt. Ich habe Leo Bescheid gesagt – es waren nur vier Leute im Diner, also konnte er ein paar Minuten alleine zurechtkommen.« Sie holte Luft. »Ich bin natürlich davon ausgegangen, dass Lindsay verschlafen hat.«

»Und als Sie bei ihr ankamen?«

»Mir ist gleich aufgefallen, dass zwei Autos in der Einfahrt standen. Ich habe geklingelt, gewartet und noch mal geklingelt. Ich war überrascht, dass niemand aufgemacht hat. Ich habe auf ihrem Handy angerufen und es drinnen klingeln gehört. Da habe ich die Klinke hinuntergedrückt.« Sie sah auf ihre Hände. Ihre Finger vergruben sich in ihren Schenkeln. Sie faltete die Hände im Schoß, als wäre sie in der Kirche.

»Die Tür war nicht abgeschlossen?«

»Nein. Ich habe dagegengedrückt und nach beiden gerufen – ich wollte sie schließlich nicht überraschen. Doch beim ersten Schritt in den Flur wusste ich, dass etwas nicht stimmte.«

»Wie meinen Sie das?«

»Ich hab es gespürt. Die Luft war dick … Ich weiß nicht, wie ich das erklären soll. Alles fühlte sich … falsch an.« Sie sah auf. In seinen Augen flackerte etwas auf, das ihr sagte, dass er das auch kannte.

Er weiß, was ich meine.

»Außerdem konnte ich es riechen. Das Blut. Ich konnte das Blut riechen.« Die Zunge klebte ihr am Gaumen, als sie daran dachte, wie viel Blut im Schlafzimmer gewesen war und wie heftig ihr Herz geschlagen hatte. Ihr ganzer Körper hatte vibriert.

»Eine dunkle Spur führte vom Schlafzimmer über den Flur in die Küche.«

»Sie waren schon mal bei ihr zu Hause?«

»Ja, ein paar Mal. Sie war meine Angestellte und meine Freundin. Wir haben oft *Game of Thrones* zusammen gesehen, und ich habe ihr geholfen, wenn sie mal wieder das Football-Team durchgefüttert hat.«

»Das Football-Team?«

»Sean war nicht nur Geschichtslehrer, sondern auch Coach. Zweimal im Monat hat er die Jungs zu sich eingeladen.«

»Alle?«

»Es ist keine große Schule«, sagte Emily. »Es waren rund zwanzig oder fünfundzwanzig Jungen. Lindsay fand es wunderbar. Sie hat sich eine Woche vorher überlegt, was sie machen wollte: Burger, Pizza oder Spaghetti. Hungrige Football-Spieler essen wie die Scheunendrescher.«

»Kann ich mir vorstellen«, sagte der Agent verblüfft.

»Den beiden lagen die Jugendlichen sehr am Herzen«, sagte Emily leise. Wie glücklich sie gewirkt hatten, wenn ihr Haus vor hungrigen Jungs überquoll! Was für ein Kontrast zu der Totenstille und dem Schrecken von heute Morgen.

»Die beiden waren beliebt.« Es war keine Frage.

»Ja«, bestätigte Emily. »Sie hatten so viel positive Energie. Leute fühlten sich gut in ihrer Gegenwart. Alle mochten sie.«

Die beiden Sekunden, die auf ihre Worte folgten, schienen sich zu einer Ewigkeit hinzuziehen.

Nein, nicht alle.

* * *

Emily Mills war eine gute Zeugin.

Sie war ruhig und schien sich genau an den Morgen zu erinnern. Sie hatte nicht nur ein stimmiges Bild des Tatorts gezeichnet, sie hatte Zander auch Einblicke ins Leben der Opfer gegeben.

Nachdem sie festgestellt hatte, dass Lindsay tot war, war sie der Blutspur aus dem Haus gefolgt und hatte Sean entdeckt. Zu dem Zeitpunkt hatte sie den Notruf gewählt. Ein einziger Deputy war eingetroffen, und sie hatte draußen vorm Haus gewartet.

»Aber er hat so lange gebraucht, dass ich irgendwann wieder reingegangen bin. Er war im Garten und hatte eine Panikattacke«, berichtete Emily weiter. »Ich konnte nicht glauben, dass er das Seil durchgeschnitten hatte. Dann tauchten weitere Beamte auf. Es entstand ein schreckliches Durcheinander. Niemand schien zu wissen, was zu tun war.«

»Sie klingen, als wären Sie in einer grauenvollen Situation sehr ruhig geblieben.«

»Glauben Sie mir, in mir hat alles geschrien. Aber wenn es einen Notfall gibt, konzentriert sich mein Gehirn darauf, was als Nächstes zu tun ist. Wahrscheinlich schotte ich mich total ab, bis ich da durch bin.«

»Der Sheriff hat mir erzählt, dass es vier Jahre her ist, dass der letzte Mord hier im County geschah.«

»Das ist doch keine Entschuldigung!«, sagte Emily scharf. »Sie hätten doch wissen müssen, wie …« Sie schlug sich die Hände vor den Mund.

»Wie was?«

»Wie man einen Tatort sichert. Das ist doch grundlegende Polizeiarbeit.« Sie wandte den Blick ab. »Ich war fünf Jahre mit einem Polizisten verheiratet. Das lernen die doch im ersten Jahr, und das müssen die automatisch draufhaben.«

»Und als der Sheriff angekommen ist?«

»Einer der älteren Deputys hat die Sache in die Hand genommen. Sheriff Greer hat sich alles angesehen und dann hat er mich befragt. Als er meinte, das sehe wie ein erweiterter Selbstmord aus, ist mir die Kinnlade runtergefallen. Ich habe ihn gefragt, ob er die Blutspur vom Schlafzimmer nach draußen nicht gesehen hätte. Er hat gesagt, Sean könne selbst rausgegangen sein oder vielleicht hätte er Lindsay hin und her geschleift.«

»Sie haben das Symbol auf Seans Stirn gesehen, richtig?«

»Ja. Als ich den Sheriff darauf angesprochen habe, meinte er, Sean könnte sich das selbst eingeritzt haben, als er Lindsay getötet hat. Und er meinte, ich würde voreilige Schlüsse ziehen, wenn ich gleich annähme, dass es sich um ein Hassverbrechen handelte.« Emily war wütend. »Und da habe ich das FBI angerufen.«

»Ich bin froh darüber«, sagte Zander. »Sonst wären wir vielleicht erst in ein oder zwei Tagen gerufen worden.«

»Haben Sie schon mit dem ersten Deputy am Tatort gesprochen?«

»Meine Partnerin ist gerade dabei, alle beteiligten Deputys im Büro des Sheriffs zu befragen.« Er ging die Liste mit Fragen an Emily im Geist durch. »Fällt Ihnen irgendwer ein, der den Fitchs so etwas antun könnte?«

»Nein«, gab sie entschieden zurück. »Die beiden waren auch noch nicht so lange hier. Wir haben sie mit offenen Armen aufgenommen. Sie hatten … Flair, sie waren so ein schönes Paar, und sie haben Bartonville geliebt.«

»Woher kamen sie?«

»Aus Portland. Genauer weiß ich es nicht. Ich glaube, Seans Familie lebt dort. Über Lindsays Familie weiß ich nichts.« Sie dachte nach. »Ich erinnere mich nicht, dass sie je über ihre Familie gesprochen hätte. Aber ich wollte natürlich auch nicht aufdringlich sein.«

»Waren Sie ihre engste Freundin hier?«

Emily runzelte die Stirn. »Sie hat meine Schwester Madison als ihre beste Freundin angesehen.«

Er warf einen Blick auf das Foto von den drei Schwestern. Emily stach als die Brünette unter den beiden Blonden hervor. Das kleinste Mädchen breitete die Arme aus und warf den Kopf in den Nacken, als wollte sie das ganze Foto einnehmen. Es wunderte ihn nicht, dass eine Kellnerin aus ihr geworden war, die sich eine Tiara aufs Haar setzte. Emily hatte die Hände in die Hüften gestemmt. Ihre Beine waren lang und dünn und deuteten schon darauf hin, wie groß sie einmal werden sollte. Die älteste Schwester lächelte den Fotografen kokett an. »Wo ist Ihre andere Schwester?«, fragte er.

Emily wandte den Kopf zur Seite, um das Foto anzusehen. Zander hatte den Eindruck, dass es ihr weniger um das Bild ging als darum, den Augenkontakt mit ihm zu vermeiden.

»Ich weiß es nicht.«

Das weckte seine Neugier. Ihr Ton war neutral und distanziert. Zwischen ihnen beiden entstand ein Abstand in dem winzigen Büro. Er sagte nichts, er wartete.

Nach einer langen Weile drehte Emily sich wieder um. »Tara ist vor zwanzig Jahren weggegangen. Seitdem haben wir nichts von ihr gehört.«

Zwanzig Jahre kein Kontakt?

Zander sah sich das Foto noch einmal an. Jetzt kam es ihm vor, als gelte Taras kokettes Lächeln ihm.

Es klopfte.

Emily streckte sich, ohne aufzustehen, und öffnete die Tür. Ein Teenager stand davor, dem die Haare in die Augen fielen.

»Hey, Em. Dein Auto …«

Sie setzte sich auf. »Was ist mit meinem Auto?«

Der Teenager verzog das Gesicht. »Sieht aus, als hätten sie dir schon wieder die Reifen durchgestochen.«

Schon wieder?

»Verdammt!« Emily sprang auf und packte ihre Handtasche. »Tut mir leid, wir müssen uns später weiter unterhalten, Agent Wells. Das meiste haben wir ja auch schon besprochen.«

»Nennen Sie mich Zander.« Er war auch aufgestanden. »Ich komme mit.«

Er war noch nicht fertig mit Emily Mills.

6

Heiße Wut kochte in Emily hoch, als sie auf die beiden platten Reifen ihres Hondas starrte. Sie zog die Kapuze über. Gegen den Regen, aber auch, um ihren Zorn vor Zander zu verbergen.

Vor zwei Wochen waren es alle vier Reifen gewesen. Und davor ein zerschmettertes Beifahrerfenster.

Was wird heute noch passieren?

Sie wollte plötzlich nur noch nach Hause und ihr Gehirn abschalten. Ihr Tag war mehr als traumatisch gewesen.

Sie holte Luft und konzentrierte sich auf das Hier und Jetzt. Wenn sie sich erlaubte, an Lindsay und Sean zu denken, würde sie zusammenbrechen.

»Ich muss Kameras installieren«, murmelte sie. Sie hatte schon nach dem ersten Vorfall daran gedacht und nach dem zweiten auch. Jetzt ärgerte sie sich, dass sie es hatte schleifen lassen.

Isaac stand neben ihr. Auf seinen Haaren sammelte sich Feuchtigkeit. »Tut mir leid, Em. Viele Leute sind einfach scheiße.«

»Du hast jemanden gesehen?«, fragte Zander.

Isaac strich die langen Haare zurück. »Nein. Ich habe den Müll zur Tonne gebracht«, sagte er mürrisch. »Es ist mir erst auf dem Rückweg aufgefallen. Natürlich habe ich mich umgesehen, aber es war niemand da.«

»Und das ist hier schon mal passiert?«, fragte Zander. Er drehte sich einmal im Kreis und suchte den kleinen Angestelltenparkplatz hinter dem Restaurant ab. »Keine Kameras?«

»Keine Kameras. Und ja. Letztes Mal waren es alle vier Reifen.« Emily fluchte leise. Es hatte sie empfindlich getroffen, die vier Reifen zu ersetzen. Jetzt musste sie irgendwo das Geld für zwei weitere auftreiben. »Ich hätte Kameras installieren sollen. Wäre preiswerter gewesen als neue Reifen.«

»Du hättest auch so neue Reifen kaufen müssen, wir hätten nur gewusst, wer es gewesen ist«, warf Isaac ein.

Emily bemerkte, wie Zanders Blick an Isaac hängen blieb. Kein Wunder. Isaac erweckte nicht den besten Eindruck. Seine strähnigen Haare hingen ihm in die Augen, und er stand krumm da. Man hatte immer Angst, dass ihm die Jeans in der nächsten Sekunde runterrutschte. Aber er war ein guter Junge. Emily vertraute ihm.

»Haben Sie den letzten Vorfall der Polizei gemeldet?«, fragte Zander.

»Nein.« Emily merkte, wie sie rot wurde. »Ich wollte sie nicht mit so einer Kleinigkeit aufhalten.«

Zanders Schweigen empfand sie als Kritik.

»Tun Sie es diesmal«, sagte er leise. Er zeigte auf die Mauer gegenüber. »Wenn Sie den Bereich vernünftig abdecken wollen, brauchen Sie da, da drüben und hier eine Kamera. Zwei vorne am Eingang wären auch keine schlechte Idee.«

Fünf Kameras?

»Ich muss erst die neuen Reifen bezahlen.« *Und die anderen vier abzahlen.* »Das ist doch absurd«, sagte sie leise. »Das ist das Letzte, was ich heute noch gebraucht habe.«

»Kann ich Sie irgendwo hinbringen?«, fragte Zander.

»Sie haben bestimmt Wichtigeres zu tun.«

»Keine Sorge. Das ist meine Arbeit. Wir waren noch nicht durch.«

Er grinste und sie staunte darüber, wie anders sein Gesicht plötzlich aussah. Der förmliche, ernste FBI-Mann sah zehn Jahre jünger aus, wenn er lächelte.

»Wenn das so ist, könnten Sie mich bei mir zu Hause vorbeibringen. Ich leihe mir ein Auto von einer meiner Tanten.«

»Villa Barton?«

Sie sah ihn überrascht an.

»Ich war vorhin da, weil ich nach Ihnen gesucht habe. Ich habe Ihre Tante Vina kennengelernt.«

»Nur Vina? Da hatten Sie aber Glück.« Emily konnte nur hoffen, dass Vina ihm nicht das Ohr abgekaut hatte. Sie sah Isaac an. »Gibst du Madison Bescheid, dass ich kurz nach Hause gefahren bin?«

Isaac hob die Hand, als wollte er salutieren, und schlurfte zur Hintertür, wobei er über eine große Pfütze stieg und seine Jeans hochzog.

»Er ist ein guter Junge«, sagte sie zu Zander, der Isaac anscheinend missbilligend hinterhersah. »Ich habe ihm eine Chance gegeben. Sonst war keiner bereit dazu. Er hat es mir zehnfach zurückgezahlt.«

Sie erwartete einen skeptischen Kommentar. Stattdessen zeigte er auf einen SUV. »Ich habe da drüben geparkt. Gehen wir?«

Ihre Anspannung ließ nach, aber jetzt spürte sie, wie fertig sie war. Sie hatte sich automatisch auf eine spitze Bemerkung wegen ihrer Sympathie für Isaac gefasst gemacht. Ihr Ex hätte sie endlos damit genervt, dass Isaac ein nichtsnutziger Teenager und es nur Zeitverschwendung war, sich um ihn zu kümmern. Sie schüttelte den Kopf über sich selbst und folgte Zander. Sie spürte die Erschöpfung immer deutlicher.

Die Reifen waren nichts im Verhältnis zu dem, was sie heute Morgen durchgemacht hatte, aber der Vorfall hatte die Mauern durchbrochen, hinter denen sie ihre Gefühle in Schach hielt.

Bloß nicht vor ihm zusammenklappen.

* * *

Zander fuhr so zurück, wie er gekommen war. Emily saß still neben ihm, aber er konnte fast das Knirschen der Zahnräder hören, die ihre Gedanken in Bewegung setzten. Auch er ging alles durch, was passiert war.

»Sie haben die Sache mit den Reifen der Polizei nicht gemeldet. Aber haben Sie Ihren Tanten davon erzählt?«

»Nein, ich wollte sie nicht mit den zusätzlichen Ausgaben beunruhigen.«

»Und wie oft sind solche miesen Dinge in der Villa vorgekommen?«

Sie zuckte zusammen. »Was? Was meinen Sie denn?«

O Mist. »Ich habe vorhin einen toten Waschbären entsorgt, den Ihnen jemand auf die Veranda gelegt hat. Vina hat gesagt, so etwas wäre nicht zum ersten Mal passiert.«

Er warf ihr einen Blick zu. Ihr Gesicht war kalkweiß, ihre dunkelblauen Augen hielten seinem Blick stand.

»Die zerstochenen Reifen und die toten Tiere auf Ihrer Veranda können im Zusammenhang stehen. Beides ist Schikane. Feige Schikane. Wer will Ihnen oder Ihrer Familie etwas Böses?«

Sie starrte mit zusammengepressten Lippen auf die Straße. Hatte er sie überrascht oder hatte er nur laut ausgesprochen, was sie dachte? Er parkte vor der Villa, stellte den Motor ab und wartete auf ihre Antwort.

Schließlich sah sie ihn an. »Ich weiß es nicht«, sagte sie nervös.

»Meine Feststellung hat Sie nicht überrascht.«

»Nein. Ich habe natürlich auch schon daran gedacht.«

»Aber Sie haben es nicht mit Ihren Tanten besprochen?«

»Nein. Wie gesagt, ich will sie nicht beunruhigen.«

»Ich denke, Sie sollten ihnen das mit den Reifen erzählen. Vielleicht haben Ihre Tanten Ihnen noch mehr zu sagen.« Er hob eine Augenbraue. »Sie werden überrascht sein, was Kommunikation alles ans Licht bringt.«

Sie lehnte sich zurück und schloss für einen kurzen Moment die Augen. »Ja, das stimmt natürlich.«

Er sah auf die Uhr. »Ich möchte mich noch etwas mit Ihnen und Ihren Tanten unterhalten, aber ich muss zuerst meine Partnerin anrufen. Wenn ich fertig bin, klopfe ich an, okay?«

»Okay.« Sie stieg aus und lief die Treppe hoch, ohne sich umzusehen.

Er sah ihr nach, während es bei Ava klingelte.

»Hey, Zander«, begrüßte sie ihn.

»Hast du aus den Deputys was rausgekriegt?«, fragte er.

Sie seufzte. »Diese Burschen waren ja alle auf der Polizeischule. Aber die Hälfte haben sie schon wieder verlernt. Es gibt hier auch nicht viel, was sie auf Trab halten könnte. Sie haben meistens mit Trunkenheit am Steuer, Drogen und häuslicher Gewalt zu tun.«

»Überrascht mich nicht. Und wie viele hast du zum Weinen gebracht?«

»Nur einen. Den, der als Erster im Haus war. Nate Copeland. Aber ehrlich, ich hatte kaum angefangen, ihm Fragen zu stellen, da hat er schon losgeheult.«

»Du bist auch nicht mehr das, was du mal warst.«

»Einige von denen sind wirklich noch jung. Ich habe den Impuls, sie vor eine Videokonsole zu setzen und ihnen ein Sandwich zu machen.«

Zander grinste.

»Auf alle Fälle hat sich Copeland x-mal entschuldigt, dass er Sean vom Baum geholt hat. Er wohnt in Bartonville, er kannte das Opfer und hat ab und an ein Bier mit ihm getrunken. Er ist in Panik geraten, als er Sean entdeckt hat, und hatte das überwältigende Bedürfnis, ihn sofort runterzuholen, damit er wieder Luft bekam. Obwohl er irgendwie wusste, dass es zu spät war.«

»Wenn er Sean kannte, hat er vielleicht eine Idee, wer ihm das angetan hat.«

»Tja, hier wird's ein bisschen komisch. Er hat gesagt, dass Sean und Lindsay Eheprobleme hatten.«

»Echt jetzt?« Das überraschte Zander. Es war ein anderes Bild als das rosige, das Emily ihm präsentiert hatte.

»Als ich nachgehakt habe, hat er gesagt, er wüsste nicht, wer etwas gegen die beiden gehabt hätte.«

»Was ist mit den anderen Deputys?«

»Sie kannten Sean nicht. Sie wohnen noch hinter Astoria. Und was hast du von der Zeugin erfahren? Von Emily Mills?«

»Sie stellt die Fitchs ganz anders dar. Sie sagt, bei ihnen zu Hause sei es wie der Himmel auf Erden gewesen und ihr fällt niemand ein, der den beiden etwas Böses wollte.«

»Aha. Und was sagt sie zum Tod ihres Vaters?«

»So weit bin ich noch nicht gekommen. Wir sind unterbrochen worden, weil jemand ihre Reifen zerstochen hat. Bereits zum zweiten Mal.«

»Was?«

»Ja, wie's aussieht, werden ihre Tanten und sie schikaniert. Tote Tiere auf der Veranda, Vandalismus an ihren Autos, solche Sachen.«

Ava war still.

»Ich spreche gleich noch mal mit allen. Und befrage sie über den Tod des Vaters von Emily.«

»Eigenartig. Zwei Männer wurden erhängt. Aber der Fall des Vaters wurde gelöst.«

»Sehr eigenartig. Allerdings.«

»Während wir auf die Ergebnisse der Spurensuche und der Gerichtsmedizin warten«, sagte Ava, »setze ich mich mit Seans Familie in Portland in Verbindung und versuche, Lindsays Familie ausfindig zu machen.«

»Ich spreche mit ihren Freunden hier in der Stadt. Und beschäftige mich etwas mit dem alten Fall.«

»Denk dran, dass wir nicht deswegen hier sind«, stellte Ava klar.

»Ja, sicher, aber ich will ausschließen, dass die Tochter des Opfers von damals eine Rolle in diesem Fall spielt.«

»Sie spielt eine Rolle in diesem Fall«, warf Ava ein. »Sie hat die Opfer gefunden.«

»Du weißt doch, was ich meine. Hast du in unser Hotel eingecheckt?« Sie hatten beide keine Pause gemacht, seit sie in Bartonville angekommen waren. Sie hatten sich sofort ins Geschehen gestürzt.

»Nein. Ich ruf dort an, damit sie unsere Zimmer nicht weggeben.«

»Okay. Halt mich auf dem Laufenden, was die Familien der beiden angeht.« Zander beendete den Anruf und trat hinaus in den Regen.

* * *

Emily versuchte, ihre Tanten mit Zanders Augen zu sehen.

Sicherlich war ihm aufgefallen, dass alle drei etwas in demselben limonengrünen Farbton trugen. Es war schwer zu übersehen. Dory trug einen dicken grünen Pullover, weil sie immer fror. Aus einem Ärmel lugte das unvermeidliche Taschentuch hervor. Thea trug eine eng anliegende Funktionsjacke, in der man sie am Straßenrand beim Powerwalking garantiert nicht übersehen konnte. Vinas grüne Bluse war einfach nur praktisch. So wie Vina selbst.

Die drei Frauen waren so unterschiedlich, wie man es sich nur vorstellen konnte. Trotzdem machte es ihnen unglaublich viel Spaß, ihre Kleidung aufeinander abzustimmen. »Es führt den Leuten vor Augen, dass wir eine Einheit sind«, hatte Thea Emily einmal erklärt. »Wenn wir mit dem Bezirksrat diskutieren, wissen sie gleich, dass wir es ernst meinen.«

Emily fand allerdings, dass sie sich dazu nicht gleichfarbig anzuziehen brauchten. In der Stadt galten die drei Barton-Schwestern als Respekt einflößendes Trio.

Emily und Zander saßen im Esszimmer und warteten. Die Tanten kramten ein kostbares Teeservice hervor, das älter sein musste als die Villa. Dory war begeistert gewesen, als Zander die Einladung zum Tee angenommen hatte. Emily hatte ihn aus dem Augenwinkel beobachtet. Bestimmt war er Kaffeetrinker, wollte ihre alten Tanten aber glücklich machen. Dory hatte Emily sogar beiseitegenommen und ihr augenzwinkernd zugeflüstert, dass Zander von ihr aus seine Schuhe jederzeit unter ihr Bett stellen konnte.

Dazu war ihr nichts eingefallen.

Ihre Tanten taten alles, um Emily von dem, was sie an diesem Morgen gesehen hatte, abzulenken. Emily wusste das zu schätzen, und es funktionierte sogar ein bisschen.

Die drei silberhaarigen Damen eilten bei ihren Teevorbereitungen geschäftig herein und hinaus. Genau genommen war es eher Zeit zum Abendessen.

Zander beugte sich zu Emily. »Warum tragen Sie nichts Grünes?«, fragte er flüsternd.

Sie grinste. »Das ist mehr so deren Ding. Sie machen das, seit sie Teenager sind.«

Er riss die Augen auf. »Jeden Tag hellgrün?«

»Nein, jeden Tag die gleiche Farbe. Sie besprechen es abends, bevor sie ins Bett gehen. Ich würde sagen, sie machen das an acht von zehn Tagen so. Es macht ihnen unglaublich viel Freude. Und glauben Sie mir: Sie freuen sich auch unglaublich, dass Sie sie an einem ihrer perfekt koordinierten Tage kennengelernt haben.«

Zander lehnte sich zurück. »Charmant.«

»Das ist nur eine ihrer Jedi-Fähigkeiten.«

»Und die anderen?«

Die drei Damen wuselten schwer beladen herein, bevor Emily antworten konnte.

»Ach, wie herrlich, unerwarteten Besuch zu bekommen. Selbst wenn es wegen dieser grauenhaften Tragödie ist«, sagte Thea, als sie Zander Tee einschenkte. Ihr knallroter Lippenstift biss sich mit ihrer limonengrünen Sportjacke. »Auch wenn ich nach all den Keksen eine Stunde länger auf dem Laufband strampeln muss.«

»Es tut mir leid, dass ich Ihnen so viel Umstände bereite, aber ich muss zugeben, dass die Kekse wirklich verführerisch aussehen«, antwortete Zander mit Blick auf das beträchtliche Angebot an süßem Gebäck. »Ich muss dann wohl auch aufs Laufband.«

Thea lächelte. »Das haben Sie doch gar nicht nötig. Sie sind ein Mann, der auf sich achtet. Übrigens … Haben Sie mal diese supergesunden …«

»Thea!« Emily und die Tanten fielen ihr alle zugleich ins Wort.

Thea blinzelte unschuldig. »Was habt ihr denn?«

»Kaufen Sie ihr bloß nichts von dem Zeug ab, das sie Ihnen anpreist«, warnte Dory Zander und legte ihm eine Hand auf den Unterarm. »Es ist alles nur Mumpitz!«

»Das stimmt doch gar nicht!«, rief Thea empört. »Ich glaube an alle Produkte, die ich verkaufe, sonst würde ich es auch nicht tun.« Sie schenkte Vina Tee ein, ohne sie dabei anzusehen. Thea stürzte sich mit nie nachlassender Begeisterung auf jedes neue Direktmarketing-Produkt – sie war eine geborene Verkäuferin. Emily hatte eine Schublade voller verrückt gemusterter Leggings, die sie nie trug, und auf ihrer Badezimmerablage stapelten sich teure Pflegeprodukte, die nicht besser wirkten als die aus der Drogerie.

Es war schwer, Thea etwas abzuschlagen.

Als sie über den Tisch hinweg ihre Tanten ansah, verging Emily plötzlich der Appetit. Ein paar Minuten lang hatte sie vergessen, dass sie am Morgen ihre ermordeten Freunde aufgefunden hatte, aber jetzt kam alles auf einen Schlag zurück. Sie starrte auf ihre Teetasse. Lindsay würde nie wieder ihren Chai Latte trinken. Emily würde nie wieder beim Betreten des Pausenraums vom würzigen Geruch von Lindsays täglichem Suchtmittel empfangen werden.

Sie atmete tief ein und aus.

Zander beobachtete sie besorgt. Und in dem Moment kam ihr das Eigentümliche an der ganzen Situation voll zu Bewusstsein.

Ein FBI-Agent trinkt mit uns Tee.

»Tanten …«, begann Emily und die drei Damen waren sofort ganz Ohr. »Mir wurden heute zwei Reifen zerstochen.« Die drei redeten gleich durcheinander, und Emily hob die Hände, um sich Gehör zu verschaffen. »Es ist nicht das erste Mal. Sie haben es offensichtlich auf mein Auto abgesehen, alle anderen von uns haben keine Probleme, wenn sie auf dem Angestelltenparkplatz stehen. Vina, Zander hat mir erzählt, dass du heute einen toten Waschbären auf der Veranda gefunden hast.«

»Stimmt.«

Thea und Dory überhäuften Vina mit Fragen, aber sie ignorierte sie.

»Es ist das dritte Tier in den letzten sechs oder acht Wochen«, gab sie zu.

Zander sah von Dory zu Thea. »Wie ist es bei Ihnen? Irgendeine Art von Schikane oder Belästigung?«

Die beiden Frauen tauschten einen Blick und schüttelten die Köpfe. »Ich kann mich an nichts erinnern«, sagte Dory. »Aber was ist mit Madison? Hast du sie gefragt?«

»Nein«, sagte Emily und hätte sich ohrfeigen können. Sie hatte vergessen, ihrer Schwester die Sache mit den Reifen zu sagen. »Ich frage sie, wenn sie heute Abend nach Hause kommt. Ich weiß jedenfalls, dass mit ihrem Auto nichts war.«

Dory linste zu Zander hinüber. »Ich dachte, Sie wären in der Stadt, um diese grässlichen Mordfälle zu lösen. Und nicht wegen ein paar platten Reifen.«

»So ist es. Ich war gerade dabei, Emily zu befragen, als das mit den Reifen entdeckt wurde. Ich frage mich natürlich, ob das Auto und die Villa von ein und derselben Person ins Visier genommen wurden. Emilys Befragung ist noch nicht abgeschlossen.«

Thea stützte das Kinn auf die Handfläche und fixierte Zander. »Und Ihr nächster Schritt? Haben Sie schon Hinweise? Müssen wir nachts unsere Türen abschließen?«

»Ich kann nur hoffen, dass Sie das ohnehin tun«, murmelte Zander.

»Ja, wenn wir daran denken«, verkündete Dory.

»Unterbrich mich nicht«, kommandierte Thea. Dory rollte mit den Augen und tupfte sich die Nase mit dem Taschentuch. »Ich habe gehört, der erste Deputy vor Ort hat den Tatort komplett durcheinandergebracht. Manche von diesen jungen Beamten sind so matschig im Kopf wie ein Kartoffelbrei-Sandwich«, redete Thea sich warm. »Stimmt das? In der Stadt erzählt man sich, es war ein Drogendeal, der schiefgegangen ist. Furchtbar schief.« Sie sah Zander herausfordernd an.

»Nein«, sagte Vina. »Ich habe gehört, es war häusliche Gewalt.«

»Es muss einer von außerhalb gewesen sein, so viel weiß man schon«, sagte Dory und wischte wieder an ihrer Nase herum.

Emily biss sich auf die Unterlippe. Zander sah ihre Tanten mit seinem ruhigen Blick an, aber sie bemerkte, dass er langsam genug hatte. Ihre Familie war wirklich anstrengend. Dabei hatte er ja sogar das Glück, dass Madison noch auf der Arbeit war.

»Tanten! Bitte lasst das. Ihr wisst doch, dass er über einen laufenden Fall nichts sagen kann.«

Die drei Frauen sahen schuldbewusst aus.

»Wir wissen auch noch nicht viel«, sagte Zander zu den zurechtgewiesenen Tanten. »Aber Sie werden erfahren, wenn wir etwas wissen.«

Sie setzten sehr unzufriedene Mienen auf.

»Ich weiß, dass Ihnen das unangenehm sein wird, aber es wäre hilfreich, wenn Sie mir etwas mehr über den Tod von Emilys Vater erzählen würden.«

Emily erstarrte. *Warum?*

Die albtraumhaften Bilder von ihrem erhängten Vater stürzten auf sie ein und brachten ihre schützenden Mauern zum Einsturz.

Ich muss hier raus.

Sie stand so plötzlich auf, dass ihr Stuhl über den Boden quietschte. »Sie müssen mich einen Moment entschuldigen«, sagte sie leise. Dann rannte sie hinaus. Ihr Sichtfeld verengte sich.

Woher weiß er das?

* * *

Zander fühlte sich schuldig.

Was habe ich mir nur dabei gedacht? Er hatte mit Emily nicht über den Tod ihres Vaters gesprochen. Der Sheriff und Vina hatten ihn erwähnt, Emily nicht. Er stand auf.

»Setzen Sie sich«, befahl Thea und sah ihn streng an. »Geben Sie ihr ein paar Minuten. Sie wird sich gleich erholen.«

Er nahm Platz und betrachtete die drei Frauen. Thea war die schlankste von ihnen, aber mit ihrer Stimme hätte sie ein ganzes Bataillon anhalten können.

»Der Tod ihres Vaters ist kein angenehmes Thema«, sagte Dory. Dann wandte sie sich an Vina: »Seit dem Frühstück stimmt irgendetwas mit meinem Magen nicht. Bist du sicher, dass die Eier noch gut waren?« Sie legte sich eine Hand auf den Bauch und zog säuerlich die Mundwinkel nach unten.

»Die waren noch gut. Und dir geht es auch gut«, informierte Vina sie.

»Es tut mir leid«, sagte Zander. »Ich hätte damit nicht einfach so reinplatzen dürfen.«

Vina wischte seine Bemerkung beiseite. »Ich habe an den Tod von Emilys Vater gedacht, seit Sie heute Mittag hier waren«, sagte Vina. »Es ist verstörend, dass wieder ein Mann aufgehängt wurde und dass Emily ihn gefunden hat.«

»Hat Emily ihren Vater … gesehen?«, fragte Zander.

»Oh, nein«, rief Thea. »Sie hat geschlafen. Dem Himmel sei Dank. Madison und sie, alle beide.«

»Und die andere Schwester?«

Die Frauen sahen sich an. »In der Nacht hat Tara bei einer Freundin übernachtet«, sagte Vina. »Sie war achtzehn und ziemlich wild. Ihre Mutter Brenda hat nachher gesagt, dass sie sich gestritten hätten und Tara aus dem Haus gestürmt wäre.«

»Emily hat mir erzählt, dass Tara weggezogen ist. Sie haben gar keinen Kontakt mehr mit ihr?«

Die drei Frauen machten traurige Gesichter. »Das stimmt«, sagte Vina. »Ab und an sprechen wir darüber, ob wir nicht jemanden engagieren sollten, der nach ihr sucht, aber Emily sagt, wir sollen sie in Ruhe lassen. Wenn Tara noch Teil der Familie sein wollte, dann würde sie uns kontaktieren.«

»Ich habe sie ein bisschen im Internet gesucht und über dieses Google«, gab Thea zu. »Aber ich kann sie nicht finden.«

»Wahrscheinlich hat sie einen anderen Namen angenommen.« Dory tätschelte Theas Schulter. »Sie war ein unabhängiges Mädchen, und ich vermute, dass sie deswegen außer Kontrolle schien. Ihre Eltern hatten strenge Regeln, was Alkohol anging und wann sie nach Hause kommen sollte. Und Tara hielt sich einfach nicht daran.«

»Hat die Familie hier gewohnt, als die Mädchen klein waren?«, fragte Zander.

»Nein. Sie hatten ein Haus ein paar Kilometer von hier entfernt«, sagte Dory.

»Es war so ein süßes kleines Haus. Es stand am Rand des Naturschutzgebiets, am Wald. Sie hatten so viel Platz, die Kinder konnten den ganzen Tag draußen spielen und Sachen entdecken«, sagte Thea seufzend. Ihr Blick ging in die Ferne. »Was nach dem Mord an ihrem Vater passiert ist, war auch so entsetzlich.«

»Was meinen Sie?« Zander wollte die ganze Geschichte hören, auch wenn er sich bewusst war, dass die Wahrnehmung der Frauen aufgrund ihrer Verwandtschaft sicherlich gefärbt war. Er merkte sich alles genau, um es später mit der Mordakte abzugleichen.

Thea schnipste einen Krümel von ihrer grellgrünen Jacke. »Das Haus wurde in Brand gesetzt. In der Nacht haben sie alles verloren. Das war sehr schwer für Brenda.«

»Verständlich.«

»Die vier sind hier eingezogen«, teilte ihm Vina mit. »Und so konnten wir ihnen helfen. Brenda …« Vina warf ihren Schwestern einen schnellen Blick zu.

»Brenda war keine starke Frau«, verkündete Thea. »Sie hatte Anfälle.«

Zander sagte nichts dazu, fragte sich aber, was wohl der offizielle medizinische Terminus für Brendas »Anfälle« wäre.

»Als die Mädchen noch ganz klein waren, schloss sie sich manchmal tagelang im Schlafzimmer ein«, sagte Dory mit leiser Stimme. »Nachdem Lincoln tot war, hat sie nicht mehr weitermachen können.«

Depressionen?

»Sie hat sich eine Woche nach seinem Tod das Leben genommen«, sagte Vina still.

»Das ist ja schrecklich.«

Die armen Mädchen. Erst ihr Vater, dann ihre Mutter.

»Sie hat Hilfe immer abgelehnt. Wir haben sie angefleht, zum Arzt zu gehen, aber sie hat immer nur abgewunken und gesagt, sie wäre einfach nur müde.«

»Wer hat sie gefunden?« Er stellte die Frage nicht gern; er fürchtete die Antwort.

»Ich«, sagte Vina. »In ihrem Schlafzimmer hier oben.« Sie sah ihn gequält an. »Sie wollte nicht in das Haus, in dem sie aufgewachsen war. Sie wollte ihr eigenes kleines Haus und ihre Familie zurückhaben.«

»Chet Carlson hat nicht nur Lincoln umgebracht«, sagte Dory mit erstickter Stimme, »er hat auch dessen Familie dezimiert und zerstört.«

Die angekokelte Hausseite der Fitchs blitzte vor Zanders innerem Auge auf.

Er ließ sich nichts anmerken; er wollte den Frauen nichts davon erzählen.

Noch ein Zufall?

»Es tut mir so leid«, versicherte Zander den Frauen. Er hatte all ihre Freude und Munterkeit vertrieben. Erst hatte er Emily erschreckt, dann ihre Tanten. Er sah auf seinen Teller hinab. Von den Köstlichkeiten hatte er auch nichts angerührt. »Ich muss los.« Er stand auf; ihr Protest war ohnehin schwach. »Bitte sagen Sie Emily, dass wir uns morgen weiter unterhalten.«

Er entzog sich freundlich ihren Verabschiedungen und schlüpfte hinaus. Dory hatte ihn nicht ohne eine kleine Tüte Kekse gehen lassen. Auf dem Bürgersteig drehte er sich um und betrachtete das herrschaftliche Gebäude. Jetzt sah er es in einem ganz anderen Licht. Jetzt verstand er, was sich hinter der vernachlässigten Fassade verbarg. Die Jahrzehnte waren hart mit den Bewohnern umgesprungen, und das Haus spiegelte das wider.

Ihm fiel das Gedenkschild ins Auge.

»Alles andere als das friedliche Leben, das Sie sich für Ihre Nachkommen vorgestellt haben, Mr Barton.«

7

Emily saß wütend auf der Bettkante.

Sie hatte überreagiert. Zander Wells tat nur seinen Job. Hatte sie wirklich geglaubt, der Tod ihres Vaters würde nicht angesprochen werden, obwohl sie einen erhängten Mann aufgefunden hatte?

Das ließ sich ja nicht übersehen.

Aber sie war nicht bereit, darüber zu sprechen.

Sie stand auf und lief im Zimmer auf und ab. Wie sollte sie darüber sprechen, was in jener Nacht geschehen war? Sie war erst dreizehn gewesen. Und hatte geschlafen und gar nichts gesehen.

Jedenfalls war das die Geschichte, die sie allen erzählt hatte.

Sie wich vor ihrem Vater zurück. An ihren nackten Unterschenkeln spürte sie die Hitze des Feuers. Der starke Wind bog die Bäume im Dunkeln und ließ seinen Körper hin und her schwingen. Sie war starr vor Schock. Im Augenwinkel nahm sie eine Bewegung zu ihrer Rechten wahr, die sie von dem grauenhaften Anblick vor ihr ablenkte. Zwei Menschen rannten in den Tannenwald hinein. Kurz bevor sie verschwanden, warf das Feuer Licht auf sie. Für den Bruchteil einer Sekunde leuchteten die langen blonden Haare der hinteren Gestalt auf.

Tara.

Über dem Knacken und Knistern des Feuers waren jetzt aus der Ferne Sirenen zu hören.

Emily schauderte. Jedes Mal, wenn sie an diese Nacht dachte, spürte sie die Kälte bis in die Knochen. Sie erinnerte sich daran, wie sie zurück ins Haus gerannt war und ihre Mutter und Madison keuchend und hustend geweckt hatte. Dann kauerten sie zu dritt im Vorgarten eng beieinander. Sie war außerstande gewesen, irgendjemandem zu erzählen, was sie hinter dem Haus gesehen hatte.

Der Polizei sagte sie, sie habe geschlafen, bis sie vom Rauch geweckt wurde.

Tara tauchte erst im Laufe des nächsten Vormittags auf, nachdem die Polizei sie von einer Freundin abgeholt und ihr die Nachricht überbracht hatte.

Tara weinte mit ihnen über den Tod ihres Vaters, und Emily wartete darauf, dass sie erklärte, warum sie im Garten gewesen sei. Aber Tara sagte nichts, und deswegen sprach Emily es auch nicht an. Sie nahm an, dass Tara ihre Gründe hatte, und Emily würde ihre Schwester beschützen. Was auch immer Tara geheim halten wollte.

Tara und ihre Mutter stritten sich noch mehr als vorher. Fünf Tage nach dem Mord an ihrem Vater verkündete Tara, dass sie zu Freunden nach Portland ziehen würde. Noch mehr Streit, noch mehr Geschrei. Am nächsten Tag war Tara verschwunden, ohne sich zu verabschieden.

Emily fühlte sich im Stich gelassen. Sie konnte es kaum verwinden. Ihre große Schwester war fortgegangen, bevor Emily den Mut aufbringen konnte, sie nach der Nacht zu fragen, in der ihr Vater gestorben war. Und sie nahm ihr Geheimnis mit. Wusste sie etwas? Würde es Tara oder jemand anderen belasten?

Um ihre Schwester zu schützen, schwieg Emily.

Ihre Mutter zog sich immer mehr in sich selbst zurück. Ein paar Tage später nahm sie sich das Leben.

Es brach Emily das Herz.

Dann übernahm sie die Verantwortung für ihre kleine Schwester und beschützte das letzte Familienmitglied, das ihr geblieben war, mit all ihrer Kraft.

Die beiden Schwestern hatten das Glück, bei ihren drei liebevollen Großtanten die Hilfe und Unterstützung zu bekommen, die ihre Eltern ihnen nicht mehr geben konnten. Die Villa wurde ihr Zuhause. Ihr Zufluchtsort.

Viele Jahre später flüchtete Emily nach dem Scheitern ihrer Ehe wieder in die Villa. Wieder hatte ihr jemand das Herz gebrochen. Wieder brauchte ihre Seele einen Ort, an dem sie zu sich kommen konnte. Das große Haus war ihr Fels in der Brandung.

Madison war nie aus der Villa ausgezogen. Sie irrlichterte von Job zu Job und von Mann zu Mann. Sie arbeitete jetzt seit zwei Jahren im Diner – länger, als sie es in jedem anderen Job ausgehalten hatte.

Es war Emily ein Rätsel, was in Madisons Kopf vorging. Ihre Schwester war verschlossen. Als Kind hatte Madison ununterbrochen vor sich hin geplappert, ihre Nase immer in anderer Leute Angelegenheiten gesteckt und war voller verrückter Ideen gewesen. Aber nach dem Tod ihrer Eltern war sie wie ausgetauscht. Das gesellige Mädchen verstummte. Jetzt erkannte Emily die alte Madison nur noch an ihrem abenteuerlichen Kleidungsstil: an den Hüten und High Heels, an Tüll und Tiara. Vor der Katastrophe war sie wie ihre Mutter in Klein – und das nicht nur, weil sie Brenda äußerlich ähnlich war.

Ihre Mutter war oft spontan gewesen. Manchmal mussten die Mädchen nicht in die Schule gehen. Dann fuhr Brenda mit ihnen an den Strand, wo sie die Gezeitentümpel entdeckten und sich mit Karamellbonbons vollstopften, die vom

Meerwasser versalzen waren. Oder sie feierten plötzlich Partys im Wohnzimmer und drehten die Spice Girls oder Chumbawamba auf volle Lautstärke.

Sie hat uns geliebt.

Warum hat sie uns verlassen?

Kalte Wut stieg in ihr auf. Ihre Schwestern und sie waren noch Kinder gewesen, zu jung, um das wechselhafte Verhalten ihrer Mutter zu verstehen. Aber die Erwachsenen um sie herum wussten, dass sie mit manisch-depressiven Zuständen zu kämpfen hatte und dass es zu ihrer Krankheit gehörte, Hilfe abzulehnen. Und nachdem Brenda ihre Familie unzählige Male vor den Kopf gestoßen hatte, wurde sie in Ruhe gelassen. Niemand hatte ihr gesagt, dass sie zum Arzt gehen müsse. Niemand hatte irgendetwas getan.

Wäre sie noch hier, wenn sie sich hätte behandeln lassen?

Die Frage war bedeutungslos. Ihre Mutter war nicht mehr da.

Vom Fenster aus sah Emily, wie Zander Wells auf seinen SUV zuging. Sie sah ihm wie betäubt hinterher. Als er sich umdrehte und seinen Blick über das Haus schweifen ließ, stolperte Emily rückwärts, weg vom Fenster. Es war unwahrscheinlich, dass er sie gesehen hatte, aber ihr stieg dennoch das Blut in den Kopf. Aus sicherer Entfernung bemerkte sie, dass er die Villa stirnrunzelnd ansah. Ihre Finger wurden eiskalt.

Sie zweifelte nicht daran, dass er aufklären würde, wer Lindsay und Sean umgebracht hatte. Sie spürte, wie zielstrebig Special Agent Zander Wells war, wie klug und gründlich. Er schien sich das Schicksal seiner Opfer zu Herzen zu nehmen. Bestimmt blieb kaum einer seiner Fälle ungelöst.

Aber was würde er im Laufe der Ermittlungen noch alles ausgraben?

* * *

Es war schon nach eins, als Madison die Treppe in den zweiten Stock hochgeschlichen kam. Auf den meisten Stufen gab es keine Stelle, die nicht knarzte. Emily hatte es jahrelang probiert, jahrelang experimentiert. Ihre Beine waren zwar lang, aber nicht lang genug, um fünf Stufen auf einmal zu nehmen. Ihr Zimmer lag dem Treppenhaus am nächsten, und niemand kam oder ging, ohne dass sie es bemerkt hätte. Hinter der Küche gab es noch eine enge Dienstbotentreppe, aber die war noch lauter, und ihre Tanten hörten sie noch besser.

Die Haupttreppe war immer die erste Wahl gewesen.

Emily fühlte sich wie die Mutter eines Teenagers, als sie aus dem Bett stieg und die Tür öffnete. Madison erklomm gerade schwankend die letzte Stufe und umklammerte dabei das Treppengeländer. Im Licht der Straßenlaterne hinter ihr war ihre Silhouette scharf geschnitten. Sie trug ihre Schuhe in der freien Hand, und irgendwann hatte sie den Tüllrock gegen Jeans ausgetauscht.

Emily fragte sich, in welcher Wohnung das geschehen sein mochte. »Hey.«

Madison schreckte auf. »Mann! Was soll das denn?«, flüsterte sie laut und sah Emily wütend an.

Emily trat in ihr Zimmer zurück und hielt Madison die Tür auf, die ihr seufzend folgte.

»Was willst du?« Madison presste ihre Schuhe an die Brust und sah Emily von oben herab an. Ein ziemliches Kunststück in Anbetracht der Tatsache, dass Emily deutlich größer war als sie. Der Geruch von Tequila breitete sich im Raum aus, und Emily musste gegen ihre Verärgerung ankämpfen. Ihre Schwester war wahrscheinlich in Patrick's Bar gewesen, wo sie oft versackte.

Emily wünschte sich, dass Madison sich ihr anvertrauen würde, statt bei Fremden Trost zu suchen.

»Du hast morgen Frühschicht.« Emily wusste, dass das die falsche Art war, die Unterhaltung zu eröffnen.

»Ich weiß. Ich habe auch nicht vor, mich zu verspäten.«

»Du hast schon ganze Schichten verschlafen. Das hattest du da sicherlich auch nicht vor.«

»Das brauche ich jetzt wirklich nicht.« Madison drehte sich um.

»Warte. Ich habe dich nicht deswegen –«

»Ich weiß«, sagte Madison. »Es geht um Lindsay. Was glaubst du, warum ich so spät nach Hause komme?« Ihre Stimme bebte.

Madison tat Emily leid. Alle trauerten um Lindsay, aber Madison hatte ihre Freundin verloren. Für sie musste es noch härter sein als für alle anderen.

»Bei Patrick's sagen sie, Sean wurde erhängt«, flüsterte Madison. »Stimmt das?« Emily konnte selbst in dem schwachen Licht das Entsetzen in Madisons Augen erkennen.

Deswegen habe ich ihr nichts Genaues erzählt.

»Ja, stimmt, aber erst ist der Täter mit dem Messer auf ihn losgegangen. Es kann sein, dass er daran gestorben ist.«

»O Gott!« Madison hielt sich die Hände vor die Augen. »Ich sehe es dauernd vor mir. Und es geht nicht weg«, sagte sie mit hängenden Schultern.

Emily strich ihr über den Arm. »Das geht mir genauso. Ich habe auch nichts anderes vor Augen.«

»Aber ich sehe nicht Sean vor mir.« Madisons Flüstern war kaum hörbar.

»Ich weiß.« Emilys Herz zog sich zusammen. Sie würde alles tun, um den Anblick zu vertreiben, der ihre Schwester quälte.

Und sie selbst.

Die beiden Schwestern unterhielten sich nur selten über den Tod ihrer Eltern. In der Villa war das alles ein Tabuthema. Es wurde unter den Teppich gekehrt, als wäre es nie geschehen. Denn wenn sie erst einmal beginnen würden, sich damit zu beschäftigen, würde es sie völlig in Beschlag nehmen und nichts anderes wäre mehr wichtig.

»Wenn Mom doch hier wäre«, flüsterte Madison. »Oder Tara.«

Taras Gesicht stand Emily plötzlich vor Augen. Für immer achtzehn.

Sie ist jetzt fast vierzig.

Das vertraute Gefühl, verlassen worden zu sein, überkam Emily. Sie sagte nichts.

Madisons Augen glitzerten im Dunkeln. »Dir sind sie egal, stimmt's? Du vermisst sie überhaupt nicht«, zischte sie.

»Das ist nicht fair …«

»Du erwähnst sie fast nie. Unsere Schwester ist irgendwo da draußen, und du redest einfach nicht mit mir über sie.«

Da hat sie leider recht.

»Ich habe nach ihr gesucht«, sagte Madison. »Auch wenn du jedes Mal das Thema wechselst, wenn ich sie zur Sprache bringe.«

»Tara weiß doch, wo wir wohnen. Wir haben die Stadt ja nie verlassen. Wenn sie etwas mit der Familie zu tun haben will, hindert sie niemand daran. Ich verschwende meine Zeit nicht damit, jemanden zu suchen, der uns nicht sehen will.«

Den letzten Satz spuckte sie fast aus, damit Madison Ruhe gab.

Dann presste sie die Lippen aufeinander. Sie hatte genug gesagt.

Aber Madison blitzte sie immer noch wütend an. Emily wusste, wie sie ihre Schwester besänftigen konnte.

»Weißt du noch, wenn Dad mit uns einen Ausflug gemacht hat? Für ein langes Wochenende?«, fragte Emily sanft. »Nur wir vier, damit Mom mal kinderfrei hatte. Wir wussten nie, wohin es ging, aber Dad hatte ja überall Freunde. In den Redwoods, in Pendleton, in Portland. Und dann waren wir mal in diesem Wildtierpark im Süden von Oregon …«

»Auf einer Safari«, sagte Madison wehmütig. »Ich habe die Zunge von einer Giraffe berührt. Dad durfte das Fenster nicht runterlassen, aber er hat's trotzdem gemacht.«

»Und die Tiere sind ganz nah ans Auto gekommen.«

»Bären und Tiger und Elefanten.«

Ein guter Tag.

Im Zimmer breitete sich Stille aus, beide hingen ihren Erinnerungen nach.

»Und du bist bis nach eins wach geblieben, um mir zu sagen, dass ich morgen nicht zu spät zur Arbeit kommen soll?«

Um mich zu vergewissern, dass du nach diesem entsetzlichen Tag wieder nach Hause findest.

»So ungefähr.«

»Ich schlafe heute Nacht sowieso nicht.« Madison schwankte stark.

Als sie die Hand schon auf dem Türknauf hatte, sagte Emily: »Dann sind wir zu zweit.« Ihre Gedanken rasten, seit sie sich ins Bett gelegt hatte, und sie wurden mit den Stunden auch nicht langsamer. Madison sah entsetzlich aus, und das ging Emily sehr zu Herzen. »Es tut mir so leid, Madison. Ich weiß, wie nah ihr euch wart, Lindsay und du.«

Ihre Schwester schwieg eine Weile. Dann sagte sie sehr leise: »Vielleicht nicht so nah, wie ich gedacht habe.« Sie öffnete die Tür und stützte sich beim Hinausgehen an der Wand ab, um nicht hinzufallen.

Emily lauschte ihren Schritten. Madisons Tür wurde geöffnet und geschlossen.

Was will sie damit sagen?

8

»Laut Wetterbericht kommt ein Sturm auf«, begrüßte Ava Zander am nächsten Morgen auf dem Parkplatz des Diners. Das überraschte Zander nicht. Der Wind hatte ihm die Autotür aus der Hand gerissen und fast gegen das benachbarte Auto geschlagen. Es regnete nicht, aber die kalte Luft war schwer von der salzigen Feuchtigkeit.

Wieder ein grauer und trübseliger Morgen. Aber vor dem Barton Diner war ein Dutzend Fahrzeuge geparkt. Er vermutete von Einheimischen. Trucks und angerostete Mittelklassewagen. Zander sehnte sich nach Wärme und Essen. Und das Blockhütten-Restaurant wirkte so, als bekäme man dort guten Kaffee und deftige Gerichte. Sicherlich kamen die Ortsansässigen auch aus dem Grund her.

Drinnen sah er sich sofort nach Emily um und war enttäuscht, als er sie nicht entdeckte. Das Restaurant war zur Hälfte besetzt, und bei dem Geruch von Speck grummelte sein Magen. Madison kam mit einer Kaffeekanne auf sie zu. Ihre schwarzen Jeans bestanden aus mehr Löchern als aus Stoff und das Neonrosa ihres Tops tat seinen Augen weh. »Setzen Sie sich, wohin Sie mögen, ich bin sofort bei Ihnen«, sagte sie und reichte ihnen die Speisekarten. Dann stakste sie auf ihren roten Stilettos davon.

Aus dem Augenwinkel bemerkte Zander, dass Avas Augenbrauen in die Höhe geschossen waren. Sie setzten sich in eine Nische am Fenster und klappten die Speisekarten auf. Avas Blick folgte Madison. »Das kann doch nicht die Schwester unserer Zeugin sein?«

»Doch.«

»Sie sieht ihr überhaupt nicht ähnlich.« Ava starrte Madison immer noch hinterher. »Die Frisur gefällt mir. Und ihr Selbstvertrauen auch.«

Zander drehte sich nach ihr um. Madisons Haare waren ihm nicht aufgefallen, aber jetzt sah er, dass sie zu einem gewollt unordentlichen Knoten frisiert waren. Sie schenkte Kaffee aus, räumte Teller ab und servierte, ohne im Geringsten unsicher auf ihren Absätzen zu wirken.

»Sie hat alles unter Kontrolle«, fuhr Ava fort. »Ihr entgeht nichts.«

»Hast du auch mal gekellnert?«

»Ja, im College, und danach auch noch ein bisschen. Kein leichter Job.«

Während Zander Madison noch bei ihrer effektiven Arbeitsweise zusah, fragte er sich, was für eine Beziehung sie zu Emily haben mochte. Er hatte am Vortag in der Villa etwas über Tara und Emily erfahren, aber nichts über Madison.

Er musste sich auf die Morde konzentrieren, nicht auf die Schwestern. »Hast du gestern mit den Verwandten von Sean Fitch telefoniert?«

»Der Sheriff hatte Seans Familie noch nicht informiert«, sagte Ava. »Deswegen habe ich in Portland angerufen, damit ein Beamter persönlich vorbeigeht. Der hat ihnen meine Nummer gegeben und gesagt, sie sollen sich melden, sobald sie bereit sind. Der Vater hat mich ein paar Stunden später angerufen.

Wie du dir vorstellen kannst, sind sie völlig verzweifelt und durcheinander.«

Madison kam an ihren Tisch. »Kaffee?«

»Ja, bitte«, antworteten sie einstimmig. Madison drehte die Kaffeetassen auf ihren Gedecken um und goss sie voll.

»Wissen Sie schon, was Sie wollen?«

Zander bestellte ein Omelett aus Eiweiß, Ava Spiegeleier und einen French Toast mit Äpfeln. Ein Blick in die Speisekarte sagte ihm, dass Schlagsahne und Karamellsauce dazugehörten.

Er bereute seine Bestellung sofort.

Madison verschwand lächelnd. Sie hatte nichts aufgeschrieben.

»French Toast ist doch kein Frühstück«, sagte Zander, nachdem Madison weg war. »Das ist ein Dessert.«

»Deswegen habe ich ja Eier dazubestellt. Ein Omelett kann jeder machen. Aber ich beurteile Restaurants nach ihrem French Toast. Es gibt Hunderte Zubereitungsarten, und ich erkenne dann gleich, ob die Lokale was auf sich halten.«

»Erwartest du nicht etwas zu viel von einem Diner auf dem Land?«

»Das werden wir ja gleich sehen.« Ava lächelte mit gespielter Blasiertheit.

»Was hat Seans Vater gesagt?«

Avas Lächeln erlosch. »Er war schockiert. Seans Mutter konnte noch nicht sprechen, aber der Vater wollte Antworten.«

»Die du nicht hast.«

»Den Eltern macht es zusätzlich zu schaffen, dass es sich um ein Hassverbrechen handeln könnte. Sein Vater geht davon aus, dass das der Fall ist. Nicht weil Sean ihm von entsprechenden Vorfällen erzählt hätte, sondern aufgrund der Art und Weise seines Todes.«

»Er weiß, wie sein Sohn aufgefunden wurde?«

»Ja.« Ava hielt die Kaffeetasse in beiden Händen, als hätte sie kalte Finger. »So einen Fall hatte ich noch nie«, sagte sie leise.

»Ich auch nicht«, gab Zander zu.

»Der Vater hat gesagt, er hätte Sean davor gewarnt, Lindsay zu heiraten.«

»Was? Weil sie weiß war?«

Ava nickte. »Er mochte Lindsay. Er wusste, dass die beiden sich liebten, aber er wollte nicht, dass sein Sohn durch eine Ehe mit einer weißen Frau zusätzlich belastet wurde. Er meinte, das Leben sei schwer genug.«

Zander fluchte leise.

Sie schwiegen eine Weile.

»Er hat keine Vermutung, wer seinem Sohn etwas hätte antun wollen«, fuhr Ava fort. »Nach seinen Erzählungen war Sean ein lockerer Typ mit vielen Freunden. Der Vater hatte ein paar Wochen nichts von ihm gehört, aber er sagte, das wäre normal. Bei Gelegenheit spreche ich persönlich mit ihm. Er hat mir ein paar Namen von Seans Freunden genannt, die ich heute kontaktiere.«

»Was ist mit Lindsays Familie?«

Ava sah aus dem Fenster. Zwischen ihren Augenbrauen erschien eine steile Falte. »Ich kann niemanden finden«, sagte sie frustriert. »Ihre Mutter ist vor ein paar Jahren gestorben. Sie hat sich von Lindsays Vater scheiden lassen, als Lindsay noch ein Kleinkind war, und nicht wieder geheiratet. Keine weiteren Kinder. Es ist mir auch nicht gelungen, den Vater aufzuspüren.«

»Was ist mit Freunden?«

Sie verzog das Gesicht. »Ich muss wohl ihre vorherigen Arbeitgeber kontaktieren, um an irgendwelche persönlichen Informationen zu kommen. Seans Vater war auch nicht hilfreich. Er hat gesagt, bei der Hochzeit seien ein paar Freunde von ihr da gewesen, aber keine Angehörigen.«

»Vielleicht ist ihr Vater auch verstorben.«

»Seans Vater hatte den Eindruck, dass die beiden sich entfremdet hatten. Allerdings wusste er auch nicht genau, ob Lindsays Vater überhaupt noch lebt. Sean hatte ihm erzählt, dass sie nicht gern über ihre Familie sprach. Hört sich an, als wäre sie mit ihren Angehörigen nicht mehr in Kontakt gewesen. Ich glaube kaum, dass wir irgendwen finden.«

Zander warf einen Blick auf Madison, die an einem Tisch Wassergläser auffüllte und mit Männern in Arbeitsstiefeln und dicken Jacken plauderte. »Emily Mills sagt, Madison wäre Lindsays beste Freundin gewesen.«

»Gut zu wissen. Dann steht sie ganz oben auf meiner Liste. Bestimmt wird sie mir auch sagen können, mit wem sich Lindsay sonst noch getroffen hat. Was ist mit den Autopsien? Hast du was vom Gerichtsmediziner gehört?«

»Dr. Rutledge hat mich heute Morgen um sechs angerufen.«

Avas Augen weiteten sich. »Lass mich raten. Er war schon bei der Arbeit.«

»Klar. Er wollte mich nur wissen lassen, dass er beide Autopsien für den Vormittag geplant hat«, sagte Zander. »Ich hoffe, ich hab um diese Uhrzeit überhaupt in zusammenhängenden Sätzen geantwortet.«

»Und für Ergebnisse aus dem Labor in Portland ist es noch zu früh.«

»Definitiv. Obwohl ich extra darum gebeten habe, dass sie Seans Laptop vorziehen.«

»Das wollen doch alle.«

»Wohl wahr. Das Seufzen des Abteilungsleiters ging auch in die Richtung.«

Sie tranken ihren Kaffee. Kriminaltechnische Untersuchungen dauerten. Fernsehkrimis vermittelten den Eindruck, dass man durch gerichtsmedizinische Verfahren Verbrechen innerhalb einer Stunde lösen konnte, dabei dauerte es oft Monate. Zander konnte immer auf das

FBI-Labor zurückgreifen, wenn er ein Beweismittel besonders schnell untersucht haben wollte, aber er benutzte es selektiv, statt es mit jeder Kleinigkeit zu behelligen. Im Laufe der Ermittlungen würde sich herausstellen, welche Beweismittel besonders wichtig waren.

Madison kam mit dem Essen und stellte die Teller geübt auf den Tisch. Ava betrachtete anerkennend ihren French Toast. Zanders riesiges Omelett war mit gedünsteten Paprika und Zwiebeln gefüllt. Parmesansauce quoll aus den Seiten hervor.

»Brauchen Sie sonst noch etwas?«

»Nein, das sieht perfekt aus«, sagte Ava. Sie hatte schon einen Bissen Toast aufgespießt. Ihr seliger Gesichtsausdruck nach dem Hinunterschlucken erinnerte Zander daran, warum er mal halb in sie verliebt gewesen war. Er hatte ihr seine Gefühle während seines depressiven, einmal jährlich wiederkehrenden Besäufnisses gestanden, aber zum Glück hatte es keine negativen Konsequenzen für ihre Freundschaft oder Arbeitsbeziehung gehabt. Dazu hatte vor allem beigetragen, dass ihr Verlobter ein enger Freund Zanders war, der ihm nichts nachtrug. Zander brauchte eine Weile, bis er sich von der Peinlichkeit erholt hatte, seine intimsten Gefühle offenbart zu haben.

»Gut?«, fragte er.

»Unglaublich. Ich weiß nicht, was die oberste Schicht ist, aber der Toast ist auf den Punkt frittiert.« Sie zwinkerte ihm zu, schnitt ein Stück in der Mitte durch und legte es auf seinen Teller.

Sein Omelett löste eine unerwartete Geschmacksexplosion aus. Er verschlang die ersten Bissen und bereute seine Wahl nicht mehr.

»Wie ist dein Zimmer?«, fragte Ava mit vollem Mund.

Er schnaubte, und sie grinste verständnisvoll.

Sein Zimmer war kahl und seit den Achtzigerjahren nicht mehr renoviert worden.

Ihm war das egal, er konnte überall schlafen. Nur der muffige Geruch war ihm zuwider, der im Teppichboden und in den Vorhängen hing. Seine Bettwäsche und die Handtücher waren frisch gewesen, aber heute Morgen lag seine Kleidung feucht über der Stuhllehne.

Die beiden machten kurzen Prozess mit ihrem Frühstück und saßen noch beim Kaffee, als Zander Emily aus der Küche kommen sah. Sie trug eine Jacke, sie musste gerade erst angekommen sein. Sie ging auf einen Tisch mit vier Frauen zu, die alle ein Baby oder ein Kleinkind auf dem Schoß sitzen hatten. Irgendeine Art von Müttergruppe. Emily bewunderte jedes Baby und klopfte einer Mutter auf die Schulter, deren kleines Mädchen sie anlächelte. Zander konzentrierte sich auf seinen Kaffee.

Als er den Blick hob, sah Ava ihn bewusst ausdruckslos an. Klugerweise sagte sie kein Wort.

»Guten Morgen.« Emily war bei ihnen angekommen. »Wie war Ihr Frühstück?«

»Unglaublich gut.« »Großartig«, sagten Ava und Zander zeitgleich.

»Das freut mich.«

»Emily, ich möchte mich mit Madison unterhalten. Wann ist ihre Schicht zu Ende?«

Emily runzelte die Stirn. »Warum?«

Ihr Widerstand ließ Zander aufhorchen. *Überbehütende ältere Schwester?*

»Ich finde keine Verwandten von Lindsay. Vielleicht kann sie mir helfen.«

»Verstehe.« Emily warf einen Blick über die Schulter. Madison balancierte vier Frühstücksteller quer durchs Restaurant. »Sobald der Hochbetrieb nachlässt, hat sie Zeit für Sie.«

Zanders Telefon klingelte. Emily trat ein paar Schritte zurück. Sheriff Greers Name wurde auf dem Display angezeigt.

»Wells«, sagte Zander.

»Hier ist Greer. Ein Barkeeper hat mich angerufen. Sean Fitch war am Vorabend seines Todes in seiner Kneipe in eine Schlägerei verwickelt.«

»Wo?« Zanders Herz klopfte schneller.

»Im Patrick's. Ziemliche Spelunke.«

»Haben die so früh auf? Wie heißt der Besitzer?«

»Nein, die haben noch zu. Paul Parish heißt der Barkeeper. Er lässt uns rein.«

Zander ärgerte sich, als er daran dachte, wie der Sheriff danebenstand, wenn er den Besitzer befragte. Oder erwartete Greer, dass Zander danebenstand, wenn er ihn befragte?

»Ich bin in ein paar Minuten da«, sagte Zander und beendete das Gespräch. »Sean Fitch war an dem Abend, bevor er gestorben ist, in eine Kneipenschlägerei verwickelt.«

Ava machte große Augen. »Wirklich?«

»Ich treffe mich mit dem Sheriff vor der Bar.«

Sie rümpfte die Nase. »Viel Spaß dabei. Ich spreche mit Madison, wenn hier weniger los ist.«

Er rutschte aus der Nische und zog den Mantel über. »Wir telefonieren später?«

»Machen wir.«

9

Der Geländewagen des Sheriffs stand nicht vor der Bar.

Zwei Sekunden überlegte Zander, ob er auf Sheriff Greer warten sollte, dann stieg er aus. Das Patrick's lag direkt am Ozean. Genau gesagt stand ein Großteil der Bar auf Stelzen über dem Wasser. Das eingeschossige Gebäude hatte zur Straße keine Fenster. Zander hoffte, es würde welche zum Meer hinaus haben, damit man den Blick genießen konnte.

Auch wenn das Grundstück auf dem Immobilienmarkt ein Schmuckstück sein mochte, der Schotterparkplatz war voller Glasscherben. Die Wellen brandeten gegen die Stelzen und hinterließen schmutzigen weißen Schaum an den Holzpfählen. Es hätte eine nette Bar an einem idealen Standort sein können. Stattdessen sah sie einfach nur heruntergekommen aus. Jedes Mal, wenn die Wellen abebbten, ächzte das Gebäude. Zander fragte sich, ob er mit seinem Leben spielte, wenn er es betrat. Auf den orangefarbenen Neonbuchstaben stand: ATRICK'S.

Die Vordertür wurde schwungvoll geöffnet. Ein Typ um die dreißig mit einer gestrickten Mütze trat heraus und sah Zander direkt an. »Sind Sie Agent Wells?«

»Ja. Sie sind Paul?«

»Genau.«

Sie schüttelten sich die Hände. »Paul Parish im Patrick's«, sagte Zander grinsend. »Mehr Alliteration geht kaum.«

Paul blinzelte verunsichert. »Hm … tja … Allerdings gibt es Patrick nicht mehr. Er ist vor fünf Jahren gestorben.«

»Und wem gehört die Bar jetzt?«, fragte Zander. Er wollte seine Alliterations-Bemerkung schnell überspielen.

»Mir.«

»Der Sheriff hat gesagt, Sie seien der Barkeeper.«

»Bin ich ja auch. Ich war der Barkeeper, als Patrick noch da war, und deswegen nennen mich die Leute immer noch so.«

»Und was ist Donnerstagabend passiert?«

Paul trat von einem Bein aufs andere und sah an Zander vorbei zur Straße. »Sollten wir nicht besser auf den Sheriff warten? Schließlich geht es hier um Mord … Ich kann nicht glauben, dass Sean nicht mehr da ist.« Pauls Unbehagen war überdeutlich.

»Wie wäre es, wenn Sie mir die Bar zeigen, während wir warten?«, schlug Zander vor. »Die Lage ist großartig.«

Das Gesicht des Besitzers hellte sich auf. »Können wir machen.« Er zog kräftig an der schweren Holzklinke. Die Tür öffnete sich ächzend. Der Geruch von schalem Bier und ranzigem Frittierfett schlug Zander entgegen. Das Licht war so hell, dass man alle Schlieren auf den schmierigen Fliesen und alle Dreckspuren auf den verschrammten Tischen sah. Sicherlich wurde das Licht abends gedimmt. Die eigentliche Bar mit den Flaschen dahinter und den Hockern davor stand an der rückwärtigen Wand.

Es gab keine Fenster.

Quadratische Tische mit umgedrehten Stühlen darauf standen dicht gedrängt im Raum, sodass der Boden gewischt werden konnte. In einer Ecke hing eine Diskokugel über einer Jukebox.

»Netter Laden«, bemerkte Zander. »Das Geschäft läuft gut?«

»Im Winter nicht so. Im Sommer besser.«

»Sind im Sommer viele Touristen hier?«

»Ein paar. Die meisten gehen in die Jiggy Bar ein Stück die Straße runter. Da kann man von der Straße reinsehen, und die Touristen wollen das wohl, bevor sie in eine Kneipe gehen.«

»Dann sollten Sie auch Fenster einbauen. Und nicht nur nach vorne. Eine Schande, den Blick aufs Meer nicht zu nutzen.«

Paul zuckte mit der Schulter. »Vielleicht irgendwann mal.«

Zander fragte sich, ob sein Desinteresse mit den Kosten zusammenhing oder ob er einfach keine Veränderung mochte.

Die Tür ging auf, Sheriff Greer kam herein. Aus dem Augenwinkel bemerkte Zander die Erleichterung auf Pauls Gesicht.

Ist ihm das Gespräch mit mir so unangenehm?

»Hey, Paul. Schön, Sie zu sehen. Und Sie auch, Agent Wells.« Greer nickte Zander zu und setzte den Hut ab. »Tut mir leid, dass ich so spät komme. Können Sie noch mal kurz wiederholen, was Sie besprochen haben?« Er sah von Zander zu Paul.

»Noch nichts«, antwortete Paul.

Greer nickte befriedigt. »Dann legen Sie mal los. Am besten Schritt für Schritt.«

»Ich stand hinter der Bar wie meistens an Donnerstagen. Es waren vielleicht zwanzig Leute da. Ein Basketballspiel lief.« Paul deutete auf einen kleinen Bildschirm hinter der Bar. »Sean kam etwa um … etwa um acht oder so.«

»Haben Sie Kameras?«, fragte Zander und suchte die Decke und die Wände ab.

»Nein. Wofür?«

Zander starrte ihn an. »Für den Fall eines Verbrechens. Schlägereien, Überfälle, so was in der Art.«

Paul winkte ab. »Das ist die Investition nicht wert. Wir sind noch nie ausgeraubt worden – außer wenn Sie das eine Mal mitzählen, als vier Deppen vom College ein paar Wodkaflaschen abgegriffen haben. Die sind nicht mal an den Leuten hier vorbeigekommen«, sagte er mit einer ausladenden Bewegung.

»Daran erinnere ich mich«, schaltete Greer sich ein. »Zwei hatten gefälschte Personalausweise. Hat Spaß gemacht, die Eltern zu kontaktieren.«

»Okay, zurück zu Sean. Donnerstag. Zwanzig Uhr«, sagte Zander.

Paul strich sich über den Bart. »Sean hat da gesessen.« Er zeigte auf einen Hocker in der Mitte der Theke. »Normalerweise trinkt er Coors Light.«

»Kommt er oft hierher?«, fragte Zander.

»Eigentlich nicht, einmal die Woche vielleicht.«

Für Zander war das oft, für einen Barbesitzer offensichtlich nicht.

»Ist Lindsay mal mitgekommen?«

»Nein. Sie war noch nie hier.«

»Sie wissen, wer sie ist?«

»Ja. Ich sehe sie manchmal in der Stadt oder im Diner.«

Zander fiel auf, dass Paul von den beiden in der Gegenwart sprach. Wahrscheinlich war ihm noch nicht richtig bewusst, dass sie tot waren. »Ich nehme mal an, dass Sean mit Ihnen spricht, wenn er an der Bar sitzt?«, fragte Zander auch in der Gegenwartsform. »Worüber redet er denn so?«

Paul zog die Augenbrauen zusammen. »Weiß ich nicht. Basketball vielleicht. Manchmal komische Geschichten von seinen Schülern in der Highschool. Auch wenn er ihre Namen nie nennt«, fügte er schnell hinzu. »Nur den Mist, den die so bauen.«

»Und mit wem hängt er ab, wenn er hier ist?«

Paul kreuzte die Arme. »Ich dachte, Sie wollten wissen, was Donnerstag passiert ist.«

»Will ich auch. Ich versuche, mir ein Bild von dem Opfer zu machen.«

»Das sind alles Standardfragen«, schaltete Greer sich ein.

Zander wusste die Unterstützung zu schätzen. Bisher war der Sheriff fast stumm geblieben.

»Sean kommt mit allen gut klar. Er redet einfach mit dem, der ihm am nächsten sitzt.«

»Und wie kam Ihnen Sean am Donnerstag vor? War er gesprächig? Hat er sich für das Spiel interessiert?«

»Am Donnerstag hat er nicht viel gesagt. Ich glaube, er hat vor allem das Spiel geguckt, und er war bestimmt schon eine Stunde hier, bevor die Osburne-Brüder ihn angegriffen haben.«

Zander wandte sich an den Sheriff. »Osburne-Brüder?«

Greer verzog den Mund. »Raue Burschen. Und nicht besonders helle. Ich habe mit denen schon öfter zu tun gehabt. Trunkenheit am Steuer, Körperverletzung, Geschwindigkeitsübertretungen. Wenn sie nicht betrunken sind, sind sie ziemlich handzahm.«

Paul nickte beifällig. »Ich musste sie schon ein paar Mal auffordern zu gehen. Kyle ist ein übler Säufer. Einer meiner Barkeeper hat viel Ärger mit ihm.«

»Und der andere Osburne?«, fragte Zander.

»Billy«, sagte Greer. »Macht seinem Bruder alles nach. Beides kräftige Burschen, aber Kyle hat bestimmt fünfzehn Kilo mehr auf den Rippen.«

»Und ist strohdumm«, fügte Paul hinzu.

Sheriff Greer schnaubte. »Das kann man wohl sagen!«

»Okay.« Zander konnte sich die beiden vorstellen. »Wer hat angefangen?«

»Das habe ich nicht gesehen. Ich habe das Krachen gehört und mich umgedreht. Da lag Sean schon am Boden neben dem

Hocker, und Billy trat nach ihm. Deswegen denke ich, dass er Sean angegriffen hat.«

»Was haben Sie getan?«

»Hab meinen Schläger geholt.« Paul umrundete den Tresen und zog einen Baseballschläger hervor. »Ich habe sie angeschnauzt. Aber ich war auf der falschen Seite vom Tresen, und sie haben mich ignoriert. Billy jedenfalls. Sean hatte sich aufgerappelt, aber er musste Billys Faustschlägen ausweichen.«

»Und Kyle? Was hat der gemacht?«

»Er hat die anderen zurückgehalten«, sagte Paul und legte sich den Schläger lässig auf eine Schulter. »Ein paar Leute haben versucht, dazwischenzugehen, aber keiner traut sich, sich mit Kyle oder Billy anzulegen, wenn die betrunken sind. Ich bin also um die Bar rum und hab mir mit dem Schläger einen Weg gebahnt. Als ich durch die Menge war, habe ich Kyle mit dem Schläger bedroht und ihm gesagt, er soll gefälligst Billy von Sean runterholen. Da waren die beiden nämlich wieder auf dem Boden. Kyle hat mich fies angegrinst, seinen Bruder am Hemdkragen gepackt und von Sean weggeschleudert. Ich habe ihnen gesagt, sie sollen Leine ziehen, und das haben sie dann auch gemacht.«

»Warum haben Sie die Polizei nicht angerufen?«

Paul warf Sheriff Greer einen Blick zu. »Die haben ja wohl was Besseres zu tun, als sich um Kneipenschlägereien zu kümmern. Es war vorbei. Sean konnte stehen. Ich habe ihm ein Bier ausgegeben, den Hocker hingestellt, und er hat das Spiel weitergeguckt. Fertig.«

»Sean war nicht verletzt?«

»Doch, er hatte Schmerzen. Ich habe ihm einen Beutel mit Eis für seine Lippe gegeben. Und als er gegangen ist, ist mir aufgefallen, dass seine Bewegungen steif waren.«

Zander machte sich eine geistige Notiz, den Gerichtsmediziner nach Schürfwunden und blauen Flecken zu fragen.

»Hat einer Sean gefragt, worum es bei dem Streit ging? Wie die Prügelei angefangen hat?«

»Keine Ahnung. Ich nicht. Niemand ist überrascht, wenn sich die Osburne-Brüder aufspielen.«

»Glauben Sie, dass es etwas mit Seans Hautfarbe zu tun hatte?«

Paul machte ein mürrisches Gesicht. »Keine Ahnung. Ich habe ja nicht gehört, was sie gesagt haben.« Aber dann dämmerte ihm etwas. »Aber ich habe Ihnen vorhin erzählt, dass einer meiner Barkeeper immer Probleme mit den Osburnes hat. Und der ist Mexikaner. Sie machen sich über ihn lustig.«

Zwei kräftige Männer. Wahrscheinlich Rassisten.

Die Osburne-Brüder passten jedenfalls ins Profil.

»Wissen Sie, wann Sean aufgebrochen ist?«

Paul dachte nach. »Gleich nach dem Spiel. Ich erinnere mich, dass er enttäuscht war, weil seine Mannschaft verloren hat. Er hat das Geld fürs Bier auf die Theke geworfen und ist los. Ich kann einfach nicht glauben, dass er nie mehr hierherkommen wird.«

»Können Sie uns ein paar Namen von Leuten geben, die die Schlägerei mit angesehen haben?«, fragte Zander.

Paul zögerte.

»Wir erzählen niemandem, dass wir die Namen von Ihnen haben. Es waren viele Leute in der Kneipe.«

Pauls Gesicht hellte sich wieder auf. Er leierte drei Namen runter, die der Sheriff notierte.

Zander wusste jetzt, dass Sean noch gelebt hatte, als das Spiel zu Ende war. Er wandte sich an den Sheriff. »Kommen Sie mit? Den Osburnes einen Besuch abstatten?«

»Okay. Ich fahre vor«, sagte Greer und wandte sich zum Gehen.

»Hey, Sheriff«, sagte Paul. »Kommen Sie morgen zum Buchclub?«

Zander glotze Paul ungläubig an. Hatte er *Buchclub* gesagt?

Greer zögerte. »Macht Ihre Frau wieder den Nacho Dip?«, fragte er dann hoffnungsvoll.

»Das ist der Plan.«

»Ich habe das Buch noch nicht gelesen.«

»Sollten Sie aber. Es ist gut, es geht um ein echtes Komplott, George Washington umzubringen. Aber Sie wissen ja, dass es keine Rolle spielt, ob Sie es gelesen haben oder nicht. Kommen Sie einfach vorbei.«

»Okay, mache ich.« Der Sheriff ging zur Tür.

Zander folgte ihm schweigend. Man sollte sich eben nicht zu schnell ein Bild von den Leuten machen, dachte er.

10

Emily parkte auf der stillen Lichtung und hoffte, die Geister würden fernbleiben.

Der Trümmerhaufen sackte von Jahr zu Jahr mehr in sich zusammen – die Sonne, der Regen und die Zeit lösten die einzelnen Bestandteile auf. Samen wurden vom Wind herbeigeweht, Farne und Wildgräser überwucherten alles. Die Natur hatte dem alten Haus nach seinem Tod neues Leben abgerungen.

Ihr Elternhaus war nach dem Feuer abgerissen worden, aber der Trümmerhaufen blieb sich selbst überlassen. Sie fragte sich, wie viele Chemikalien in den Erdboden gesickert sein mochten. Und welche in hundert Jahren noch nicht abgebaut wären.

Niemanden sonst schien das zu kümmern.

Sie stieg aus ihrem neu bereiften Auto. Es musste rund vier Jahre her sein, seit sie das letzte Mal an dem Ort gewesen war, wo ihr Vater ermordet worden und ihr Elternhaus ausgebrannt war.

Es tat immer noch weh.

Schöne Erinnerungen blitzten auf. Verstecken spielen mit ihren Schwestern. Der Tag, an dem ihr Vater eine Schaukel aufbaute. Verträumte Sommertage, an denen sie Buden im hohen Gras gebaut hatten. Insektenstiche. Schrecklich juckende Stellen vom giftigen Efeu. Ihre Mutter hatte ihr Fäustlinge umgebunden, an denen sie verzweifelt mit ihren Zähnen gezogen hatte, um sich doch irgendwie kratzen zu können.

Nicht nur schöne Erinnerungen.

Aber Erinnerungen an Giftefeu waren besser als solche an die Nacht, in der ihr Vater gestorben war.

Blaulicht. Die Sirenen der Feuerwehrautos. Die Schläuche. Das Wasser.

Madison klammerte sich an ihre Mutter und verbarg ihr Gesicht in deren Mantel. Die Flammen erhellten das Gesicht ihrer Mutter, während sie zu dritt zusahen, wie das Feuer wütete und das Haus in sich zusammensackte. Schock. Angst. Unglauben. Das musste ein Traum sein. Emily schmiegte sich an ihre Mutter, die stumm und wie betäubt in die Flammen starrte. Feuerwehrmänner und Polizisten liefen schreiend hin und her.

Und dann näherte sich ihnen ein Polizist mit versteinerter Miene. Da wusste Emily, dass sie ihren Vater gefunden hatten.

Und dass es kein Traum war.

Hinter ihr knirschten Reifen auf dem Kies. Emily drehte sich um. Ihr Herz setzte einen Schlag aus.

Brett.

Im Geländewagen der Polizei von Astoria, aber nicht in Uniform. Es war Sonnabend, sein freier Tag. Nach fünf Jahren hatte sie immer noch seinen Dienstplan im Kopf. Das machte sie wütend. Warum bewahrte ihr Hirn Details aus dem Leben ihres Ex-Manns auf?

Woher weiß er, dass ich hier bin?

Er hatte keinen Grund herzukommen. Das bedeutete, dass er ihr gefolgt war.

Das machte sie noch wütender. Aber sie ließ sich nichts anmerken.

Eine Gewohnheit. Eine Schutzhaltung.

Er knallte die Autotür zu und schlenderte mit einem gleichmütigen Seitenblick auf die verkohlten Überreste auf sie zu. Seine Lässigkeit war vorgetäuscht, er tat nie etwas Unbedachtes. Vor allem nicht, wenn es um sie ging.

»Hey«, begrüßte er sie. Gespielte Gleichgültigkeit.

Als wäre es gar nicht merkwürdig, dass sie einen Kilometer vor der Stadt am Waldrand aufeinandertrafen.

Wo *niemand* je hinging.

»Hey.«

»Hab dich in der Stadt vorbeifahren sehen. Hab gewunken, aber du hast mich nicht gesehen.« Er blieb einen Meter vor ihr stehen und sah sie durchdringend aus seinen braunen Augen an.

Ihr drehte sich der Magen um. Es hatte eine Zeit gegeben, in der sie dahingeschmolzen war, wenn dieselben braunen Augen sie angesehen hatten. Damals hatte sie sich danach verzehrt, dass er sie wahrnahm, und als er es schließlich tat, hielt sie ihre Welt für perfekt. Jetzt hieß es für sie nur, dass er sie analysierte, auf jede Nuance achtete, allem, was sie sagte und tat, eine Bedeutung beimaß. Dass er sie untersuchte wie einen Käfer unter dem Mikroskop.

Sie verhielt sich ganz still.

»Stimmt. Ich habe dich gar nicht bemerkt.«

»Ich habe gesehen, wo du abgebogen bist. Da konntest du ja nur dieses Ziel haben.« Er machte eine sorgenvolle Miene. »Sag mir nicht, dass du oft herkommst.«

»Nein, tue ich nicht.«

Es hatte eine Zeit gegeben, in der sie nichts außer ihn gewollt hatte. Seine Stärke. Seine Reife. Er war sechs Jahre älter als sie, und sie hatte ihn während ihrer gesamten Teenagerzeit angehimmelt. Als sie achtzehn war, war sie ihm schließlich aufgefallen. Und er wurde zum Fundament ihres Lebens.

Und dann zum Herrscher über ihr Leben.

Sie heirateten zwei Jahre später, und dann begann es mit Kleinigkeiten. Fragen danach, wo sie gewesen war. Die Erwartung, dass sie seine Textnachrichten augenblicklich beantwortete. Warnungen vor ihren männlichen Freunden – sie hätten nur das eine im Sinn. Bitten, mit ihm zu Hause zu bleiben, statt zu ihrem regelmäßigen Mädelsabend zu gehen.

Sie hatte getan, worum er sie bat. Es hatte ihr geschmeichelt, dass er ihre ganze Aufmerksamkeit für sich beanspruchte. Für sie geschah das alles aus tiefer Liebe zu ihr.

Aus den Bitten wurden Forderungen, die sich wie eine Schlinge um ihren Hals legten.

Warum sollte er ihr E-Mail-Passwort nicht wissen? Was hatte sie zu verstecken?

Warum sprach sie mit ihren Freunden? War er ihr nicht genug?

Warum konnte er nicht mitkommen, wenn sie sich mit ihren Freundinnen traf? Es waren doch auch seine Freundinnen.

Wenn sie ihm irgendetwas abschlug, fragte er sie stundenlang aus, versuchte sie in aller Ruhe von seinem Standpunkt zu überzeugen. Er liebte sie doch. Oder behandelte er sie etwa nicht wie eine Königin? Warum kam sie ihm nicht mit kleinen Gefallen entgegen, wenn er sich dann in ihrer Beziehung sicherer fühlen würde?

Um den stundenlangen Diskussionen und der anschließenden emotionalen Erschöpfung zu entgehen, gab sie meistens nach. Im Laufe der Zeit lief sie in seiner Gegenwart wie auf rohen Eiern und versuchte nur noch, ihn glücklich und zufrieden zu machen.

Die ununterbrochene Kontrolle hielt ihren Stresspegel dauerhaft oben und machte sie fertig. Irgendwann war klar, dass sie nicht mehr unter einem Dach mit ihm leben konnte. Sie reichte die Scheidung ein.

Er war unsicher. Sie war nicht verpflichtet, ihr Leben danach auszurichten.

Brett ging näher an den Trümmerhaufen und trat nach einem Dachziegel. »Ich hasse diesen Ort«, sagte er. »Wenn ich nur daran denke, wie sich dein Leben in der Nacht zum Schlechten gewendet hat.«

»Tja.« *Als wüsste ich das nicht ganz genau.* Wieder stieg diese Wut in ihr auf.

Seine Augen wurden noch dunkler. »Ich mache mir Sorgen um dich.«

Sie kämpfte gegen ein Zittern an. »Mir geht's gut. Mir gefällt die Ruhe hier.«

»Du findest Ruhe an einem Ort, an dem dein Dad ermordet wurde?«

Arschloch. Das war Absicht. Er hatte ihr unter dem Vorwand, sich Sorgen zu machen, ein Messer ins Herz gestochen.

»Ja, aber so ist es.« *Halt die Antworten kurz.*

»Dein ganzes Leben hat damals eine andere Richtung genommen. Deine Schwester ist abgehauen und deine Mutter ist gestorben.«

Er stieß ihr das Messer mitten ins Herz.

Sie atmete langsam ein und noch langsamer aus, zählte während des Atmens und blieb ruhig.

»Ich nehme an, du hast immer noch nichts über Tara erfahren?« Er wandte sich vom Haus ab.

»Nein. Und du?«

Brett hatte bei der Polizei ganz andere Suchmöglichkeiten als ein normaler Bürger. Trotzdem hatte sie ihn in ihrer Ehezeit nie darum gebeten, nach Tara zu suchen. Sie hatten nur selten von ihr gesprochen.

Tara und er waren in ihrem letzten Schuljahr ein paar Monate zusammen gewesen. Sie hatte sich nur ein paar Wochen vor dem Mord an ihrem Vater von ihm getrennt.

»Ich habe nie nach ihr gesucht«, antwortete er. »Es geht mich nichts an. Sie hat mich verlassen, daran wirst du dich wohl noch erinnern. Außerdem hat sie immer davon gesprochen, dieser Scheißstadt den Rücken zuzukehren.« Er zuckte die Achseln. »Sie hatte Größeres im Sinn, und deswegen überrascht es mich nicht, dass sie abgehauen ist.«

Emily glaubte ihm nicht. Brett konnte es nicht verwinden, dass Tara gegangen war, ohne sich auch nur nach ihm umzudrehen.

Sie vermutete, dass er vergeblich nach ihr gesucht hatte.

Aber sein Ego erlaubte es ihm nicht, das zuzugeben.

»Madison hat intensiv gesucht«, sagte Emily und musterte ihn aufmerksam. Sie hatte gelernt, ihn so genau zu lesen wie er sie. In den letzten Monaten ihrer Ehe waren sie umeinander herumgeschlichen, hatten ununterbrochen versucht zu erraten, was der andere dachte. Ihre verbale Kommunikation war unterirdisch gewesen. Von Vertrauen nicht die geringste Spur.

»Ach wirklich? Und sie hat nichts gefunden?«

Zu lässig. Er brennt darauf, es zu wissen.

Begehrt er sie nach all diesen Jahren immer noch?

Emily war für ihn nur die Zweite gewesen. Die zweite Schwester. Die zweite Wahl.

Tief im Inneren hatte sie immer gespürt, dass er sie nicht wirklich liebte. Für ihn war sie eine verknallte Frau, die ihm seine Unsicherheit nahm, aber sie hatte das lieber ignoriert. Sie war naiv gewesen und hatte gehofft, Taras Stelle in Bretts Herzen einnehmen zu können.

Erst später wurde ihr klar, dass er auch Tara nicht liebte. Er konnte nur nicht akzeptieren, dass sie ihn sitzen gelassen hatte. Und daraus war eine Obsession geworden.

»Madison hat sie nicht gefunden. Sie glaubt, dass Tara einen anderen Namen angenommen hat.«

Er nickte. »Klingt logisch.« Er sah sie prüfend an. »Wollen wir einen Kaffee zusammen trinken?«

Sie erstarrte. Allein der Gedanke verursachte ihr Magengrimmen. »Nein, ich muss zurück zum Diner.«

»Okay, ich folge dir.«

Den Teufel wirst du tun! »Fahr ruhig. Ich bleibe noch ein paar Minuten hier. Erinnerungen und so …«, stammelte sie. Er sollte endlich verschwinden!

Er musterte sie eine Weile.

Er sah immer noch sehr gut aus. Ihr Gehirn registrierte das, aber ihr Herz warnte sie.

»Emily, so schlecht war das doch gar nicht mit uns beiden, oder?« Es klang etwas verzagt, aber auch neugierig.

Dazu fiel ihr nichts ein. Hatte die Zeit alles gelöscht, was sie ihm erklärt hatte?

Seine Unsicherheit hatte sie zu einem Schatten der unabhängigen Frau gemacht, die sie vor ihrer Beziehung gewesen war. Sie hatte länger als ein Jahr gebraucht, um ihr Selbstbewusstsein wiederzufinden.

»Es ist fünf Jahre her, Brett. Ich lasse mich nicht auf diese Diskussion ein. Wir haben alles gesagt, was gesagt werden musste.«

Er runzelte die Stirn. »Ich weiß, aber …«

»Kein Aber. Warum sollten wir Zeit verschwenden, etwas zu analysieren, das lange vorbei ist?«

»Aber wenn wir zusammen sind … so wie jetzt … dann fühlt es sich –«

»Falsch an. Es fühlt sich sehr, sehr falsch an.« Sie funkelte ihn wütend an.

Seine Mundwinkel sackten nach unten und zwischen seinen Augenbrauen erschien eine steile Falte. Die Vorläufer einer Panikwelle krochen ihr die Wirbelsäule hoch. Emily kannte die Anzeichen. Er machte sich bereit, seinen Standpunkt zu vertreten, und er würde es so lange tun, bis sie schließlich erschöpft nachgab.

Aber sie waren nicht mehr verheiratet.

»Geh nach Hause, Brett.« Sie wandte sich ab und winkte mit einer Hand, in der Hoffnung, dass er die Andeutung verstand. Aber sie wartete nicht ab, sondern ging durch das, was einmal der Garten gewesen war, zum Waldrand hinüber. Sie lief wie blind, alle ihre Sinne waren auf die Geräusche der Autotür gerichtet.

Erleichterung durchflutete sie, als sie schließlich hörte, wie er die Tür öffnete und zuknallte. Einen Moment später ließ er den Motor an.

Danke, lieber Gott.

Sie hatte seit Monaten nicht mehr mit ihm gesprochen. Was zum Teufel hatte ihn dazu bewogen, es ausgerechnet heute mit einer Versöhnung zu versuchen? Kurzfristiger Erinnerungsverlust?

Manchmal sah sie ihn durch die Stadt fahren – er lebte immer noch in Bartonville. Es war schrecklich, aber ihr Herz zog sich jedes Mal zusammen, wenn sie einen SUV der Polizei von Astoria sah. Und jedes Mal musste sie genau hinschauen, um zu überprüfen, ob er es war.

Ihre Trennung war hässlich gewesen.

Sie blieb wie angewurzelt stehen. Brett verschwand aus ihren Gedanken. Sie starrte auf den Baumstumpf.

Vor vielen Jahren, längst nachdem Chet Carlson wegen Mordes an ihrem Vater eingesperrt worden war, hatte jemand den Baum gefällt. Sie hatte nie herausgefunden, wer das gewesen war. Sie hatte auch nie danach gefragt, und niemand hatte es je angesprochen. Die Zerstörung fühlte sich gerechtfertigt an, und sicherlich war es für denjenigen ein heilsamer Moment gewesen. Sie vermutete, dass es eine ihrer Großtanten gewesen sein könnte.

Aber den Baumstumpf zu sehen, war immer wieder ein Schock.

Sie ging daran vorbei in den dichten Tannenwald. Der Wind rauschte durch die Wipfel und brachte die kolossalen Bäume zum Schwanken. Der Erdboden war durchnässt. Wochen ununterbrochenen Regens hatten diesen Teil des Staates komplett aufgeweicht. Sie legte eine Hand an einen Baumstamm und spürte die Schwingungen im Inneren. Gewohnheitsmäßig prüfte sie den Boden um die Bäume, suchte ihn nach Rissen und anderen Zeichen dafür ab, dass der Wind die flachen Wurzeln eines Baumriesen gelockert hatte. Es passierte selten, dass einer von ihnen umfiel, aber ein starker Sturm nach wochenlangem Regen konnte eine Katastrophe auslösen.

Sie hatte Häuser gesehen, die unter den Bäumen zerdrückt worden waren. Ihre Mutter hatte sich immer große Sorgen gemacht, als sie in dem kleinen Haus am Waldrand gelebt hatten, und hatte den Boden bei dieser Witterung oft nach Anzeichen für lockere Wurzeln abgesucht.

Aber es waren nicht die Tannen gewesen, die das Haus zerstört hatten.

Sie hatte plötzlich einen Kloß im Hals und ließ den Tränen freien Lauf. Niemand sah sie hier. Keine neugierigen Blicke, keine unerwünschten Fragen. Sie lehnte sich gegen eine Tanne und erlaubte sich die Gefühle. Erlaubte sich, den Schmerz und den Verlust und die Wut über die Zerstörung ihrer Familie zu spüren. Und dann brach alles aus ihr hervor, überschwemmte sie, sodass sie die Arme um ihren Leib schlagen und sich vornüberbeugen musste. Sie hatte ihren Vater verloren, ihr Zuhause, Tara und schließlich ihre Mutter – ein Dominoeffekt, der mit dem grausamen Mord an ihrem Vater seinen Anfang genommen hatte.

Kurz darauf war der Gefühlsausbruch vorbei und ließ sie ausgelaugt, mit schweißnassen Schläfen und nach Luft keuchend zurück. Vom Genick aufsteigend kündigten sich Kopfschmerzen an. Ihre Beine fühlten sich an wie Zweige. Es war nicht das erste Mal, dass ihr das hier passiert war.

Es war einer der Gründe, warum sie sich von hier fernhielt.

Sie schüttelte sich. Der Baumstumpf hinter den Tannen geriet in ihren Blick.

Hier ist etwas passiert, sagte er.

Etwas Tödliches. Etwas Endgültiges. Etwas Unabänderliches.

Chet Carlson war für den Mord an ihrem Vater zu einer lebenslangen Haftstrafe verurteilt worden. Es war ein Trostpflaster auf ihrem verwundeten Herzen. Es half. Aber es heilte nicht.

Niemand konnte für den Selbstmord ihrer Mutter belangt werden. Emily gab Chet Carlson die Schuld, aber sie wusste, dass ihre Mutter und die Erwachsenen, die für sich beansprucht hatten, ihre Mutter zu lieben, auch nicht unschuldig waren. Mit der Zeit hatte sie einen provisorischen Schutzwall um ihren Schmerz aufgebaut. Meistens hielt der Wall ihm stand, aber manchmal brach der Schmerz doch durch.

So wie jetzt, im Anblick der jämmerlichen Überreste dessen, was ihr Zuhause gewesen war.

Und bei der wieder auflebenden Erinnerung an Taras Verrat.

11

Ein Anruf des Gerichtsmediziners Seth Rutledge verzögerte Zanders Fahrt zu den Osburne-Brüdern.

Dr. Rutledge erwischte Zander auf dem Parkplatz vor der Bar. Er wollte ihm von dem vorläufigen Ergebnis der Autopsien berichten. Zander ging zu Sheriff Greers SUV hinüber und quetschte sich entnervt unter den Computer und den Monitor, die über den Beifahrersitz ragten.

»Okay, Seth«, sagte er, nachdem er das Handy mit dem internen Lautsprecher verbunden hatte. »Sheriff Greer hört auch mit.«

»Guten Morgen.« Dr. Rutledges Stimme füllte den Innenraum.

»Sagen Sie mir nicht, dass Sie schon fertig sind.« Greers Stimme war ungläubig.

»Ich fange früh an«, antwortete Dr. Rutledge. »Für eine normale Autopsie brauche ich etwa zwei Stunden. Mal mehr, mal weniger.«

»Ich bin sicher, dass Sie bei dem jungen Paar besonders gründlich vorgegangen sind«, bemerkte der Sheriff.

»Ich gehe immer besonders gründlich vor. Ohne Ausnahme.«

Zander biss sich bei Dr. Rutledges scharfer Erwiderung in die Wange. »Wir haben gerade herausgefunden, dass Sean in eine Kneipenschlägerei verwickelt war. Und zwar an seinem Todestag – oder am Vortag seines Todes, je nachdem, von welchem Todeszeitpunkt Sie jetzt ausgehen. Der Barkeeper bezeugt, dass er in den Bauch getreten und ins Gesicht geschlagen wurde. Sicherlich haben Sie entsprechende Spuren gefunden?«

»Ja. Und das beantwortet auch schon eine meiner Fragen«, sagte Dr. Rutledge. »Denn zunächst war ich davon ausgegangen, dass Seans Schürfwunden und die blauen Flecken auf die Abwehr seiner Angreifer zurückzuführen waren. Aber dann kamen die ersten Ergebnisse der Blutuntersuchungen rein.«

Zander tauschte einen Blick mit dem Sheriff.

»Sean und Lindsay hatten beide einen hohen GHB-Gehalt im Blut. Ich bezweifle, dass er noch in der Lage war, seine Angreifer abzuwehren. Also musste er die Verletzungen von einem vorangegangenen Kampf davongetragen haben.«

»GHB? Was ist das?«, fragte Zander.

»Die Sorte, die ich bei den Fitchs gefunden habe, ist eine Art hausgemachtes Ecstasy. Verursacht erst ein euphorisches High und dann einen Absturz. Die Leute werden schläfrig oder sie verlieren das Bewusstsein oder sie sterben sogar. Natürlich variiert die Stärke von dem Zeug, vor allem wenn bei der Herstellung geschlampt wird. Es ist enorm gefährlich.«

»O Mann!«, murmelte der Sheriff.

Zander war verblüfft. Hatte das Paar die Drogen selbst genommen? Oder waren sie unter Drogen gesetzt worden, um dem Angreifer die Sache zu erleichtern? »Hat die Spurensicherung irgendwelche Drogen im Haus gefunden?«, fragte er den Sheriff.

Greer schüttelte den Kopf.

»Wir sagen den Technikern Bescheid«, sagte Zander. »Wonach sollen sie suchen, Doc? Nach Pillen? Flüssigkeiten?«

»Dem Mageninhalt und der Konzentration im Blut nach zu urteilen, wurde es in flüssiger Form aufgenommen. Ihre Leute sollten Tassen, Becher und Flaschen unter die Lupe nehmen. Und alle Flüssigkeiten im Kühlschrank überprüfen. Das Zeug ist farblos und geschmacklos.«

Der Sheriff machte sich eine Notiz. »Dann müssen wir noch mal zum Haus. Ich weiß, dass sie den Inhalt des Kühlschranks nicht sichergestellt haben. Und das benutzte Geschirr auch nicht.«

»Sean hat was in der Bar getrunken«, sagte Zander leise.

»Das erklärt aber nicht, warum Lindsay unter Drogeneinfluss stand«, stellte der Sheriff fest. »Aber wir behalten das im Hinterkopf, falls wir im Haus nichts finden.«

»Kann es ihnen gespritzt worden sein?«, fragte Zander. Es war nicht vollkommen ausgeschlossen, dass jemand das während der Kneipenschlägerei getan hatte.

»Ich habe keine Einstichstellen gefunden. Sean hatte Schürfwunden an den Fingerknöcheln, am Kiefer und an den Wangenknochen. Dunkelblaue Flecken auf Bauch und Rücken. Das passt zu den Schlägen und Tritten einer Prügelei.«

»Sonst irgendwelche Verletzungen?«, fragte Zander.

»Keine akuten. Ein alter Bruch des Unterarmknochens. Anzeichen einer beginnenden Herzerkrankung.«

»Aber er war doch erst siebenundzwanzig«, sagte der Sheriff bestürzt.

»Tja. Das sehe ich oft bei jungen Leuten. Übrigens hat sein Herz auch nicht mehr geschlagen, als sie ihn erhängt haben. Er wurde kurz danach aufgeknüpft.«

»Sie haben einen toten Mann aufgehängt«, stellte Zander zögernd fest. Die Mörder hatten einen Plan gehabt.

»So ist es. Vielleicht haben sie gedacht, dass er noch lebte. Aber einer der vielen Messerstiche hat seine Aorta durchtrennt. Er ist schnell verblutet. Das war die Todesursache.« Der Arzt machte eine Pause. »Neunzehn Stichverletzungen. Lindsay hatte einundzwanzig.«

Zander war geschockt. Irgendjemand war wütend gewesen. Sehr wütend.

»Ach, und Zander?«, sagte Dr. Rutledge leiser. »Lindsay war schwanger. Im zweiten Monat.« Die Stimme des Arztes war sehr zurückhaltend.

Zander konzentrierte sich auf die Autos, die auf der Straße hinter dem Parkplatz vorbeifuhren. Er spürte den neugierigen Blick des Sheriffs. »Wie schrecklich.« Seine Stimme war ausdruckslos. Er versuchte, den plötzlich aufgetretenen schrillen Ton in den Ohren zu ignorieren.

»Meinen Sie, dass sie es wusste?«, fragte der Sheriff.

»Meiner Erfahrung nach wissen das die meisten Frauen«, antwortete Dr. Rutledge. »Es gibt aber auch welche, die es erst mitten in den Wehen begreifen. Ich habe das immer für frei erfunden gehalten, bis es der Tochter eines Freundes passiert ist.« Seine Stimme hörte sich ungläubig an. »Sie sind schnell los und haben Windeln und einen Kindersitz gekauft. Niemand hatte eine Ahnung.«

Zander schloss die Augen. Warum durften manche Leute Kinder bekommen, während andere sich quälten und leiden mussten, um eine Familie zu gründen?

»Hatte sie Abwehrwunden, Doktor?«, fragte Greer.

»Sie hat zwei Stiche an den Unterarmen. Bei der Dosis GHB im Körper nehme ich an, dass es ein schwacher Versuch war, sich zu verteidigen. Die Leichenflecke passen zu der Seitenlage, in der sie aufgefunden wurde. Sie ist nicht bewegt worden.«

Im Gegensatz zu Sean.

War Sean das Ziel gewesen?, fragte sich Zander. Oder beide? Spielte die Schwangerschaft eine Rolle?

»Und der Todeszeitpunkt, Doc?«, fragte er.

»Zwischen Mitternacht und drei Uhr morgens würde ich sagen.«

»Beide?«

»Ja, beide.«

»Gibt es sonst noch etwas, das im Moment hilfreich für uns wäre?«

»Nein, im Moment nicht. Mein schriftlicher Bericht liegt Ihnen heute Abend vor. Bis auf die weiteren Resultate der toxikologischen Untersuchungen. Ich habe noch ein paar Tests in Auftrag gegeben, und manchmal dauern die länger.«

»Gut. Vielen Dank.«

Nachdem er das Telefonat beendet hatte, saß Zander einen Moment still da. Der Sheriff respektierte sein Schweigen. Zander vermutete, dass das Gehirn des Sheriffs auch auf Hochtouren lief. Dr. Rutledge hatte ihnen viele Informationen gegeben, die verarbeitet werden wollten.

»Fahren wir zu den Osburnes?«, schlug Zander schließlich vor.

Greer rutschte hinter dem Lenkrad hin und her. »Vielleicht warten wir lieber, bis klar ist, ob es Fingerabdrücke von den Brüdern im Haus der Fitchs gibt. Ich kann mir nicht vorstellen, dass die Osburnes die Fitchs zum Plaudern besucht haben.«

Zander verstand, was Greer meinte. Ein Besuch könnte sie verraten. Wenn man Fingerabdrücke finden würde, würde das mit hoher Wahrscheinlichkeit bedeuten, dass sie dort gewesen waren, um das Paar anzugreifen. »Wir können vorbeifahren und gucken, ob sie zu Hause sind. Wissen Sie, was für Autos sie fahren?«

»Einen älteren Ford und einen Durango.«

Zander war gebührend beeindruckt. Allerdings hatte der Sheriff schon vor dem Besuch in der Bar gewusst, dass die Osburnes mit Sean aneinandergeraten waren. Er konnte es nachgesehen haben.

»Wie viele Straftaten haben Sie etwa im Jahr, die Sie auf rassistische Motive zurückführen würden, Sheriff?«

Greer rieb sich den Nacken. »Keine Ahnung. Man weiß oft nicht, ob es an der Gesinnung liegt. Und ehrlich, neunundneunzig Prozent der Bevölkerung hier sind weiß. Latinos machen das eine Prozent aus.«

»Hat es im Zusammenhang mit den Brüdern solche Vorfälle gegeben?«

»Das müsste ich nachsehen. Soweit ich weiß, zetteln sie mit jedem Streit an.« Er schüttelte den Kopf. »Jedes Mal, wenn sie mir über den Weg laufen, arbeiten sie woanders. Oder nirgends.«

Das überraschte Zander nicht. Die Küste von Oregon war isoliert. Eine niedrige Gebirgskette trennte die Städte vom Rest des Staats. Es gab nicht viele Jobs und dementsprechend hoch war die Arbeitslosenquote. Dies hier war nicht die kalifornische Küste mit herrlichem Wetter und perfekten Körpern. Wer an der Küste von Oregon lebte, brauchte eine gewisse Unbeirrbarkeit und einen warmen Mantel.

Greer ließ den Motor an. »Das Haus der Osburnes ist nicht weit von hier.«

»Ich folge Ihnen«, sagte Zander und stieg aus.

* * *

Der Ford Explorer des Sheriffs scherte plötzlich nach rechts auf den Seitenstreifen aus und kam abrupt zum Stillstand. Zander zog scharf die Luft ein, trat voll auf die Bremse und kam hinter ihm zu stehen.

Er hatte sich von den Häusern ablenken lassen, die den zweispurigen Highway säumten. Vielleicht lag es an dem trostlosen Wetter, aber der Anblick deprimierte ihn. Die Häuser waren zwischen hohen Bäumen und hinter Gebüsch verstreut.

In vielen Einfahrten standen schrottreife Fahrzeuge, in vielen Vorgärten rosteten Schaukelgestelle vor sich hin, und dahinter standen Scheunen mit halb eingestürzten Dächern.

Als Greer ausstieg, tat Zander dasselbe. Soweit er sehen konnte, waren sie nicht in der Nähe eines Hauses oder einer Zufahrt. Hier gab es nur Bäume.

Der Sheriff kam mit versteinerter Miene auf ihn zu. Zander stellten sich die Haare im Nacken auf.

»Was ist passiert?«, fragte Zander.

»Ich habe gerade erfahren, dass sich einer meiner Deputys heute Morgen erschossen hat. Die Osburnes müssen warten.«

»Was?« Zander fuhr der Schreck durch alle Glieder.

Greer verschränkte die Arme und wandte den Blick ab. »Es ist Copeland«, sagte er. Aus seinen Lippen war alles Blut gewichen.

Zander konnte den Namen sofort zuordnen. »Der Mann von gestern Morgen. Der Sean vom Baum genommen hat.«

»Er ist tot. Meine Jungs sagen, er hätte seine Dienstwaffe benutzt.«

Hat das etwas mit dem Mord an den Fitchs zu tun?

»Ich muss da jetzt hin.« Der Sheriff drehte sich um und ging mit hängenden Schultern zum Auto.

»Ich komme mit.«

Greer warf einen Blick über die Schulter. »Danke, nicht nötig.«

»Gestern war Ihr Deputy als erster Beamter am Schauplatz eines Verbrechens, in dem ich die Ermittlungen führe. Und heute ist er tot.« Zander hielt dem Blick des Sheriffs stand. »Ich komme mit.«

Greer starrte durch ihn hindurch. Er sah aus, als wäre er seit ihrem Gespräch auf dem Parkplatz vor der Kneipe um zehn Jahre gealtert. »Wie Sie wollen«, murmelte er.

Er weiß, dass ich recht habe.

Sowie Zander in seinem Wagen saß, rief er Ava an.

Ein paar Minuten später parkte er erneut hinter dem Sheriff. Das Haus der Copelands lag in einer Siedlung mit gleichartigen Bungalows auf kleinen Parzellen mit grünem Rasen. Die Straße war zugestellt mit Polizeifahrzeugen aus Clatsop County, Astoria, der City of Seaside und sogar einem Wagen der Bundespolizei. Grüppchen von Beamten standen vor dem Haus, Nachbarn drängten sich vor dem Absperrband und machten Fotos.

Dann bemerkte er Avas SUV. Sie telefonierte hin und her laufend. Sie war noch in Bartonville gewesen, als er sie erreicht hatte, und wusste, wo Copeland wohnte, weil sie ihn am Vortag befragt hatte. Als Zander und Greer auf sie zukamen, steckte sie das Handy in die Tasche und sah ihnen ernst aus ihren blauen Augen entgegen.

»Ich habe unseren Chef auf den neusten Stand gebracht«, sagte sie. »Der Gerichtsmediziner ist vor ein paar Minuten ins Haus gegangen.«

»Copeland war fast noch ein Kind«, murmelte Greer.

»Ja, er war sehr jung. Glauben Sie, die Morde könnten ihm so zugesetzt haben?« Ihr Ton ließ darauf schließen, dass sie es bezweifelte.

»Wie ist er dir gestern denn vorgekommen?«, fragte Zander.

»Er war aufgelöst und sehr mitgenommen. Aber er brannte darauf, die Morde aufzuklären.« Ihre Augen zogen sich zusammen. »Ich habe noch nie von einem Beamten gehört, der nach so einem Erlebnis nicht mehr leben wollte.« Sie machte eine Geste zu Greer. »Aber Sie kannten ihn besser.«

»Selbstmord? Darauf wäre ich bei Copeland nie gekommen«, sagte der Sheriff. »Aber lassen Sie uns die Fakten ansehen.«

Greers Blick wanderte über die wartenden Beamten. Sie hatten aufgehört zu sprechen und sahen zu ihm herüber. Sie standen wie betäubt unter einer Glocke aus Schmerz und schienen zu erwarten, dass ihr Sheriff etwas tat. Irgendetwas.

Zander wusste, dass der Sheriff nichts tun konnte, um ihren Schmerz zu lindern.

»Zwei Beamte halten die Zivilisten vom Flatterband fern«, ordnete Greer an. »Sie sollen ihre Handys wegstecken. Etwas Respekt zeigen.« Er duckte sich unter dem Absperrband hindurch und lief zum Hauseingang. Zander und Ava folgten ihm. Die drei trugen sich in ein Logbuch ein, das ihnen der Deputy an der Tür entgegenhielt.

Die Augen des Deputys waren rot und geschwollen, aber er stand kerzengerade, während sie sich eintrugen. Der Sheriff nahm den Hut ab und legte dem Deputy kurz die Hand auf die Schulter. Dann drückte er sie kurz und nickte, aber er sagte nichts.

Der Deputy sah ihn dankbar an.

Die drei gingen hinein. Zander wappnete sich für den nächsten Tatort.

Nate Copeland saß mit hochgelegten Füßen auf dem Fernsehsessel im Wohnzimmer. Das Kopfteil war so weit nach unten gestellt, dass der Stuhl fast waagerecht war. Copeland hätte einen Vormittagsschlaf halten können, wenn sein Kopf und Nacken nicht voller getrocknetem Blut gewesen wären.

»Hey, Sheriff.«

»Dr. Ruiz«, sagte Greer. »Dies sind die Special Agents Wells und …«

»McLane«, sagte der junge Gerichtsmediziner. »Wir haben uns vor einer ganzen Weile mal kennengelernt. Oder sollte ich jetzt Special Agent Callahan sagen?«

»Noch nicht«, antwortete Ava. »Die Hochzeit ist im Sommer.« Sie warf Zander einen Blick zu. »Bei einem Fall im letzten Herbst hat Dr. Ruiz meine Leiche obduziert.«

Meine Leiche.

Der Gerichtsmediziner zog ein Thermometer aus dem Schlitz, den er in Copelands Leber geschnitten hatte, und richtete sich wieder auf. Er prüfte die Digitalanzeige und bog dann vorsichtig Copelands Unterarm in der Ellenbeuge hin und her. »Noch keine Totenstarre«, stellte er fest, während er die Finger des jungen Beamten bewegte. »Die Körpertemperatur ist nur ein paar Grad unter dem Normalwert. Wie viel Grad sind es hier drin?«

Zander ging zum Thermostat an der Wand. »Einundzwanzig.«

Dr. Ruiz legte den Kopf auf die Seite und musterte den Toten. »Er ist seit zwei bis drei Stunden tot.«

Der Sheriff seufzte laut. »Noch nicht lang.« Er winkte einen Deputy von der Tür zu sich heran. »Fangt mal damit an, an alle Türen zu klopfen. Findet raus, ob irgendwer was gehört oder gesehen hat.« Der Mann nickte. Auf dem Weg zur Haustür stieß er fast mit einer Kriminaltechnikerin zusammen.

Greer winkte sie herein. »Sie sind aber schnell!«

»Wenn man hört, dass es einen von uns erwischt hat, legt man sofort einen Zahn zu. Das geht uns allen so.« Sie runzelte die Stirn, offensichtlich gefiel ihr der Anblick des Mediziners am Tatort überhaupt nicht.

»Ich habe Fotos gemacht, bevor ich den Leichnam berührt habe«, erklärte Dr. Ruiz schnell. »Ich schicke sie Ihnen. Und in einer Minute bin ich hier auch wieder verschwunden.«

Während die Technikerin von einer Ecke des Wohnzimmers aus nonstop Fotos machte und sich langsam vorarbeitete, leuchtete Dr. Ruiz Copeland mit der Taschenlampe in den Mund. »Eintrittswunde im Vordergaumen.« Er tastete den Schädel vorsichtig ab. »Und eine nicht unbeträchtliche Austrittswunde.«

Aufgrund der großen Menge Blut und der Gehirnmasse, die an den Stuhl und die Wand gespritzt war, hatte Zander sich das schon gedacht. Copelands Waffe lag in seinem Schoß, die Hand baumelte hinunter. Zander prüfte die Position von Waffe und Copelands Händen und Armen. Er sah nichts, das darauf hindeutete, dass Copeland sich nicht selbst erschossen haben könnte.

Aber er blieb unvoreingenommen.

Musste er wegen ihrer Ermittlungen sterben?

Dr. Ruiz warf Greer einen Blick zu. »Wir untersuchen die Hände auf Schmauchspuren.«

»Natürlich werden Sie Schmauchspuren finden«, stellte Greer klar. »Er hat jeden Tag mit Waffen zu tun. Soweit ich weiß, war er gestern erst auf dem Schießstand.«

»Es kommt auf die Partikelzählung an«, sagte Dr. Ruiz. »Sie wird sehr hoch sein, wenn er die Waffe hier abgefeuert hat.« Der Arzt zog seine Handschuhe aus und legte sie neben die Waffe. »Ich nehme an, das ist mein Fall?« Er sah Greer an. »Oder schicken Sie ihn wieder nach Portland wie die Toten von gestern?«

Sheriff Greer sah Zander und Ava an.

»Nehmen Sie es uns nicht übel«, begann Ava, »aber da Dr. Rutledge zwei Leichen in diesem Fall examiniert hat, bin ich der Meinung, dass er auch diese untersuchen sollte.«

»Sie glauben, es gibt einen Zusammenhang mit gestern?«, fragte Ruiz.

»Wir können es nicht ausschließen«, antwortete Zander. Er ließ den Blick im Wohnzimmer schweifen. Die Möbel und die gesamte Inneneinrichtung waren mindestens zwanzig Jahre alt. »Wissen Sie, ob Copeland hier alleine gelebt hat?«, fragte er den Sheriff.

»Gestern hat er mir gesagt, dass er hier mit seinen Eltern wohnt«, antwortete Ava. »Und dass die ein paar Wochen in Mexiko sind.«

»Wer hat ihn gefunden?«

»Ein anderer Deputy – Daigle – wollte ihn heute Morgen abholen«, sagte Sheriff Greer. »Sie hatten geplant, nach Short

Sands zu fahren. Ein Strand südlich von hier«, erklärte er. »Daigle hat es gemeldet, nachdem er ihn aufgefunden hat.«

»Ist er noch da?«

»Ich habe ihn draußen gesehen.« Der Sheriff ging zur Tür und rief: »Daigle! Herkommen!« Und setzte dann noch schnell ein »Bitte« nach.

Der Deputy trug eine ausgebeulte Hose und einen dicken Mantel. Sein rundes Gesicht war fleckig, seine Augen geschwollen. Er fixierte den Sheriff und vermied es, den Verstorbenen anzusehen.

Zander hatte Mitleid mit ihm. Daigle wirkte, als wäre er gerade erst von der Highschool gekommen. Das hatte er auch über Copeland gedacht. Ihm kamen alle Deputys sehr jung vor, aber vielleicht wurde er auch nur alt.

Er fühlte sich nicht alt. Vierzig war doch nicht alt.

Außer vielleicht in den Augen von Leuten, die in ihren Zwanzigern waren.

Zwischen Avas Augenbrauen erschien eine steile Falte, als sie den Deputy betrachtete. Zander fragte sich, ob sie das Gleiche dachte.

Der Deputy gab ihnen beiden die Hand, als Greer ihn vorstellte. Höflich, nein, übertrieben höflich. Das hatte Zander schon öfter an unerfahrenen Beamten frisch von der Polizeischule bemerkt.

»Wann haben Sie das letzte Mal mit Copeland gesprochen?«, fragte Ava ihn.

»Gestern Abend, Ma'am«, antwortete Daigle und wischte sich die Nase am Ärmel ab. »Als wir ausgemacht haben, dass ich ihn gegen Mittag abhole.«

»Klang es, als ob er sich auf den Ausflug gefreut hätte?«

»Ja, Sir. Wir wollten beide unbedingt raus aus der Stadt.«

»Es ist kalt, feucht und windig«, bemerkte Ava. »Warum fährt man bei so einem Wetter an den Strand?«

Der Sheriff schnaubte, während Daigle die Frage beantwortete. »Wenn wir hier auf das perfekte Wetter warten würden, könnten wir das Haus ja nie verlassen. Wir sind daran gewöhnt. An dem Strand gibt es ein paar windgeschützte Stellen, wo man Feuer machen kann.«

»Was machen Sie da so?«, fragte Zander. Für ihn klang es trostlos. Windgeschützt hin oder her.

Daigle zuckte mit den Schultern und sah auf seine Stiefel hinunter.

Trinken. Gras rauchen.

Zander tauschte einen schnellen Blick mit Ava, um deren Mundwinkel es verräterisch zuckte. Er fragte sich, ob Daigle den Kürzeren gezogen hatte. Hätte er zurückfahren sollen?

»Nate wollte nach dem Scheißtag gestern unbedingt raus an die frische Luft«, erklärte Daigle.

»Wie sind Sie reingekommen?«, fragte Zander.

»Die Tür war nicht abgeschlossen. Ich habe geklingelt. Nichts hat sich gerührt. Und dann habe ich ihn durchs Fenster gesehen und mich selbst reingelassen.«

»Hat Copeland irgendwann mal was gesagt, weswegen Sie sich Sorgen um ihn gemacht haben?«

»Nein, Sir. Ich verstehe, worauf Sie hinauswollen. Ich wäre nie und nimmer darauf gekommen. Ich würde sagen, ich bin sein engster Freund, und ich habe das nicht kommen sehen. Wenn er eine Depression gehabt hat … mir hat er jedenfalls nie etwas davon gesagt.«

»Viele Betroffene sprechen nicht darüber«, sagte Ava leise. »Selbst mit ihren engsten Freunden und Angehörigen nicht. Wir suchen hier alles nach Antidepressiva ab.«

»Ich kann nicht glauben, dass er das getan hat, wo er doch wusste, dass ich ihn finden würde«, murmelte Daigle. »Arschloch!« Er wischte sich mit dem Handrücken über die Augen.

Ava sah ihn freundlich an. »Vielleicht hat er Ihnen vertraut.«

»Trotzdem scheiße. Das kriege ich nie wieder aus dem Kopf.«

Der Sheriff hob eine Augenbraue und sah die beiden fragend an. Sie nickten. »Sie können jetzt gehen, Junge. Wir reden später miteinander.«

»Hat irgendjemand Copelands Eltern erreicht?«, fragte Zander.

»Ich habe eine relativ vage Nachricht hinterlassen, dass sie mich anrufen sollen. Haben sie aber noch nicht getan«, antwortete Greer. »Jetzt sehen wir uns erst mal um.«

Die drei streiften sich Handschuhe über und teilten sich auf. Zander durchsuchte das Medizinschränkchen im kleinen Badezimmer. Er fand alle möglichen individuellen Pillenbehälter, aber auf allen standen die Namen von John oder Helen Copeland. Abgesehen von einem Mittel gegen Bluthochdruck sagten ihm die Medikamente nichts.

»In den Schlafzimmern ist nichts«, meldete der Sheriff, als er durch den Flur auf Zander zukam.

»In der Küche sind keine Medikamente«, rief Ava von der Rückseite des Hauses. »Aber ihr müsst euch das hier mal ansehen!«

Zander und Greer gingen in die Küche. Ava stand vor dem geöffneten Kühlschrank. »Seht ihr das?« Sie zeigte auf einen Sechserpack Miller-Lite-Bier auf dem obersten Fach. »Und daneben der Farmer Dip.« Sie deutete zum Counter, wo drei Tüten Chips neben einer kleinen Kühlbox lagen. »Sieht aus, als hätte er tatsächlich vorgehabt, heute einen Ausflug zu unternehmen.«

»Ja, mit seinem Kumpel am Strand abhängen.« Greer fluchte halblaut.

Zander öffnete den Schrank unter dem Spülbecken und zog den Müll heraus. Er ging vorsichtig durch den Müll und fand gleich, wonach er suchte. Einen Kassenzettel für Bier, Chips, Dip und eine Tüte Eiswürfel. »Ist im Tiefkühlschrank eine ungeöffnete Tüte Eis?«

Ava sah nach. »Ja.«

Die drei sahen sich an.

»Auf den verordneten Medikamenten habe ich zwei Namen gefunden«, sagte Zander. »John und Helen Copeland.«

»Die Eltern«, sagte der Sheriff mit versteinertem Gesicht. »Ich kenne alle beide seit mehr als zwanzig Jahren. Ihnen diese Nachricht zu überbringen, wird eines der härtesten Dinge, die ich in meinem Leben tun musste.«

»Wir können das –«, begann Ava.

Greer hob eine Hand, um sie zu stoppen. »Ich werde mit seinen Eltern sprechen. Es ist besser, wenn das jemand tut, den sie kennen.« Er zögerte. »Wenn es auch keine gute Art und Weise dafür gibt.«

Zander senkte die Stimme. »Durchaus möglich, dass wir es nicht mit einem Selbstmord zu tun haben.«

Der Sheriff rieb sich die Schläfen. »Ich versuche immer, nicht voreingenommen zu sein, aber was Sie da unterstellen, gefällt mir gar nicht. Ich *kenne* diese Stadt.«

»Vielleicht ist es ja kein Einheimischer«, sagte Zander.

»Aber warum?«, fragte Greer mit heiserer Stimme.

»Wenn wir das wüssten, dann hätten wir unsere Mörder«, antwortete Ava. »Ob es nun hausgemacht ist oder nicht, irgendetwas stinkt gewaltig in dieser Stadt.«

»Und ich glaube nicht, dass es vorbei ist«, sagte Zander langsam. Er hatte keinen konkreten Grund für diese Aussage, es war einfach nur sein Bauchgefühl.

Der Blick, den Ava ihm zuwarf, sagte ihm, dass sie dasselbe dachte.

12

Emily hatte die Hand schon auf der Türklinke zu Anitas Haarschneiderei, als jemand von hinten ihren Namen rief. Sie drehte sich um und biss die Zähne aufeinander, als sie erkannte, wer es war.

Leann Windfield.

Leann war Reporterin eines Online-Nachrichtendienstes. Es machte ihr Spaß, Emilys Familie vorzuführen. Mehrfach hatte sie Artikel über die Bartons geschrieben, die sie als historische Reportagen ausgab, in denen sie die Bartons als geldgierig und selbstbezogen darstellte. Sie präsentierte ihre Meinungen auf eine Art und Weise, dass sie wie Tatsachen wirkten. Das Problem war, dass Leann sich aus den Fakten nur die schlechten herausgepickt hatte und alles Gute überging, was die Bartons vollbracht hatten.

Leann war in Emilys Klasse gewesen, aber sie hatten unterschiedliche Freundinnen gehabt. Sie hätten sich die vier Jahre in der Highschool einfach ignorieren können, aber aus unerfindlichen Gründen hatte Leann irgendwann damit begonnen, Madison zu schikanieren.

Auch in der Highschool war Madison still und blieb für sich. Alle, die im Strom schwammen, fanden Madison zumindest seltsam. Sie verstanden sie nicht, also hackten sie auf ihr herum. Wie ein Rudel Wölfe den einzigen schneeweißen Wolf angreift, nur weil er anders aussieht. Fiese Mädchen traten immer in Rudeln auf, und Leann war die Leitwölfin, der das Rudel bedingungslos folgte.

Madison ignorierte sie, und Leanns Clique griff sie nie körperlich an. Wenn Emily mit ihr darüber sprechen wollte, zuckte sie nur mit den Schultern, doch Emily brach es fast das Herz. Die Mädchen streuten Gerüchte, die auf den Fluren weitererzählt wurden. Und manche Mitschüler fanden es lustig, Emily davon zu berichten, nur um ihre Reaktion zu testen.

Es gab keinen Grund, warum Leann Madison mobbte. Madison beachtete sie nicht. Aber Emily wurde es irgendwann zu bunt. Angst vor Konsequenzen hatte sie nicht, wenn es darum ging, ihre kleine Schwester zu beschützen.

Ihr Geduldsfaden war lang. Sie reagierte selten aus Wut, aber Leann hatte Madison lange genug herumgeschubst. Emilys Geduldsfaden riss.

Für Madison war sie verantwortlich.

Emily stiefelte über den langen Flur in der Schule, den Blick starr auf einen blonden Pferdeschwanz zwischen vier anderen geheftet. Sie konzentrierte sich so sehr darauf, dass alles verschwamm: Wandschränke, Türen und Mitschüler. Sie hatte nur ein Ziel. »Leann!«

Alle fünf Köpfe wirbelten herum.

Emily stoppte abrupt vor Leann. Sie waren beide beliebt, sie bekamen beide gute Noten und hatten viele Freundinnen. Die Machtbalance war ausgewogen. Die anderen Schüler blieben neugierig stehen und starrten die beiden an, aber Emily spürte das eher, als dass sie es sah. In ihren Ohren rauschte es.

»Du nennst Madison eine Psychopathin?«, zischte Emily. »Ich weiß genau, dass das von dir stammt! Du hast damit auf der Party von Bryan Sprig angefangen. Du weißt ganz genau, dass es nicht stimmt.«

Leann grinste ihre Freundinnen an. »Natürlich stimmt es. Deine Schwester ist vollkommen durchgeknallt.«

»Sie bekommt fast nur Einsen.«

Leann zuckte mit den Schultern. »Viele Psychopathen sind schlau.« Sie grinste Emily hämisch an. »Weißt du, viele sagen, dass es wohl von einem tragischen Ereignis in ihrer Kindheit kommt. Sie ist wahrscheinlich kurz nach dem Tod eurer Mutter übergeschnappt.«

Und damit ließ Leann Emily stehen und zog mit ihrer Herde Pferdeschwänze ab.

Die Erinnerung an Leanns hämisches Grinsen löste in Emily eine Sintflut von Gefühlen aus. Sie begann zu schwitzen. Seit der Highschool waren sie mehrfach aneinandergeraten. Jedes Mal hat Leann den Streit begonnen.

Sie war es nicht wert, dass Emily sich mit ihr beschäftigte.

Emily drehte sich wieder zum Friseursalon um. *Beachte sie einfach nicht.*

»Ich habe gehört, du hast gestern zwei Leichen gefunden.«

Emily erstarrte. »Geh weg, Leann.«

»Ich bin auf der Suche nach Fakten für meinen Artikel.«

»Dann geh zur Polizei.«

»Da war ich schon. Aber ein Kommentar von dir wäre hilfreich.«

Emily drehte sich nach ihr um. »Du hast noch nie ein einziges freundliches Wort über meine Familie gesagt. Weder persönlich noch in deinem Nachrichtendienst.«

»Ich berichte nur über die Fakten, Emily. Das ist mein Job. Hat das gestern schlimme Erinnerungen bei dir geweckt?« Leann sah Emily mit gespieltem Mitleid an. »Es muss für dich schrecklich gewesen sein, das zu sehen … Wo dein Vater doch so ähnlich gestorben ist.«

Alles in Emily schrie. Sie musste in den Friseursalon gehen, sie musste Distanz zwischen sich und diese Giftschlange bringen. Aber sie tat es nicht. Alarmglocken schrillten in ihren Ohren, als sie sich langsam umdrehte. Sie war nicht wütend, aber sie wollte sich rächen.

Nachzudenken bevor sie sprach, gehörte nicht zu ihren herausragenden Eigenschaften.

»Wie ist es eigentlich gerade so bei deinem reinen Faktenjob? Euer Gehalt muss ja langsam lachhaft niedrig sein, nach allem, was man sich erzählt.«

»Sag mir, was gestern passiert ist. Die Öffentlichkeit hat ein Recht, das zu wissen.« Leann tat, als hätte sie das nicht gehört, und gab sich sachlich. Dann tippte sie auf ihr Handy. Emily nahm an, dass sie auf Aufnahme gedrückt hatte.

»Ich habe dir nichts zu sagen.«

»Deine Autoreifen sind gestern aufgeschlitzt worden?«

»Ja, und?«

»Ist das nicht seltsam? So kurz nachdem du zwei Mordopfer entdeckt hast?«

»Ich habe mir auch die Finger am Grill verbrannt«, sagte Emily scheinbar gelassen. »Hältst du das auch für seltsam so kurz nach dem, was geschehen ist?«

Leann starrte Emily wütend an, tippte wieder auf den Bildschirm und ließ das Handy in die Handtasche fallen. »Sarkasmus ist nun wirklich fehl am Platz. Zwei Menschen sind gestorben. Soweit ich weiß, ist das FBI in der Stadt, um den Sheriff bei seinen Ermittlungen zu unterstützen.«

Emily sagte nichts. Sie dachte an Zander Wells. Sie hatte keine Veranlassung, Leann etwas über den Agenten zu erzählen. Aber sie selbst hatte keinen Tag gebraucht, um zu erkennen, dass Zander verdammt gut in seinem Job war. Selbst das Herumwuseln ihrer Tanten hatte ihn nicht aus dem Konzept gebracht. Ein weiteres Plus in Emilys Augen.

»Na schön, wenn du nicht mit mir sprichst, eine deiner Tanten wird es sicherlich tun.« Leann kam Emily noch näher und sah sie mit gespielter Neugier an. »Ich frage mich, wie es ihnen wohl gehen mag. Noch ein Mord durch Erhängen in der Geschichte von Bartonville.«

Emily hatte genug von der Unterhaltung. Und von Leann. »Wenn du meinen Tanten auch nur eine einzige Frage stellst, rufe ich deinen Chef an.«

Emily wirbelte herum und riss die Tür mit einem Ruck auf. Die Glocke, die an der Tür befestigt war, schepperte laut. Drei Frauen standen am Fenster. Offensichtlich hatten sie das Streitgespräch genossen, und Emily hatte sie kalt erwischt.

Anita erholte sich als Erste, schlenderte zu dem Frisierstuhl in der Ecke und sagte: »Hat die schnippische Reporterin dich wieder auf dem Kieker?« Sie gestikulierte wild mit ihrer Schere. Die Kundin im schwarzen Nylonumhang setzte sich wieder. »Lass dich bloß nicht auf sie ein, Schätzchen. Einmal wollte sie mich angeblich über den Laden interviewen, aber wie sich herausstellte, versuchte sie nur Informationen über eine meiner Kundinnen aus mir herauszukitzeln. Aber ich tratsche nicht«, sagte sie im Brustton der Überzeugung, während sie das nasse Haar ihrer Klientin schnitt, die zustimmend nickte.

Das konnte Emily nicht gerade unterschreiben.

»Die ist doch schon seit Jahren hinter deiner Familie her«, sagte Anita und sah Emily im Spiegel an. »Was wollte sie denn diesmal?«

»Ach, immer dasselbe.« Wenn Emily nicht wollte, dass sich ihre Worte in der ganzen Stadt verbreiteten, dann behielt sie sie im Friseursalon lieber für sich. Sie holte tief Luft und sah sich stirnrunzelnd um. Ihr fiel wieder ein, weswegen sie eigentlich gekommen war. »Meine Tante Dory hatte doch jetzt einen Termin?«

»Sie hat abgesagt. Es geht ihr nicht gut, der Ärmsten.«

Wieder mal.

Eines Tages würde Dory einsehen, dass sie sehr selten krank gewesen war – mit Ausnahme der Lebensmittelvergiftung. Hätte Emilys hypochondrische Tante die Energie, die sie auf ihre angeblichen Krankheiten verschwendete, auf etwas anderes gerichtet, hätte sie die Welt verändern können.

»Danke, Anita. Dann wird sie wohl zu Hause sein.« Emily trat hinaus in die kühle Luft und war dankbar, dass Leann verschwunden war. Ihre Gereiztheit war es nicht.

Warum lasse ich die so nah an mich heran?

Seit dem vorangegangenen Morgen war Emily völlig aus dem Gleichgewicht geraten. Ein Wirbelwind von neuen grässlichen Bildern und alten schmerzhaften Erinnerungen hatte sie erfasst. Sie fühlte sich so trostlos wie das Wetter. Grau. Wechselhaft. Kalt.

Sie fühlte sich verlassen.

Tara und ihre Eltern geisterten durch ihre Gedanken wie seit Jahren nicht mehr. Sie musste die grauenhaften Bilder ihres Vaters aus dem Gedächtnis löschen.

Seit der Nacht, in der er ermordet worden war, war ihr Leben aus der Bahn geraten. Vorher hatte sie davon geträumt, aufs College zu gehen, den perfekten Mann zu heiraten, 2,5 Kinder zu bekommen und einen wunderbaren Job auszuüben. Stattdessen drehte sich ihr Leben um Probleme mit Geld. Mit der Familie. Mit ihrem Ex-Mann. Mit Madison.

Vielleicht hätte sie fliehen sollen wie Tara.

Ob sie eigentlich weiß, dass unsere Mutter sich umgebracht hat?

Wäre ihre Mutter vielleicht noch am Leben, wenn Tara geblieben wäre und erzählt hätte, was sie gesehen hatte?

* * *

Eigentlich hätte Zander den Sheriff am liebsten nach Hause geschickt. Die Anstrengung der letzten beiden Tage war ihm deutlich anzumerken. Seine Bewegungen waren langsam geworden. Doch nun waren die beiden endlich auf dem Weg zum Haus der Osburne-Brüder. Der Sheriff hatte einen ganz anderen Zugang zu ihnen, und vielleicht waren die Typen in seiner Gegenwart offener – auch wenn der Sheriff sie schon ein paar Mal verhaftet hatte –, als wenn nur ein unbekannter FBI-Agent bei ihnen auftauchte.

Ava war im Haus der Copelands geblieben, um die vielen Beamten im Auge zu behalten. Kurz vor ihrer Abfahrt hatten die Eltern des jungen Deputys angerufen. Zander sah Greers Gesicht, als er den Namen Copeland auf seinem Handy las, und war dankbar, dass es dieses Mal nicht sein Job war, die Eltern zu informieren. Um ihnen die Nachricht ungestört überbringen zu können, war der Sheriff in den Garten gegangen.

Als er zurückkehrte, waren seine Augen und seine Nase gerötet.

Der Sheriff bog scharf vom Highway ab. Wenn Zander dem Ford Explorer nicht gefolgt wäre, hätte er nicht erkannt, dass es dort einen Weg gab. Ein paar verbeulte Briefkästen waren das einzige Anzeichen dafür, dass dort irgendwo Leute wohnen mussten. Wasser spritzte gegen das Chassis, als sein SUV in tiefe Pfützen tauchte. Er kam an einem verblichenen Schild vorbei: WANDERERS RUH. Dahinter entdeckte Zander mehrere Fertighäuser.

Ein Haus war in einem so seltsamen Türkis gestrichen, dass Zander sich fragte, ob der Besitzer die Farbe im Sonderangebot bekommen oder ob er grauen Star hatte und die Intensität des Farbtons gar nicht sah.

Oder ihm hatte die Farbe einfach nur gefallen.

Die anderen Häuser waren braun oder grau und passten sich der halb im Nebel verschwundenen Landschaft an. Es war, als hätte sich eine Wolke in dem Tal mit dem kleinen Wohnmobilpark verirrt. Drum herum stand ein Kreis hoher Tannen. Zander fragte sich, welche Laune der Natur diesen dichten Nebel hier gefangen hielt.

Sie parkten ihre Fahrzeuge und stiegen aus. Greer deutete auf das türkisfarbene Haus und sagte: »Ob Sie es glauben oder nicht, die Jungs sind relativ entspannt. Nicht die Schnellsten. Ich erwarte keine Schwierigkeiten.«

Außer wenn sie getrunken haben.

»Brauchen wir keine Verstärkung?«, fragte Zander.

»Wir unterhalten uns ja bloß. Das geht schon in Ordnung.«

Zander ging einmal hinter das Haus, dann stellte er sich etwas von der Haustür entfernt auf den Schotterweg, während der Sheriff die drei Stufen zu der kleinen Holzveranda hinaufging. »Ich habe keine zweite Tür gesehen«, sagte Zander.

»Die gibt's auch nicht. Sie haben angebaut. Dadurch ist die zweite weggefallen.«

»Das ist mit Sicherheit nicht erlaubt.«

»Natürlich nicht.« Greer sah Zander an und zuckte mit den Achseln. »Die Jungs wissen das. Ich habe anderes zu tun.«

Der Sheriff zog die Taschenlampe aus dem Gürtel, trat neben die Tür und klopfte gegen den Rahmen.

»Billy? Kyle? Seid ihr zu Hause? Hier ist Sheriff Greer. Ich habe ein paar Fragen über die Kneipenschlägerei von vorgestern.«

Zander bemerkte eine leichte Bewegung am Vorhang des Fensters neben der Tür. Er hatte den Reißverschluss seiner Jacke geöffnet, seine Waffe aber im Holster gelassen, genau wie der Sheriff. Er konnte nur hoffen, dass Greer recht hatte und dies die beste Art war, mit den Brüdern zu sprechen.

Die Tür öffnete sich, und ein Mann in seinen Vierzigern trat heraus. Er trug eine ausgeblichene Jeans und ein rotes Flanellhemd, dessen Ärmel hochgerollt waren und mehrere Tattoos entblößten. Seine Haare waren etwas zu lang, aber er war sauber rasiert. Definitiv ein Raufbold. Als er Zander entdeckte, starrte er ihn unverwandt an, um sein Territorium zu markieren.

Zander war amüsiert und erwiderte den Blick entspannt.

»Ist Ihr Bruder auch zu Hause, Kyle?«, fragte Greer.

»Bei der Arbeit.«

»Wo arbeitet er denn jetzt?«

»In dem Laden für Autoteile.«

»In Warrenton?«

»Genau. Seit drei Monaten.«

Zander zog sein Handy raus und schrieb an Ava. Einer der Deputys aus dem Haus der Copelands sollte Billy Osburne beschatten. Falls Billy den Laden verließ, sollte er ihm folgen. Ava schickte ihm das Emoji mit dem erhobenen Daumen.

»Das hört man gern. Was ist mit Ihnen?«

»Bin auf der Suche.« Sein Ton war defensiv.

»Über kurz oder lang wird sich schon was ergeben«, sagte der Sheriff. »Sie wissen, über welche Schlägerei ich spreche? Im Patrick's vorgestern Nacht?«

»Klar.« Kyle steckte die Hände in die Taschen. »Alle konnten aufrecht nach Hause gehen. Keine große Sache.«

»Billy war's, oder? Sie haben zugesehen und ihn irgendwann ausgebremst, stimmt's?«

»Stimmt. Hat nicht länger als fünfzehn Sekunden gedauert. Und der Typ saß schon wieder an der Bar, als wir raus sind.«

»Das hat Paul uns auch gesagt.«

Kyle musterte Zander von Kopf bis Fuß. »Und wer ist das?«

»Er ist aus Portland. Er hilft uns bei einem Fall. Wie gut kennen Sie Sean Fitch?«, fragte Greer und zog Kyles Aufmerksamkeit damit wieder auf sich.

»Gar nicht. Ich kenne ihn nur vom Sehen. Gibt ja hier nicht viele Schwarze in der Gegend. Also sticht er einem ins Auge, Sie wissen schon.« Kyle grinste. Er hielt das anscheinend für komisch.

»Was ist mit Billy? Wie gut kennt er Sean?«

»Das müssen Sie Billy schon selber fragen.«

»Er kannte ihn gut genug, um einen Streit anzuzetteln«, sagte Greer beiläufig.

»Sean hat angefangen«, sagte Kyle bestimmt.

Zander studierte die Körpersprache des Mannes. Kyle war offensichtlich nervös. Erst steckte er die Hände in die Taschen, dann kreuzte er die Arme vor der Brust und vergrub die Hände wieder in seiner Jeans. Zander sah sich seine Knöchel und Hände genauer an und suchte nach blauen Flecken und Abschürfungen. Aber er sah keine.

Seine Bewegungen waren in keiner Weise unüblich für einen Mann, der von der Polizei befragt wurde. Schuldig oder nicht schuldig.

Kyle hatte Seans Tod mit keinem Wort erwähnt.

Weiß er es?

»Warum hat Sean Billy angegriffen?«, fragte der Sheriff. »War er sauer auf ihn?«

Kyle rieb sich das Kinn. »Billy und er hatten da so ein Ding laufen, aber da müssen Sie Billy selber fragen.« Er fuhr den Sheriff plötzlich wütend an: »Wieso, was sagt denn Sean? Dass Billy angefangen hat? Das ist totaler Schwachsinn.«

Zander erstarrte. Er beobachtete jede noch so kleine Nuance in Kyles Mimik und Gestik.

Wenn Kyle log, dann machte er es verdammt gut.

Der Sheriff hatte nicht mal gezuckt. »Ich weiß es nicht. Wir sprechen jetzt als Nächstes mit Billy. Wann ist er durch mit der Arbeit?«

»Um fünf.«

In etwas mehr als einer Stunde.

»Warum sagen Sie mir nicht einfach, was zwischen den beiden läuft?«

Kyle verzog den Mund und fixierte seine Schuhe. Schließlich hob er den Kopf. »Sie haben es aber nicht von mir gehört.«

Greer nickte.

Zander verlagerte das Gewicht auf die Hacken und wäre gern näher rangegangen, um nichts zu verpassen. Kyle sah verstohlen zu beiden Seiten. Seine Augen funkelten.

»Billy hat Lindsay gefickt. Seans Frau.«

13

»Nehmen Sie ihm das ab? Dass er das mit Sean wirklich noch nicht gehört hat?«, fragte der Sheriff. Sie standen auf dem Parkplatz hinter dem Büro des Sheriffs in Warrenton. Sie hatten Osburne nicht erzählt, dass Lindsay und Sean ermordet worden waren.

Zander konnte sich nicht recht entscheiden, welche Nachricht wichtiger war für ihren Fall – dass Kyle nicht wusste, dass die beiden tot waren, oder dass Billy angeblich etwas mit Lindsay gehabt hatte.

»Das muss sich doch zu Kyle herumgesprochen haben«, antwortete Zander. »Wenn ich auch nicht den Eindruck hatte, dass Kyle gelogen hat. Mir kam er ehrlich vor. Aber Billy hat mit Sicherheit etwas bei der Arbeit gehört. Merkwürdig ist das schon, dass er Kyle nichts davon erzählt hat.«

»Der Autoteileladen ist hier in Warrenton. Durchaus möglich, dass die Geschichte von Bartonville noch nicht bis hierher durchgedrungen ist.«

»Zwei Morde? Es war gestern Abend doch auch in den Nachrichten.«

»Glauben Sie etwa, die beiden Brüder gucken sich die Nachrichten an?«

Da war natürlich etwas dran.

»Wenn Kyle nicht arbeitet, hat er das vielleicht wirklich alles nicht mitgekriegt«, vermutete Greer.

»Mir fällt es schwer zu glauben, dass noch nicht alle Leute davon Wind gekriegt haben sollten. In so einer kleinen Gemeinde.«

Der Sheriff öffnete die Arme und drehte sich zu beiden Seiten. Sie waren von menschenleeren Hügeln umgeben. »Die meisten Häuser stehen weit auseinander. Wenn Sie wüssten, wie viele Leute hier wochenlang mit keiner Menschenseele reden. Es ist durchaus möglich.« Er rieb sich die Augen. »Verdammt. Ein paar Minuten lang habe ich doch tatsächlich Copelands Tod vergessen. Was für ein Scheißtag.«

»Dr. Rutledge muss überprüfen, wer der Vater von Lindsays Baby ist«, murmelte Zander.

»Was für einen Unterschied macht das denn?«, fragte Greer bitter. »Wenn beide tot sind. Die Mutter und das Baby.«

Die Mutter. Das Baby. Tot.

Zander gab sich große Mühe, sich nichts anmerken zu lassen. »Sie wissen genauso gut wie ich, dass es einen Hinweis auf das Mordmotiv geben könnte. Oder zumindest auf einen Teil des Motivs. Auf jeden Fall müssen wir es wissen. Ich schicke ihm kurz eine Mail.«

»Dann brauchen wir auch eine Probe von Billy.«

»Ja, aber bis dahin kann der Pathologe feststellen, ob das Baby von Sean ist.« Zander holte tief Luft. Der Fall wurde mit jeder Minute undurchsichtiger. »Waren Kyle oder Billy mal im Gefängnis?«

Der Sheriff nahm den Hut ab und fuhr sich durch die Haare. »Ja, Kyle war eine Weile eingebuchtet. Ich glaube wegen Körperverletzung. Wenn ich mich richtig erinnere, war er im Staatsgefängnis in Salem. Während Billy nur ab und an hier in der Arrestzelle war. Aber ich prüfe das.« Er setzte den Hut wieder auf und drückte ihn fest runter. »Gehen wir rein, ich sehe nach. Und ich muss mich mit den Leuten am Tatort im Haus der Copelands kurzschließen.«

Zander folgte dem Sheriff zur Hintertür seines Büros. »Haben Sie sich Kyles Tattoos angesehen?«, fragte er. In Zanders Gedächtnis hatten sich die klaren, schwarzen, geschwungenen Linien eingebrannt. Aber das oberste Tattoo war halb unter Kyles aufgerolltem Ärmel verschwunden.

Greer runzelte die Stirn. »Hab nicht drauf geachtet.« Doch dann erhellte sich sein Gesicht. »Wir haben Polizeifotos von den Tattoos in den Akten. Ich suche sie raus. Vor ein paar Jahren haben wir angefangen, die Tattoos zu dokumentieren. Manchmal wollen die aus Portland, die für die Bandenkriminalität zuständig sind, ein Tattoo von jemandem sehen, den wir verhaftet haben. Sie archivieren Gang-Tattoos.«

»Ich möchte den Rest des Tattoos auf seinem rechten Unterarm sehen, der von seinem Ärmel verdeckt war.«

»Haben Sie eine Vermutung?«

»Könnte uns Aufschluss darüber geben, wie Kyles Einstellung zu Menschen anderer Hautfarben ist.«

»War es dasselbe Symbol wie auf Seans Stirn?«

»Nein.«

»Ich kenne mich mit diesem Scheiß nicht aus. Ich frage mich nur, was ich sonst so nicht mitkriege.« Er riss die Tür auf und führte Zander einen Flur entlang, der von Neonröhren erhellt wurde. Dann schloss er eine Tür auf, auf der sein Name stand.

Zander setzte sich. Der Sheriff umrundete seinen Schreibtisch, startete den Computer und drehte den Bildschirm so herum, dass Zander ihn sehen konnte. Während er darauf wartete, dass der Sheriff die Bilder hochlud, schickte Zander dem Gerichtsmediziner eine Mail wegen Lindsays Schwangerschaft. Er hatte zwei Sprachnachrichten von Ava, die er als Transkriptionen auf seinem Handy las. In der ersten bestätigte sie, dass der Deputy Billy und dessen Fahrzeug im Auge behielt. In der zweiten fragte sie ihn, ob er von dem Gemeindetreffen am selben Abend wegen der Morde an den Fitchs gehört hätte.

Bisher noch nicht.

Ob sich die Nachricht von Nate Copelands Tod schon herumgesprochen hatte? Er hatte Zweifel, dass es sich um einen Selbstmord handelte.

Von solchen Zweifeln sollte die Öffentlichkeit nichts wissen.

Zander wollte gerade das Gemeindetreffen ansprechen, als mehrere Polizeifotos von Kyle Osburne auf dem Bildschirm auftauchten. Der Sheriff hatte recht gehabt: Kyle war ein paar Mal verhaftet worden. Greer scrollte die Seite hinunter und murmelte etwas vor sich hin, bis er fand, wonach er suchte. »Hier. Kyle war acht Monate im Staatsgefängnis. Ist vor zwei Jahren rausgekommen.« Er klickte wieder. »Und dies sind die Bilder, nach denen ich gesucht habe.«

Er öffnete einen Ordner mit dreizehn Fotos. Zander lehnte sich weiter rüber. Die Fotos waren zu verschiedenen Zeitpunkten aufgenommen worden und bewiesen, dass Kyle sich nach und nach immer mehr Tattoos hatte stechen lassen. Auf dem oberen Rücken hatte er einen Adler, auf der Wade einen Tiger. Das letzte Foto zeigte, dass der ehemals nur in Umrissen tätowierte Tiger jetzt in voller Farbe auf der Wade prangte. Um den rechten Bizeps rankte sich ein Tribal-Tattoo. Zander fragte sich, ob es rein dekorativ war oder eine tiefere Bedeutung hatte. Der Sheriff scrollte zu der Tätowierung auf Kyles rechtem Unterarm. Ein Schild, auf dem zwei Buchstaben standen.

Zander fröstelte.

»Ist es das, was Sie sehen wollten?«, fragte der Sheriff.

»Ja. Bitte zeigen Sie noch mal das Tribal-Tattoo um den Bizeps.«

Zander merkte sich das Datum. »Und jetzt wieder den Unterarm.« Er prüfte das Datum dieses Fotos.

Kyle war vor zwei Jahren aus dem Gefängnis entlassen worden. Das Tattoo auf dem Unterarm hatte er sich danach stechen lassen.

Zander lehnte sich zurück. Seine Vermutung bewahrheitete sich, aber es fühlte sich nicht wie ein Sieg an.

»Und?« Greer war ungeduldig.

»Das E und das K stehen für *European Kindred*«, erklärte Zander zögerlich. »Ich bin vor Jahren bei einem Fall auf die Organisation gestoßen. Eine rassistische Gang, die vor rund zwanzig Jahren in einem Gefängnis in Oregon gegründet wurde und dann ihren Weg auf die Straßen gefunden hat.«

»Nie davon gehört.«

»Gibt es trotzdem. Draußen geht es mehr um den Drogenhandel, aber Rassismus hält sie zusammen. Haben Sie gesagt, dass Billy und Kyle wegen Drogen verhaftet wurden?«

»Ja, beide.«

»Haben Sie Fotos von Billys Tattoos?«

Greer nickte und begann zu suchen. Einen Moment später öffnete er den Ordner mit Billys Fotos. Er hatte nur ein Tattoo. Einen brüllenden Löwen auf der rechten Schulter.

Zander war merkwürdig enttäuscht.

»Dieses Foto ist vier Jahre alt. Vielleicht hat er mittlerweile mehr Tattoos«, sagte Greer.

»Wir müssen mit Billy Osburne sprechen.« Zander sah auf die Uhr. »Wollen wir ihn von der Arbeit abholen? Ich bin sicher, Kyle hat ihm gesteckt, dass wir ihm einen Besuch abstatten wollen.«

»Ja, definitiv.«

»Ava hat mir eine Nachricht hinterlassen. Sie wollte wissen, ob ich schon etwas von dem Gemeindetreffen über den Mord an den Fitchs gehört hätte. Das soll heute Abend sein.«

Der Sheriff schreckte auf. »Was? Heute Abend? Wer zum Teufel … Ach, klar, ich kann mir schon denken, wer das organisiert hat.« Er blitzte Zander an. »Eine von Emily Mills' Tanten.«

»Warum denken Sie an die Tanten?«

»Weil sie ihre runzeligen Nasen in alle Angelegenheiten stecken.«

Zander sah den Sheriff an. Er fühlte sich wahrscheinlich berechtigt, so von ihnen zu sprechen, weil sein eigenes Gesicht auch nicht mehr faltenfrei war.

»Und wo findet so was dann statt?«

»Wahrscheinlich in der Methodistenkirche. Die haben den größten Saal der Stadt, alle Gruppen mieten ihn für ihren Mist. Da versammeln sich mehr Sünder als Heilige.« Der Sheriff stand auf. »Aber jetzt müssen wir uns mit Billy unterhalten.«

14

Madison vergrub ihr Gesicht im flauschigen Kragen ihres dicken Mantels und steckte die Hände tiefer in die Taschen. Der Hafenaufsicht wäre es egal, wenn sie sie im abgesperrten Bereich entdeckten. Die verlassene Bank hinter der Lagerhalle am Hafenbecken war hart und kalt, aber einer der besten Plätze, um Sonnenuntergänge anzusehen.

Vor einer halben Stunde war ihr aufgefallen, dass die Wolkendecke im Westen aufgerissen war. Es sah ganz so aus, als stünde der erste sichtbare Sonnenuntergang seit Wochen an. Deswegen war sie zum Kai gegangen. Sie hatte sich eine alte Baseballkappe von den Goonies aufgesetzt und war entschlossen, der Kälte zu trotzen.

Der Himmel begann sich zu färben. Blaue und rosafarbene Schlieren zogen über das Firmament und spiegelten sich auf der glasklaren silbernen Oberfläche des Ozeans. Es war vollkommen windstill. Das Wasser lag spiegelglatt da.

Fast hätte sie vergessen, dass Lindsay tot war.

Sie schloss die Lider und sah das warme Lächeln ihrer Freundin vor sich.

Diese FBI-Agentin – McLane – war freundlich und taktvoll gewesen. Sie hatte einen scharfsichtigen Eindruck auf

Madison gemacht. Die Frau war entschlossen herauszufinden, wer Lindsay und Sean getötet hatte. Madison hatte sich Mühe gegeben, ihre Fragen so gut wie möglich zu beantworten. Und dabei hatte sie ihren Tränen freien Lauf gelassen.

Tränen waren ein guter Schutzschild. Sie konnte ihre Gedanken hinter ihnen verstecken und jede Frage in Ruhe überdenken. Außerdem waren die Leute dann rücksichtsvoll, weil sie den Weinanfall nicht verschlimmern wollten.

Es war ein sehr effektives Werkzeug bei der Befragung durch McLane gewesen.

Madison hatte nichts vor der Agentin zu verbergen, aber sie erlaubte niemandem, in sie hineinzusehen und herauszufinden, wie sie tickte. Es war bei den Fragen der Agentin und ihren Antworten um Lindsay gegangen, aber Madison wusste, dass die Agentin sie dabei ganz genau beobachtete und sich eine Meinung über sie bildete.

Sie war eine gute Schauspielerin. Ihre Ausweichmanöver waren nicht zu erkennen.

Und am besten war sie darin, sich Leute vom Leib zu halten.

McLane hatte sie gefragt, wann sie Lindsay das letzte Mal gesehen hatte. Eine einfache Frage. Sie hatten am Vortag zusammengearbeitet. Lindsay hatte das Restaurant alleine geöffnet, in der Nebensaison reichte eine Kellnerin in der Frühschicht aus. Madison war mittags dazugekommen, und sie waren mühelos mit dem etwas lebhafteren Betrieb zurechtgekommen.

Die Fragen der Agentin darüber, wie es Lindsay in der letzten Zeit gegangen war, waren deutlich schwerer zu beantworten. Madison war bewusst geworden, dass sie in der letzten Zeit kaum etwas außerhalb der Arbeit mit Lindsay unternommen hatte. Was ungewöhnlich war. Aber Lindsay hatte ihre Verabredungen ein paar Mal abgesagt. Zum Beispiel nach der Arbeit was trinken zu gehen oder zum Shoppen nach Astoria zu fahren. Einmal sogar einen Trip nach Portland.

Lindsay war stiller gewesen. Weniger Lachen, weniger Ausgelassenheit. Kaum WhatsApps.

Madison fiel das erst auf, als McLane danach fragte.

»Hat sie von Problemen mit ihrem Mann gesprochen? Hat sie sich Sorgen über irgendetwas gemacht?«

Madison konnte das nicht beantworten. Aber wenn sie zurückblickte, hatte sie unbewusst geahnt, dass etwas nicht stimmte. Lindsay hatte sich über irgendetwas Sorgen gemacht.

Was für eine Freundin war Madison eigentlich gewesen?

Hatten Lindsay und Sean Schwierigkeiten gehabt?

Sie atmete die salzige Luft ein und genoss den Anblick des Himmels im Westen, dessen Farbenspiel noch intensiver geworden war. Die Sonne war kurz vorm Untergehen – vielleicht noch fünf Minuten. Sie ließ ihr Handy in der Tasche. Diese Farben konnte man nicht einfangen. Stattdessen genoss sie jeden Sonnenuntergang, wie er war, zuversichtlich, dass es immer wieder einen neuen geben würde.

Für Lindsay würde es keinen mehr geben.

Ihre Augen brannten.

Warum Lindsay? Warum Sean? Und warum hat man ihn aufgehängt?

Die letzte Frage beunruhigte sie am meisten, weil ihr Vater auch so ermordet worden war. Aber sie weigerte sich, anderen die Tiefe ihrer Gefühle zu zeigen.

Hinter ihren Mauern war ihr Herz in Sicherheit.

Wenn sie sich auf niemanden einließ, konnte es sie auch nicht verletzen, wenn jemand nicht mehr da war.

Auf irgendeine Weise hatte Lindsay ihre Mauer durchbrochen. Madison hatte gedacht, sich mit der extrovertierten Lindsay anzufreunden, wäre eine sichere Sache. Und jetzt war Lindsay mit Gewalt aus ihrem Leben gerissen worden und hinterließ ein riesiges Loch.

Sie würde nie wieder jemanden an sich heranlassen.

Sie zog die Beine an, stellte die Stiefel auf die Bank und schlang die Arme um die Knie. Was für ein Anblick! Die Farben breiteten sich bis nach Osten aus, wo sie sich mit den grauen Wolken des Tages verwoben. Ein leichter Wind kam auf, und in den Wellen des Ozeans reflektierte sich das Schauspiel.

Gelbe und orangefarbene Flammen umzüngelten die Sonne, als sie die Wasseroberfläche berührte. Madison stützte das Kinn auf die Knie und wünschte sich, die Sonne würde langsamer untergehen.

Flammen. Madison wachte von dem hellen Licht vor ihrem Schlafzimmerfenster auf. Sie blinzelte. Emilys Bett stand leer. Muster flackerten über Bett und Wände. Madison stellte sich im Bett auf und balancierte auf der Matratze, um aus dem Fenster zu sehen. Sie erstarrte vor Angst. Die Büsche vorm Haus brannten. Durch den Rauch und die Flammen hindurch entdeckte sie Emily in ihrem Nachthemd. Sie stand mit dem Rücken zu ihr und spähte in den Wald hinein. Dann ging sie ein paar Schritte vorwärts, bückte sich und hob etwas vom Gras auf, was sie an ihr Herz presste. Jetzt konnte Madison ihr Profil deutlich sehen. Emily blickte quer über den Garten. Madison folgte ihrem Blick.

Ihre Mutter rannte unter den Tannen am Waldrand entlang, ihre langen blonden Haare leuchteten im Feuerschein. Doch plötzlich loderten die Flammen vor Madisons Fenster hoch auf, fast bis zum Dach. Madison ließ sich rücklings auf die Matratze fallen. Und im nächsten Moment war Emily bei ihr und rüttelte sie. »Wach auf! Es brennt! Wir müssen hier raus!«

Der Himmel färbte sich im roten Orangeton glühender Kohlen.

Emily hatte Madison aus dem Haus bugsiert und dann nach ihrer Mutter gesucht. Tara war bei einer Freundin. Die drei hatten sich eng aneinandergeschmiegt und zugesehen, wie ihr Haus abbrannte.

Später erfuhr sie, wie ihr Vater gestorben war. Ihr Kinderherz lag zerschmettert unter dem Gewicht von Verlust und Grausamkeit.

Und als Tara ein paar Tage später weglief, gab Madison sich selbst die Schuld. Bestimmt hatte sie sie mit ihrer übertriebenen Neugier vertrieben.

Ihre Mutter hätte genauso gut in der grauenhaften Nacht verschwinden können – sie war nur noch eine zerbrechliche Hülle, ein Schatten der Frau, die sie einmal gewesen war.

Und dann war sie wirklich fort.

Ein dritter Schlag für die Psyche der Zehnjährigen.

Madison schob den Damm vor die bedrohliche Flut ihrer verdrängten Emotionen, während sie dort am Rande des Ozeans saß.

Sie hatte gelernt, dass man sein Herz nie an andere hängen durfte. Menschen verschwanden. Menschen starben. Es tat weh. Es war das Beste, sich auf niemanden einzulassen.

Ihre Tanten taten alles dafür, die klaffenden Lücken in ihrer Familie zu füllen. Madison liebte sie dafür. Aber es war nicht dasselbe.

»Bist du das, Madison?«

Madison wirbelte herum, Ellbogen und Füße bereit zum Kampf. Sie hatte die Stimme sofort erkannt, aber sie hatte ihre Reaktion nicht unter Kontrolle.

Die alte Frau in dem langen wattierten Mantel stolperte rückwärts. »Tut mir leid, tut mir leid, ich wollte dich nicht erschrecken. Ich möchte doch überhaupt keinen erschrecken.« Sie schlug die Hände vors Gesicht.

Madison entspannte sich, ihr Herzschlag wurde ruhiger. »Alles okay, Alice, ich bin einfach nur schreckhaft.«

Noch eine Einzelgängerin aus Bartonville.

Alice Penn lächelte sie über ihren dicken Strickschal breit an – eher eine Grimasse, bei der sie ihre Zähne zeigte, als ein echtes Lächeln, das Wärme transportierte. Aber Alice war harmlos.

Solange Madison sich erinnern konnte, wanderte Alice schon durch Bartonville. Sie lebte in einem winzigen Haus neben der vor vielen Jahren stillgelegten Verarbeitungsanlage für Meeresfrüchte. Die Leute erzählten sich, dass ihr Geliebter in einem Fischerboot gekentert war und dass sie seitdem im Hafengebiet herumstreifte. Immer in der Hoffnung, er käme zu ihr zurück. Madison wusste, dass die Geschichte nicht stimmte. Sie unterhielt sich oft mit Alice, und auch wenn Alice nicht ganz klar im Kopf war, hatte sie doch begriffen, dass er tot war.

Ihr Geist irrte durch die Jahrzehnte. Manchmal glaubte sie, sie wäre noch in der Highschool und ihre Eltern lebten noch. Manchmal dachte sie, sie wäre zu spät dran für ihren Putzjob in einem Hotel, das schon vor zehn Jahren dichtgemacht hatte. An einigen Tagen erinnerte sie sich an Madisons Namen, an anderen nannte sie sie nach irgendeinem Schatten aus ihrer Vergangenheit.

In Alices Gegenwart fühlte Madison sich nicht gezwungen, sich zu verstecken.

Sie konnte sie selbst sein.

Alices gebeugte, schlurfende Gestalt war ein alltäglicher Anblick auf den Straßen Bartonvilles. Sie drehte jeden Tag ihre Runden, egal, wie das Wetter war, und oft beendete sie sie auf dieser Bank, die Madison so liebte.

Alices Familie war tot, aber die Menschen in Bartonville kümmerten sich um sie. Madison brachte ihr Essensreste aus dem Restaurant, und Leo, der Koch, achtete darauf, dass ihr Haus Wind und Wetter standhielt.

Heute Abend schien sie nicht zum Reden aufgelegt zu sein. Sie setzte sich ans andere Ende der Bank, so weit wie möglich von Madison entfernt, und murmelte etwas darüber, dass sie zu spät gekommen wäre und das Beste verpasst hätte. Dann sah sie unverwandt hinaus auf die letzten glühenden Strahlen, ohne sich zu regen. Ein paar Minuten darauf war das Licht auf dem dunkelvioletten Himmel fast erloschen.

Alice seufzte und kam mühsam auf die Füße. »Ein guter Tag. Ein sehr guter Tag. Ich hoffe, dein Tag war so gesegnet wie meiner, Madison.«

Sie hatte die Stimme einer jungen Frau.

»Er war nicht so schlecht.«

Alice legte den Kopf zur Seite. Ihre Augen waren im schwindenden Licht kaum zu erkennen. »Aus deinen Worten klingt keine Freude. Wie kannst du so einem glorreichen Sonnenuntergang zusehen und behaupten, dein Tag sei nicht so schlecht gewesen?«

Weil meine beste Freundin umgebracht worden ist. Und weil ich sie im Stich gelassen habe, bevor sie gestorben ist. Warum hat Lindsay mir bloß nicht erzählt, was los war?

Warum habe ich bloß nicht gefragt?

»Sie haben recht, Alice. Der Sonnenuntergang war wunderbar.«

»Gut. Gut. Gut. Das ist besser. Nun gut. Wir sollten aber jetzt alle beide losgehen. Ich will nicht zu spät zu diesem Treffen in der Kirche kommen.« Sie hielt sich mit einer Hand an der Lehne der Bank fest.

Madison sprang auf, bereit, Alice aufzufangen, sollte sie das Gleichgewicht verlieren. »Was für ein Treffen?«

Wieder legte Alice den Kopf zur Seite. Sie wirkte wie ein neugieriger Welpe. Diesmal sah sie Madison in die Augen. »Na, das ist doch wohl klar. Das Treffen wegen der Morde natürlich. In unserer Stadt treibt sich ein Mörder herum.«

15

»Er ist weg?« Zander schnaubte vor Wut.

Der Deputy traute sich nicht, ihn oder Sheriff Greer anzusehen.

Billy Osburne hatte sich in Luft aufgelöst. Sein Truck stand noch auf dem Parkplatz, wo er aufmerksam von dem Deputy bewacht worden war. Doch als Zander und Greer den Laden betraten, mussten sie feststellen, dass Billy eine Viertelstunde vorher gegangen war. Der Verkäufer wusste von nichts, war verblüfft über ihr Interesse an Billy und überrascht, dass sein Truck noch auf dem Parkplatz stand.

»Billy machte nicht den Eindruck, als ob irgendetwas wäre«, erklärte er. »Er hat mich einfach nur gefragt, ob ich den Rest der Schicht alleine mache. Es war überhaupt nichts los.« Er zuckte mit den Achseln. »Dann ist er gegangen. Ich nehme an, dass er wen angerufen hat, um sich abholen zu lassen. Was wohl mit seinem Truck ist?«

Zander sagte ihm nicht, dass Billy beschattet wurde.

Der Deputy ließ die Schultern hängen. »Ich habe ihn noch vor Kurzem durchs Fenster gesehen. Was hätte ich denn tun sollen? Hineingehen? Ich habe mir gedacht, solange ich seinen Truck im Auge behalte, kann nichts passieren.«

Greer starrte seinen Mann einfach nur an. Der Deputy sackte noch mehr in sich zusammen.

Zander konnte die Standpauke, die sich gerade in Greers Gehirn abspulte, fast hören.

»Weil Sie so gut darin sind, Trucks zu beobachten«, sagte der Sheriff schließlich, »können Sie den bis zum Ende Ihrer Schicht bewachen. Nachdem Sie Billys Personenbeschreibung durchgegeben haben. Alle sollen die Augen aufhalten. Wir müssen Billy Osburne finden.«

»Und wenn ich woanders gebraucht werde?«, fragte der Deputy mit dem Blick auf seine Stiefelspitzen.

»Wenn sonst niemand zur Stelle sein kann, gehen Sie natürlich. Verdammt! Leute sind wichtiger als ein leerer Truck.« Kopfschüttelnd wandte sich Greer zum Gehen und machte Zander ein Zeichen, ihm zu folgen.

»Zurück zu den Osburnes«, sagte Zander.

»Ja. Unwahrscheinlich, dass Billy da ist, aber ich werde Kyle das Fürchten lehren.«

Der Sheriff war ein Mann weniger Worte. Er kam Zander wie ein Vater vor, der seine Kinder mit einem Blick auf die Spur brachte. Als sie zu ihren Fahrzeugen gingen, fragte sich Zander allerdings, wie Greer Kyle das Fürchten lehren wollte.

* * *

»Sie haben ihn angerufen«, stellte Greer fest. Er stand Kyle auf dessen Veranda gegenüber.

Keine Spur von Reue in Kyles Miene. Er stand lässig gegen den Türrahmen gelehnt da, versuchte aber, dem Blick des Sheriffs auszuweichen. Zander verstand das. Selbst ihn konnte das Feuer in Greers Augen verunsichern.

»Na sicher! Sie haben es mir nicht verboten. Davon hätten Sie doch ausgehen müssen, oder? Ich hab ihm aber nicht gesagt, dass er abhauen soll. Das ist auf seinem Mist gewachsen. Ich hab nur gesagt, dass es Schwierigkeiten gibt wegen der Schlägerei.«

»Und warum ist er dann verschwunden?«, fragte Greer. »Der Truck steht noch da, also muss er wen angerufen haben. Zu Fuß kommt man von da nicht weit.«

»Tja, er geht Ihnen eben lieber aus dem Weg, Sheriff.« Kyle zuckte mit den Achseln und traute sich, einen kurzen Seitenblick auf Greer zu werfen. »Mir ist auch mulmig geworden, als ich Sie vor meiner Tür gesehen habe, obwohl ich überhaupt nichts verbrochen habe. Kann man nichts machen.«

»Wen kann er angerufen haben?« Zander hatte nichts übrig für Kyles Versuch, ihnen die Schuld für Billys Verschwinden zuzuschieben. Und das trotz des wütenden Blicks des Sheriffs.

Kyle tat, als würde er nachdenken. »Tja, das kann ich Ihnen wirklich nicht sagen. Er hat nämlich keine richtigen Freunde.«

Greer schnaubte.

»Vielleicht ein Typ, der auch im Autoladen arbeitet?«, beeilte sich Kyle nachzusetzen.

Zander ärgerte sich entsetzlich bei dem Ausblick, vielleicht wieder zum Autoteileladen fahren zu müssen. Was für ein Hin und Her!

Absurd.

»Wie sieht's mit einer Freundin aus?«, fragte er.

Kyles Gesicht klarte sich auf. »Könnte sein. Freundin würde ich sie nicht nennen, aber er hat Anfang der Woche wen aufgerissen. Ist zwei Nächte nicht nach Hause gekommen. Aber ich weiß nichts über sie«, fügte er schnell hinzu und kam Zanders nächster Frage zuvor.

»Er hatte etwas mit dieser Frau *und* mit Lindsay Fitch?«, fragte Zander.

Kyle grinste. »Kann den Hals nicht vollkriegen.«

»Kein Name?« Greer blitzte ihn an.

»Ich weiß wirklich nicht, wie sie heißt. Mir doch scheißegal, wohin er ihn steckt.« Er presste die Lippen aufeinander und riskierte einen Blick auf Greer, fast als hätte er Angst, fürs Fluchen zurechtgewiesen zu werden.

Zander glaubte ihm. Frustriert zeigte er auf das halb unter dem Ärmel hervorschauende Tattoo auf Kyles Unterarm. »Woher haben Sie das *European Kindred*-Tattoo?«

Kyle stellte sich aufrecht hin und zerrte an seinem Ärmel. »Was geht Sie das an?«, fragte er Zander finster.

»Ich bin neugierig. Wie wär's, wenn Sie es mir verraten?« Zander hielt seinem Blick stand.

Greer verlagerte das Gewicht und steckte die Daumen hinter seinen Gürtel. Kyle warf einen Blick auf die harte Miene des Sheriffs und schwieg eine Weile.

»Ich war mit denen im Gefängnis«, sagte er dann und hob das Kinn. »Du musst dich da für eine Seite entscheiden, sonst siehst du alt aus.«

Zander betrachtete die sauberen Ränder und die klare Farbe des Tattoos. »Das ist kein Gefängnistattoo. Das hat ein Profi gemacht.«

Kyle zuckte mit den Schultern. »Man wird die Leute nicht los, wenn man draußen ist. Die haben Erwartungen.«

»Was denn für welche? Dass Sie für die dealen?«, fragte Greer. Sein Ton erinnerte Zander an den seines Vaters, wenn Zander was ausgefressen hatte.

»Niemand sagt mir, was ich tun soll«, entgegnete Kyle trotzig.

»Hat Billy auch so ein Tattoo?« Zander sah Kyle aufmerksam an. Es gelang ihm nur mit Mühe stillzustehen. Er steckte die Hände in die hinteren Hosentaschen, nahm sie wieder raus. Dann versuchte er, seine frühere, lässige Position am Türrahmen wieder einzunehmen. Das ging mächtig schief. Er sah aus wie ein Brett, das jemand an die Wand gelehnt hat.

»Nee.«

Zander sah Greer an und hob eine Augenbraue. *Fertig?*

Greer musterte Kyle. »Sie lassen mich wissen, wenn Sie etwas von Billy hören. Ist das klar? Sagen Sie ihm, dass wir ihm ein paar Fragen stellen müssen.«

»Habe ich ihm schon gesagt«, murmelte Kyle. Er ging ins Haus und zog die Tür hinter sich zu.

Greer und Zander tauschten einen Blick und gingen zu ihren Autos.

»Das mit dem Fürchtenlehren haben Sie gut drauf«, bemerkte Zander. »Am Ende hat er gezappelt wie ein Speed-Junkie.«

»Ich habe Kinder.«

Zander lächelte. »Keine Nachrichten, kein Anruf wegen Copeland?«

Der Sheriff blickte auf das Display seines Handys und rief die Mails ab. »Nichts.« Er steckte das Handy in die Tasche und sah sich nach dem Haus der Osburnes um. »Ich kriege das Gesicht von Nate Copeland nicht aus dem Kopf.«

Da war er nicht der Einzige.

»Ich kann mir schlecht vorstellen, dass es Mord war«, sagte Greer langsam. »Wer lässt sich in den Mund schießen? Nate hatte überhaupt keine Abwehrspuren. Es gibt keine Anzeichen für einen Kampf.«

»Niemand hat sich gewaltsam Zutritt verschafft«, fügte Zander hinzu.

»Ach, hier schließt eigentlich niemand seine Tür ab. Wahrscheinlich ist er morgens irgendwann rausgegangen und hat sie danach offen gelassen.«

»Vielleicht gibt uns die Autopsie ja ein paar Antworten, zum Beispiel, dass er sich nicht wehren konnte. Vielleicht durch einen Schlag auf den Kopf, den wir unter den Haaren oder durch die große Austrittswunde nicht bemerkt haben. Oder er stand unter Drogen.«

Greer warf ihm einen Seitenblick zu. »Wie die beiden Fitchs?«

Zander verzog das Gesicht. »Je nach dem Ergebnis des Pathologen sollten wir auch die Lebensmittel und Getränke im Haus des Deputys testen lassen.«

»Das kann doch alles gar nicht wahr sein!« Der Sheriff warf die Hände in die Luft. »Was zum Teufel ist hier los?«

»Warten wir's ab.« Die offensichtliche Frustration des Sheriffs verblüffte Zander. Er hatte langsam den Verdacht gehegt, der ruhige Mann könnte ein halber Androide sein. »Wir haben ja bald die Ergebnisse der Autopsie.«

»Ja, klar.« Der Sheriff kniff sich in die Nasenwurzel und atmete schwer aus. »Wie kann das sein, dass ich plötzlich drei Tote in meinem County habe?«

Zander sagte nichts. Greer brauchte keine Aufmunterung. Er ließ Dampf ab, und das kannte Zander allzu gut.

»Ich fahre jetzt zu dem Treffen in der Kirche«, sagte Greer. »Mein Deputy mit dem Truck-Dienst vorm Autoteileladen wird die Namen der anderen Angestellten rausfinden. Und den der Freundin oder was immer sie sein mag.«

»Wir fahren beide zu der Veranstaltung.«

* * *

Madison fuhr Alice zur Methodistenkirche und debattierte mit sich selbst, ob sie auch teilnehmen sollte. Eigentlich wollte sie keine Einzelheiten über Lindsays Tod erfahren. Und sie wollte schon gar keine Fragen von irgendwelchen Wichtigtuern beantworten. Auf der anderen Seite wollte sie unbedingt wissen, welche Fortschritte es bei den Ermittlungen gab. Dieses Bedürfnis war stärker als alles andere, und deswegen musste sie sich mit dem anderen wohl oder übel abfinden. Sie würde sich die Leute vom Leib halten, so gut es ging.

Alice bedankte sich fürs Mitnehmen und war schon aus dem Auto, bevor Madison den Motor abgestellt hatte. Verblüfft sah Madison ihr hinterher.

Der Parkplatz war fast voll. Die Angst lockte die Leute hinter dem Ofen hervor. Sie ging auf das Gebäude zu. Wie wollten sie das machen, ruhig über die Morde zu sprechen? Madison zog ihre Goonies-Kappe noch tiefer ins Gesicht und stellte den Kragen ihres Mantels hoch, um nicht erkannt zu werden.

»Hey, Madison.«

Sich unter dem Radar wegzuducken, hatte ja super geklappt. Sie drehte sich nach dem großen Mann um. »Hallo, Onkel Rod. Dich hätte ich hier nicht erwartet.«

»Ein Doppelmord in der Stadt? Da bin ich natürlich neugierig.« Der Bruder ihrer Mutter war nach dem Tod ihres Vaters ihr einziger männlicher Verwandter. Er wohnte am Stadtrand von Bartonville, mischte sich aber selten unter die Leute in Bartonville. Madison schätzte ihn. Er war einer der wenigen Menschen, die sie nicht dauernd mitleidig ansahen und sich fragten, warum sie alle auf Distanz hielt. Er nahm sie einfach so, wie sie war.

Er folgte ihr die Kirchenstufen hinauf und dann legte er ihr eine Hand auf die Schulter. Als sie sich umdrehte, sah er sie sorgenvoll an. »Erst habe ich nur daran gedacht, dass deine Schwester und du eine gute Angestellte verloren habt, aber dann ist mir eingefallen, dass Lindsay mehr für dich war. Das stimmt doch, oder?« Er sah ihr tief in die Augen.

Madison schluckte und wäre der persönlichen Frage am liebsten ausgewichen. Aber Rod war ihr Onkel; sie konnte auch sonst mit ihm sprechen. »Ja, Lindsay war meine beste Freundin.« Nicht, dass sie sonst noch viele gehabt hätte.

»Es tut mir so leid, Schatz.« Er umarmte sie fest und sie lehnte den Kopf an seine Brust. Er roch nach Regen und Kaffee. Tröstende Gerüche. Einen Moment lang glaubte sie, alles würde gut werden.

Nichts wird je wieder gut.

Er ließ sie los, klopfte ihr sanft auf den Rücken und hielt ihr die Kirchentür auf. »Du wirst da durchkommen. Du hast es schon einmal geschafft.«

Schon einmal.

Ein heißer Schmerz fuhr ihr durch den ganzen Körper. Die Trauer und der Schmerz über den Tod ihrer Eltern lauerten immer im Hinterhalt. Sie stolperte. Rod fing sie auf und hakte sie unter. Im kleinen Eingangsraum der Kirche drängten sich viele Leute, um sich durch die kleine Tür ins Innere zu zwängen. Madison hob den Schirm ihrer Kappe, um nach Alice Ausschau zu halten, konnte sie aber nirgends entdecken. Sie stellte sich neben Rod an eine Seitenwand, da fast alle Sitze auf den harten Kirchenbänken besetzt waren.

Die Kirche war fast fünfzig Jahre alt und roch nach staubigem Holz und Kerzenwachs. Die vier Fenster auf beiden Seiten des Altars sahen aus wie handgefertigt, aber Madison wusste, dass die wunderschönen originalen Buntglasfenster durch industriell hergestellte ersetzt worden waren. Die Wirkung war nicht dieselbe. Einmal ging in der Barton Villa ein Buntglasfenster kaputt, und ihre Tanten waren über den Ersatz in einen erbitterten Streit geraten. Schließlich wurde ein Fenster in einem kleinen Betrieb in Auftrag gegeben. Dory und Thea hatten monatelang über den Preis gemurrt, aber Vina verteidigte ihren Entschluss.

Ihre Tante Vina sprach neben dem Lesepult mit einem großen kahlen Mann. Sie trug ein pinkfarbenes Jackett, hatte die Hände in die Seiten gestemmt und blitzte den Bürgermeister von Bartonville, Harlan Trapp, wütend an. Madison hatte kein

Bedürfnis, sich ihren Streit anzuhören – Vina und Harlan stritten sich immer über alles. Und nichts brachte Madison schneller zum Verschwinden als Konfrontationen und Wortwechsel. Sie ließ den Blick über die Zuschauer schweifen und wusste, dass die Diskussion hitzig werden würde. Sie hatte einen klaren Fluchtweg.

Rob schaute nach vorne zu Vina und Harlan und verschränkte die Arme vor der Brust. Madison fühlte sich von der Anwesenheit ihres großen Onkels getröstet.

Vielleicht kann ich das durchstehen.

Sie war es Lindsay schuldig.

Dann entdeckte sie noch zwei pinkfarbene Jacketts. Dory und Thea saßen auch im Publikum. Thea unterhielt sich angeregt mit zwei Frauen in der Reihe hinter ihr, und Dory sprach mit Simon Rhoads. Madison rümpfte die Nase. Simon war schon seit Jahren hinter Dory her. Eigentlich war er ganz sympathisch, aber er roch immer nach Medizin, als hätte er sich an verschiedenen Stellen dick mit Wick Vaporub eingerieben. Dory behauptete, nichts zu riechen, aber ihre Schwestern stimmten Madison zu.

Madison wusste genau, dass Dory die Villa nie verlassen würde. Die Schwestern würden Simon Rhoads aber auch nicht erlauben einzuziehen. Dory gab vor, sie würde sich nur mit ihm abgeben, um ihm zu helfen, schließlich hätte er Arthrose und hohe Cholesterinwerte. Nichts machte Dory glücklicher, als über die Symptome irgendwelcher Krankheiten zu sprechen. Die Schwestern scherzten über Dorys jugendlichen Freund. Simon war erst Mitte sechzig.

In der Menge waren noch andere bekannte Gesichter. Leo und Isaac von der Arbeit. Leo sagte gerade etwas zu Isaac, was den veranlasste, sich sofort aus seiner zusammengesackten Haltung aufzurichten.

An die gegenüberliegende Wand gelehnt stand Leann Windfield und schrieb Nachrichten auf ihrem Smartphone. Madison starrte sie an und versuchte Leann durch schiere Willenskraft dazu zu bewegen, den Blick zu heben. Leann hatte sie in der Schule schikaniert, und Madison hatte nicht vergessen, wie grausam sie gewesen war.

Leann sah nicht auf.

Schließlich entdeckte Madison Alice ganz außen in der ersten Reihe, die Kapuze noch über den Kopf gezogen. Der Platz neben ihr war einer der allerletzten freien Plätze. Es verletzte Madison, dass die meisten Menschen einen Bogen um Alice machten, und sie überlegte, ob sie sich neben sie setzen sollte. Aber der Fluchtweg von dort vorne wäre ihr zu lang.

Einige Reihen hinter Alice saß Brett Steele, Emilys Ex-Mann.

Den Blödmann zu verlassen, war das Klügste, das Emily je getan hatte.

Er hatte versucht, Emily ganz zu kontrollieren, und von ihr erwartet, ihm lückenlos Rechenschaft über jede Minute ihres Tages abzulegen.

Und jetzt schien er zu denken, dass es an der Zeit für die dritte Mills-Schwester war.

Wie krank, sich durch alle Schwestern einer Familie durchzuarbeiten.

Brett hatte sie ein paar Mal in Bars angemacht, und sie hatte ihn jedes Mal abblitzen lassen. Er schien es als Herausforderung anzusehen und kam immer öfter in den Diner und versuchte, Madison in Gespräche zu verwickeln. Sie hatte ihm klipp und klar gesagt, dass er seine Zeit vergeudete, aber er ließ sich nicht beirren und probierte es immer wieder.

Beratungsresistent.

Als hätte er Madisons Blick gespürt, drehte er sich um und starrte sie direkt an. Dann deutete er zwinkernd auf ihre Kappe, um ihr klarzumachen, dass sie trotz der Kopfbedeckung bestens zu erkennen sei. Madison wandte sich genervt ab. Warum hatte sie ihn bloß so angestarrt?

Dieser Blickwechsel wäre für ihn ein Vorwand, um ihr weiter auf den Wecker zu fallen.

Sie bemerkte eine Bewegung hinter sich. Emily war hereingekommen und hatte sich mit störrischer Miene gegen die rückwärtige Wand gestellt. Es war offensichtlich, dass sie eigentlich nicht hier sein wollte. Eine dunkelhaarige Frau war ihr gefolgt, die ihr jetzt etwas ins Ohr flüsterte.

Special Agent Ava McLane.

Madison fragte sich, ob Ava Emily ermutigt hatte herzukommen.

»Leute … Können alle mal ein bisschen leiser sein?« Harlan Trapps Stimme echote über den Lautsprecher. Vina kam die Stufen herunter, setzte sich neben Alice und wechselte ein paar Worte mit ihr. Madison wurde warm ums Herz. Das Stimmengewirr legte sich, es wurde still im Raum.

»So, das ist schon besser.« Harlans rundes Gesicht war plötzlich ganz kummervoll. »Sie haben ja alle von den grauenhaften Morden an Sean und Lindsay Fitch gehört, und ich bin sicher, Sie haben viele Fragen.«

»Ich dachte, er hat erst sie und dann sich selbst umgebracht«, rief eine weibliche Stimme.

Harlan rieb sich den Nacken. »Na ja … Am Anfang haben sie das gesagt … Aber nach dem, was ich zuletzt gehört habe, war es ein Doppelmord. Stimmt's?« Er suchte die Reihen ab. »Wo ist der Sheriff?«

Ein leises Gemurmel erfüllte den Kirchenraum, als die Leute sich suchend nach dem Sheriff umsahen.

»Er arbeitet«, verkündete ein Mann in einem karierten Hemd auf der anderen Seite. Madison wusste nicht, wie er hieß. Sie wusste nur, dass er ein County Deputy war.

»Was soll diese Versammlung, wenn der Sheriff nicht da ist, um uns zu informieren?«, fragte eine entrüstete weibliche Stimme.

»Ich habe gedacht, er kommt«, sagte Harlan mit aufkommender Panik. »Wer sollte den Sheriff von dem Treffen unterrichten?« Niemand antwortete.

»Verdammt!« Harlan bewahrte mit Mühe die Fassung.

Madison seufzte. Organisation war nicht gerade Harlans herausragendste Eigenschaft.

»Wofür brauchen wir den Sheriff? Soll er uns daran erinnern, dass wir die Türen abschließen und auf unsere Nachbarn achten sollen?«, fragte Vina mit lauter Stimme, sodass alle sie hören konnten. »Es ist an uns, dass unsere Gemeinde sicher bleibt. Und wir tun das, indem wir die Augen offen halten.«

Von hinten rief ein Mann: »Und was sollen wir machen, wenn wir den Mörder sehen?«

»Wissen Sie denn, wie er aussieht?«, erkundigte sich ein anderer Mann sarkastisch.

»Klar. Er ist ein Skinhead.«

Plötzlich schienen alle eine Meinung zu haben. Im Raum wurde es laut.

Harlan fuhr sich über den kahlen Kopf. »Okay! Okay! Beruhigen Sie sich!« In seiner Stimme lag ein leichtes Beben. »Solche Kommentare sind wirklich nicht hilfreich. Wir beurteilen Leute in unserer Stadt doch nicht nach ihrem Aussehen!«

»Was für ein Unsinn«, sagte Leann Windfield klar und deutlich, immer noch lässig gegen die Wand gelehnt. »Sean Fitch ist exakt wegen seines Aussehens ermordet worden. Wenn Sie das nicht anerkennen, sind Sie Teil des Problems.«

Madison klappte der Unterkiefer herunter. *Er ist wegen seiner Hautfarbe ermordet worden?*

Dutzende aufgebrachter Menschen redeten laut durcheinander. Harlan bemühte sich vergeblich, den Raum unter

Kontrolle zu bringen. Eine Frau aus einer der mittleren Kirchenbänke stand auf. Langsam wurde es ruhiger. Madison erkannte die pensionierte Lehrerin. »Hier in unserer Stadt gibt es keinen Rassismus«, verkündete sie. »Ich habe mein ganzes Leben hier gelebt, und ich habe nie auch nur eine Andeutung davon wahrgenommen.«

Madison hätte fast genickt. Doch irgendetwas in ihrem Unbewussten regte sich und hielt sie davon ab. Leanns Behauptung hallte in ihrem Gehirn wider und weckte eine undeutliche Erinnerung an ähnliche Aussagen.

Aber sie kam nicht darauf.

»Nur weil Sie nicht mit Rassismus in Berührung gekommen sind, heißt es noch lange nicht, dass er nicht existiert«, fuhr Leann fort. »Sehen Sie sich doch mal in diesem Raum um. Neunundneunzig Prozent Weiße.« Leann sah Harlan an. »Wenn der Mord an Sean nicht aus rassistischen Motiven geschehen ist, warum ist dann das FBI da und unterstützt den Sheriff?«

Im Raum war es still. Alle sahen Harlan an.

»Das FBI?« Schweißperlen glitzerten an seinen Schläfen, seine Stimme war zwei Oktaven hochgestiegen.

Es wurde wieder lauter. Ihr Onkel schnaubte. Madison schloss kurz die Augen. *Reiß dich zusammen, Harlan.* Es war ihr peinlich, zusehen zu müssen, was für eine Figur der Bürgermeister abgab.

Harlan sah sich um. »Hat sonst noch jemand gehört, dass das FBI hier ist?«

Mehrere Leute nickten.

Madison warf einen Seitenblick auf Agent McLane. *Wird sie etwas sagen?* Die Agentin presste die Lippen aufeinander und sah die Menge prüfend an. Sie hatte Madison gefragt, ob sie etwas von Drohungen gegen Sean oder Lindsay gehört habe. Aber sie hatte nicht präzisiert, dass es sich um rassistisch motivierte Drohungen handeln könnte.

»Sie versuchen, den Mord zu einem Problem unserer Stadt zu machen, dabei stimmt das gar nicht«, erklärte ein weißhaariger Mann, den Madison nicht kannte. »Mir ist Rassismus in unserer Stadt auch noch nie untergekommen. Hier rennt ein Psychokiller frei rum. Ich schlafe jedenfalls mit meiner Betsy auf dem Nachttisch, solange sie ihn nicht geschnappt haben. Betsy macht kurzen Prozess mit jedem, der versucht, bei mir einzubrechen.«

Mehrere Leute nickten zustimmend.

Harlan verzog das Gesicht.

»Wussten Sie, dass Oregon der einzige Staat ist, der bei der Staatsgründung nur Weiße zugelassen hat?« Agent McLanes Stimme war tief, aber klar und gut hörbar. »Die ursprüngliche Verfassung schloss alle Nichtweißen vom Leben in diesem Staat aus.« Die Köpfe fuhren zu ihr herum, und die Leute warfen sich fragende Blicke zu. Sie konnten sie nicht zuordnen.

»Das ist mehr als hundertfünfzig Jahre her«, gab jemand zurück.

»Das ist richtig«, stimmte Ava zu. »Aber es ist erst ein paar Jahre her, dass im Süden Oregons Flugblätter verteilt wurden, um Leute für eine Organisation anzuwerben, die direkt aus dem Ku-Klux-Klan hervorgegangen ist. Der Name ist anders, der Zweck ist gleich.«

»Es ist nicht verboten, Flugblätter zu verteilen. Das gehört zur Meinungsfreiheit«, sagte ein Mann, der ein paar Meter von Ava entfernt stand.

»Sie haben recht«, sagte Ava. »Ich stelle hier nicht das Recht infrage, Flugblätter unter die Leute zu bringen. Die 1920er-Jahre waren eine sehr aktive Dekade für den KKK in Oregon, aber die meisten von Ihnen würden bestimmt angeben, dass sich das nach und nach von selbst erledigt hat. Hier hat seit Jahrzehnten keiner mehr eine weiße Kapuze gesehen, stimmt's?«

Viele nickten.

»Was ich sagen will, ist, dass Hass nicht ausstirbt«, fuhr Ava fort. »Er schläft vielleicht oder er verschwindet scheinbar, dabei versteckt er sich tatsächlich nur und entwickelt sich von Generation zu Generation weiter. Wussten Sie, dass der Klan noch in den 1980er-Jahren in Portland sehr aktiv war? Damals wurde Portland sogar von manchen die Skinhead-Hauptstadt der Vereinigten Staaten genannt. Wir können nicht sagen, dass Rassismus nicht existiert, nur weil er uns persönlich nie begegnet ist.«

Die Agentin wusste offensichtlich, wovon sie sprach, und hatte versucht, taktvoll zu sein. Trotzdem machten viele Mienen deutlich, dass eine Moralpredigt von einer Außenseiterin unerwünscht war. Viele musterten die Agentin verwirrt. Fragende Seitenblicke zu ihren Nachbarn wurden mit Schulterzucken beantwortet.

»Äh … danke, Miss …?«, sagte Harlan.

»Special Agent McLane«, stellte sie sich vor. »Ich gehöre zu dem FBI-Team, das herausfindet, ob der Mord an den Fitchs ein Hassverbrechen war.«

Wieder explodierte die Stimmung.

Madison blinzelte. Sie hatte angenommen, dass das FBI nur gekommen war, um den Sheriff zu unterstützen. Es war das erste Mal, dass sie von der Möglichkeit eines Hassverbrechens hörte.

Bin ich wirklich so beschränkt?

»Was zum Teufel …?« Ihr Onkel schüttelte wütend den Kopf.

Madisons Gedanken begannen zu schwimmen. Sean und Lindsay waren vielleicht wegen Seans Hautfarbe umgebracht worden. Die Anwesenheit des FBI bedeutete, dass Leann Windfields Theorie nicht abwegig war.

Wieder hatte Madison das Gefühl, dass eine verschüttete Erinnerung an die Oberfläche wollte.

»Stimmt es, dass Nate Copeland heute Morgen ermordet wurde?«, rief jemand. »Musste er dran glauben, weil er als erster Deputy am Tatort war? Er ist ja nicht schwarz.«

Madison war geschockt. Sie sah, wie Leann überrascht den Kopf hob.

Noch jemand ist ermordet worden?

»Verdammte Scheiße«, fluchte ihr Onkel leise. »Noch ein Mord?«

Alle sahen Agent McLane an. Sie hob die Hand und wartete, bis die Unterhaltungen verstummten. »Ich kann den Tod von Deputy Copeland nicht kommentieren. Der Clatsop County Sheriff hat bei seinen Ermittlungen die volle Unterstützung des FBI.«

Mit anderen Worten: Sie gehen davon aus, dass der Tod von Copeland etwas mit dem Mord an den Fitchs zu tun hat.

Agent McLane legte Emily die Hand auf die Schulter und sprach schnell auf sie ein. Emily war weiß wie ein Gespenst. Die Nachricht von Copelands Tod erschreckte sie ganz offensichtlich.

Und plötzlich begriff Madison den Grund für Emilys Angst.

Emily ist auch da gewesen.

Hat Copeland etwas am Tatort gesehen, weswegen er umgebracht worden war?

»Wer ist der Typ neben dem Sheriff?«, fragte Rod sie.

Sheriff Greer und Agent Zander Wells hatten den Raum betreten. Greer grüßte die Einwohner mit erhobener Hand, während Wells den Blick über die Menge schweifen ließ, bis er Emily nur drei Meter entfernt von sich ausmachte.

Als er sie sah, wirkte er erleichtert. Aber da war noch etwas anderes, etwas, das Madisons weibliche Instinkte elektrisierte.

Der Agent findet Emily attraktiv.

Sie schob die Beobachtung beiseite, sie konnte sich später damit beschäftigen.

Emily und die Agentin hatten die beiden Männer nicht hereinkommen sehen. Sheriff Greer arbeitete sich an den Kirchenbänken vorbei nach vorne durch, blieb ab und an stehen, um eine Hand zu schütteln oder jemandem auf den Rücken zu klapsen. Als Ava ihn schließlich bemerkte, drehte sie sich nach der Tür um. Sie entdeckte Agent Wells und winkte ihn zu sich heran.

Er stellte sich an Emilys freie Seite und fiel in ihre Unterhaltung ein.

Das Gespräch würde ich wirklich gern mitkriegen.

Ihre Schwester hörte den beiden Agenten aufmerksam zu. *Sie ist über irgendetwas bestürzt und versucht, es sich nicht anmerken zu lassen.*

Auf einmal hatte Madison ein klares Bild von einer Handvoll Münzen vor Augen. Und sie spürte dieselbe Faszination und Neugier wie als Kind. Sie lagen kühl auf ihrer Handfläche. Was hatte diese Erinnerung ausgelöst?

Und was sind das für Münzen?

16

»Irgendwas Neues über Nate Copelands Tod?«, fragte Ava leise, als Zander neben ihnen im überfüllten Kirchenraum ankam.

Zander war überrascht, dass sie ihn das in Gegenwart von Emily Mills fragte, und schüttelte nur den Kopf. »Morgen wissen wir mehr.«

»Zum Beispiel, ob er ermordet wurde oder nicht?« Emily hatte die Frage mit ihrer üblichen Direktheit gestellt, aber Zander fiel ihre Blässe dennoch auf. Ihre Pupillen waren trotz des hellen Lichts groß und sie hielt die Hände so verkrampft, dass ihre Knöchel weiß waren.

Ava sah Zander an. »Darauf wird uns die Autopsie die Antwort geben«, sagte sie. Ihre Stimme war jetzt noch leiser.

»Müssen Sie die anderen Deputys warnen? Die bei den Fitchs waren?«, fragte Emily. Sie sah an ihnen vorbei nach vorne.

Zander tauschte noch einen Blick mit Ava. »An dem Punkt sind wir nicht.«

»Verstehe.«

»Bitte alle mal herhören.« Sheriff Greer hatte das Mikrofon erreicht. Ein schwitzender kahler Mann hastete vom Podium, deutlich erleichtert.

In einer der vorderen Bänke erhob sich ein Mann. »Sheriff, was ist hier eigentlich los? Wie kommt es, dass niemand unsere Fragen beantwortet?«

Viele nickten zustimmend.

»Ich bin doch gerade erst angekommen«, sagte Greer. »Geben Sie mir eine Minute, bevor Sie mir vorwerfen, nichts zu sagen?«

Der Frager verschränkte die Arme vor der Brust. »Wir hören.«

»Danke.« Der Sheriff räusperte sich. »Ich weiß, dass Sie sich alle Sorgen über den Tod der Fitchs machen.«

»Kann man wohl sagen!«, rief jemand.

»Ruhe!«

»Lasst den Mann doch mal ausreden!«

»Worüber wir uns Sorgen machen, ist die Sicherheit unserer Familien«, sagte der erste Mann. »Wir finden das alle schlimm, was da passiert ist, aber die normale Reaktion ist doch, sich um die eigene Familie zu kümmern. Sind wir sicher, Sheriff?«

Die Luft war zum Schneiden dick, als alle auf die Antwort des Sheriffs warteten.

Zander beneidete Greer nicht.

Der Sheriff musterte das Publikum. Viele beugten sich in der Hoffnung vor, dass er sagen würde, alles wäre okay.

Greer holte tief Luft. »Ich werde nicht so tun, als ob alles in Ordnung wäre. Wir wissen nicht, wer die Fitchs umgebracht hat, und wir wissen auch nicht, warum.« Sein Gesicht wurde weich. »Ich kann mich nicht hier hinstellen und ehrlich behaupten, dass nichts mehr passieren wird. Ich kann die Zukunft nicht voraussehen.«

Die kurze verblüffte Ruhe wurde von Stimmen durchbrochen. Von den Stimmen fast aller Anwesenden, genau gesagt. Einige standen auf und drängten sich an den anderen aus den Kirchenbänken vorbei, die Kinder fest an der Hand. Und schon strömten die Ersten an Zander vorbei, Angst und Ärger in ihren Gesichtern. Bruchstücke ihrer Unterhaltung lagen in der Luft.

»… fahren zur Großmutter nach Portland.«

»… hole ich heute Abend aus dem Waffenschrank.«

»… die Hunde drehen durch, wenn sie draußen wen hören.«

Emily stand hinter Zander und wurde immer gestresster. Viele Leute hielten an, um ihr die Hand zu tätscheln oder ein paar Worte über Lindsay zu sagen.

»Leute!« Der Sheriff wusste, dass er sie nicht aufhalten konnte. »Sonst noch Fragen?« Aber niemand beachtete ihn. Mittlerweile waren alle aufgestanden. Ein paar Leute hatten sich um das Pult versammelt und löcherten Greer mit Fragen. Andere standen in Grüppchen beisammen und warfen ab und an misstrauische Blicke auf den Sheriff, Ava oder Zander.

»Scheiße!«, sagte Ava. »Mit dem Treffen wurde gar nichts erreicht, außer die Leute verrückt zu machen.«

»Was haben Sie denn erwartet? Wenn man ihnen mehr oder weniger deutlich sagt, dass sie das nächste Mordopfer sein könnten«, fuhr Emily sie an.

»Das ist nicht, was –«

»Ich weiß, dass der Sheriff das nicht gesagt hat«, unterbrach Emily sie. »Aber das ist das, was sie gehört haben.«

Zander konnte Emilys Logik nicht widerlegen. Sie hatte wieder etwas Farbe angenommen. Ihr Zorn hatte die Angst vertrieben.

So gefiel sie ihm besser.

Sie wandte sich an ihn. »Wann haben Sie das Motiv?« Ihre dunkelblauen Augen forderten ihn heraus. Sie erwartete eine Antwort.

»Das weiß ich nicht.« Er konnte nicht lügen.

»Sie haben nichts rausgefunden.«

»Das würde ich auch wieder nicht behaupten.«

»Bin ich auch in Gefahr? Ich war schließlich da, genau wie Nate Copeland.«

Zander hielt ihrem Blick stand. »Wir können es nicht ausschließen.«

Sie fluchte leise. »Und jetzt?«

* * *

Madison schloss die Haustür der Villa auf und schlich sich so leise wie möglich hinein. Ihre Tanten waren von der Versammlung in der Kirche zurück, und Madison wollte nicht an ihrem Gespräch teilnehmen, in dem sie jedes Wort wiederkäuten. Emilys Auto stand nicht vorm Haus – und das war Madison nur recht. Sie glaubte nicht, dass ihre Schwester sie in der Kirche gesehen hatte; sie war zu sehr mit den FBI-Agenten beschäftigt gewesen.

Emily fragt sich wahrscheinlich, warum ich nicht mit dabei war.

Ihre Schwester saß ihr immer im Nacken, kontrollierte sie, war einfach eine Glucke. Sie fühlte sich wie ein Teenager mit einer Gouvernante.

Sie versuchte, mehr oder weniger über die Treppenstufen zu schweben, aber sie knarzten trotzdem. Emilys Zimmertür stand offen. Sie hielt an. Wieder waren die Bilder von Münzen da. Sie zogen sie in Emilys Zimmer.

Habe ich sie vielleicht hier gesehen?

Das konnte nicht sein. Die Erinnerung ging weit zurück, viel weiter.

Sie betätigte den Lichtschalter und ließ den Blick durchs Zimmer schweifen. Madison hatte Emilys Sachen schon ein paar Mal durchsucht, einfach aus Neugier und wenn sie die Gelegenheit dazu hatte. Sie nahm an, dass ihre Schwester es genauso mit ihren Sachen machte. Solange Madison sich erinnern konnte, hatten die drei – und dann zwei – Schwestern das so gemacht.

Alle Schwestern spionierten sich gegenseitig aus. Oder?

Madison robbte auf dem Bauch voran, die Dielen kalt an ihren nackten Knien, eine Wange am Boden, um sich in der Enge unter Taras Bett nicht den Kopf anzustoßen. Das Bett stand in einer Ecke, und Madison war eine große Kiste darunter aufgefallen. Sie musste wissen, was drinnen war. Sie schob Schuhe, Spiele und kleinere Schachteln beiseite, deren Inhalt sie bereits kannte. Aber diese große Kiste zog sie mit ihren neun Jahren magisch an.

Während Madison ein Zimmer mit Emily teilen musste, hatte Tara mit siebzehn ein eigenes. Madison war rasend neidisch auf sie. Tara durfte alles. Sie durfte Auto fahren, sich mit Jungs treffen, ins Kino gehen. Sie durfte im Diner arbeiten und konnte sich alle Kleider kaufen, die sie haben wollte.

Madison konnte es kaum erwarten, endlich ein Teenager zu sein.

Der braune Pappkarton war zu hoch, um ihn unter dem Bett zu öffnen. Deswegen robbte sie zurück und schaffte es irgendwie, den Karton mit sich zu ziehen. Er war schwer und ließ sich nur mühsam bewegen.

Was mochte dadrin sein?

Sie kam unter dem Bett hervor. Der Staub hatte merkwürdige Muster auf ihrem dunkelblauen T-Shirt und einen trockenen Geschmack im Mund hinterlassen. Kniend öffnete sie den Karton. Und atmete enttäuscht aus.

Bücher. Der Karton war voller Bücher. Sie arbeitete sich nach unten durch, vielleicht war da ja doch ein versteckter Schatz. Nichts als Bücher. Sie nahm eines heraus und rümpfte die Nase. Auf dem Titelblatt waren eine Frau und ein Mann abgebildet, die sich umarmten. Sie klappte es auf. Jemand hatte Sätze mit einem Kuli unterstrichen.

Das konnte Mom überhaupt nicht ausstehen.

»Madison!« Tara stand an der Tür und blitzte Madison wütend an.

Sie ließ das Buch in den Pappkarton fallen. Ihr Magen drehte sich um, sie glaubte fast, sich übergeben zu müssen.

Jetzt, als sie in Emilys Zimmer herumschnüffelte, überkam Madison die gleiche Übelkeit. Emilys Zimmer war ein spiegelverkehrtes Abbild ihres eigenen: Wie ihres hatte es eine hohe Decke und einen Erker mit großem Fenster. Alle Damen beklagten sich über die winzigen Einbauschränke, aber niemand tat etwas dagegen. Als die Villa gebaut wurde, hatte man nicht so viele Kleider. Die Schlafzimmer renovieren zu lassen und begehbare Schränke für den heutigen Überfluss einzubauen, würde ein Vermögen verschlingen.

In Emilys Zimmer gab es ein Doppelbett, eine Kommode, zwei Nachttische und einen Schreibtisch. Und den winzigen Einbauschrank natürlich. Überall konnte sich das verstecken, was Madison suchte.

Warum glaube ich überhaupt, dass ich die Münzen hier finde?

Das Gefühl kühler Münzen auf der Handfläche kribbelte ihr in den Nerven. Auf den bisherigen Durchsuchungen von Emilys Zimmer war sie nie auf Kleingeld gestoßen. Sollte sie unter dem Bett anfangen? Sie entschied sich für den Schrank, schnappte sich einen Hocker und öffnete die Tür. Der Schrank war bis oben hin vollgestopft. Sie stellte sich auf den Hocker und lugte auf das obere Regalbrett. Ein Dutzend Schuhkartons, von denen die meisten tatsächlich Schuhe enthielten, wie Madison wusste. Sie hatte nicht die Geduld, sie noch einmal zu durchsuchen. Sie stieg vom Hocker und schloss die Schranktür. Der Drang, aus Emilys Zimmer zu verschwinden, war stark.

Vielleicht war sie gar nicht mehr so eine schreckliche Schnüfflerin wie früher.

Gleich würde sie das Zimmer verlassen. Aber erst wollte sie noch in den Nachttischen nachsehen. Sie zog eine Schublade auf. Ihr stockte der Atem.

Keine Münzen. Eine Taschenuhr.

Sie nahm sie ehrfürchtig in die Hand. Die Uhr fühlte sich so vertraut an. Sie erkannte das Gewicht, die polierte Oberfläche und den winzigen Verschluss.

Das ist Dads Uhr.

Madison drückte auf den Verschluss. Die Uhr sprang auf. Im Inneren des Deckels standen seine Initialen. Sie hielt die Uhr ans Ohr. Es war nichts zu hören. Dann schloss sie die Augen und sah ihren Dad vor sich.

Er saß auf der hinteren Veranda ihres Hauses und feuerte Emily und sie an, Tara beim Tauziehen mit dem Gartenschlauch zu besiegen. Es war heiß. Sie trug ihren türkisen Badeanzug, den mit dem Einhorn. Tara und Emily hatten orangefarbene Badeanzüge an. Ihre Mutter hatte Madison auch so einen kaufen wollen, aber sie hasste Orange und hatte sich in den mit dem Einhorn verliebt.

Der Schlauch fühlte sich kühl an. Das Wasser spritzte heraus, und der Rasen schmatzte zwischen Emilys Zehen. Ihr Vater zählte laut bis drei. Emily und sie zogen ruckartig an dem Schlauch und kicherten, als Tara stolperte und mit dem Gesicht vornüber ins Gras fiel. Er schoss zu Tara und richtete sie auf. Blutstropfen quollen ihr aus der Nase, tropften auf den orangefarbenen Badeanzug und hinterließen dunkle, gewundene Linien. Benommen sah Madison zu, wie sie länger wurden. Ihr Vater zog die Uhr und ein Taschentuch aus der Hosentasche. Die Uhr ließ er ins nasse Gras fallen, um Tara das Taschentuch an die Nase zu drücken.

Madison sah auf die Uhr in ihrer Hand und erinnerte sich daran, wie schockiert sie gewesen war, dass ihr Vater seine wertvolle Uhr einfach so fallen ließ. Es schien ihm in diesem Moment egal zu sein, dass sie zerbrechen oder einen Wasserschaden davontragen konnte. Ihr hatte es damals vor Augen geführt, wie sehr er Tara lieben musste – wie sehr er sie alle lieben musste –, dass er sogar sein kostbarstes Erbstück aufs Spiel setzte. Eine Welle von Verlust und Liebe schlug über ihr zusammen, und sie musste sich am Nachttisch abstützen. Alles verschwamm hinter ihren Tränen.

Sie hatte so viel verloren.

Sie atmete tief und wartete darauf, dass sich der Tränenschleier lichtete. Die Gefühle stieß sie hinter die Mauer, dorthin, wo sie hingehörten.

Die Uhr war ein Geschenk des Großvaters ihres Vaters gewesen, der dieselben Initialen hatte. Ihr Vater hatte seinen Töchtern immer erlaubt, sie anzusehen, wenn sie ihn darum baten, aber er blieb immer in der Nähe. Ihm lag sehr viel an der Uhr, und die Schwestern betrachteten sie ehrfürchtig. Unter den schwungvoll gravierten Initialen stand ein Satz in einer fremden Sprache. Vielleicht auf Latein? Ihr Vater hatte ihnen erklärt, dass er bedeutete, dass man sich um andere kümmern sollte.

Die Windfangtür fiel ins Schloss. Madison schloss die Faust um die antike Uhr. Ihre Gedanken rasten.

Ihr Vater hatte sie immer bei sich gehabt. In der einen vorderen Hosentasche hatte er den Schlüsselbund und das Kleingeld, in der anderen die Uhr.

Nach seinem Tod war die Uhr nirgends aufzufinden gewesen. Ihre Mutter war außer sich gewesen. Sie war überzeugt, dass der Mörder sie gestohlen hatte. Oder einer der Ermittler. Die Polizei vermutete, dass sie in den Ruinen des heruntergebrannten Hauses sein musste, aber ihre Mutter hatte das rundweg ausgeschlossen. Ihr Vater hatte in der Nacht noch lange gearbeitet und trug die Hose noch, als er erhängt worden war. Also hätte die Uhr da gewesen sein müssen, wo sie immer war: in seiner Hosentasche.

Und wie war sie jetzt hierhergelangt?

Hatte eine der Tanten sie aufbewahrt und sie Emily ohne Madisons Wissen geschenkt?

Ihre Mutter hatte damals auch darauf hingewiesen, dass das Portemonnaie ihres Mannes noch in seiner Tasche war. Warum hätte irgendjemand eine alte Uhr aus der einen Hosentasche ziehen, das Portemonnaie mit zweiunddreißig Dollar aber in der anderen lassen sollen?

Niemand hatte eine Antwort auf diese Frage, und irgendwann geriet die Uhr in Vergessenheit.

Seit wann hat Emily die Uhr schon?

Jetzt hörte Madison, wie die Haustür zufiel. Sie steckte die Uhr in die Tasche und schoss in ihr eigenes Zimmer. Emily kam die Treppe hoch und knipste das Licht an. Madison hoffte, dass sie alles so hinterlassen hatte, wie es gewesen war. Sie riss sich die Kappe von den Goonies vom Kopf, lockerte ihre Haare und legte den Mantel ab. Dann wartete sie noch ein Weilchen, bevor sie zu Emily hinüberschlenderte.

Ihre Schwester saß vor einem Stapel Papiere am Schreibtisch.

»Hey, Em.«

Emily drehte sich nicht um, sondern fuhr damit fort, die Papiere zu ordnen. »Hi, Madison. Wusstest du, dass heute in der Methodistenkirche eine Versammlung zum Mord an den Fitchs stattgefunden hat?«

Der Ton ihrer Schwester klang wie das Kratzen von Fingernägeln auf einer Schultafel.

»Ich war da«, antwortete Madison im gleichen Tonfall.

Emily wirbelte herum, die Augen zu Schlitzen verengt. »Ich habe dich nicht gesehen.«

»Ich stand neben Onkel Rod. Und du warst hinten mit den beiden FBI-Agenten.«

»Rod ist mir auch nicht aufgefallen. Ich hatte Agent McLane zufällig auf dem Parkplatz getroffen.« Emily senkte den Blick. »Agent Wells ist später dazugekommen.«

Madison bemerkte die leichte Veränderung des Tonfalls, als sie Agent Wells erwähnte.

Sie findet ihn auch attraktiv.

Wie lange würden sie brauchen, um herauszufinden, dass das auf Gegenseitigkeit beruhte? Madison war nicht eifersüchtig; Agent Wells war attraktiv, aber nicht ihr Typ. Er hielt sich bedeckt hinter seiner kühlen Fassade.

Selbst wenn sie es herausgefunden hatten, waren ihnen die Hände gebunden. Jeder einigermaßen ernst zu nehmende Ermittler wusste, dass man während einer Morduntersuchung nichts mit einer Zeugin anfing.

»Es wurde ziemlich hitzig«, bemerkte Madison, um das Gespräch in Gang zu halten. »Hört sich an, als wüsste niemand, was los ist.«

»Es sind noch nicht mal zwei Tage seit ihrem Tod vergangen.« Emily warf ihrer Schwester einen wütenden Blick zu. »Und das hier spielt sich im richtigen Leben ab, nicht im Fernsehen. Da werden Morde nicht in einer Episode gelöst.«

Madison hob das Kinn. »Mir ist vollkommen bewusst, wie lange Lindsay tot ist.« Sie hatte ihre Schwester verletzen wollen, aber die Worte trafen sie selbst ins Herz.

Sie spürte Emilys einfühlsamen Blick, als sie gegen die Trauer ankämpfte.

»Es ist, als hätten wir noch eine Schwester verloren«, sagte Emily.

Schwester …

»Tara ist nicht tot.« Madison weigerte sich, das zu glauben. Ihr Zorn flößte ihr Mut ein. »Warum redet niemand von Tara? Warum ist sie euch allen egal? Warum lassen wir zu, dass sie uns aus ihrem Leben gestoßen hat?«

Emilys Miene wurde ausdruckslos. »Ihr Leben, ihre Entscheidung. Wenn sie nichts mit uns zu tun haben will, dann ist es eben so.«

Madison sah sie wütend an. »Ich kann nicht glauben, dass du so kalt bist.«

»Ich habe nur gesagt, was alle sagen.«

»Wir sprechen von *unserer Schwester*. Bedeutet sie dir denn gar nichts?«

»Tara ist weggegangen, und dazu hatte sie jedes Recht. Irgendetwas hat sie dazu gebracht, auf Abstand zu uns zu gehen, und solange sie nicht darüber sprechen will, geht es uns nichts an.«

»Aber warum um alles in der Welt hat sie uns bloß nie kontaktiert? Hast du dich das nie gefragt?«

»Nein.« Emily wandte sich wieder ihren Papieren zu. »Lass es gut sein, Madison.«

Madison starrte ihren Rücken an. Das war nicht die Emily, die sie kannte. Emily brachte Spinnen vor die Tür, statt sie zu töten. Sie ließ sich von älteren Leuten im Diner Ewigkeiten das Ohr abkauen, ohne sie ein einziges Mal zu unterbrechen. Ja, sie war sehr direkt, aber sie bewies auch immer wieder, was für ein mitfühlender Mensch sie war. Außer wenn es um Tara ging.

»Was hat Tara dir bloß getan?«, flüsterte Madison. Irgendetwas hing in der Luft.

»Geh ins Bett.«

»Verdammt, Emily, du bist doch nicht aus Stein! Warum redet ihr alle nicht darüber? Warum bin ich die Einzige, die sich die Mühe macht, nach Tara zu suchen?«

Emily sagte nichts.

Madison war wie vor den Kopf gestoßen. Sie verstand, dass ihr Geheimnisse vorenthalten wurden. Und dass ihr seit vielen Jahren Lügen über Tara erzählt wurden. Sie umfasste die Uhr in ihrer Tasche. Auch eine Lüge.

Was ist hier nur los?

17

Madison kippte einen Energy Drink hinunter, statt zu frühstücken, während sie schnell noch in der Küche aufräumte und die Zeit dabei im Auge behielt. Sie musste in fünf Minuten aus der Tür sein, wenn sie um halb sieben am Diner ankommen wollte. Ihre Tanten hatten alles stehen lassen. Es sah so aus, als hätten sie sich Apfelkuchen mit Vanilleeis gegönnt. Das war wahrscheinlich nach der Versammlung am Vorabend bitter nötig gewesen.

»Guten Morgen, Liebes. Gibt es schon Kaffee?« Dory gähnte. Auf einer Seite des Kopfes lagen ihre weißen Haare platt an, und unter dem verwaschenen Morgenrock aus Chenille lugten verschiedenfarbige Hausschuhe hervor. Thea und Vina hatten auch solche Bademäntel.

»Ich setze welchen auf.« Madison nahm die Kanne und hielt sie unter den Hahn. »Wenn ich arbeite, mache ich morgens keinen Kaffee. Ich trinke erst im Diner welchen.«

»Oh! Dann macht Thea ihn wohl. Wenn ich morgens runterkomme, ist er immer schon fertig.« Dory blinzelte zur Uhr an der Mikrowelle. »Ach du liebes bisschen! Mir war nicht klar, dass es noch so früh ist!« Sie rieb sich über den Steiß. »Mein Ischias hat mich die ganze Nacht geplagt. Nichts scheint dagegen zu helfen. Es war monatelang gut, ich weiß gar nicht, warum es jetzt wieder losgeht.«

Sie wusste alles über Dorys Probleme mit dem Ischias. Der Arzt hatte Madison aber versichert, dass ihre Großtante den gesunden Rücken einer Fünfzehnjährigen hatte. Die Schmerzen im unteren Rücken mussten woanders herrühren. Madison zählte die Maßlöffel, die sie in den Filter gab. »Vielleicht ist der Schmerz wegen der harten Kirchenbänke wieder aufgeflammt. Ich merke das auch immer.«

Der Mund ihrer Tante öffnete sich zu einem großen O. »Du hast recht! Es war unmöglich, eine auch nur einigermaßen bequeme Sitzposition zu finden. Thea hat mir gedroht, sie würde sich umsetzen, wenn ich nicht endlich still wäre. Du bist ein kluges Mädchen.« Sie kicherte und tätschelte Madisons Arm. »Du siehst heute besonders hübsch aus.«

Dory machte ihr immer Komplimente, wenn sie den todschicken Jumpsuit mit den weiten Beinen trug. Er fühlte sich leicht wie Seide auf ihrer Haut an, und sie wusste, dass nur wenige Leute solche breiten vertikalen Streifen tragen konnten. Emily hasste den Hosenanzug. Was vielleicht dazu beigetragen hatte, dass Madison ihn heute Morgen ausgewählt hatte. Ein streng zurückgenommener hoher Pferdeschwanz und Nude-Make-up – mit Ausnahme ihres geliebten feuerwehrroten Lippenstifts – komplettierten ihren Look.

»Ist Emily schon auf?«, fragte Dory.

»Nein. Sie fängt später an.«

Madison schloss den Deckel der Kaffeemaschine und drückte auf die Starttaste. Ob Dory irgendetwas über die Taschenuhr ihres Vaters wusste? Zum Beispiel, warum sie nach zwanzig Jahren in Emilys Nachttischschublade auftauchte.

»Dory … erinnerst du dich an die Taschenuhr, die Dad immer bei sich getragen hat?«

»Natürlich.« Sie legte mitleidig den Kopf zur Seite. »Hast du an deinen Vater gedacht?«

»Ja, schon. Ich erinnere mich jedenfalls, wie traurig Mom über ihr Verschwinden war.«

Eine wehmütige Regung flog über Dorys Gesicht. »Sie war am Boden zerstört, das arme Ding. Ich glaube, es war das, was sie von den Sachen deines Vaters am meisten vermisst hat. Es wäre so ein schönes Andenken gewesen.«

»Sie ist nie wieder aufgetaucht?«

Dorys weiche Stirnhaut kräuselte sich vor Verwirrung. »Nicht, dass ich wüsste. Ich denke schon, dass ich mich daran erinnern würde.«

Viel war aus Dory nicht herauszukriegen.

»Es war schrecklich, was eurem Vater angetan wurde. Und ihr armen Mädchen standet mit nichts da. Selbst er hatte das nicht verdient.«

Selbst er?

»Findest du?«, fragte Madison wie nebenbei und sah zu, wie der Kaffee in die Kanne zu strömen begann.

»Ja, wirklich. Selbst einem Mann wie ihm hätte so etwas Grausames nicht widerfahren dürfen.«

Madison wurde eiskalt. Die Haare auf ihren Unterarmen stellten sich auf. Niemand hatte je mit ihr auf diese Art über ihren Vater gesprochen.

»Was haben die Leute denn gesagt?«

Dory gähnte wieder. »Ist der Kaffee bald fertig?«

»Ich habe ihn doch eben erst angestellt. Gib ihm noch fünf Minuten. Aber du wolltest mir gerade erzählen, was die Leute über Dad gesagt haben.«

»Ach, weißt du, das Übliche. Das hat nichts zu bedeuten.« Sie warf einen sehnsüchtigen Blick auf die Kaffeemaschine.

Hat Dory denn noch nie selbst Kaffee gekocht?

»Ich weiß ja, dass Gerüchte umgingen.« Madison wusste nichts dergleichen, aber sie hoffte, damit die Gesprächigkeit ihrer Tante in Gang zu halten.

»Ach ja. Die Leute sind grausam. Deine arme Mutter. Wir haben sie alle angefleht, ihn nicht zu heiraten.«

In Madisons Kopf drehte sich alles. Sie hatte noch nie irgendetwas davon gehört.

»Arme Mom. Wie ist sie damit umgegangen?«

Dory machte eine wegwerfende Handbewegung. »Wie sie mit allem umgegangen ist. Sie hat getan, was sie wollte. Und sieh nur, wohin sie das gebracht hat.«

Ist Dory betrunken? Madison beugte sich unauffällig vor und schnupperte. Nichts.

»Es tut mir so leid, Liebes. Es war so unfair gegenüber euch Kindern, insbesondere Tara.«

Was war unfair?

Dory durfte jetzt nicht aufhören. Ihre Unterhaltung bewegte sich allerdings auf dünnem Eis. Entweder würde Madison etwas erfahren, was sie nicht wissen wollte, oder Dory würde ihren Gedankenfaden verlieren und der Moment wäre vorbei. »Warum glaubst du, dass es für Tara am schlimmsten war?«

»Weil sie älter war. Die Leute haben sie wie eine Erwachsene behandelt.« Sie schüttelte traurig den Kopf. »Dabei war sie noch ein Kind. Es war falsch.«

»Es war falsch.« Madison hatte nicht die geringste Ahnung, worüber Dory sprach.

»Es ging um Geld, weißt du? Es drehte sich immer alles um Geld.« Dory seufzte. »Aber das war schon längst alles weg gewesen. Was niemand wusste. Selbst heute halten sie uns noch für reich.« Sie öffnete eine Schranktür und runzelte die Stirn. »Herrjemine! Gibt es denn keine Pop-Tarts mehr? Die mit Zimt sind eine Wonne zum Kaffee.«

Automatisch öffnete Madison die Schranktür daneben und reichte Dory die Pop-Tarts. »Die Leute reden über das Geld der Bartons?« Sie wusste, dass das stimmte. Sie hatte es ihr Leben lang gehört.

»Ja, unter anderem. Aber am liebsten haben sie über deinen Vater getratscht.«

Madison hätte am liebsten geschrien. Wie konnte man im Gespräch so hin und her springen? Dory kämpfte mit der schimmernden Folie. Madison nahm ihr die Packung ab, riss sie auf und reichte ihr das Gebäck. »Die Leute haben sich getäuscht.«

»O nein! Die Gerüchte über deinen Vater hatten einen wahren Kern.« Dory biss ein Eckchen vom Pop-Tart ab und schloss befriedigt die Augen. »Er hat deine Mutter geheiratet, weil er sie für reich gehalten hat. Bis zum Tag seines Todes hat er daran festgehalten, dass wir Geld vor ihm versteckten. Er war deswegen richtig verbittert.«

Madison hatte das Gefühl, alle Energie würde aus ihren Gliedmaßen herausströmen. Ihr Vater war liebevoll gewesen, sie hatten viel Spaß miteinander gehabt. Er war ganz anders als der Mensch, den Dory beschrieb. *Sagt Dory die Wahrheit?* Manchmal waren Unterhaltungen mit ihr so. Ein verknotetes Bündel verworrener Erinnerungen.

Und dann war da plötzlich eine Erinnerung.

Sie konnte ihre Augen nicht von der schönen Puppe in der Vitrine abwenden. Sie musste sechs gewesen sein. Ihr Vater, Emily und sie hatten bei einem Garagen-Flohmarkt in der Nachbarschaft angehalten. Während ihr Vater sich die Werkzeuge ansah, starrte sie die Puppe an, ohne die Bücher und Videos zu beachten, die Emily ihr zeigte.

»Die kosten alle nur fünfundzwanzig Cents«, sagte Emily. »Damit hat Daddy sicher keine Probleme.« Dann fiel ihr Madisons

Faszination auf. »Ohhh! Wie schön die ist!« Emily umrundete die kleine Vitrine, um das Schild an der Puppe lesen zu können. »Fünfundsiebzig Dollar!«

Madison wusste, dass das gar nicht gut war.

»Das ist ein Sammlerstück«, sagte der Nachbar beim Näherkommen. »Kein Spielzeug. Aber sie gefällt dir, stimmt's?«, fragte er Madison.

Madison konnte nur nicken.

»Na, dann holen wir mal deinen Dad.« Der Besitzer winkte ihn heran. »Hey, Lincoln, deine Kleine hat was gefunden!«

Ihr Vater kam mit einem Hammer und einer Säge zu ihnen. Er lächelte seine Töchter an. Madison kreuzte die Finger. Doch als er das Preisschild sah, verflog das Lächeln. »Soll das ein Witz sein?«, blaffte er den Nachbarn an.

»Absolut nicht. Sie ist sogar noch mehr wert.«

»Tut mir leid, Liebling«, sagte ihr Vater. »Such dir ein schönes Buch aus, ja?«

Ihre Enttäuschung war niederschmetternd.

»Na, komm schon, Lincoln. Wir wissen doch alle, dass du das Geld der Bartons hast.«

Als Madison die Wut in den Augen ihres Vaters sah, schreckte sie zurück. Emily bemerkte es auch. Sie nahm Madisons Hand und zerrte sie die Einfahrt hinunter, ohne einen Gedanken an die Bücher und Videos zu verschwenden. »Lass uns hier warten«, sagte sie mit aufgesetzter Munterkeit.

Irgendetwas stimmte nicht.

Ihr Vater war ein paar Sekunden später bei ihnen, ohne Werkzeuge, aber lächelnd. »Dann kaufen wir heute mal nichts.« Er nahm Madison an der anderen Hand und sie gingen zum Auto.

Sie musste sich seine Wut eingebildet haben.

Madison starrte gedankenverloren auf die Kaffeemaschine.

Hatte Emily versucht, sie vor der Wut ihres Vaters zu schützen?

»Ich glaube, jetzt ist genug für eine Tasse durchgelaufen«, sagte Dory und beäugte die Kanne gierig.

»Nur wenn du deinen Kaffee höllisch stark und so richtig bitter magst.«

»Dann warte ich lieber noch. Aber bitte beeil dich.«

Spricht sie mit mir oder mit der Maschine?

»Es gab Gerüchte, dass Dad Mom wegen des Geldes geheiratet hat?«

»Darüber und über diese andere schreckliche Sache.«

»Was für eine schreckliche Sache?« Madisons Stimme bebte.

»Na, über diese Leute.« Dorys Stimme senkte sich. »Diese grauenhaften Leute.«

»War Chet Carlson einer von denen?« Madisons Hass auf den Mörder ihres Vaters loderte wieder auf.

»Natürlich nicht«, sagte Dory in einem störrischen Ton.

»Wen meinst du denn sonst?« Sie zwang sich, das zu fragen. Warum sollte Dory Chet Carlson verteidigen, der im Gefängnis saß, weil er ihren Vater ermordet hatte?

»Sie sind nicht mehr da. Die meisten waren sowieso nicht von hier.«

»Das ist gut.« Madison wusste nicht, was sie sonst sagen sollte. Sie versuchte, jedes Wort, das ihre Großtante äußerte, von allen Seiten zu analysieren. Die Unterhaltung verwirrte sie völlig.

»Ja, das stimmt.« Dory tätschelte Madisons Oberarm und lächelte. »Und eines Tages wird Tara zurückkommen.«

»Was glaubst du, warum Tara nicht wiedergekommen ist?« Madison fragte sich, ob sie Dory öfter frühmorgens wecken sollte. Ihre Unterhaltung folgte zwar verworrenen

Gedankengängen, aber Tara und ihr Vater waren an diesem Morgen häufiger erwähnt worden als im ganzen letzten Jahr.

Sind es vielleicht die Medikamente? Madison war nicht sicher, wie viele ihre Tante nahm. Sie hatte mit dem Apotheker abgemacht, dass er sie benachrichtigte, wenn Dory Medikamente verschrieben bekam, die zu unerwünschten Wechselwirkungen führen konnten. Dory rannte zu einem Dutzend Ärzten, aber glücklicherweise gab es nur eine Apotheke im Ort, und der Inhaber kannte sich mit Dorys Krankheiten und Beschwerden bestens aus – mit den wirklichen und den eingebildeten. Madison hatte sich auch vergewissert, dass der Apotheker eine Liste der »pflanzlichen« Substanzen führte, die Dory zu brauchen glaubte.

»Na, du weißt doch, wie Tara sein kann. Eigensinniger als Emily und du zusammengenommen. Sie hat uns die Herzen gebrochen, als sie weggegangen ist.«

Madison war sich bestens bewusst, was für ein Einschnitt das Verschwinden ihrer Schwester gewesen war. Sie hatte Jahre gebraucht, bis sie sich davon überzeugt hatte, dass Tara nicht deshalb verschwunden war, weil Madison immer in ihrem Zimmer herumgeschnüffelt hatte.

»Eines Tages kommt sie zurück, du wirst schon sehen. Wenn sie so weit ist.« Dory zeigte mit Entschiedenheit auf den Kaffee. »Gib mir jetzt bitte eine Tasse.«

Madison schenkte ihr ein und sah auf die Uhr. Wenn sie nicht sofort aufbrach, käme sie zu spät.

Leo kommt schon klar, wenn ich etwas später da bin.

Die Unterhaltung war einfach zu außergewöhnlich, um sie jetzt zu beenden.

»Dory«, begann sie vorsichtig, »weißt du, warum Tara so schnell nach Dads Tod weggelaufen ist?«

Ihre Tante hatte sich an den Küchentisch gesetzt und nahm abwechselnd kleine Bissen Pop-Tart und kleine Schlucke Kaffee zu sich. »Nein«, sagte sie mit vollem Mund. »Wahrscheinlich zu viel Druck. Es war eine schwere Zeit für uns alle.«

»Und das kommt dir gar nicht kaltherzig vor? Ich meine, sie hat ja noch nicht mal angerufen, als Mom gestorben ist.«

»Wirklich nicht? Dann muss sie mit der Schuld leben. Deine arme Mutter.«

Dory hatte ihre Mutter einmal zu oft »arm« genannt. »Du weißt, dass Mom manisch-depressiv war«, sagte sie wütend, »aber du sprichst über sie, als wäre es ihr permanent schlecht gegangen. Ich erinnere mich, wie viel sie gelacht hat, wie wir mit ihr wandern gegangen und im Fluss geschwommen sind. Vielleicht hat es Zeiten gegeben, in denen es ihr nicht gut ging, aber sie war *glücklich*!«

Dory blinzelte verwirrt. »Ich habe doch nicht gesagt, dass sie es nicht war. Für euch Mädchen war sie meistens eine wundervolle Mutter, aber sie musste viel von eurem Vater aushalten. Er war ja älter als sie, und sie war wie ein Kind in der Beziehung.«

Dory drehte sich um und prüfte, ob im Flur hinter ihr auch niemand war, bevor sie sich zu Madison vorbeugte. »Er hat sie verführt, bevor sie verheiratet waren«, flüsterte sie verschwörerisch.

In Madisons Erinnerungen blitzten immer wieder Szenen auf, in denen ihre Eltern sich leidenschaftlich umarmten. Sie war ganz sicher, dass es keine einseitige Anziehung gewesen war.

»Er hat diese Taschenuhr wie seinen Augapfel gehütet«, sagte Dory zu ihrem Kaffee.

Der Salto rückwärts verblüffte Madison.

Wahnsinn, wie es in Dorys Kopf zugeht!

»Ich wusste nicht, was es mit der Uhr auf sich hatte, bevor Vina es mir erklärt hat.« Ernst schüttelte sie ihren weißen Kopf. »Sie war froh, dass das Ding verschwunden war.«

»Das war doch nur eine Uhr.« *Oder?*

Dory durchbohrte sie mit ihrem Lehrerinnenblick. »Die Uhr war eine Verbindung zu seiner Vergangenheit. Sein Großvater war einer von denen, und er hat das seinem Enkel eingeimpft. Leute von der Sorte brauchen wir hier nicht«, belehrte sie Madison.

Madison fiel nichts dazu ein.

Die Miene ihrer Tante war auf einmal voller Mitgefühl. »All der Hass, all die Wut, Brenda. Mit diesen Versammlungen gießt er Öl ins Feuer. Er hört ja nicht auf uns. Aber glaub mir, das wird nicht gut enden.«

Sie glaubt, ich wäre Mom.

Dory sah auf die Wanduhr. »Du kommst zu spät. Das ist Leo gegenüber nicht fair.«

Madison schnappte ihre Handtasche und beugte sich vor, um ihrer Tante einen Kuss auf die Wange zu hauchen. Sie hatte noch so viele Fragen. Ein andermal. »Hab dich lieb, Dory.«

Sie eilte aus der Tür in die kalte Dunkelheit und zog die Kapuze gegen den Nieselregen über den Kopf. Sowie sie im Auto war, zog sie die Taschenuhr heraus und öffnete sie. Da war nichts außer den Initialen und den vier Worten in einer fremden Sprache. Sie betrachtete sie von allen Seiten aufmerksam, drehte sie mehrfach und fuhr mit den Fingern über die kleinen Dellen und Risse. Dann versuchte sie, das Ziffernblatt mit dem Fingernagel vom Gehäuse zu stemmen. Aber es bewegte sich keinen Millimeter.

Es war eine Taschenuhr und sonst nichts.

Doch dann beäugte sie die fremden Wörter. Sie hatte die Übersetzung ihres Vaters immer für bare Münze genommen. Sie nahm ihr Smartphone aus der Handtasche und tippte die Wörter *Non Silba Sed Anthar* ein.

»Nicht für sich selbst, sondern für andere«, las sie halblaut.

Das hört sich selbstlos und hilfsbereit an.

Sie scrollte hinunter und sah sich die anderen Resultate an.

Das kann nicht stimmen.

Ihr schlug das Herz bis zum Hals, als sie eine Webseite nach der anderen öffnete und immer auf dasselbe stieß.

Die freundlich klingenden Wörter waren ein gebräuchlicher Slogan des Ku-Klux-Klans.

18

Zander hatte schon eine Stunde im Büro des Clatsop County Sheriffs gearbeitet, als Ava aufkreuzte. Sie kam mit einem strafenden Blick und einem Papptablett mit zwei Kaffeebechern herein. »Warum hast du mir nichts davon gesagt, dass du vor Sonnenaufgang anfangen willst?«

»Hätte ja nichts gebracht, dich zu wecken.« Er war um vier Uhr aufgewacht und hatte nicht wieder einschlafen können. Nachdem er die Arbeit auf seinem Laptop erledigt hatte, war er zum Büro des Sheriffs gefahren und hatte sich die Akte über den Fall Lincoln Mills geben lassen, den Mord an Emilys Vater. Er hatte Ava auch deshalb nicht angerufen, weil er ihr nicht erklären wollte, warum er sich mit einem gelösten alten Fall beschäftigte, wenn drei ungelöste neue Fälle auf ihn warteten.

Er wollte herausfinden, wie Emily Mills tickte. Indem er mehr darüber herausfand, was mit ihrem Vater passiert war, verstand er vielleicht besser, was ihn so an Emily faszinierte. Außer dass sie so attraktiv war, natürlich.

Ava reichte ihm einen Kaffee. Er ließ ihn fast fallen, so heiß war er. »Hah! Du solltest deine Hände abhärten«, stichelte sie. »Vielleicht mal was anderes mit ihnen tun, außer auf einer

Tastatur zu klimpern.« Sie zog grinsend einen Hitzeschutz aus Pappe aus der Tasche.

»Sehr witzig.«

»Ich wette, hier findet sich jemand, der dich zum Fischen oder Holzfällen mitnimmt. Das wäre doch mal was.«

Er zog den Deckel ab. Dampf stieg auf. »Ach, weißt du, meine Tastatur und ich – wir mögen uns. Warum ist das so verdammt heiß?«

»Keine Ahnung.« Sie reckte den Kopf, um zu sehen, womit er sich beschäftigte. »Lincoln Mills?« Auf ihrem Gesicht erschien exakt der verstimmte Ausdruck, den er erwartet hatte. »Warum –«

»Schmökerst du in einem gelösten Fall, wenn ein Haufen Arbeit auf uns wartet?«, vervollständigte er ihren Satz.

»Genau.«

»Du weißt, warum. Der Vater unserer Zeugin ist erhängt worden. Wir sind beide der Meinung, dass das kein Zufall sein kann.« Er hob den Kopf. Der Blick ihrer blauen Augen ging ihm durch Mark und Bein.

»Ah-ha. Klar. Darum.«

»Der Fall ist spannend.« Er klammerte sich an jeden Strohhalm. *Außerdem interessiert mich eine Tochter des Opfers.*

»Das kannst du mir später erzählen. Wir haben anderes zu tun.« Sie stellte ihre überquellende Laptoptasche auf einem Stuhl ab und zog den Computer hervor.

Zander schloss den Aktenordner. »Ich habe Dr. Rutledge heute Morgen angerufen.«

»Was? Also bei ihm hast du dich getraut?« Sie öffnete ihren Laptop.

Zander würde den Teufel tun, Ava zu wecken. »Er hat uns doch gestern gesagt, dass er früh anfängt. Ich habe ihn gebeten, noch nicht mit Nate Copelands Autopsie zu beginnen.«

»Warum denn das?«, fragte sie überrascht.

»Ich will dabei sein. Eigentlich hätte auch wenigstens einer von uns bei der Autopsie der Fitchs anwesend sein sollen. Aber wir haben uns hier in dem Fall vergraben. Copeland war einer von uns …«

»Wir fahren beide hin.«

Als Polizisten fühlten sie sich mit dem jungen Deputy verbunden. So unangenehm es war, einer Autopsie beizuwohnen – mit ihrer Anwesenheit bezeugten sie Respekt und unterstrichen, dass sie alles daransetzen würden, den Tod ihres Kollegen aufzuklären.

»Aber was ist mit Billy Osburne?« Ava verzog das Gesicht. »Ich wollte heute Morgen rausfinden, wo er sich versteckt.«

»Das kann der Sheriff erledigen«, sagte Zander. »Er weiß besser als wir, welche Steine er umdrehen muss. Die Autopsie ist wichtiger. Rutledge hat Copeland geröntgt und seine Kleidung ins Labor geschickt. Mit dem Rest wartet er auf uns. Und wir können ihn dann auch noch mehr über die Fitchs fragen«, fügte Zander hinzu. »Ich habe mal rekapituliert, wo wir jetzt stehen. Wir haben keine heiße Spur von Billy Osburne. Keiner der Angestellten vom Autoteileladen weiß, mit wem er sich abgibt. Greer lässt das Haus der Osburnes beschatten, nur für den Fall, dass er da auftaucht, und ich habe die Überwachung seiner Kreditkarten und Ortung seines Handys veranlasst.«

»Von der Spurensicherung gibt es noch nichts zum Copeland-Tatort«, ergänzte Ava. »Sie haben aber die Getränke, Tassen und Becher bei Fitchs auf GHB untersucht und nichts gefunden. Jetzt sind die Lebensmittel dran.«

»Rutledge hat gesagt, dass es wahrscheinlich in einer Flüssigkeit war.«

»*Wahrscheinlich* ist hier das Schlüsselwort.«

»Wenn sie nichts finden«, sagte Zander langsam, »bedeutet das, dass jemand mit dem Zeug aus dem Haus spaziert ist.«

»Vielleicht jemand, den sie kannten …«

»Jemand, dem sie vertraut haben, jemand, mit dem sie was getrunken hätten«, endete Zander. »Mist. Die gleiche Methode wäre auch bei Copeland denkbar.«

»Wir wissen noch nicht, ob er GHB im Organismus hatte.«

Zanders Bauchgefühl sagte ihm, dass die toxikologischen Ergebnisse genau das beweisen würden.

»Okay.« Ava räusperte sich und drehte den Laptop in seine Richtung, damit er den Bildschirm sehen konnte. »Gestern habe ich Zugriff auf die Handydaten von Emily Mills bekommen.« Sie hob den Blick nicht vom Bildschirm.

Zander verschluckte sich fast an seinem Kaffee. Sie hatte ihm nichts davon gesagt.

»Warum hast du sie nicht einfach gefragt, ob du ihr Handy sehen kannst?«, fragte er. Doch in dem Moment, wo er die Worte aussprach, wurde ihm bewusst, wie bescheuert das klang.

Sie hob den Kopf und sah ihn fast mitleidig an.

»Okay, okay. Was hast du herausgefunden?« Der Kaffee hinterließ einen bitteren Nachgeschmack. Hatte er ihrer Hauptzeugin zu sehr vertraut?

»Hier fehlen zwanzig Minuten.«

Er sagte nichts.

»Die Verbindungsnachweise zeigen, dass sie um 7:16 Uhr einen Anruf vom Diner aus getätigt hat. Da hat sie Lindsay das erste Mal versucht zu erreichen.« Ava klopfte mit dem Kuli auf den Eintrag. »Sie hat dir gesagt, dass sie nach drei nicht entgegengenommenen Anrufen zu ihrer Freundin losgefahren ist.«

»Klingt doch einleuchtend.«

»Ja, finde ich auch. Um 7:18 Uhr ist noch ein Anruf bei Lindsay verzeichnet, der zwei Sekunden gedauert hat.«

»Wahrscheinlich wurde sie zur Mailbox durchgestellt und hat aufgelegt.«

»Und entweder hat sie dann noch mal direkt vorm Losfahren oder von unterwegs angerufen. Wie auch immer, ich bin vom Diner zum Haus der Fitchs gefahren. Ich habe mitten am Tag acht Minuten dafür gebraucht. Morgens um die Zeit muss noch weniger los sein auf den Straßen.«

»Hier ist immer wenig los«, sagte Zander.

»Um 7:27 Uhr ist hier noch ein kurzer Anruf verzeichnet. In deinen Befragungsnotizen steht, dass sie geklopft und wieder angerufen hat. Dann hat sie das Telefon klingeln hören. Die Tür war nicht abgeschlossen, also ist sie reingegangen.«

Zander erinnerte sich genau an Emilys Aussage.

»In der Notrufzentrale ist ihr Anruf um 7:47 Uhr eingegangen.«

»Mein Gott!« Ihm wurde eisig. »Was hat sie die ganze Zeit gemacht? Klar, es kann etwas gedauert haben, bevor sie Lindsay und dann auch Sean gefunden hat. Aber zwanzig Minuten vor einem Anruf bei der Polizei verstreichen zu lassen?« Er raufte sich die Haare. »Das verstehe ich nicht.«

Avas Miene war ernst. »Ich auch nicht. Sie hat während der Zeit auch keine anderen Anrufe gemacht.«

»Ich muss sie noch mal befragen.«

»*Wir* müssen sie noch mal befragen.«

Ihre Betonung war überdeutlich. »Warum sagst du das so?«

Sie seufzte und schenkte ihm einen Blick, der ihn an den seiner Mutter erinnerte, wenn sie von ihm enttäuscht war. »Du bist zu nett.«

»Nett? Ich bin doch nicht nett. Wir arbeiten hier an einem Mordfall.«

»Du bist nett zu ihr.« Ava hob die Augenbrauen und hielt seinem Blick stand.

»Du denkst, dass ich sie attraktiv finde.«

»Ich weiß es. Sie ist eine sehr anziehende Frau, und ich weiß ganz genau, wie du dich in solchen Szenarien verhältst.« Sie verkniff sich ein Lächeln.

Ava musste es ja auffallen.

Er rieb sich die Stirn und analysierte alles, was er zu ihr gesagt oder in ihrer Gegenwart getan hatte. »Ich glaube nicht, dass ich sie irgendwie anders behandelt habe als … sagen wir ihre Schwester oder ihre Tanten.«

»Achte einfach mehr darauf, okay?« Avas Ton sagte klipp und klar, dass sie durch war mit dem Thema. »Wann wollen wir mit Emily darüber reden? Vielleicht gibt es ja eine ganz einfache Erklärung, vielleicht musste sie sich übergeben oder … ach, ich weiß nicht.«

»Was hat sie bloß zwanzig Minuten dadrinnen gemacht?« Zander war ratlos.

»Oder draußen.«

»Es sah nicht so aus, als seien die Leichen bewegt worden. Copeland hat zugegeben, dass er das Seil durchgeschnitten hat, an dem Sean hing. Aber was sonst noch verändert worden ist, können wir nicht wissen.«

»Sie haben ihr die Fingerabdrücke abgenommen und werden sie mit denen drinnen vergleichen«, sagte Ava. »Vielleicht sind sie da ja irgendwo.«

»Ich schreibe der Spurensicherung, dass sie uns alle Stellen, an denen sie ihre Abdrücke finden, so schnell wie möglich durchgeben sollen.« Zander klappte seinen Laptop auf. Er fühlte sich wie betäubt und war entschlossen, Emilys Bewegungen genauestens nachzuverfolgen.

Ist sie irgendwie in diese Sache verwickelt?

Sosehr er es auch versuchte, er konnte sich nicht vorstellen, dass sie an einem Mord beteiligt war. Aber sie konnte etwas getan haben, was den Tatort verunreinigt hatte, bewusst oder unbewusst.

»Jetzt bist du im Androiden-Modus«, bemerkte Ava.

Er blickte kurz auf. »Androiden-Modus?«

»Sehr geschäftsmäßig.«

»Entscheide dich mal, wie du mich gern hättest«, sagte er unwirsch und konzentrierte sich wieder auf seine Mail. Avas prüfender Blick ging ihm auf die Nerven.

»Das können wir ja auf dem Weg zur Gerichtsmedizin in Portland diskutieren.«

»Ich kann's kaum erwarten«, grummelte er und riskierte einen Blick.

Sie grinste breit und sah ihn nicht ohne Wärme an. Eine kurze Sekunde bedauerte er, was ihm entgangen war. Vielleicht, wenn er sich ihr gegenüber früher geöffnet hätte …

Diese Momente des Bedauerns wurden immer seltener, doch er wäre froh, wenn sie endlich ganz verschwinden würden. Mit zusammengezogenen Augenbrauen schickte er die Mail ab. Er wusste ja, dass Ava recht hatte: Emily war ihm aufgefallen. Aber es war keine Zeit für Gefühle. Sie war eine Zeugin, und er hatte einen Mörder zu fangen. Oder zwei.

19

»Hat Isaac sich in Luft aufgelöst?«, fragte Madison den Koch, der gerade Kartoffelpuffer auf der eingefetteten Grillplatte wendete.

»Gerade eben war er noch hier.«

»Was hältst du davon, wenn wir eine Gedenkzeremonie für Lindsay und Sean abhalten?«, fragte sie ihn.

»Ist das nicht Sache der Familien?« Die geriebenen Kartoffeln zischten, als Leo sie mit dem Pfannenwender herunterdrückte.

»Keine Ahnung, aber wenn sie es machen, dann sicherlich nicht in Bartonville, sondern in ihren Heimatstädten. Ich finde, dass wir auch irgendetwas auf die Beine stellen sollten.«

»Ja, stimmt. Gedenkfeiern sind für die Lebenden, nicht für die Toten«, sagte Leo mit einem vielsagenden Blick.

Er verstand gut, dass Madison eine Trauerfeier brauchte. So wie viele Leute in der Stadt. Sie trauerten stumm und sehnten sich nach etwas, das ihren Schmerz linderte.

Isaac kam mit einer Kiste voller großer Tomatendosen herein. Als er an ihr zum Vorratsraum vorbeiging, legte Madison ihm kurz die Hand auf den Arm. Er zuckte zusammen und hätte fast die Kiste fallen lassen.

»Tut mir leid!«

In seinen großen Augen stand die nackte Angst, als er sich zu ihr umdrehte.

Warum hat er Angst vor mir?

»Was hältst du von einer Trauerfeier für die Fitchs?«, fragte sie ihn mit einem erzwungenen Lächeln. Seine Angst brachte sie komplett aus der Fassung.

Isaac blickte von Madison zu Leo. »Ja, klar, gute Idee.« Und dann war er schon um die Ecke zum Vorratsraum. Isaac war immer scheu gewesen, aber in den letzten sechs Monaten hatte sich das eigentlich sehr gebessert. Es tat ihr weh, dass er jetzt wieder herumlief wie ein misshandelter Welpe.

Leo zuckte mit den Achseln, als sie ihn fragend ansah. »Jeder verarbeitet das auf seine Weise. Ich bin sicher, dass es wegen Lindsay ist. Nimm es nicht persönlich.«

Das tat sie nicht.

Leo hatte Emily vor einem Jahr gebeten, Isaac im Diner zu beschäftigen. Er hatte behauptet, Isaac wäre sein Neffe. Er wäre aus einem anderen Staat und bräuchte einen Neuanfang. Daraufhin hatte Emily ihn sofort eingestellt. Ein paar Wochen später hatte Leo ihr gebeichtet, dass er Isaac in einem Schuppen auf seinem Grundstück entdeckt hatte und dass die Geschichte mit dem Neffen gelogen war. Die blauen Flecken, Brandwunden und Narben hatten Leo davon abgehalten, Isaac nach Hause zu schicken. Stattdessen hatte er in seiner Heimatstadt Lincoln City, ein paar Autostunden südlich von Bartonville, seine Schwestern aufgespürt und von ihnen erfahren, dass ihr Vater ein Trinker war. Er war bereits zweimal von Freundinnen wegen Körperverletzung angezeigt worden und hatte so viel Zeit im Knast verbracht wie draußen.

Statt zur Polizei zu gehen, war Isaac geflohen.

Emily hatte versprochen, Isaac so lange zu beschäftigen, wie er bleiben wollte.

Drei Monate nachdem er aufgetaucht war, hatte Madison ihn eines Tages dabei überrascht, wie er einen Artikel auf Leos Tablet im Pausenraum las. Als sie ihn gefragt hatte, was so interessant wäre, hatte er geantwortet: »Nichts.« Dann hatte er den Browser geschlossen und war hinausgegangen. Madison hatte sich hingesetzt, den Browser geöffnet und auf die oberste Seite im Verlauf geklickt. Als sie die Geschichte las, bekam sie eine Gänsehaut. Ein vierzigjähriger Einwohner aus Lincoln City war mit einem Baseballschläger vor einer Bar angegriffen worden. Schwere Kopfverletzungen und beide Knöchel zerschmettert. Die Polizei suchte mithilfe der Aufzeichnung einer Videokamera nach dem Angreifer. Neben dem Artikel war ein unscharfes Foto abgedruckt.

Der Mann auf der Abbildung trug Leos Jacke. Eine Kappe bedeckte seinen kahlen Kopf, aber bei der Jacke konnte es keinen Zweifel geben. Vor zwei Jahren war ihr aufgefallen, dass viele Knöpfe fehlten, und sie hatte ihm welche angenäht. Seitdem hatte er sie fast jeden Tag getragen. Niemand sonst hätte die Jacke aus gewachstem Segeltuch identifizieren können, Hunderte Männer an der Küste trugen ähnliche.

Ich kann mich auch täuschen.

Sie hatte den Browser geschlossen und den Verlauf gelöscht. Der Nachname des Opfers war Smith. So wie der von Isaac.

Smith. Gab es einen häufigeren Namen?

Sie drehte sich um und sah zur Angestelltengarderobe. An dem Morgen hatte Leo eine Jeansjacke mit einem Innenfutter aus Fleece getragen.

Die Wachsjacke sah sie nie wieder, aber sie verfolgte, wie die Geschichte weiterging. Das Opfer würde nie wieder ohne starkes Humpeln laufen können. Von dem Angreifer keine Spur.

Madison hatte keine Fragen gestellt und war noch freundlicher und mitfühlender mit dem Teenager umgegangen.

Das schreckhafte Verhalten von Isaac war noch etwas, was sie an diesem Morgen aus dem Gleichgewicht brachte. Erst Dorys weitschweifende Erzählungen. Und seitdem sie die Wörter auf der Taschenuhr gelesen hatte, blitzten sie immer wieder auf. Beim Arbeiten brachte sie die Bestellungen durcheinander und verschüttete zweimal fast den Kaffee. Normalerweise lief ihre Schicht wie eine gut geölte Maschine. Aber heute knirschte es gewaltig in ihren gedanklichen Zahnrädern.

Sie bekam weder die Taschenuhr noch Dorys Worte aus dem Kopf.

Warum hatte Dad eine Taschenuhr mit so einem Slogan gehabt? Vielleicht wusste er nicht, was die Worte bedeuteten … Schließlich hatte er sie von seinem Großvater geschenkt bekommen.

Aber Dory hatte gesagt: »Selbst einem Mann wie ihm hätte so etwas Grausames nicht widerfahren dürfen.«

Gibt es da etwas, das sie nicht wissen?

Sie hatte so viele Erinnerungen an ihren liebevollen Vater. Aber wenn sie sich anstrengte, fielen ihr auch Szenen voller Wut ein. Szenen, die sie verdrängt hatte, an die sie sich nicht erinnern wollte.

»Verdammt!«, brüllte ihr Vater hinter dem Steuer. Madison und Emily verhielten sich ganz still auf dem Rücksitz, reckten aber die Hälse, um zu sehen, warum ihr Vater so schrie und auf das Lenkrad einhämmerte.

»Verdammte Schlampe.« Er riss die Tür auf und ging mit großen Schritten auf ein Auto zu, das gerade eingeparkt hatte.

»Ich glaube, Dad hat auf den Parkplatz gewartet«, flüsterte Emily.

»Warum nimmt er nicht einfach einen anderen?«, fragte Madison. Ein paar Reihen weiter sah sie leere Plätze.

Sie hielt die Luft an, als sie sah, wie er gegen das Hinterrad des Autos trat. Sie legte die Hände ans Fenster und presste ihr Gesicht dagegen. Die schwarze Fahrerin kurbelte ihr Fenster hektisch nach oben, die Augen vor Angst weit aufgerissen.

Madisons Magen zog sich zusammen.

Wen kann ich dazu befragen, was Dory über Mum und Dad gesagt hat? Und über Tara?

Sie wollte nicht zu ihren anderen Tanten gehen. In der Vergangenheit hatten Unterhaltungen mit ihnen gezeigt, dass sie sich alle an das gleiche Drehbuch hielten, wenn es um ihre Eltern ging. Dieses eine Mal war Dory vom Drehbuch abgewichen, und Madison war sicher, dass das ihren anderen Tanten gar nicht gefallen würde. Sie musste nach jemandem suchen, der schon in den frühen Jahren ihrer Eltern hier gewesen war. Und der bereit wäre zu reden.

Ihr fiel ein, dass sie in die Küche gekommen war, um eine Extraportion Butter zu holen. Sie löffelte eine großzügige Menge in eine kleine Schüssel und schoss wieder hinaus. Die Kundin sagte nichts, als Madison die Butter neben ihrem Pfannkuchen abstellte.

Gern geschehen.

Seufzend suchte sie das Restaurant nach neuen Gästen ab. Ein Mann wartete am Eingang darauf, einen Tisch angewiesen zu bekommen. Obwohl sie nur seinen Rücken sah, versteifte sie sich. Er drehte sich zu ihr um, als sie mit der Speisekarte auf ihn zuging.

Brett Steele.

Sie warf die Speisekarte auf das Tischchen am Eingang und starrte ihn an. »Was willst du hier?«

»Frühstücken natürlich.«

»Emily ist noch nicht da.«

»Ich bin auch nicht ihretwegen gekommen.« Er warf vielsagende Blicke auf die Speisekarte. »Bekomme ich nun einen Tisch, oder was?«

Widerwillig nahm sie die Speisekarte und führte ihn zur nächstgelegenen Nische.

»Du siehst heute aber wieder gut aus, Madison«, sagte er und rutschte auf die Bank. »Mir gefällt dein Lippenstift.«

Sie musste gegen das dringende Bedürfnis ankämpfen, ihn sofort abzuwischen.

»Kaffee?«, fragte sie stattdessen.

»Gern. Zwei Spiegeleier und eine Portion Speck.« Er lächelte.

Im Augenwinkel sah sie, dass Emily durch die Küchentür kam und auf ihr Büro zueilte. Sie bemerkte, dass Brett sie mit einem kurz aufflackernden, heftigen Begehren angesehen hatte, und rollte mit den Augen.

Komm endlich über sie weg.

Sein Kommentar über ihren Lippenstift ging ihr nicht aus dem Kopf. Der Mann hatte echte Probleme, wenn es um die Mills-Schwestern ging. Um alle drei.

»Ich bringe dir gleich den Kaffee.« Madison schoss hinter Emily her und erreichte sie vorm Büro. »Kannst du übernehmen? Es ist jetzt viel ruhiger. Und ich habe einen Termin.«

»Echt jetzt, Madison? Warum machst du einen Termin während der Arbeitszeit?«

»Ein Zahn pocht. Er hat mich die halbe Nacht wach gehalten. Ich habe eben angerufen, und sie könnten mich jetzt dazwischenschieben.«

»Oh. Ja, klar, ich übernehme.« Sie sah zu den Gästen und rümpfte plötzlich die Nase. »Das ist nicht zufällig Brett da drüben?«

»Doch. Er hat das Übliche bestellt, aber ich habe die Bestellung noch nicht abgegeben. Und behalte Tisch acht im

Auge, die Frau hat Extrawünsche.« Madison zog die Schlaufe der Schürze über den Kopf, rollte sie zu einem kleinen Ball zusammen und quetschte sich an Emily vorbei ins kleine Büro, um sich ihre Handtasche zu schnappen. »Ich muss los.« Sie machte auf dem Absatz kehrt und war schon aus der Tür hinaus.

»Hoffentlich können sie was gegen deine Zahnschmerzen tun«, rief Emily ihr nach.

Madison hatte ihre Lüge schon fast vergessen. »Danke.«

Ihr war eingefallen, wer ihre Fragen beantworten würde.

* * *

Madison erspähte Anita hinter dem Empfangstresen ihres Schönheitssalons und klopfte an die Schaufensterscheibe. Die Tür war noch abgeschlossen, der Salon öffnete erst in zwanzig Minuten. Die Friseurin winkte ihr zu und kam zur Tür.

Es gab mehrere Gründe, warum Madison auf Anita gekommen war.

Erstens hatte sie ihr ganzes Leben in Bartonville verbracht und kannte alle Familienmitglieder der Bartons, auch Madisons Eltern. Anita war ein paar Jahre älter als Madisons Mutter Brenda.

Zweitens war ihr Salon eine Goldmine, was Klatsch und Tratsch anging – oder eine Jauchegrube, je nach Standpunkt.

Und drittens hatte die Friseurin sich über die Jahre immer mal wieder mit ihren Tanten gestritten. Sie hatte keine Angst, ihnen die Stirn zu bieten. Sie waren zwar befreundet, aber das hieß noch lange nicht, dass Anita ihnen nach dem Mund redete. Sie sagte, was sie dachte.

»Madison, wie schön, dich zu sehen!«, begrüßte Anita sie lächelnd und ließ sie hinein. Drinnen roch es nach Haarspray und Nagellack. Vor zwei Jahren hatte Anita den Laden von Grund auf renoviert, und der Friseursalon aus Madisons Kindheit war verschwunden. Nun gab es keine rosafarbenen Vinylsessel mehr, keinen schwarz-weißen Fliesenboden. Stattdessen war alles »ruhig und modern« gehalten, mit den klaren Linien des Quarztresens, den Sukkulenten und weiß gebeizten Holzpaneelen.

Aber der Geruch war noch derselbe. Der Duft von Versprechungen und Erwartungen, der Schönheitsprodukten anhing.

Anita war in ihren Sechzigern und unglaublich dünn. Sie trug immer schwarz, ihre Frisur war seit Jahrzehnten gleich, und sie war sehr chic. Ihr Geheimnis lag in ihrem zeitlosen klassischen Stil. Ihr platinblondes Haar trug sie in einem kinnlangen Bob, der am Ansatz Volumen hatte und an einer Schläfe einen leichten Wirbel.

Obwohl sie schon vor Jahren mit dem Rauchen aufgehört hatte, war ihre Stimme etwas heiser geblieben. Alle frequentierten ihren Salon, selbst Teenager auf der Suche nach modischen Schnitten. Anita kannte die neuesten Trends. Was nicht hieß, dass sie ihren älteren Kundinnen die Haare nicht wie früher wusch und legte. Mit einer lässigen Bewegung aus dem Handgelenk deutete sie an, wohin Madison sich setzen sollte. Dann ließ sie sich ihr gegenüber nieder und sah Madison mit freundlicher Aufmerksamkeit an.

Woher weiß sie, dass ich diese Unterhaltung nur sitzend führen kann?

»Na, was hast du auf dem Herzen, Kindchen?«

Für Anita waren alle entweder »Kindchen« oder »Schätzchen«. Selbst die Männer.

Als Madison sich entschlossen hatte herzukommen, waren ihr ihre Fragen klar gewesen. Jetzt war alles ein einziges Durcheinander verrückter Einzelheiten. Sie brachte keinen Ton heraus.

Anita bemerkte ihr Zögern. »Ich mache dir mal einen Cappuccino.« Sie sprang auf und hantierte an der großen professionellen Espressomaschine herum. Sie hatte ihren Kunden schon Espresso und Cappuccino serviert, bevor irgendwer auch nur von Starbucks gehört hatte.

»Anita … was halten die Leute hier von meiner Familie?« Die Frage war sehr allgemein, aber sie war ein Anfang.

Die Friseuse hob den Blick nicht von der Maschine. »Von den Bartons oder den Mills?«

Madison runzelte die Stirn. *Die Leute unterschieden zwischen den beiden?* »Von den Bartons.«

Eine Weile machte das Aufschäumen der Milch ein Gespräch unmöglich. »Die Bartons haben die Stadt gegründet und sind bis heute nicht von Bartonville wegzudenken.«

»Das hört sich wie eine Floskel aus einem Prospekt der Handelskammer an.« Nichtssagend und auswendig gelernt.

»Klar, in irgendeinem Prospekt steht das bestimmt so.« Anita gab die aufgeschäumte Milch auf den Espresso und reichte Madison die Tasse. »Wenn die Leute heutzutage von den Bartons sprechen, meinen sie deine Großtanten und deinen Ururgroßvater. Dein Onkel Rod ist so weit weggezogen, dass normalerweise vergessen wird, dass er ein direkter Nachfahre von George Barton ist.«

»Emily und ich haben das nicht vergessen.«

»Natürlich nicht. Ihr seid die ›Mills-Töchter‹. Tara selbstverständlich auch.«

»Und was sagen sie über Tara?«

Anita neigte den Kopf zur Seite und hielt Madisons Blick stand. »Meinst du jetzt oder damals, als sie weggegangen ist? Und warum fragst du überhaupt?«

»Jetzt und früher.« Madison wusste nicht, wie sie die zweite Frage beantworten sollte. »Ich habe was gehört.«

»Mm.« Anita schlug ein Bein über das andere. Ihre ganze Aufmerksamkeit galt Madison. »Es ist bestimmt Unsinn, aber viele haben wohl gedacht, sie sei abgehauen, weil sie schwanger war.«

»Ja, das habe ich auch gehört.«

»Andere glauben, eure Tanten hätten sie vertrieben. Sie waren damals ziemlich despotisch, alle drei.«

»Sie sind milder geworden. Nur Tante Vina lässt sich manchmal noch ganz gern auf einen Zweikampf ein.«

Madison nahm einen kleinen Schluck Cappuccino. Sie begann sich zu fragen, ob es klug gewesen war herzukommen. Die alten Gerüchte verletzten sie immer noch. »Dory hat heute Morgen so merkwürdige Sachen gesagt.«

»Verstehe.«

»Sie hat mehrfach gesagt, dass meine Mutter arm dran war und dass die Leute Mitleid mit ihr hatten.«

»Wie alt warst du, als deine Mutter gestorben ist? Neun?«

»Zehn. Ich erinnere mich gut, dass sie manchmal müde war und im Bett geblieben ist. Erst als ich erwachsen war, habe ich verstanden, dass sie manisch-depressiv gewesen sein musste.«

»Kinder haben so einen anderen Blick als Erwachsene. Eure Mutter hat euch über alles geliebt und mit Zärtlichkeit überhäuft. Das haben wir alle gesehen.«

»Und was habt ihr noch gesehen?«

»Eine traurige, verwirrte Ehefrau.«

Eine kleine Schockwelle brachte Madisons Cappuccinotasse zum Klirren. *Genau was Dory auch angedeutet hat.* Anita hatte das ganz ruhig gesagt und Madison dabei aber sehr aufmerksam angesehen. Ihre Worte klangen aufrichtig.

»Na gut, dann hatten sie eben Eheprobleme. Wer hat die nicht?«

»Keine Ehe ist perfekt, und dein Vater hat euch Mädchen sehr geliebt. Das war unübersehbar.«

»Und glauben die Leute, dass Dad Mom wegen ihres Geldes geheiratet hat?«

»Ja.«

»Aber die Bartons waren damals schon nicht mehr reich. Vina hat mir erzählt, dass das Holzgeschäft zu der Zeit schon eingebrochen war. Außerdem wäre in den Achtzigern durch schlechte Investitionen um ein Haar alles den Bach runtergegangen.«

»Ja, ich weiß, aber die Leute sehen das, was sie sehen wollen. Und wenn sie das Haus und das Restaurant sehen, ziehen sie ihre Schlüsse.« Sie zögerte. »Willst du noch ein altes Gerücht hören? Demnach sollte der Mord an deinem Vater eine Botschaft an die Bartons sein, weil sie die Leute im Stich gelassen haben, als sie die Sägemühle dichtgemacht haben.«

»Das ergibt keinen Sinn.«

»Stimmt. Ich glaube auch nicht, dass viele Leute etwas darauf geben. Im Gegensatz dazu, dass ihr Geld versteckt.«

»Das ist doch lächerlich! Der Unterhalt der Villa verschlingt Unsummen. Das Restaurant läuft ganz gut, aber reich werden wir nicht. Wir kommen über die Runden.«

Anita zuckte mit den Achseln. »Das sage ich den Leuten ja auch immer. Aber du weißt ja, wie das mit Gerüchten so ist.«

»Also, Dad war ein Goldgräber. Und was für Geschichten waren noch im Umlauf über ihn?« Madison wappnete sich. *Ich weiß, dass Dad Mom geliebt hat! Ich habe es ihm angesehen!*

Die Friseurin sah seufzend aus dem Fenster. »Er war einer von der alten Schule. Fand sich selbst komisch und hatte keine Bedenken, üble Witze zu erzählen. Und er war ein Rassist.«

Im Salon wurde es sehr still. Madisons Gedanken kreisten um die auf der Uhr eingravierten Worte. Vor ihren Augen blitzte das verängstigte Gesicht der schwarzen Fahrerin auf. »Weil er so erzogen worden ist.«

Das war keine Frage, aber Anita nickte.

»Er hat uns nicht so erzogen.«

»Das hätte eure Mutter auch nicht zugelassen.«

»Aber er hatte Freunde, die auch so dachten?« Dorys Worte über »diese grauenhaften Leute« klangen nach. Aber sie hatte gesagt, sie wären nicht mehr da.

»Alle umgeben sich am liebsten mit Gleichgesinnten.«

Die Antwort befriedigte Madison nicht. »Du meinst, er hing mit anderen Rassisten ab.«

Anita verzog das Gesicht zu einem halben Lächeln ohne Wärme. »Bingo.«

Das traf Madison mitten ins Herz. Sie blinzelte.

Auf Anitas Miene spiegelte sich Reue. Sie beugte sich vor und tätschelte Madison das Knie. »Er hat dich *geliebt*. Und du hast alles Recht der Welt, ihn auch zu lieben. In jedem Menschen steckt etwas Gutes, und euch drei Mädchen hat er seine beste Seite gezeigt. Nur wenige – auch aus der Familie – haben seine schlechte Seite je gesehen. Bei den meisten bekommt man das, was man sieht.« Sie sah Madison tief in die Augen. »Während sich andere Menschen auf eine Art und Weise darstellen, die ihrem wirklichen Selbst nicht entspricht. Um ihre empfindsame Seele zu schützen.«

Sie sieht mich.

Ihre Verteidigungslinie schloss sich. Sie hielt die Tasse fest in der Hand. Die Enttäuschung war Anita deutlich anzusehen.

»Was haben die Leute gesagt, nachdem er umgebracht wurde?«

Anita presste die Lippen zu einer dünnen Linie aufeinander und sah weg. »Niemand hat ihm das gewünscht. Die meisten wollten einfach nur, dass er sich mit seinem Rassismus und den Theorien über die angebliche Überlegenheit der Weißen vom Acker macht.«

»Und wer hat ihn umgebracht?«, flüsterte Madison.

»Na, Chet Carlson natürlich«, sagte Anita überrascht. Ihre Augenbrauen zogen sich zusammen, als sie Madison genauer ansah. »Was für eine merkwürdige Frage!«

»Chet Carlson kannte ihn doch gar nicht.« Madisons Gedanken rasten in eine Million Richtungen zugleich. »Er war nicht von hier. Er wusste nichts darüber, wie man in der Stadt über meinen Vater dachte. Und er hat sich die Mühe gemacht, ihn *aufzuhängen*?«

»Die blutverschmierte Jacke deines Vaters wurde in seinem Hotelzimmer gefunden. Es war ein Indizienprozess.«

»Ja, ich weiß.« Madison schloss die Augen. Sie sah, wie ihre Mutter in den Wald rannte. Emily stand im Garten und starrte hinter ihr her, während der Rauch ins Haus kroch.

Was hat Emily in jener Nacht gesehen? Warum hat sie niemandem gesagt, dass sie draußen war?

»Madison, bitte hör mir zu«, sagte Anita in belehrendem Ton. »Lass nicht zu, dass sich diese Informationen auf alles, was du über deinen Vater weißt, auswirken. *Es spielt keine Rolle.* An deiner Zeit mit ihm ändert das doch nichts.«

Wen wollte Emily damals beschützen?

Madison öffnete die Augen. Ihr Blick war dunkel von der Last ihres neuen Wissens. »Alles verändert sich dadurch. Er war ein grauenhafter Mensch.«

»Aber das ändert doch nichts daran, dass er euer Vater war und euch Mädchen innig geliebt hat. Du bist noch derselbe Mensch, der vor fünf Minuten hier hereinspaziert ist. Und dein Vater auch.«

Madison hörte nicht zu. *Emily muss einen Grund haben, warum sie ihr Geheimnis so lange mit sich herumträgt.*

Wahrscheinlich denselben, der Madison davon abhielt zu erzählen, dass sie Emily und ihre Mutter in der Nacht draußen gesehen hatte.

Um sie zu beschützen.

Die Liebe zu meiner Mutter und meiner Schwester hat mich all die Jahre am Reden gehindert.

Für wen würde Emily schweigen?

20

Zander ließ das durchsichtige Visier herunter und prüfte, wie der Schutz bei seiner Partnerin saß. Neben Avas Augen erschienen Lachfältchen – sie grinste unter der blauen Gesichtsmaske.

»Steht dir gut, Zander.«

Er hatte eine klaustrophobische Anwandlung. Am liebsten hätte er sich den Schutzkittel vom Leib gerissen, die Überschuhe abgestreift und wäre durch den langen Korridor nach draußen an die frische Luft gerannt.

Frischere Luft, korrigierte er sich.

Sowie sie das Gebäude der Rechtsmedizin betreten hatten, war ihnen dieser typische Geruch entgegengeschlagen. Es war nicht der Geruch von Krankenhäusern oder Bestattungsinstituten – die er beide allzu gut kannte.

Es war die Mischung aus professionellen Reinigungsmitteln, gekühltem Fleisch und einem darunterliegenden Hauch von Verwesung. Seine Nase hatte sich bereits daran gewöhnt. Er hatte früh im Job gelernt, dass er die meisten Gerüche einigermaßen aushalten konnte – die von Tod, Exkrementen und Verwesung –, wenn er erst mal die ersten zehn Minuten überstanden hatte. Er hatte auch gelernt, nach diesen Terminen so schnell wie möglich zu duschen und noch das letzte Fitzelchen

Kleidung gleich in die Waschmaschine zu stecken. Seinen Mantel hatte er im Auto gelassen, damit er die Gerüche gar nicht erst annahm.

Der Autopsieraum bestand aus vier Edelstahltischen mit je einem großen Becken an einem Ende. Über den Tischen hingen starke Lampen, lange Schläuche und Maßbänder. Zwei Assistentinnen liefen hin und her, legten Instrumente parat und bereiteten alles für den Pathologen vor.

Auf dem Tisch, der Ava und Zander am nächsten war, lag der Leichnam von Nate Copeland und wartete still auf Dr. Rutledge.

Zander kam sich wie ein Voyeur vor. Er wollte den nackten toten Mann nicht ansehen, aber es war seine Pflicht. Der Gerichtsmediziner hatte bereits den großen Y-Schnitt durchgeführt, der von der Brust bis zu den Lenden ging, die Rippen aber noch nicht entfernt. Ava trat von einem Bein aufs andere, dann hob sie das Visier, um sich über die Augen zu wischen. Normalerweise hatte sie kein Problem mit Autopsien, aber sie hatte Zander schon gewarnt, dass es diesmal anders sein könnte. Schließlich hatte sie sich noch am Vortag mit dem jungen Mann unterhalten. Im Haus der Copelands hatte sie sich zusammengerissen, aber hier, unter den gnadenlosen Lampen, blieb kein Detail seines entsetzlichen Todes verborgen.

Was für ein Kontrast zu dem lebendigen jungen Mann, den sie zu seinem Verhalten am Tatort der Fitch-Morde befragt hatte. Oder sollte sie sagen, den sie in die Mangel genommen und dem sie Schuldgefühle eingejagt hatte?

Zander hatte gemeint, sie solle sich nicht dafür schuldig fühlen, ihre Arbeit gemacht zu haben.

»Ich hatte mich eben schon fast selbst überzeugt, dass Copeland nicht mehr da ist. Dass dieser Leichnam nur noch eine leere Hülle ist«, flüsterte Ava. »Aber dann habe ich das da gesehen.« Sie deutete auf ein Tattoo auf Copelands Deltamuskel. »Er ist plötzlich wieder so lebendig.«

Zander verstand. Das Tattoo war etwas, das Copeland sich ausgesucht hatte, etwas Bleibendes, das er mit sich herumtrug. Es symbolisierte eine Entscheidung, eine Liebe und etwas Dauerhaftes.

Das Tattoo war geblieben, aber der Mensch war gegangen.

Copelands Haut war blass, aber unter dem Rücken und den Beinen konnte man dunkelblaue Schatten sehen, die darauf hindeuteten, dass er mit dem Gesicht nach oben gestorben war. Wenn das Herz aufhörte zu schlagen, folgte das Blut der Schwerkraft. Die Totenflecken waren an den richtigen Stellen für einen Mann, der auf einem Fernsehsessel gelegen hatte. Sein ganzer Rücken und das Gesäß hatten diese dunkle Farbe angenommen.

Die Tür schwang auf, und Dr. Seth Rutledge kam mit großen Schritten auf sie zu. Im Gehen steckte er die Arme in den Kittel. Als er Zander und Ava die Hände schüttelte, knotete ihm eine Assistentin den Kittel zu.

»Gut, Sie beide zu sehen. Ist schon eine Weile her. Ja, ich weiß, ich weiß … das ist ja eigentlich etwas Gutes. Ihrer Meinung nach.« Seth richtete seinen Blick auf Ava. »Victoria hat mir erzählt, dass Sie im Sommer auf einem Weingut heiraten?«

»Ja.« Ihre Stimme bebte kaum merklich, aber sie ließ sich nicht über die Einzelheiten der Hochzeit aus, wie sie es sonst tat, wenn man sie nach ihren Plänen fragte.

Seth wurde klar, dass er nicht mehr von Ava zu hören bekäme. »Klingt großartig.«

»Victoria und Sie stehen auf der Gästeliste.« Das klang schon gefasster.

»Na, das will ich auch hoffen.« Er zog sich Handschuhe an. »Okay, fangen wir an.« Er schaltete in den Arbeitsmodus, als er sich dem Tisch näherte.

Zander entdeckte etwas Neues. »Das da sehe ich heute zum ersten Mal.« Er deutete auf ein großes Schild, das hoch an einer Wand befestigt war.

Dies ist der Ort, an dem es dem Tod
gefällt, den Lebenden zu helfen.

Etwas morbid war das schon. *Gefällt* als zum Tod gehöriges Verb kam Zander irgendwie falsch vor, aber er dachte sich, dass es wohl der spezielle Humor von Gerichtsmedizinern sein musste.

»Das hat Victoria mir zu Weihnachten geschenkt.«

Zander wechselte einen Blick mit Ava, in deren Augenwinkeln wieder Lachfältchen standen. Sie fand also auch, dass es ein merkwürdiges Geschenk war. Seths Frau war forensische Anthropologin. Die beiden arbeiteten in düsteren Berufen.

»Ihre Ehe muss im Himmel gestiftet worden sein«, sagte Ava.

Seths Augen hellten sich über der Maske auf. »Ganz bestimmt. Also gut. Bevor Sie mich heute Morgen gebeten haben zu warten, hatte ich bereits die ersten Dinge erledigt. Die äußerliche Untersuchung ist abgeschlossen. Sie sehen, dass ich die Autopsie nach der Y-Inzision abgebrochen habe. Aber ich habe bereits Flüssigkeiten zur Toxikologie geschickt und ihn röntgen lassen.«

»Was für Flüssigkeiten?«, fragte Ava.

»Blut, Gallensekret, Urin und Glaskörperflüssigkeit.«

Zander war froh, dass er nicht dabei gewesen war, als Seth dem Deputy eine Nadel ins Auge gestochen hatte, um die Flüssigkeit zu entnehmen. »Können Sie schnelle toxikologische Resultate bekommen?«

»Ja, die grundlegenden Tests machen wir hier. Alles, was darüber hinausgeht, schicken wir zu einem anderen Labor.«

»Was sind die grundlegenden Tests?«

»Auf Alkohol, Marihuana, Barbiturate, Psychostimulanzien. Wir können auch Arsen und Schwermetalle nachweisen.« Er machte eine Pause. »Wir haben dasselbe GHB bei Nate wie bei den Fitchs gefunden.«

Die beiden Agenten tauschten einen Blick. »Damit hat diese Untersuchung eine neue Dimension angenommen«, sagte Zander.

»Es gibt noch mehr«, sagte Seth. »Die Schmauchspuren an seiner Hand sind sehr hoch. Deutlich über zweitausend Partikel. Keine Frage, dass er geschossen hat. Aber es gibt eine entscheidende Besonderheit. Teile seiner Hand weisen so gut wie keine Partikel auf – als ob etwas darüber gewesen wäre. Eine andere Hand zum Beispiel.«

Kein Selbstmord.

Einerseits war Zander erleichtert, dass der junge Deputy sich nicht das Leben genommen hatte, aber andererseits ließ sich die Tatsache, dass er ermordet worden war, auch nicht viel leichter ertragen.

»Ich weiß nicht, ob das besser ist als Selbstmord«, murmelte Ava. Es war wie ein Echo seiner Gedanken.

»Es scheint, als hätte dieselbe Person, die die Fitchs ermordet hat, auch Nate umgebracht.«

»*Scheint*«, wiederholte Ava. »Selbst mit diesem Nachweis steht das noch nicht fest. Das müssen wir im Hinterkopf behalten.«

Zander stimmte ihr zu. »Sonst noch was von der äußerlichen Untersuchung?«

»Keine Abschürfungen, keine Wunden«, fuhr der Mediziner fort. »Die Totenflecken passen zu seiner Stellung auf dem Fernsehsessel, so wie ich sie auf den Fotos gesehen habe. Er hat zwei Tribal-Tattoos: dies hier auf dem Deltamuskel und eins auf der Wade. Bei der Röntgenuntersuchung wurden keine Brüche gefunden – wirklich ungewöhnlich für männliche Personen. Normalerweise finden wir irgendwo einen Bruch.«

»Weibliche Personen erkennen die Konsequenzen ihres Handelns im Voraus«, sagte Ava halblaut. »Sogar im Kindesalter. Ihr Männer macht einfach dumme, riskante Sachen.«

Dem konnte Zander nicht widersprechen.

Seth zog Haut und Muskeln an der Y-Inzision ab und legte den Rippenkäfig frei. Er nahm die große Schere entgegen, die ihm seine Assistentin hinhielt, und begann, die Rippen weit unter den Hautlappen durchzuschneiden. Die Geräusche gingen Zander durch Mark und Bein. Das war immer so. Aber nach den ersten vier Rippen war er gegen das laute Brechen abgehärtet. Als Seth fertig war, hob er die obere Hälfte des Rippenkorbs heraus.

Ava zog die Luft ein.

»Geht's?«, fragte Zander.

»Geht so.«

Als Nächstes entnahm Seth ein Organ nach dem nächsten, wobei er es von allen Seiten begutachtete, wog, zur weiteren Prüfung aufschnitt und Proben zum Testen und zur Aufbewahrung entnahm. Über seinem Kopf hing ein Rekorder, der seine Bemerkungen aufzeichnete, und zusätzlich machte sich die Assistentin Notizen.

Zander sah genau hin, als Seth den Magen öffnete. »Riecht nach Alkohol. Und zwar nach Bier«, sagte der Gerichtsmediziner. »Keine feste Nahrung, aber etwas Flüssigkeit. Das meiste ist wahrscheinlich schon im Dünndarm.«

»Laut Dr. Ruiz war der Todeszeitpunkt am Vormittag«, sagte Ava.

»Nicht die erste Person, die ich seziert habe, die Bier zum Frühstück getrunken hat. Kommt häufiger vor, als man denken sollte.«

Trotz der Gesichtsmaske erkannte Zander, dass Ava die Nase rümpfte. »Einen Prosecco zum Frühstück kann ich ja noch verstehen. Aber Bier?«, sagte sie.

»Warum nicht? Warum sollte Sekt am Morgen akzeptabler sein als Bier?« Seth zuckte mit den Achseln und legte den Magen auf die Waage. »Ist beides Alkohol. Ich habe eine andere Sicht auf viele Dinge, seit ich hier arbeite.«

»Trinken Sie manchmal Bier zum Frühstück?«, fragte Ava ihn.

»Nie. Schon die Vorstellung ist eklig.«

Ava schnaubte. »Aber das heißt ja, dass es nicht unwahrscheinlich ist, dass das GHB im Bier war.«

»Ich lasse die Magenflüssigkeit gleich untersuchen«, erwiderte Seth.

»Ich glaube nicht, dass am Tatort offene Bierflaschen gefunden wurden«, sagte Ava. »Ich lasse das vom Team überprüfen.«

Zander wünschte sich, dass die Autopsie bald vorbei wäre. Er wollte den Hinweisen, die sie gerade erhalten hatten, nachgehen.

Der Mediziner wandte sich den restlichen Organen zu. Und dann war schließlich der Kopf dran. Er beugte sich weit hinunter und tastete den Schädel vorsichtig ab. Zander fragte sich, wie er die Kopfhaut so sauber abgetrennt hatte, wo doch ein großer Teil des Schädels fehlte. Die Hauptsorge galt der Präsentation des Leichnams im offenen Sarg.

»Seine Eltern haben sich mit einer Trauerfeier im geschlossenen Sarg einverstanden erklärt«, sagte Seth leise. »Aber sie möchten ihren Sohn sehen, und dafür tue ich alles. Mit einem Kissen unter dem Kopf sollte es gehen.«

Zander trat zur genaueren Begutachtung näher heran. Typischerweise setzte der Gerichtsmediziner am Hinterkopf an und durchschnitt die Kopfhaut von Ohr zu Ohr, dann schälte er sie nach vorne ab und schob sie bis zur Stirn. Danach sägte er das Schädeldach auf, um das Gehirn entnehmen zu können, legte die Schädelkappe wie ein Puzzleteil obenauf und zog die Kopfhaut über die Knochen und das Gesicht. Schließlich wurde sie unter dem Haar vernäht. So war der Anblick für den offenen Sarg akzeptabel.

Bei Copeland bildete die große Austrittswunde der Kugel im Hinterkopf das Problem. Der Schädel drohte unter Dr. Rutledges Händen zu zerbrechen. Und in dem Fall ließe sich das Gesicht für die Eltern nicht mehr richtig rekonstruieren.

»Schauen wir doch mal, wie der Knochen aussieht, und dann arbeiten wir uns weiter vor«, murmelte Seth vor sich hin. Seine Assistentin hob den Kopf an, und Seth setzte den Schnitt an und skalpierte den Schädel. Durch das große Loch waren die Finger des Mediziners in den weißen Handschuhen zu sehen.

Nun war die Verletzung am Hinterkopf klar zu erkennen. »Das ist jetzt aber mal ein richtig großes Loch«, sagte Seth leise.

»Er hatte eine G 21«, sagte Zander. »Kaliber 45.«

Die Kugel hatte ein sternförmiges Muster kleiner Risse hinterlassen, in dessen Zentrum die Austrittswunde war. »Wenn ich etwas tiefer ansetze als sonst, könnte ich die Schädeldecke in einem Stück abnehmen.« Seth nickte zuversichtlich und nahm die Stryker in die Hand.

Die Säge war nicht viel größer als Zanders Schlagbohrer, aber das Geräusch erinnerte ihn eher an das Bohren beim Zahnarzt, wenn es in seinem Kopf schrillte. Er trat zurück, als eine Wolke von feinen Knochensplittern die Luft füllte.

Bier. Zander fand das merkwürdig. Warum sollte Nate Copeland so früh schon Bier getrunken haben, wenn er sich doch mit seinem Freund zum Trinken verabredet hatte? Wollte er sich warmlaufen oder hatte er jemanden zu Besuch gehabt?

Ava zupfte ihn am Ärmel. »Was denkst du gerade?«, rief sie ihm über das Sägegeräusch zu.

»Ich will wissen, wer mit Nate Copeland am Vormittag Bier getrunken hat.«

»Da bist du nicht der Einzige.« Sie beobachtete, wie der Mediziner auf die andere Seite des Untersuchungstisches wechselte, um Copelands Kopf aus einem anderen Winkel anzusehen. »Wo war Billy Osburne gestern Morgen?«

»Seine Schicht im Autoteileladen begann gestern erst mittags.«

»Also hätte er Zeit gehabt«, sagte Ava. »Ist er jemand, mit dem Nate Bier getrunken haben könnte? Hatte er ein Motiv?«

»Die Osburnes sind rund zehn Jahre älter als Nate«, sagte Zander. »Ich weiß nicht, ob das bedeutet, dass sie nicht miteinander abhängen würden. Aber wir können herausfinden, ob sie sich gut genug kannten, um morgens miteinander zu trinken.«

»Aber warum Nate?«

Das Sägen hörte abrupt auf. Die Stille war wie Balsam in Zanders Ohren. Seth hob die Schädeldecke an, als wäre sie aus hauchdünnem Glas. Sie war jedenfalls ebenso zerbrechlich. Dem Mediziner war es gelungen, die Schädeldecke trotz der Risse in einem Stück abzunehmen, aber neben der Austrittswunde hatten sich ein paar kleine Puzzleteile gelöst. Mit äußerster Konzentration setzte er die Schädeldecke ab.

Zander hatte die Bewegungen des Mediziners mit angehaltenem Atem verfolgt. Avas Frage ging ihm durch den Kopf. »Nate muss am Tatort etwas gesehen haben, was er nicht hätte sehen sollen. Selbst wenn es ihm gar nicht bewusst gewesen ist«, antwortete er. »Oder Nate wurde am Tatort gesehen. Ist irgendjemand weiter in den Wald hinter dem Haus der Fitchs gegangen? Vielleicht hat jemand das Haus beobachtet, als Nate angekommen ist.«

»Ich meine mich zu erinnern, dass der Wald abgesucht wurde. Aber ich bezweifle, dass sie gründlich gesucht haben.«

Wenn man von der schlampigen Arbeitsweise ausging, die sie Zander an dem Morgen demonstriert hatten, konnte er Ava nur zustimmen. »Gut, wir müssen uns noch mal auf dem Grundstück umsehen. Was sonst?«

»Müssen wir den Autopsiebericht der Fitchs im Einzelnen mit Seth durchgehen?«, fragte Ava. »Ich habe seinen Abschlussbericht in meinen Mails gesehen, ihn aber noch nicht gelesen. Er hat mit dir über vorläufige Ergebnisse gesprochen. Habt ihr sonst noch etwas diskutiert?«

»Nein. Aber er wollte noch prüfen, ob Sean Lindsays Baby gezeugt hat. Danach können wir ihn fragen.« Zander warf einen Blick auf Seth, der dabei war, das Gehirn zu wiegen. »Er ist fast fertig.«

Nach der Untersuchung des Gehirns wurden alle Organe normalerweise in einer Plastiktüte in die leere Bauchhöhle gelegt. Dann wurde der obere Rippenkorb aufgesetzt und der lange Schnitt vernäht.

Seth hob die Schädeldecke mit größter Vorsicht hoch. Er hatte zwei kleine Kerben hineingesägt, um sie besser einsetzen und festhalten zu können. Als er es geschafft hatte, machte er einen äußerst befriedigten Eindruck.

»Das hält«, sagte er zu der Assistentin, die seine Arbeit besorgt verfolgt hatte. Zusammen zogen sie die Haut über den Schädel. »Machen Sie weiter?«, fragte Seth. Sie nickte und nahm eine gebogene Nadel, mit der sie die beiden Teile der Kopfhaut aneinandernähte.

Der Mediziner sah Copeland prüfend ins Gesicht. Wenn der Kiefer geschlossen war, gab es kein sichtbares Zeichen des Einschusslochs im Gaumen. Dann legte er dem jungen Beamten die Hand auf die Schulter und atmete tief aus.

Nach einer Weile drehte er sich zu Zander und Ava um und bedeutete ihnen, ihm zur anderen Seite des Raumes zu folgen, weg von Nate Copeland. Seine Miene war neutral. »Sie wollten wissen, ob Sean der Vater des Babys seiner Frau war. Die Ergebnisse aus dem Labor sind da. Er ist der Vater.«

In Zanders Brust löste sich etwas. Es hieß nicht, dass Lindsay keine Affäre mit Billy Osburne gehabt hatte, aber es eliminierte ein mögliches Motiv.

»Aber Lindsay und Sean wussten das ja nicht. Für den Fall, dass sie mit Billy Osburne geschlafen hat«, sagte Ava.

Mist. Sie hat recht. Das mögliche Motiv blieb.

»Wir müssen Osburne finden«, sagte Zander.

»Zuerst will ich im Wald hinter dem Haus der Fitchs nach Spuren suchen. Dann kommt Billy Osburne dran«, sagte Ava.

Zander war einverstanden.

21

Es war deutlich nach Mittag, als Zander und Ava von ihrem Besuch in der Gerichtsmedizin zurückkehrten. Unterwegs hatten sie an einem Dairy-Queen-Imbiss gehalten, und der SUV stank nach Pommes frites.

Ein besserer Geruch als der in der Gerichtsmedizin.

»Gleich zum Haus der Fitchs?«

»Ja, klar.«

Der Sheriff hatte Billy Osburne nicht gefunden und klang frustriert, das konnte Zander sogar übers Telefon hören.

Als sie über die lange gewundene Straße zum Haus der Fitchs fuhren, überkam ihn eine Art Déjà-vu. Seit er vor zweieinhalb Tagen das erste Mal hier langgefahren war, war viel passiert. Der Asphalt wurde zu Schotter, und der Abstand zwischen den Häusern wurde größer. Er parkte an der Straßenseite vor dem Haus der Fitchs. Beide musterten die kleine weiße Ranch schweigend. Hinter dem Haus schwankten die hohen Tannen von einer Seite zur anderen und warfen Nadeln und kleine Äste ab.

»Ganz schön windig«, kommentierte Ava.

»Ich möchte nie in einem Haus wohnen, an dem so hohe Bäume stehen.«

»O Gott, bloß nicht.« Ava lehnte sich vor und deutete auf ein paar niedrige Büsche etwas vom Auto entfernt. »Sieh mal.«

Mehrere Fahrräder lagen halb vom Gebüsch verborgen auf der Seite.

»Kinder.« Ärgerlich öffnete Zander die Autotür. Klar waren Kinder neugierig und schnüffelten an einem Tatort herum. Es war ein normaler Instinkt. Trotzdem musste er den Bösen spielen und sie verscheuchen. Er zählte vier viel benutzte Räder.

Er wurde nostalgisch. Eine grenzenlose Wissbegierde hatte seine Freunde und ihn zu vielen Abenteuern verlockt. Sie waren furchtlos und überzeugt, dass die Welt nur darauf wartete, von ihnen entdeckt zu werden. Je verbotener ein Ort, desto verlockender. Das eingezäunte Umspannwerk hinter der Mittelschule. Die Scheune mit dem eingebrochenen Dach auf dem Grundstück der Nachbarn. Die Müllkippe hinter dem Einkaufszentrum.

Drei Orte, die ihre Eltern beunruhigten. Was sie natürlich zu kraftvollen Magneten gemacht hatte.

»Wenigstens sind sie draußen und spielen keine Videospiele.«

Zander schnaubte. »Ich hole nur eben die Taschenlampen aus dem Kofferraum.« Es war nicht dunkel, aber die grauen Wolken warfen lange Schatten. Im Wald würden sie ohne die Lampen nicht mehr viel erkennen.

Sie gingen ums Haus herum.

»Meinst du, die Kids schaffen das, ins Haus zu kommen?«

»Ich verlasse mich darauf, dass die Leute vom County es ordentlich verschlossen haben, aber ich garantiere dir, dass sie es bei jedem Fenster und jeder Tür mehrfach versucht haben.«

»Du garantierst es mir?«

»Ich war auch mal ein neugieriges Kind.« Wenn bei ihm in der Gegend damals etwas in dieser Art passiert wäre, wäre er nicht mehr zu halten gewesen.

»Ich auch. Aber ich hätte nie versucht, mich in ein Haus zu schleichen, in dem Menschen ermordet wurden.«

»Dann kannst du den Punkt auf deine Liste der Unterschiede zwischen den Geschlechtern setzen.«

»Nicht alle Jungs waren wie du«, sagte sie.

»Nicht alle«, stimmte er ihr grinsend zu. Er hob eine Hand. Er hatte Kinderstimmen hinter dem Haus gehört.

Ava seufzte. »Verdammt. Sie sind bestimmt an dem Baum.«

Die beiden umrundeten die Hausecke. Drei elf- oder zwölfjährige Jungen standen unten um den Baumstamm herum. Ein vierter war hochgeklettert und saß auf einem etwas höheren Ast als dem, an dem Sean Fitch aufgehängt worden war und den die Spurensicherung als Beweismittel abgesägt hatte. Der Baum und ein Großteil des Gartens waren mit Flatterband abgesperrt.

Zander unterdrückte den Impuls, die Jungen anzuschreien. *Sie verstehen es nicht.*

»Zeit für eine Standpauke«, sagte Ava ruhig. »Hey, Jungs!«, rief sie. »Kommt ihr mal zu uns rüber?«

Vier überraschte Gesichter schnellten zu ihnen herum. »Die Bullen!« Die Jungen erstarrten, dann schossen sie los, jeder in eine andere Richtung. Der Junge auf dem Baum kam schneller herunter als ein wütender Bär und rannte mit flappender Kapuze in den Wald.

Zander hatte die Verfolgung eines Jungen mit ein paar großen Sätzen aufgenommen. Plötzlich stoppte er und sah sich über die Schulter nach Ava um. Sie stand gelassen da, die Hände in die Seiten gestemmt.

Es hatte keinen Sinn.

»Wir könnten bei den Rädern auf sie warten«, schlug er vor.

»Worauf? Ich vermute mal, wir haben sie so erschreckt, dass sie erst mal nicht wiederkommen. Und auf meine Predigt sind sie wahrscheinlich auch nicht besonders scharf.«

»Woher wussten die, dass wir von der Polizei sind?«

»Das sieht man dir doch an der Nasenspitze an«, sagte sie amüsiert. »Allein deine Haltung … Selbst wenn du nicht vom FBI wärst, würden sie sich kaum trauen, dir in die Augen zu sehen.«

»Soll das ein Kompliment sein?«

»Ich glaube schon.«

Zander war sich nicht so sicher. »Oder sie haben uns hier bei der Arbeit am Tatort beobachtet. Sich vielleicht in den Büschen versteckt.«

»Gut möglich.« Ava spähte in den dichten Wald, der hinter dem gerodeten Garten und der Polizeiabsperrung begann. »Wie willst du vorgehen?«

»Wir sollten mehr Leute haben.«

»Träum weiter.« Sie breitete die Arme aus und trat zwei Schritte zur Seite, weg von Zander. »Armlängen-Entfernung. Wir fangen vor der großen Tanne da drüben an. Dann ziehen wir ein Raster über die ganze Fläche. Suchen alles nach irgendetwas ab, was jemand hinterlassen haben könnte, der die beiden beobachtet hat. Müll … Fußabdrücke …«

Sie verbrachten die nächste halbe Stunde bei dem Versuch, sich an das imaginäre Raster zu halten, auch wenn sie mächtigen Bäumen und dichtem Gebüsch ausweichen mussten. Dabei ließen sie die Lichtkegel ihrer Taschenlampen über den Waldboden schweifen. Alle paar Schritte sah Zander hoch, leuchtete die Bäume ab und passte auf, dass er keine herabfallenden Nadeln in die Augen bekam. Die gigantischen Bäume schwankten knarzend im Wind.

»Mann, wie sich der Boden bewegt«, sagte Ava.

Zander hatte es auch bemerkt. »Die Erde ist durchnässt. Der Wind bewegt den ganzen Baum bis in die Wurzeln.«

Ava legte den Kopf in den Nacken. »Wenn einer von denen umstürzt, nimmt er zehn weitere mit. Das sollte uns genug Zeit geben, uns in Sicherheit zu bringen.«

»Die fallen schon nicht um. Die sind viel zu tief verwurzelt.«

»Hast du mal die Wurzeln einer Tanne gesehen?«, fragte Ava. »Wie ein Ball. Und ein Witz im Verhältnis zu Höhe und Gewicht des Baums.«

Sie suchten ein paar Minuten lang still weiter, wobei sie die Taschenlampen zu beiden Seiten schwenkten. Gut, dass er die Lampen mitgenommen hatte, ohne sie wäre eine systematische Suche unmöglich gewesen. Er leuchtete ein paar Meter vor sich und keuchte auf.

»Himmel!«

Er starrte die alte Frau vor sich an und versuchte seinen Atem zu beruhigen. Sie stand fröhlich lächelnd fünf Meter vor ihnen, die Hände hingen locker an den Seiten herunter. Obwohl sein Gehirn registrierte, dass keine unmittelbare Gefahr von ihr ausging, öffnete er ganz langsam den Reißverschluss seiner schweren Jacke.

»Können wir Ihnen behilflich sein?«, fragte Ava. Als Zander geflucht hatte, hatte sie sich so hingestellt, dass ihre linke Hüfte der alten Frau zugewandt war. Ihre Schusshand war frei. Mit der anderen leuchtete sie der Frau ins Gesicht.

»Nein, nein, ich gucke nur.« Ihre junge Stimme passte nicht zu ihren grauen Haaren und dem faltigen Gesicht. Ihr langer Mantel war dunkel und fleckig und wirkte, als sei er nie gewaschen worden. Ihre Gummistiefel waren matschverkrustet.

Er fragte sich, ob sie obdachlos war.

»Und haben Sie etwas gesehen?«, fragte Ava. Zander blieb stumm. Avas Stimme war ungewöhnlich tief und weich. Sie hatte eine beruhigende Wirkung, auch auf ihn. Sein Herz klopfte noch immer so schnell, als wollte es aus seiner Brust springen.

»Sie beide, wie Sie sich hier umsehen. Und die Jungs.« Die Frau zog die Augenbrauen zusammen. Eine steile Falte erschien dazwischen. »Die sollten sich hier nicht rumtreiben«, fügte sie ernst hinzu.

»Warum nicht?«

Ihr Kinn schnellte hoch und ihre Augen funkelten. »Darum halt. Hier ist kein guter Ort für Kinder.«

Dem konnte Zander nicht widersprechen.

»Wie heißen Sie? Ich bin Ava, und das ist Zander.«

»Alice. Ich weiß, wer Sie sind.«

Ava legte den Kopf auf die Seite. »Sie waren bei dem Treffen in der Kirche, stimmt's?«

Zander versuchte, sich an sie zu erinnern. Aber er hatte fast nur Hinterköpfe vor Augen.

»Ja. Ich weiß, dass Sie vom FBI sind. Sie versuchen, dem jungen Paar zu helfen.«

»Genau. Den Fitchs.« Ava machte eine Pause. »Wissen Sie, was ihnen zugestoßen ist?«

»Natürlich. Alle wissen das.«

Zander war überrascht. *Alle wissen das?*

»Ich meine, wissen Sie, wer ihnen das angetan hat?«

Zander hatte gespannt die Luft angehalten. Jetzt atmete er enttäuscht aus. Alice hatte Avas Frage wörtlich genommen. Die Augen der Frau waren wachsam. Sie wirkte intelligent, aber irgendetwas stimmte nicht mit ihr.

Alice steckte die Hände in die Taschen. Zander spannte jeden Muskel an und spürte deutlich die Waffe an seinen Rippen.

»Bitte nehmen Sie die Hände aus den Taschen«, sagte Ava freundlich. »Ich bin entspannter, wenn ich sie sehen kann.«

Alice wirkte verwirrt, aber sie folgte der Aufforderung. »Ich habe Sean und Lindsay jedenfalls nichts getan.«

»Das glaube ich Ihnen. Wissen Sie, wer es war?«

»Nein.«

Einen Versuch war es wert gewesen.

»Wohnen Sie hier in der Nähe?«, fragte Zander. Ava zwinkerte ihm zu.

»Nein, ich besuche hier nur eine Freundin.«

»Wo wohnt Ihre Freundin denn?«

Sie runzelte die Stirn und wandte den Kopf ab. »Ich weiß es nicht.«

Er wiederholte die Frage etwas lauter.

Dafür warf sie ihm einen bösen Blick zu. »Ich habe gesagt, dass ich das nicht weiß.«

»Können wir Sie vielleicht nach Hause bringen?«, fragte Ava mit rauchiger Stimme. Zander ging sie durch und durch. Avas Verlobter behauptete, Ava setze sie gezielt ein und niemand könne ihr dann widerstehen.

»Ich war noch nicht bei meiner Freundin.«

Alice ließ sich offensichtlich nicht so leicht einwickeln.

»Was halten Sie davon, wenn wir Sie begleiten? Nur um sicherzugehen, dass Sie heil dort ankommen«, schlug Ava vor. »Der Sturm wird stärker.«

Zander stimmte ihr zu. Der Wind war bis nach unten zu ihnen gedrungen und brachte sein Jackenrevers zum Flattern. Alice wirkte verwirrt. Es wurde dunkel. Sie konnten sie nicht einfach im Wald zurücklassen.

»Na gut.« Alice wandte sich um und ging Richtung Süden.

Ava zog eine Augenbraue hoch. Zander hob die Schultern. *Warum nicht?*

Zander machte einen mentalen Schnappschuss von der Stelle, an der sie ihre Rastersuche unterbrochen hatten, und folgte Alice. Sie kam auf dem unebenen Waldboden nur langsam voran.

Nach ein paar Minuten flüsterte er Ava ins Ohr: »Ich mache mir Sorgen, ob sie überhaupt weiß, wohin sie will.«

Alice drehte sich verärgert um. »Ich weiß ganz genau, wohin ich will.«

Ava sah Zander belustigt an und presste demonstrativ die Lippen aufeinander. Zander beschloss, den Mund zu halten. Ein paar Meter weiter kamen sie an einen umgestürzten Baum. Ava hatte recht. Der Wurzelballen stand in keinem Verhältnis zu der erhabenen Größe der Tanne.

Ihre Führerin kletterte über ein paar Wurzelstrünke und hielt sich dabei unbeholfen am Baumstamm fest. Zander eilte ihr zu Hilfe und bot ihr seinen Arm an. Sie bedankte sich höflich. Dann gingen sie ein paar Schritte an dem Baumstamm entlang.

Alice hielt an. »Hier ist es.«

Zander sah sich um. »Wo –«

»Na, hier.« Alice ließ Zanders Arm los, hockte sich hin und warf einen Blick unter den Stamm. Dann strich sie eine Schicht Tannennadeln beiseite. Ein moderig-erdiger Geruch stieg zu ihnen auf. »Hier ist sie sicher, wissen Sie?«

Zander traf ein Blick aus den leeren Augenhöhlen eines Totenschädels.

22

Mit einer solchen »Freundin« hatten Zander und Ava nicht gerechnet.

»Es gefällt mir nicht, wie nah das hier am Haus der Fitchs liegt«, sagte er leise zu Ava.

»Aber die Leiche ist völlig skelettiert. Sie muss hier schon ewig liegen. Das kann nichts mit den Fitchs zu tun haben.«

»Ich weiß.« Aber er wurde das Gefühl nicht los, dass es doch so war. »Das muss in die Hände des besten Spezialisten, den wir haben. Bloß kein Kriminaltechniker hier aus dem Bezirk.«

»Dann kommt nur Dr. Victoria Peres infrage«, sagte Ava wie aus der Pistole geschossen. »Ich rufe Seth an.«

Der Gerichtsmediziner stimmte sofort zu, die oberste forensische Anthropologin von Oregon zu schicken – seine Frau.

Zander rief Sheriff Greer an, um ihn über ihren Fund zu unterrichten. Dann wartete er mit Ava und Alice auf dessen Ankunft.

Alice war in Plauderstimmung. Im Gespräch driftete sie hin und her. Momente geistiger Klarheit kamen und gingen wie Ebbe und Flut.

»Wie heißt sie?«, fragte Ava mit einem Blick auf den Schädel.

Die alte Frau hatte sich an den umgefallenen Stamm gelehnt und aufs Warten eingestellt, nachdem Zander ihr erklärt hatte, dass sie Hilfe für ihre Freundin herbeiriefen. »Das weiß ich nicht«, sagte Alice. »Aber ich nenne sie Cindy.«

»Wissen Sie, wie lange sie schon hier ist?«, fragte Zander.

Alice runzelte die Stirn. »Ich glaube, schon sehr lange.«

Zander wusste nicht, wie man erkannte, dass es sich um weibliche Überreste handelte, wie Alice beteuerte. Doch als er den Schädel noch einmal ansah, sagte ihm sein Bauchgefühl, dass dies tatsächlich die sterblichen Überreste einer Frau waren. Wobei das natürlich auch auf Alices Einfluss zurückzuführen sein konnte.

»Kannten Sie sie vorher?«

»Vor was?«

Ich muss mich bei ihr klarer ausdrücken. »Kannten Sie sie, bevor sie ein … Skelett war?« Bei dem Wort verzog er das Gesicht.

»Nein.«

»Wie haben Sie sie kennengelernt?«

»Ich habe gesehen, wie sie sie hergebracht haben.«

Sein Adrenalinpegel schoss in die Höhe. »Wer hat sie hergebracht?«

Mit zittrigen Händen nestelte Alice an ihrem Mantel herum. »Ich kann mich nicht erinnern.« Sie sah Zander und Ava nicht in die Augen. Er warf einen Seitenblick auf Ava, die eine winzige Geste mit den Händen machte: *nicht so schnell.*

Er hätte gern etwas mehr Druck ausgeübt, aber es war wahrscheinlich, dass sich Alice dann ganz verschloss.

Die Ankunft von Sheriff Greer und zwei Deputys beendete die Unterhaltung fürs Erste. Die drei hatten keine zehn Minuten gebraucht.

»Guten Abend, Alice«, sagte Greer freundlich. Seine scharfen Augen hatten die Leichenreste am Baum schon entdeckt. »Heute Nacht wird es bestimmt sehr kalt.«

Alice murmelte etwas mit gesenktem Blick. Als die drei Ordnungshüter ankamen, hatte sie sich sichtlich angespannt und war etwas näher an Ava herangerückt. Zander vermutete, dass Alice schon öfter mit dem Sheriff aneinandergeraten sein musste.

»Sie ist manchmal verwirrt«, erklärte Greer ihnen, nachdem sie einen Deputy bei Alice zurückgelassen und sich vom Fundort entfernt hatten. »Sie führt nichts Böses im Schilde, aber sie ist schon mehrfach auf fremde Grundstücke eingedrungen. Und sie hat ein paar Mal sogar durch Fenster gespäht. Wir bringen sie dann einfach nach Hause zurück. Sie ist mehrfach begutachtet worden, und wir bekommen immer die gleiche Antwort: Sie ist imstande, für sich selbst zu sorgen, und sie ist weder für sich noch für andere eine Gefahr.«

»Sie ist sehr dünn«, bemerkte Ava.

»So war sie schon immer, seit ich denken kann«, antwortete Greer. »Aber ich bin ihr auch schon im Supermarkt beim Einkaufen begegnet. Sie kommt eigentlich gut klar … meistens jedenfalls.«

»Und warum wandert sie dann allein im Wald herum? Sie könnte sich verlaufen.«

»Niemand kennt die Wälder und die Küste besser als Alice«, sagte der Sheriff entschieden. »Sie streicht seit fünfzig Jahren durch die Gegend.« Er winkte einen Deputy heran und trug ihm auf, sie nach Hause zu fahren. »Wir können sie morgen befragen«, erklärte er den Agenten. »Morgens ist sie heller.«

Als Alice ging, fiel Zander auf, wie erschöpft sie aussah.

»Wer wird hier in der Gegend vermisst?«, fragte Ava den Sheriff. »Vielleicht müssen wir Jahrzehnte zurückgehen. Die Person liegt hier offensichtlich schon eine ganze Weile.«

»Na ja, ich habe von Leichen gehört, die innerhalb eines Jahres skelettiert waren«, sagte der Sheriff. Er klopfte sich nachdenklich ans Kinn. »Hängt vom unmittelbaren Umfeld ab und davon, ob die Person begraben wurde. Und danach sieht's nicht aus. Vielleicht eine natürliche Todesursache. Vielleicht hat sie sich im Wald verlaufen. Oder sie hatte einen Schlaganfall.«

»Ja«, sagte Ava ungeduldig. »Alles nicht auszuschließen. Aber auch dann hätte jemand sie als vermisst gemeldet, oder?«

»Stimmt. Lassen Sie mich nachdenken ... Vor einiger Zeit ist eine Frau etwas weiter südlich von einem Küstenwanderweg verschwunden. Ihr Ehemann wurde für schuldig befunden, sie ermordet zu haben, obwohl sie ihre Leiche nie gefunden haben. Er hat behauptet, sie sei ausgerutscht, als sie ein Foto machen wollte, und über die Klippen gestürzt. Die Staatspolizei war an der Sache dran.«

Zander warf einen Blick auf den Schädel. »Vielleicht hat der Mann ihre Leiche hier verscharrt und behauptet, sie wäre woanders abgestürzt?«

»Möglich«, sagte Greer. »Aber wie auch immer, er sitzt ja schon ein.«

»Was ist mit Hank West?«, fragte der Deputy, der ihnen zugehört hatte, während er den Fundort mit Flatterband absperrte.

Das Gesicht des Sheriffs hellte sich auf. »Stimmt! Wie lange ist das her? Fünf Jahre?« Er sah Zander und Ava an. »Der alte Hank litt unter Demenz. Er ist aus seinem Haus in Warrenton verschwunden und wurde nie gefunden.«

Alle drei wandten ihre Aufmerksamkeit dem Schädel zu.

»Vielleicht sollten wir der Datenbank das Suchen überlassen und nicht der Erinnerung«, schlug Ava taktvoll vor.

»Hier gibt es nicht viele Vermisstenfälle«, sagte Greer. »Aber das wäre natürlich effizienter. Ich setze jemanden dran. Mein Deputy kann Lampen herbringen, wenn Sie sich was zu essen besorgen wollen. Es kann ein paar Stunden dauern, bis die Anthropologin aus Portland hier ist.«

Zander ließ den Blick durch den Wald schweifen. Es war kalt, aber eine innere Stimme warnte ihn, den Fundort zu verlassen. »Ich bleibe. Ich helfe ihm mit der Beleuchtung.«

»Dann hole ich uns was zu essen«, sagte Ava. »Und viel Kaffee. Wird eine lange Nacht.«

Dr. Victoria Peres erschien zwei Stunden später und übernahm sofort. Die forensische Anthropologin war groß, trug eine Bibliothekarinnenbrille und hatte langes, dunkles Haar. Zander wusste, dass man sie die Eisprinzessin nannte, aber er hatte noch nie erlebt, dass ihr das jemand ins Gesicht gesagt hätte.

Sie war eine Autorität, die einschüchternd wirkte.

Sie schüttelte Zander die Hand und sah ihn von oben bis unten an, dabei hatten sie sich schon ein paar Mal getroffen. Ava kannte sie ganz gut. Während sie arbeiteten, unterhielten sich die beiden Frauen über gemeinsame Freunde und Avas bevorstehende Hochzeit.

Zander beobachtete Peres voller Bewunderung. Die Medizinerin bewegte sich geschmeidig, gab ihren Assistentinnen klare Anweisungen und bereitete alles für die systematische Bergung des Skeletts vor. Alle tanzten nach ihrer Pfeife. Sogar der Wind hatte sich gelegt, nachdem sie einen strafenden Blick in die schwankenden Baumkronen geworfen hatte. Dann stand alles bereit: Licht, Planen, Siebe, Eimer aller Art. Während die Assistentinnen ein Raster über den Fundort legten und Fotos schossen, hob sie vorsichtig den Schädel hoch.

Zander sah ihr fasziniert zu. Die Medizinerin ging achtsam und respektvoll vor und erinnerte ihn damit an ihren Mann bei der Autopsie. Als Zander sah, dass der Unterkiefer auf dem Waldboden liegen geblieben war, machte sein Magen einen Salto.

Dr. Peres summte leise vor sich hin, drehte und wendete den Schädel, hielt ihn näher ans Licht, sah hinein und betrachtete dann wieder das Gesicht. »Hallo, schönes Mädchen«, sagte sie dann still.

»Eine weibliche Person?«, fragte Ava.

»O ja, definitiv. Und jung.«

Zander strich Hank West, den dementen alten Mann, von seiner Liste. »Wie jung?«

Die Ärztin drehte den Kopf um, fuhr mit den Fingerspitzen an den Zähnen und dann an den Knochennähten entlang. »Teenager. Höchstens Anfang zwanzig.«

Sie sah auf die halb bedeckten Knochen zu ihren Füßen. »Ich muss natürlich alles untersuchen, bevor ich Ihnen eine definitive Antwort geben kann, aber gehen Sie ruhig von einer Sicherheit von fünfundneunzig Prozent aus.«

»Ich habe hier merkwürdige Münzen gefunden, Doc«, sagte eine Assistentin und drückte einen kleinen Absteckpfahl ins Erdreich. Zander hockte sich neben sie. Es überraschte ihn nicht, dass sie die Münzen übersehen hatten. Sie waren erdverkrustet und hatten sich perfekt an die Umgebung angepasst. Die Kriminaltechnikerin kratzte auf einer Münze mit einem Werkzeug herum. »Ich glaube nicht, dass es Münzen sind, jedenfalls keine amerikanischen«, sagte sie dann.

Zander stimmte ihr zu. Sie waren größer als Vierteldollar und kleiner als halbe Dollar. Die Prägung war unter der Erdschicht nicht zu erkennen. Zander musste an sich halten, um nicht eine zu nehmen und sie sauber zu wischen. »Vielleicht eine ausländische Touristin?«, schlug er vor. Die Technikerin zuckte nur mit den Achseln.

»Sie können uns nicht zufällig sagen, wie lange sie hier schon liegt?«, wagte Ava sich vor.

»Nein. Ich muss erst ein paar Tests durchführen«, antwortete Peres. »Allerdings hat sie in den Backenzähnen eine

Komposit-Füllung, keine Legierung. Also stammt die Leiche wahrscheinlich nicht aus den 1970ern oder noch früher. Seit den 1980er-Jahren machten die Zahnärzte Komposit-Füllungen, allerdings hauptsächlich an den vorderen Zähnen. Diese Backenfüllung deutet darauf hin, dass sie noch nicht so alt ist, oder einen Zahnarzt hatte, der seiner Zeit voraus war. Tut mir leid … Ich weiß, wie vage das klingt.«

»Aber es hilft uns«, sagte Zander. »Es begrenzt die zeitliche Suche.«

»Sie war Afroamerikanerin.«

Zander erstarrte.

»Sind Sie sicher?«, fragte Ava mit ausdrucksloser Stimme.

Die Medizinerin hob die Augenbrauen und schenkte Ava einen Sie-wollen-mich-doch-nicht-infrage-stellen-Blick. »Ja.«

»So habe ich das nicht gemeint«, schob Ava blitzschnell nach.

»Sehen Sie die leicht rechteckige Form ihrer Augenhöhlen?« Die Medizinerin zeichnete die Knochen nach, wo der Augapfel gewesen war. »Kaukasier haben eher schräg stehende und Asiaten runde. Außerdem befindet sich auf dem Scheitel eine minimale Vertiefung. Bei Asiaten und Kaukasiern wäre der Scheitel flach. Und die Nasenöffnungen sind breit und gerundet …«

»Wir haben keinen Zweifel an Ihrer Expertise, Victoria!«, sagte Ava besänftigend.

»Wie kam sie ums Leben?«, schaltete sich Zander ein. Sein Herz schlug bis zum Hals.

Dr. Peres sah ihn über ihre Brillengläser hinweg an und tat, als untersuche sie den Schädel besonders gründlich. »Kein Kopfschuss.«

»Vergessen Sie, dass ich danach gefragt habe«, sagte er entschuldigend. »Das war unfair.« Er sah Ava an. »Hat Greer irgendwas über eine vermisste Afroamerikanerin gesagt, als ihr Essen holen gegangen seid?«

»Nein, aber du kannst ihn selber fragen«, sagte sie und deutete hinter Zander.

Zander drehte sich um und sah den Sheriff auf sie zukommen. Der Deputy, der Alice nach Hause gebracht hatte, begleitete ihn. Beide Männer hatten die Jackenkragen gegen die Kälte hochgeschlagen. Der Deputy wischte sich ständig mit einem Papiertaschentuch an der Nase herum.

Ava stellte den Sheriff vor. »Laut Dr. Peres handelt es sich um eine junge afroamerikanische Frau, nicht älter als Anfang zwanzig«, verkündete sie dem Sheriff. »Passt das zu einer gemeldeten Vermissten?«

Der Sheriff machte eine ernste Miene und sah den Deputy an. »Ja, allerdings. Zu Cynthia Green.«

Cindy? »Alice hat sie Cindy genannt.«

Der Sheriff war überrascht. »Aber warum um alles in der Welt hat Alice uns nicht verraten, dass das vermisste Mädchen hier oben liegt?«

»Weil sie Alice ist«, schloss der Deputy.

»Tja.« Greer wirkte resigniert.

»Seit wann wird sie vermisst? Was ist passiert?« Ava stand mit verschränkten Armen da. Es war deutlich, dass sie mit ihrer Geduld fast am Ende war.

Der Sheriff zog sein Handy hervor und gab etwas ein. »Cynthia Greens Eltern haben sie vor zwei Jahrzehnten als vermisst gemeldet.« Seine Augen sprangen beim Lesen hin und her. »Sie waren aus Seattle und haben in den Frühlingsferien hier an der Küste in Oregon Urlaub gemacht. Ihre neunzehnjährige Tochter ist von einem Strandspaziergang in der Nähe von Gearhart nie zurückgekehrt.«

»Im Urlaub verschwunden«, wiederholte Ava ungläubig. »Wir sind doch hier kilometerweit von Gearhart entfernt.«

»Ich hatte den Fall gleich wieder ganz klar vor Augen, als ihr Name bei unserer Vermisstensuche aufgekommen ist«, sagte

Greer. »Ich war damals Deputy, und wir haben alle stundenlang den Strand und die Hügel abgesucht, obwohl die Staatspolizei eigentlich für die Sache zuständig war. Ich weiß noch, dass damals spekuliert wurde, dass jemand sie im Auto mitgenommen hatte oder sie von einer Riesenwelle in den Ozean gespült wurde. Sie hatte zwei jüngere Schwestern, und die Eltern waren fast wahnsinnig vor Angst. Es war furchtbar traurig.«

»Alice hat gesagt, sie hätte die Leute gesehen, die Cynthia hergebracht haben«, sagte Zander. »Wir haben sie etwas bedrängt, um mehr rauszufinden, aber sie hat dichtgemacht.«

Greer sah nicht überrascht aus. »Man muss wissen, wie man mit ihr umgehen sollte. Sie ist etwas launisch.« Er schüttelte betrübt den Kopf. »Keine Ahnung, wie gut ihr Erinnerungsvermögen ist.«

»Alice hat gesagt: ›Hier ist sie sicher‹, als sie uns den Schädel gezeigt hat. Vielleicht hat sie niemandem etwas verraten, weil sie Angst um das Mädchen hatte.«

»Auch wenn das Mädchen schon tot war?«, fragte Dr. Peres.

»Vielleicht hat das für Alice einen Sinn ergeben«, sagte Zander. Ihm fiel ein, mit was für einem beschützenden Blick die alte Frau die Nadeln vom Schädel gestrichen hatte.

»Wie lange werden Sie brauchen, um die sterblichen Überreste zu bergen?«, fragte Greer.

»Ein paar Stunden, vielleicht weniger. Es sieht danach aus, als wäre sie nicht begraben worden. Wir erledigen die grobe Arbeit heute Nacht und kommen morgen wieder, um die Suche auszuweiten.«

»Auszuweiten?«, fragte Ava.

»Kleine Tiere werden einige der Hand- und Fußknochen weggezerrt haben. Die finden wir dann oft in der Nähe.«

»Werden Sie uns sagen können, woran sie gestorben ist?«, fragte Greer.

Greer hatte die Frage viel besser gestellt als Zander.

»Leider stehen die Chancen bei skelettierten Überresten schlecht. Manchmal kann man an den Knochen Spuren von Stichverletzungen oder von stumpfer Gewalteinwirkung nachweisen. Erdrosselung, wenn man das Zungenbein findet. Aber das kann ich mir kaum vorstellen – es ist ein winziger Knochen und der Leichnam liegt seit zwanzig Jahren hier. Wir haben Glück, dass überhaupt noch so viele Knochen da sind.« Sie nickte ihnen kurz und entschlossen zu. »Ich tue mein Bestes.«

Der Schädel in ihrer Hand zog Zanders Aufmerksamkeit auf sich.

Hast du etwas mit unserem Fall zu tun?

Aber die Hautfarbe von zweien der drei Opfer und ihre relative örtliche Nähe zueinander waren die einzigen Verbindungen.

Die einzigen Verbindungen bisher. Die Zeitspanne zwischen den Todesfällen –

»Sheriff, an welchem Tag ist Cynthia Green verschwunden?«, fragte er.

Greer checkte das Datum über sein Handy und teilte es ihnen mit.

Ava und Zander sahen sich erstaunt an.

Cynthia war zwei Wochen vor der Erhängung von Emily Mills Vater verschwunden.

23

Zander hatte kaum geschlafen.

Und auch jetzt verfolgte ihn das skelettierte Gesicht von Cynthia Green, als er mit einem Kaffee bewaffnet hinter Ava das Büro des County Sheriffs betrat. Ava und er hatten letzte Nacht eine Stunde darüber diskutiert, in welche Richtungen sie bei ihrem Fall ermitteln mussten. Das Hassverbrechen der Fitch-Morde zog eine immer größer werdende Spirale um sich.

Ein vermisstes schwarzes Mädchen war nur ein paar Hundert Meter vom Haus der Fitchs aufgefunden worden.

Sie war zwei Wochen, bevor Emilys Vater erhängt worden war, verschwunden.

Auch Sean Fitch war erhängt worden.

Dieselbe Droge, die man bei den Fitchs nachgewiesen hatte, fand sich auch bei Nate Copeland.

Die Fakten waren mit dünnen Fäden verbunden. Wie in einem Spinnennetz. Und viele fehlten.

»So geht das nicht.« Ava stemmte die Hände in die Seiten und betrachtete die Stühle und den Tisch in dem kleinen Raum. Sie hatten Emily Mills gebeten, ihnen noch ein paar weitere Fragen zu beantworten.

»Was ist daran falsch?« Es war ein kahler Raum, den das Büro des Sheriffs für Befragungen nutzte. Krümel auf dem Tisch und Fast-Food-Verpackungen im übervollen Papierkorb ließen erkennen, dass der Raum auch für andere Dinge genutzt wurde.

»Ich will keinen Tisch zwischen Emily und uns.«

Zander verzog das Gesicht. Er verstand, was sie meinte. Ava hatte darauf bestanden, die Folgebefragung auf der Polizeistation durchzuführen, weil es »offizieller war«. Jetzt wollte sie keinen Tisch, weil er verdächtigen Personen das Gefühl vermittelte, sie könnten sich dahinter verstecken. Sie wollte, dass Emily sich ungeschützt fühlte.

Und wenn Menschen verunsichert waren, nahmen sie manchmal Zuflucht zu Täuschungsmanövern – mögliche Hinweise darauf, dass sie logen.

Er reichte Ava seinen Kaffee, schob den Tisch an die Wand und stellte die drei Stühle einander gegenüber. »Na? Ist es jetzt gut?«

Sie grinste und gab ihm den Kaffee zurück.

»Noch nichts von Dr. Peres?«, fragte er, als er sich setzte und die Beine ausstreckte.

»Es ist doch erst neun. Gib ihr eine Chance, zur Arbeit zu kommen.«

»Ich hab gedacht, wenn ihr Mann so früh anfängt, dann tut sie es vielleicht auch.«

Die Anthropologin war nach Mitternacht nach Portland zurückgefahren. Sie hatte versprochen, dass die Odontologin Fotos von den Zähnen machen und sie mit den Röntgenbildern der Staatspolizei abgleichen würde, die sich ursprünglich mit dem Verschwinden von Cynthia Green befasst hatte.

Ein silberner Ohrstecker und ein Perlenarmband waren neben den Überresten und den Münzen gefunden worden. Ein paar kleine Blusenknöpfe hatten auf dem Boden gelegen, aber keine Schuhe.

Der Sheriff wollte die Benachrichtigung ihrer Familie aufschieben, bis die Übereinstimmung der Röntgenbilder bestätigt war. »Warum sollten wir die Eltern jetzt nach zwanzig Jahren mit vagen Informationen kontaktieren, statt einen Tag zu warten, bis das Ergebnis hundertprozentig feststeht?«, argumentierte er.

So erschöpft er auch war, er konnte in dem stickigen Raum trotzdem nicht stillsitzen. Er musste wissen, ob sie Cynthia Green gefunden hatten. So viele Fragen waren in der Nacht in seinem Kopf aufgeploppt, dass er kaum Schlaf gefunden hatte.

Emily betrat den Raum. Auf ihrem Gesicht spiegelte sich Neugier, um ihren Mund spielte ein vorsichtiges Lächeln. Sie hatte sich mit hohen Stiefeln, Jeans und einem dicken Wollmantel gegen die Kälte gewappnet.

Avas Behauptung, dass er eine Schwäche für die Zeugin hatte, beschäftigte ihn, drängte sich in den seltsamsten Momenten in den Vordergrund und unterwanderte seine Konzentration. Deswegen distanzierte er sich jetzt bewusst von der Situation und analysierte seine Reaktion auf die Frau in der Tür.

Er spürte ein leichtes Prickeln im Magen. Ein Sog ging von ihr aus. Und er war mit einem Mal hellwach.

Mist.

Dass Ava Emily gleich lehrbuchmäßig in die Zange nehmen würde, machte ihm zu schaffen. Das hatte ihn schon bei der ersten Befragung unruhig gemacht, aber diesmal war es unverkennbar sein steinzeitlicher Beschützerinstinkt, der sie vor Avas durchdringendem Blick und stechenden Fragen schützen wollte.

Ava hat recht, was meine Gefühle angeht.

Kein Wunder, dass sie ihn angewiesen hatte, so wenig wie möglich mit Emily zu sprechen.

»Machen wir das hier, damit Sie mich danach gleich problemlos einbuchten können?«, fragte Emily scherzhaft. Sie schlüpfte aus dem Mantel, legte den Schal ab und nahm die langen Haare nach hinten. Dann setzte sie sich und sah Ava und Zander erwartungsvoll mit aufmerksamem Blick und aufrechter Haltung an.

»Danke, dass Sie gekommen sind, Emily«, sagte Ava mit einem schiefen Grinsen. »Die Zelle brauchen wir heute wahrscheinlich nicht.«

»Vielleicht brauche ich eine zum Schutz.«

»Was?« Zander setzte sich noch gerader auf. »Sind Sie bedroht worden? Was ist passiert?«

Emily hob beschwichtigend die Hände. »Ich habe nur Spaß gemacht … Na ja, Spaß auch nicht direkt. Eigentlich ist nichts passiert, ich habe nur Schwierigkeiten, Nates Tod aus dem Kopf zu kriegen. Wenn ich unterwegs bin, schaue ich mich immer um, ob nicht jemand hinter mir geht. Wurde schon festgestellt, ob es Selbstmord war?«

Zander entging der leicht hoffnungsvolle Ton ihrer Frage nicht.

»Kein Selbstmord«, antwortete Ava. »Die Gerichtsmedizin geht davon aus, dass er ermordet worden ist.«

Emily saß vollkommen still da. »Wie kann man das mit Sicherheit sagen?«

»Sie müssen sich auf uns verlassen. Die weiteren Informationen sind noch vertraulich.«

Emily warf Zander einen Blick zu. Er bestätigte Avas Aussage mit einem knappen Nicken.

Sie hat Angst. Und dazu hat sie auch allen Grund.

»Was bedeutet das für mich?«, fragte Emily direkt. »Dass es sein kann, dass jemand mich umbringen will, treibt mich seit zwei Tagen um. Und jetzt bestätigen Sie das.« Sie krallte die Hände so fest in den Mantel auf ihrem Schoß, dass ihre Fingerknöchel weiß wurden. Sie blickte die beiden Ermittler fest an.

»Wir wissen nicht, was das für Sie bedeutet«, antwortete Ava.

»Das ist jetzt überhaupt nicht hilfreich.«

»Es bedeutet: Seien Sie vorsichtig.« Zander hatte endlich den Mund aufgemacht. »Achten Sie auf Ihre Umgebung. Halten Sie sich dort auf, wo andere sind. Gehen Sie kein Risiko ein.«

»Das ist doch nichts Neues! Das sind die ganz normalen Regeln für alle Frauen«, machte Emily ihrem Ärger Luft. »Und das hat Lindsay auch nicht geholfen.« Ihre Stimme brach. »Verdammt! Sie wurde in ihrem eigenen Bett umgebracht. Neben ihrem Mann!«

Ava beugte sich vor. »Achtsamkeit ist Ihre beste Verteidigung. Es tut mir leid, dass diese Antwort so läppisch ist, aber wir können Sie ja nicht einsperren, bis wir den oder die Mörder haben. Bis dahin ist es das Hilfreichste, was wir sagen können. Wir haben leider kein Personal, das Sie rund um die Uhr bewachen könnte, wie in einem Krimi. Aber wir bitten den Sheriff, dass seine Leute oft an Ihrem Haus vorbeifahren und ihre Pausen im Diner machen sollen. Mit anderen Worten, Präsenz zeigen.«

Avas Wut war nicht zu überhören. Sie hasste ihre Machtlosigkeit genauso sehr wie Zander.

»Bleiben Sie unter Menschen«, sagte Zander. »Entweder im Diner, oder Sie können auch immer hierherkommen.«

»Sie hätten mir sagen sollen, dass ich ein Buch mitbringen soll«, sagte Emily resigniert. »Also, worüber wollen Sie mit mir sprechen?«

Ava zog eine dünne Mappe aus ihrer Tasche und klappte sie auf. »Ich will noch mal durchgehen, was Sie im Haus der

Fitchs gesehen haben. Ich habe hier Zanders Notizen zu Ihrer Befragung.«

»Schießen Sie los.«

»Sie haben gesagt, dass Sie Lindsay dreimal angerufen haben, bevor Sie zu ihr gefahren sind«, begann Ava.

»Und Sean einmal«, fügte Emily hinzu.

»Als Sie angekommen sind, haben Sie geklingelt, und weil niemand an die Tür kam, haben Sie noch mal von der Veranda aus auf Lindsays Handy angerufen.«

»Das stimmt. Ihre Autos standen da, also mussten sie ja da sein.«

»Dann haben Sie die Haustür geöffnet. Sie war nicht abgeschlossen«, sagte Ava mit dem Blick auf Zanders Notizen.

»Dass die Tür nicht abgeschlossen war, hat mich überrascht.«

»Sie sind gleich reingegangen?«, fragte Ava. »Sie haben keine Minute gebraucht, um den Mut aufzubringen, da einfach so reinzugehen?«

Emily dachte nach. »Doch, ein paar Sekunden schon. Ich wollte nicht einfach so reingehen, deswegen habe ich die Tür nur einen Spaltbreit geöffnet und ein paar Mal ihre Namen gerufen.«

»Was ist dann passiert?«

»Sowie ich im Flur war, habe ich Blut gerochen.« Sie sah Zander an. Er hatte ein teilnahmsloses Gesicht aufgesetzt.

Soweit waren ihm Emilys Körpersprache und Antworten normal vorgekommen. Weder zitterte sie, noch fasste sie sich in die Haare, noch rieb sie sich die Nase. Keine Übersprungshandlungen. Ihm war schon bei ihren vorangegangenen Begegnungen aufgefallen, dass sie sich nicht viel bewegte. Wenn sie sprach, stand sie meist ganz still und gestikulierte kaum. Zander hatte mehr Nervosität beobachtet und herausgehört, als sie über Emilys Sicherheit gesprochen hatten.

»Ich bin reingegangen und habe die Blutspur vom Schlafzimmer zur Küche und aus der Hintertür hinaus gesehen. Ich habe erst im Schlafzimmer nachgeschaut –«

»War das Licht im Schlafzimmer an?«, unterbrach Ava.

Emily machte eine Pause. »Ja.«

»Wie lange waren Sie im Schlafzimmer, bevor Sie in den Garten gegangen sind?«

»Nur ein paar Momente.« Emily kniff die Augen zusammen, als könnte sie so die schlimmen Bilder vertreiben. »Ich habe Lindsays Hals nach dem Puls abgetastet, obwohl ich wusste, dass sie tot war.« Emily atmete hörbar aus und öffnete die Augen. »Und dann bin ich der Blutspur nach draußen gefolgt. Ich habe gehofft, dass Sean noch lebt.«

»Würden Sie sagen, dass Sie weniger als eine Minute im Schlafzimmer waren?«

»Sicher nicht länger.«

Zander wurde immer unbehaglicher zumute. Ava überprüfte systematisch die Zeit zwischen Emilys Anruf bei ihrer Ankunft vor dem Haus der Fitchs bis zu ihrem Notruf.

Wo sind die fehlenden zwanzig Minuten?

»Was haben Sie getan, als Sie Sean gesehen haben?«, fragte Ava.

»Ich bin näher rangegangen. Ich habe nach dem Puls an seinem Handgelenk gefühlt.« Emily war zu einer monotonen Berichterstattung übergegangen und kämpfte darum, ihre Emotionen unter Kontrolle zu halten.

»Haben Sie ein paar Minuten gebraucht, bevor Sie ihn anfassen konnten?«

Emily schüttelte vehement den Kopf. »Nein. Ich wusste, dass jede Sekunde den Unterschied zwischen Leben und Tod bedeuten konnte. Ich habe sofort nach seinem Puls gefühlt. Aber er hatte keinen mehr.«

»Und dann?«

»Dann habe ich den Notruf gewählt.«

»Warum haben Sie den Notruf nicht angerufen, nachdem Sie Lindsay vorgefunden haben?«

Emily kratzte sich die Schläfe. »Ich erinnere mich, dass ich das Handy schon in der Hand hatte … Ich wollte es wohl … Aber dann bin ich der Blutspur nach draußen gefolgt.« Sie schluckte hörbar. »Sie war tot … Es gab keinen Grund für eine Notfallambulanz … Niemand konnte sie zurückbringen«, flüsterte sie.

»Sean war auch tot«, sagte Ava mit sanfter Stimme. »Aber Sie haben gleich nachdem Sie geprüft haben, ob er noch einen Puls hatte, angerufen?«

»Ja. Ein Krankenwagen wurde zwar nicht mehr gebraucht, aber die Polizei.«

»Von draußen? Oder sind Sie wieder reingegangen?«

»Ich bin draußen geblieben.«

Ava blätterte in den Papieren auf ihrem Schoß. Zander beobachtete Emily aus dem Augenwinkel. Sie war in sich zusammengesackt und wirkte wie gerädert.

Er hoffte inständig, dass Emily eine gute Erklärung für die zeitlichen Ungereimtheiten hatte. Er beugte sich vor, stützte die Ellenbogen auf die Knie und wünschte sich, er könnte seine Anspannung hinter einem Tisch verbergen. Ava musterte stumm die Papiere auf ihrem Schoß. Das Schweigen im Raum dehnte sich aus. Lange Zeitspannen, in denen nichts gesagt wurde, sollten Befragte unruhig werden lassen, aber Zander schien der Einzige zu sein, der unruhig wurde. Er sah Ava aufmerksam an. Auf ihrer Stirn standen Falten, ihre Unterlippe war schmal geworden. Sie war frustriert.

Ava hofft auch auf eine schlüssige Erklärung.

Dabei hatte sie ihm unterstellt, dass seine Emotionen seine Arbeit beeinträchtigten.

»Emily. Ich habe hier Ihre Verbindungsnachweise für den fraglichen Tag.« Sie reichte Emily das Blatt, die es verblüfft entgegennahm.

»Warum haben Sie mich nicht um mein Handy gebeten, wenn Sie eine Frage hatten?«

»Weil das hier offizieller ist.«

»Sie meinen, da kann ich keine Anrufe löschen«, blaffte sie. Sie überflog die Aufstellung und ging dann mit dem Zeigefinger an den einzelnen Einträgen entlang. »Einer, zwei, drei Anrufe bei Lindsay. Einer bei Sean. Und noch einer bei Lindsay. Genau wie ich es Ihnen gesagt habe. Wo ist das Problem?«

»Das Problem besteht in den zwanzig Minuten zwischen Ihrem letzten Anruf bei Lindsay von der Veranda aus und Ihrem Anruf bei der Polizei.«

Emily erstarrte und studierte die Liste. Nach einer Weile sah sie auf. »Das kann ich erklären«, sagte sie entschieden.

»Bitte tun Sie es.«

Zander hielt den Atem an, als er beobachtete, wie sich Schuldgefühle und Frustration auf Emilys Miene ablösten.

»Nachdem ich Sean gefunden habe, habe ich auf der hinteren Veranda gesessen … Mir war aber nicht klar, dass so viel Zeit vergangen ist, bevor ich die Polizei gerufen habe.« Emily rieb sich die Augen. »Mann, ich muss ganz schön weggetreten gewesen sein.«

»Wie meinen Sie das?«, fragte Ava.

»Schock. Unglaube. Verwirrung. Ich habe eine Weile gebraucht, um mich zu fangen.«

Ava neigte den Kopf. »Das klingt gar nicht nach Ihnen. Sie scheinen immer sehr besonnen zu handeln. Sie waren diejenige, die die Deputys davon abgehalten hat, ein noch größeres Durcheinander am Tatort anzurichten. Und Sie haben das Zeichen auf Seans Stirn gemeldet.«

»Glauben Sie mir. Nachdem ich Lindsay und Sean so gefunden habe, war ich alles andere als besonnen.« Emily schloss die Augen. »Aber da war noch etwas, was mich geschockt hat.«

»Noch etwas? Was?«, fragte Zander fast atemlos.

»Es tut mir leid, dass ich Ihnen nichts davon gesagt habe. Ich hätte es tun müssen, aber …« Sie vergrub das Gesicht in den Händen. »Ich konnte mir keinen Reim darauf machen. Es ergab einfach keinen Sinn. Und das tut es immer noch nicht.«

»Emily …«, begann Ava.

»Geben Sie mir eine Minute.« Emilys Brust hob sich, während sie ein paar tiefe Atemzüge nahm. Ihr Blick schweifte im Raum umher, aber sie vermied es, Zander und Ava anzusehen. »Ich habe die Taschenuhr meines Vaters im Garten gefunden«, sagte sie schließlich leise.

Ich verstehe gar nichts mehr.

Zander hob eine Augenbraue und sah Ava fragend an. Sie willigte mit dem winzigsten Nicken ein. »Emily, was bedeutet Ihnen der Fund der Taschenuhr?«

Abgesehen davon, dass es natürlich gar nicht geht, ein Beweisstück vom Tatort mitzunehmen.

»Ich weiß es nicht«, flüsterte sie gequält. »Sie ist in der Nacht verschwunden, in der er erhängt wurde. Er hatte sie immer in seiner Hosentasche, aber sie wurde damals nicht gefunden … Ihr Verlust hat meine Mutter unglaublich mitgenommen. Und meinem Vater ist die Uhr so wichtig gewesen.«

»Wie ist sie in den Garten der Fitchs gekommen?«

Sie hob die Hände und ließ sie wieder in den Schoß fallen. In ihren Augen schimmerten Tränen.

»Zander.« Ava sah ihn warnend an. »Sie hat ein Beweismittel vom Tatort zweier Morde entfernt.«

Doch ihm war es im Moment völlig egal, dass Ava die Befragung durchführen wollte.

»Ich stand unter Schock«, fuhr Emily fort. »Ich bin rückwärts von Sean weggetreten, und dann habe ich sie unter meinem Fuß gefühlt. Als ich runtergeguckt habe, wusste ich, dass es seine Uhr war.«

»Und dann?«, fragte er unter Avas missbilligendem Blick.

»Ich habe sie genommen und geöffnet. Erst habe ich wirklich gedacht, ich bilde mir das nur ein. Aber da waren sie … seine eingravierten Initialen.« Sie atmete tief aus. »Ich saß auf den Stufen der Veranda und habe sie einfach nur angestarrt, ohne irgendetwas zu denken …«

»Sie haben fast zwanzig Minuten am Tatort gesessen?« Avas Stimme kletterte in die Höhe. Emily schien es nicht aufzufallen.

»Ich habe nicht gemerkt, dass es so lange war. Bis Sie es mir gesagt haben, hätte ich gedacht, es wären ein, zwei Minuten gewesen.« Wieder rieb sie sich die Augen. »Es ergibt keinen Sinn. Wie –«

Ava öffnete den Mund, aber Zander hob einen Finger. »Emily, welche Szenarien haben Sie sich ausgemalt, um die Frage zu beantworten, wie die Taschenuhr dort hingekommen sein könnte?«

Sie mied seinen Blick. »Ich weiß es nicht.«

»Wer könnte sie dort hingelegt haben?«

»*Ich weiß es nicht*!«

Frustriert lehnte Zander sich zurück. Ava schüttelte langsam den Kopf.

Emily räusperte sich. »Meine Tanten … meine Schwester … der Mörder meines Vaters«, flüsterte sie.

»Madison könnte sie dort hingelegt haben?«, fragte Ava.

»Nein, mit meiner Schwester meinte ich Tara. Auch wenn es natürlich sein kann, dass Madison sie irgendwo gefunden hat.«

»Warum vermuten Sie eher Tara? Madison war doch gut mit Lindsay befreundet. Sie könnte etwas in Lindsays Haus liegen gelassen haben. Außerdem haben Sie gesagt, dass Tara seit Jahren nicht mehr hier war.«

»Sie war da.« Emilys Hände zitterten.

Zander stellte seine Fragen ruhig. Aber am liebsten hätte er sie geschüttelt. »Wer war da?«

Diese Taschenuhr könnte den entscheidenden Hinweis auf den Mörder der Fitchs geben.

Endlich sah Emily ihm in die Augen. »Tara war in der Nacht da, in der unser Vater getötet wurde«, flüsterte sie. »Sie hat allen – auch der Polizei – gesagt, dass sie über Nacht bei einer Freundin gewesen ist. Aber ich habe sie hinter dem Garten im Wald gesehen. Mit irgendwem anders.« Sie ließ die Schultern hängen. »O Gott! Das ist das Zweite, was ich vor der Polizei verheimlicht habe.«

Zander versuchte, sie wieder in die Gegenwart zu ziehen. »Glauben Sie, Tara hat etwas damit zu tun, dass die Taschenuhr im Garten der Fitchs lag?«

»Ich weiß es nicht.« Emily stand auf und ging in dem kleinen Raum auf und ab. »Ich weiß überhaupt nichts mehr! Es ist alles so ein Durcheinander!«

»Wo ist die Taschenuhr jetzt?«, fragte Ava.

»In der Villa.«

»Dann holen wir sie, okay?«, sagte Ava.

Zander wollte anbieten mitzukommen, als ihn ein Blick von Ava daran hinderte.

Bin ich immer noch zu freundlich zu ihr?

»Ich rede mit dem Sheriff«, sagte er, dabei wusste er nicht, ob Greer überhaupt da war. Es tat auch nichts zur Sache. Er wollte alles, was Emily ihnen eben erzählt hatte, noch einmal durchgehen. Und darüber nachdenken, was es zu bedeuten hatte, dass eine Uhr, die mehr als zwei Jahrzehnte verschwunden gewesen war, am Tatort aufgetaucht war.

»Gehen wir«, sagte Ava.

24

Draußen holte Emily tief Luft. Ihre Nerven klapperten. Wenigstens hatte sie endlich jemandem erzählt, dass sie Tara im Wald neben ihrem erhängten Vater gesehen hatte. Auch wenn die FBI-Agenten erst mal nichts damit anfangen konnten, war es doch gut, es sich von der Seele geredet zu haben.

Die Taschenuhr.

Eine weitere Last. Sie wusste selbst nicht, warum sie der Polizei das mit der Taschenuhr verschwiegen hatte. Der Anblick hatte sie verängstigt und verwirrt. *Aber was hat mir an der Uhr so eine Angst gemacht?*

Die Vermutung, dass eine ihrer Verwandten in einen Doppelmord verwickelt sein könnte?

Der Gedanke war vollkommen abwegig.

Doch der Fund hatte schmerzhafte Erinnerungen in ihr geweckt. Laut Avas Verbindungsnachweis hatte sie fast zwanzig Minuten wie gelähmt dort gesessen.

»Ich fahre«, verkündete Ava, als sie den Parkplatz überquerten.

»Eigentlich würde ich gern fahren.«

Ava sah sie fragend an. »Ist das eine gute Idee?«

»Mir geht es wieder besser, und die Konzentration auf die Straße ist jetzt gut für mich.« Alles, um diese Gedanken aus dem Kopf zu kriegen.

»Mir soll's recht sein. Dann nutze ich die Zeit für ein paar Anrufe.«

Emily bog auf die enge zweispurige Straße ein. Ava telefonierte und sah dann stirnrunzelnd ihre Mails an. Emilys Stresslevel begann sich etwas zu senken, wenn die Taschenuhr sie auch immer noch beschäftigte.

»Ich nehme Emily mit«, erklärte ihr Vater ihrer Mutter. »Du bist zu krank, um dich heute um sie zu kümmern, und sie soll sich auch nicht bei Madison anstecken.«

Emily hatte sich mit gekreuzten Fingern hinter der Tür versteckt. Ihre Mutter lag im Bett, und Madison schlief tief und fest mit roten Wangen neben ihr. Schweiß klebte ihre Haare an die Stirn. In ihren Armen hielt sie eine leere Schüssel. Sie hatte sich schon zweimal übergeben.

»Emily ist hier bestens aufgehoben. Ich setze sie vor den Fernseher«, sagte ihre Mutter.

»Sie muss raus aus dem Haus. Sie sitzt jetzt schon eine Woche in diesem Virennest fest.«

»Aber es ist keine Versammlung, zu der man Kinder mitnimmt.«

»Darüber mache ich mir keine Sorgen. Sie wird einfach still ihr Buch lesen.«

Er gewann, und Emily durfte ihren Vater auf die lange Fahrt nach Portland begleiten. Sie war begeistert, seine Aufmerksamkeit ganz für sich zu haben. Zwischendurch aßen sie Eis und er erzählte alberne Witze. Sie spielten das Spiel, bei dem einer eine halbe Minute eine Geschichte erzählt und der andere sie dann genauso lange weiterspinnt. Emily stoppte die Zeit mit der Taschenuhr und war stolz darauf, das Erbstück halten zu dürfen. Ihre Einfälle waren wunderbar versponnen und sie überließen einander den Handlungsfaden in den verrücktesten Situationen, auf die man nur kommen konnte.

Das Treffen war langweilig. Zwanzig Männer saßen in einem Raum und hörten einer endlosen Rede zu. Emily hatte sich ganz hinten hingesetzt und versenkte sich in ihr Buch über einen Jungen, der auf eine Schule für Zauberer ging. Als der Redner fertig war, unterhielt sich ihr Vater ernst mit ein paar Männern.

In der Hoffnung, ihn zum Gehen zu bewegen, lief Emily nach vorne und schmiegte sich eng an ihn. Er legte den Arm um sie, redete aber weiter. Die Männer hörten ihm zu, manche stirnrunzelnd, andere nickend. Einige sahen mit ihren raspelkurzen Haarschnitten wie Soldaten aus. Sie konnte sogar ihre Kopfhaut erkennen. Mehrere verschränkten beim Zuhören die Arme, sodass sie ihre Tattoos sehen konnte, die sie mit ihren Formen und Farben faszinierten. Irgendwann zog sie gelangweilt die Uhr aus der Hosentasche ihres Vaters und ließ sie immer wieder auf- und zuklappen. Wie glatt sich das Glas unter ihren Fingerspitzen anfühlte!

Dieses Glättegefühl hatte sie auch an dem Morgen bei den Fitchs im Garten überrascht.

Sie schüttelte die Erinnerung ab und stellte Musik an. Auf Avas Seite kam das Meer in Sicht, das heute so grau war, dass es nahtlos in den verhangenen Himmel überging. An einem Sommertag konnte einem der Anblick den Atem rauben. Heute war er einfach nur düster und trübselig. Trotzdem sah sie aufmerksam hinüber. Sie brauchte Ablenkung, welcher Art auch immer.

»Wer geht denn in so einem Regen laufen?«, murmelte sie vor sich hin. Auf dem Seitenstreifen vor ihnen joggte tatsächlich jemand. In ganz Oregon gab es nicht genug Schokolade, um sie zu so etwas zu verlocken.

Sie hörte Avas Unterhaltung mit ihrem zukünftigen Mann zu. Ihr Hund hatte ein Eichhörnchen ins Haus geschleppt, das sich irgendwo versteckt haben musste. Avas halb unterdrücktes Gelächter verstärkte seine Frustration, jedenfalls den Flüchen nach zu urteilen, die aus Avas Handy drangen.

Emily genoss es, diesen kleinen Einblick in das Privatleben der FBI-Agentin zu bekommen.

Als sie den Jogger überholen wollte, bemerkte sie, dass er anhielt und einen gestreckten Arm aufs Auto richtete.

Will er mitgenommen werden?

Ein Blitz. Ein ohrenbetäubender Knall. Avas Fenster splitterte. Sie schrie.

Scherben und warme Blutspritzer flogen Emily ins Gesicht. Sie verriss das Steuer nach links und trat das Bremspedal bis zum Anschlag durch. Der Honda schleuderte über die nasse Straße und krachte auf Emilys Seite in zwei gewaltige Tannen hinein.

Ihr Kopf schlug gegen die Tür. Hinter ihren Augen wurde alles weiß.

Und dann schwarz.

25

»Mason?«, nahm Zander das Gespräch entgegen. Warum rief Avas Verlobter ihn an?

»Wo ist Ava?«, brüllte Mason ihm ins Ohr.

»Sie ist vor ein paar Minuten losgefahren. Was ist –«

»Ruf 911 an! Sie hatte einen Unfall mit dem Auto. Wir haben gerade telefoniert, als es passiert ist, aber ich weiß nicht, wo sie ist. Sie antwortet nicht mehr, und ich kann ihr Telefon nicht orten!«

»Warte mal!« Zander winkte Sheriff Greer zu sich, der gerade reingekommen war. »Rufen Sie einen Krankenwagen. Auf der Straße zwischen hier und Bartonville ist ein Unfall passiert. Emily und Ava sind erst vor fünf Minuten aufgebrochen. Weit können sie noch nicht gekommen sein.«

»Ich habe einen Schuss und dann ein Krachen gehört!« Mason schnaufte, als würde er joggen.

»Einen Schuss?«, wiederholte Zander. Adrenalin raste durch seine Adern. Greer sah ihn entgeistert an und sprach sehr schnell ins Telefon. Zander schoss aus der Tür und rannte den Flur hinunter.

Jemand hat auf ihr Auto geschossen? Sind sie verletzt?

»Was zum Henker ist los bei euch?«, brüllte Mason.

Eine Autotür knallte zu. »Wir sind an einem Fall –«

»Willst du mich verarschen? Das weiß ich! Wer hat auf Ava geschossen?«

Zander drückte die Tür nach draußen auf und rannte auf sein Auto zu. »Ich glaube –«

»Ich bin unterwegs zu euch.« Mason ließ den Motor an. »Such sie! Ruf mich zurück!«

Dann hatte Zander nur noch einen gleichmäßigen Piepton im Ohr.

»Bin dabei.« Zander riss die Tür seines SUVs auf.

* * *

Zander brauchte zwanzig Minuten, um zur Unfallstelle zu kommen. Er hatte die Straße genommen, die er für die direkte hielt, aber Emily war auf einer kleineren gefahren, die nur die Anwohner kannten. Erst ein Anruf bei Sheriff Greer brachte ihn auf die richtige Straße. Das Einzige, was der Sheriff da von den Ersthelfern über den Unfall erfahren hatte, war, dass es zwei Schwerverletzte gab. Keine Toten. Bis jetzt.

Ihr müsst durchhalten.

Zander hielt den Atem an, als er endlich die Blaulichter von zwei Feuerwehrwagen sah, einen Krankenwagen und drei Fahrzeuge der County-Polizei.

Das sieht nicht gut aus.

Mason hatte ihn in der Zwischenzeit zweimal angerufen und weitere Einzelheiten verlangt. Er war fast ausgeflippt, als er erfahren hatte, dass Zander auf der falschen Straße war. Zander hatte weitergegeben, was er vom Sheriff in Erfahrung gebracht hatte, und ihm gesagt, *er* würde *ihn* anrufen, wenn er Ava gesehen hätte.

Er fuhr rechts ran und sprang aus dem Auto in den Regen. Emilys Honda war auf der anderen Straßenseite die Böschung hinuntergeschleudert und gegen zwei große Tannen gekracht. Ein Deputy erkannte Zander und winkte ihn hinunter.

Er bekam kaum noch Luft.

Die Beifahrertür des grünen Hondas stand offen, der Sitz war leer, die Fensterscheibe zersplittert. Die Einsatzkräfte waren an der Fahrerseite beschäftigt. Als er näher kam, sah er, dass die Fahrertür offen stand und die Sanitäter dabei waren, Emily auf eine Trage zu schnallen, um sie die Böschung hinauftragen zu können. Die linke Seite ihres Gesichts und ihre Haare waren voller Blut.

Aber sie redete.

Eine unendliche Erleichterung überkam ihn.

Dann begann er panisch nach Ava zu suchen. Er schnappte sich den erstbesten Deputy. »Wo ist die Beifahrerin?«

»Auf dem Weg ins Krankenhaus.«

»In welches?«

»Columbia Memorial Astoria.«

»Wie ist ihr Zustand?«

»Bin nicht sicher. Ich war noch nicht da, als sie weggebracht wurde.«

Zander ließ ihn los und half der Rettungsmannschaft, Emily die Böschung hochzutragen. Ein Deputy hielt ihr ungeschickt einen Regenschirm über den Kopf.

»Hey«, sagte er, als sie den Blick auf ihn richtete.

»Zander.« Sie machte eine Bewegung, wie um nach seiner Hand zu greifen, aber ihr Unterarm war festgeschnallt. »Jemand hat auf Ava geschossen.« Tränen mischten sich unter das Blut auf ihrer Wange. »Ich weiß nicht, wie schlimm es ist. Sie war bewusstlos.«

In Zanders Magen machte sich ein Ziegelstein bemerkbar. Er griff nach ihrer Hand.

Was soll ich Mason sagen?

»Weiß irgendjemand irgendetwas über die Beifahrerin?«, fragte er in die Runde.

»Schuss in Schulter und Hals. Möglicherweise Kopfverletzung. Zustand bei Abtransport stabil.«

Eine Halsverletzung kann tödlich sein.

»Was ist passiert?«, fragte er Emily, die seine Hand mit der Kraft einer Ertrinkenden umklammerte. Er fasste mit der anderen Hand unter die Trage und kletterte die matschige Böschung mit hinauf.

»Jemand hat auf uns geschossen. Er ist auf dem Seitenstreifen neben uns gelaufen, und ich habe ihn erst für einen Jogger gehalten. Ich bin mit voller Kraft auf die Bremse und habe das Lenkrad verrissen. Wir sind von der Straße geschleudert worden.« Sie schloss die Augen und sagte mit brechender Stimme: »Ich hätte das Steuerrad nicht so heftig herumreißen dürfen. Dann wäre das alles nicht passiert.«

»Es hört sich so an, als wäre Ava trotzdem getroffen worden. Und Sie wären vielleicht in einer guten Zielposition für ihn gewesen.«

Sie hatte die Augen geöffnet, aber sie glaubte ihm nicht. »Ich habe es vergeigt.«

»Schluss jetzt«, befahl er. »Jemand hat auf Ihr Auto geschossen. Ich hätte genau das Gleiche getan.«

Die anderen Helfer murmelten zustimmend.

»Können Sie den Schützen beschreiben?«, fragte er.

»Nicht wirklich. Es hat geregnet. Er trug dunkle Sachen. Ich hatte mich gewundert, warum er nichts Helleres trägt, um bei diesem Wetter besser gesehen zu werden.«

»Ich nehme an, Sie haben die Waffe nicht gesehen?«

»Es war eine Handfeuerwaffe, kein Gewehr.«

»Sind Sie noch woanders verletzt?«, fragte Zander und musterte sie. Auf ihrem Oberteil und ihren Jeans klebte Blut, aber es sah so aus, als wäre es von der Wunde aus ihrem Kopf getropft.

Er strich über die rotbraunen Spritzer auf ihrer rechten Wange. Sie waren trocken.

Stammen die von Avas Verletzung?

Ein bitterer Geschmack stieg ihm in den Mund.

»Ich glaube, es ist alles okay bei mir.«

»Wir überlassen diese Entscheidung dem Krankenhaus«, sagte er mit Nachdruck.

»Ich muss wirklich nicht …«

»Keine Widerrede.«

Benommen sah er zu, wie sie in den Krankenwagen gehievt wurde und die Türen sich schlossen. Emily sah nicht so schlimm aus, aber was war mit Ava?

Sein Telefon klingelte, aber er ignorierte es. Er würde Mason vom Auto aus auf dem Weg zum Krankenhaus anrufen.

Es graute ihm vor dem Telefonat.

* * *

Zander saß wartend in Emilys Kabine in der Notaufnahme. Nachdem die unwahrscheinlich jung aussehende Notärztin Emilys Kopfwunde versorgt und sie gründlich durchgecheckt hatte, hatte sie sie zum MRT geschickt. Das war vor einer Stunde gewesen. Ava war sofort in den OP geschoben worden. Seitdem hatte er nichts mehr von ihr gehört.

Zurzeit waren keine Nachrichten gute Nachrichten, was Ava anging.

Das Gespräch mit Mason auf dem Weg zum Krankenhaus war so verlaufen, wie er befürchtet hatte. Mason, Detective bei der Polizei in Portland, war wütend und frustriert, dass er nicht bei Ava sein konnte. Zander wollte sich lieber nicht vorstellen, wie schnell er fuhr. Er konnte nur hoffen, dass er heil ankam.

Zanders Handy klingelte. »Wells.«

»Agent Wells, hier ist Tim Jordan vom FCL in Portland.«

Zander war gespannt. Er hatte Sean Fitchs Laptop ans Forensische Computer Labor geschickt. »Geht es um den Fall Fitch?« Zander war zehn Jahre lang Software-Ingenieur gewesen, bevor er umgesattelt hatte und zum FBI gegangen war. Er hatte eine Zeit lang in der Abteilung Cyberverbrechen gearbeitet, aber seine Fähigkeiten waren nichts im Verhältnis zu dem, was die Techniker im FCL konnten.

»Ja, genau«, begann Tim. »Ich habe gestern angefangen und bin auch noch nicht durch, aber mein Chef hat mir gesagt, dass Sie so schnell wie möglich Zwischenergebnisse haben wollten.«

»Konnten Sie seinen E-Mail-Account knacken?«

»Ja, klar, da haben wir angefangen. Er hatte zwei. Eine Adresse für die Schule und eine persönliche.«

»Und? Hat er Drohungen bekommen? Oder gab es Hinweise, dass er sich mit irgendjemandem gestritten hat?«

»Ich habe nichts dergleichen gefunden. Auch in den gelöschten Mails nicht. Im Verlauf seines Browsers sind hauptsächlich historische Recherchen gespeichert.«

»Das ergibt Sinn, schließlich war er Geschichtslehrer.«

»Viele penibel recherchierte und bestens sortierte Dokumente. Ein ziemlicher Ordnungsfreak, wenn Sie mich fragen. Es gibt eine Menge Unterrichtsmaterialien, vor allem amerikanische Geschichte, aber er hat unglaublich viele Ordner, die nichts mit der Schule zu tun haben. Sieht aus, als ob er an einem Geschichtsbuch geschrieben hat. Es gibt schon ein paar Kapitel und eine Gliederung.«

Das überraschte Zander nicht.

»Bei den eher privaten Internetsuchen schrillen bei mir keine Alarmglocken. Amazon, ein Laden für Hausdeko. Vielleicht können Sie etwas damit anfangen.«

»Schicken Sie mir eine Liste mit dem Browserverlauf und seinen Käufen der letzten drei Monate?«

»Mache ich, kein Problem.«

»Hat er einen Kalender geführt?«

»Ja. Wollen Sie den auch?«

»Bitte.«

»Kriegen Sie.« Tim zögerte. »Massenhaft Fotos von seiner Frau und ihm. Auch von ihrer Hochzeit. Scheinen wirklich glücklich gewesen zu sein. Und Bilder von ihm mit einer Jugendmannschaft von Football-Spielern, auf denen man sehen kann, dass sie ihren Coach mögen. Was mit diesem Paar geschehen ist, ist einfach grauenhaft.«

Die Bemerkung des Technikers erwischte Zander kalt.

»Computerforensik kann ziemlich trocken sein«, fügte Tim eilig hinzu, als habe er eine Linie übertreten. »Ich versuche immer, Distanz zu wahren, aber manchmal ist das praktisch unmöglich … Wie in diesem Fall.«

»Kann ich verstehen. Gerade bei diesen Morden«, sagte Zander. Während der Ermittlungen war das Paar auch für ihn lebendig geworden. Er hatte aber schon immer daran geglaubt, dass eine emotionale Verbindung hilfreich war. Sie erhöhte die Motivation, die Schweine zu finden, die ihnen das angetan hatten.

»Ich hoffe, Sie finden die Mörder«, sagte Tim.

»Worauf Sie sich verlassen können.«

»Sie haben den Kram in einer Stunde in Ihrem Posteingang.«

Er konnte die Informationen von Seans Laptop erst analysieren, wenn er die Listen hatte. Deswegen konzentrierte er sich wieder auf die Schießerei und den Unfall. In seinem Kopf kreiste ein Karussell von Gedanken und Szenarien.

Emilys Beschreibung des Schützen deutete darauf hin, dass er absichtlich auf sie geschossen hatte.

Falls Emily die Zielperson war, war der Schütze derselbe, der Nate Copeland ermordet hatte?

Falls Ava die Zielperson war, versuchte jemand, die jetzigen Ermittlungen zu behindern? Oder war der Schütze eine Person aus einem ihrer früheren Fälle?

Oder nichts von alldem? Ein Zufall?

Da die beiden Frauen in Emilys Auto gefahren waren, war es etwas wahrscheinlicher, dass er Emily erwischen wollte.

Aber wie konnte der Schütze gewusst haben, dass sie diese Straße nehmen würden?

Ihr Aufbruch und ihr Ziel hatten erst kurz vor ihrer Abfahrt festgestanden. Waren sie verfolgt worden? Hatte eine zweite Person dem Schützen ihre Route durchgegeben?

Die Straße kennen nur die Einheimischen.

Also wird der Schütze mit aller Wahrscheinlichkeit von hier sein.

Wenn Emily sein Ziel gewesen war: Was wusste sie, was hatte sie gesehen? Irgendetwas im Haus oder im Garten der Fitchs?

Zander strich sich über den Kopf. Alles nur Spekulation. Was er brauchte, waren Fakten.

Was, wenn Ava es nicht schafft?

Plötzlich war diese Frage da. Sie brachte ihn komplett aus der Fassung. Er sprang vom Stuhl und lief auf und ab. Und dann brachen die Dämme und die schlimmen Erinnerungen prasselten auf ihn ein.

Faith. Fiona.

Er hasste Krankenhäuser. Seine Frau Fiona hatte ihre letzten Wochen in einem Krankenhaus verbracht, als sie immer kränker wurde und der Krebs sich in ihrem Körper ausbreitete. Irgendwann war sie kaum noch zu erkennen. Sie hatte sich schon wochenlang krank gefühlt, aber alles auf die Schwangerschaft geschoben. Als sie schließlich die Diagnose bekam, war der Krebs im Stadium vier. Sie weigerte sich trotzdem, ihre zwölf Wochen alte Tochter Fiona abzutreiben. Ebenso weigerte sie sich, sich Krebstherapien zu unterziehen, die sich negativ auf das Baby auswirken könnten. Sie war davon überzeugt, das Baby austragen zu können. Einzig durch ihre Willenskraft. Alle Ärzte erklärten Zander, dass sie das nicht schaffen würde.

Eine ausweglose Situation.

Sie sollten recht behalten.

Und so hatte Zander vor acht Jahren die beiden wichtigsten Menschen in seinem Leben verloren.

Ist es wieder so weit?

Ava kannte seine Geschichte, sie wusste von dem entsetzlichen Todeskampf seiner Frau und des Kindes, das er nie hatte sehen dürfen. Würde er jetzt wieder einen der wenigen Menschen verlieren, der ihn richtig kannte? Das übermächtige Gefühl der Einsamkeit und Verlorenheit zwang ihn dazu, sich zu setzen. Er stützte den Kopf in die Hände und versuchte verzweifelt, die Bilder von seiner sterbenden Frau aus seinem Kopf zu vertreiben.

Vergeblich.

Versteckt hinter dem Kabinenvorhang der Notaufnahme sackte er in sich zusammen, übermannt von den quälenden Erinnerungen an die Ereignisse, die ihm das Herz gebrochen hatten.

Der Schmerz war so überwältigend, so tief wie damals. Zander schluchzte, suchte nach Trost, nach Erleichterung. Es dauerte Minuten, bis er sie fand. Zutiefst erschöpft zog er zwei Papiertücher aus dem Wandbehälter. Ihre Rauheit kam ihm gerade recht, als er Augen und Nase abwischte.

Um Momente wie diesen zu vermeiden, gestattete er sich einen Tag im Jahr, an dem er seine Frau betrauerte.

Fiona und Faith waren am 30. Oktober gestorben – und dieser Jahrestag war für ihn gleichbedeutend mit einem Besuch in der Hölle. Er schloss sich ein, kippte Alkohol in sich hinein, betrachtete die alten Fotos und träumte die unerfüllten Träume. Es waren vierundzwanzig Stunden Elend und Qual, aber weil er wusste, dass dieser Tag immer wiederkam, schaffte er es, sich den Rest des Jahres zusammenzureißen.

Ava hatte ihn auf dem absoluten Tiefpunkt am vorangegangenen 30. Oktober erlebt.

»O Gott! Was ist passiert? Ist Ava –?« Emilys Stimme brach. Er wandte sich erschrocken um und sah sie im Rollstuhl sitzend den Vorhang beiseiteziehen. Emily und die Krankenschwester, die den Rollstuhl schob, starrten Zander mit aufgerissenen Augen an.

Offensichtlich sah er entsetzlich aus.

»Ich habe noch nichts von Ava gehört«, brachte er mit Mühe heraus und wischte sich wieder die Augen.

Emily entspannte sich sichtlich. »Was ist mit Ihnen?«, fragte sie besorgt.

Zander blickte zur Krankenschwester, die ihn beunruhigt ansah, als würde er gleich zusammenbrechen. »Erzähle ich Ihnen später.« Er rang sich ein dünnes Lächeln ab. »Was ist mit Ihrem Kopf?«

»Das MRT war in Ordnung«, sagte Emily. »Der Radiologe war da und hat es sich gleich angesehen. Abgesehen von dem Schnitt an der Stirn ist alles okay. Eigentlich wollen sie mich für vierundzwanzig Stunden unter Beobachtung stellen, aber ich schone mich lieber zu Hause. Ich brauche nur noch ein paar Stiche, und dann kann ich gehen.« Sie tastete vorsichtig den Verband über ihrem Ohr ab. Die Schwester half ihr aus dem Rollstuhl auf die Untersuchungsliege. Emily bewegte sich geschmeidig und schien wieder zu ihrem zuversichtlichen Ich zurückgefunden zu haben.

»Ich sage der Ärztin, dass Sie jetzt bereit zum Nähen sind«, sagte die Schwester.

»Aber was ist mit Ava?«, erkundigte Emily sich. »Ich gehe hier nicht weg, bevor ich das weiß.«

»Ich versuche das mal herauszufinden.« Die Schwester verschwand mit einem unverbindlichen Lächeln.

»Warum ist eigentlich niemand aus Ihrer Familie hier?«, fragte Zander.

»Ich wollte nicht, dass sie zu Hause anrufen. Mir war klar, dass es nichts Ernstes ist. Und ich möchte meine Tanten nicht unnötig belasten.«

»Sie sollten aber wissen, was passiert ist.«

»Das erzähle ich ihnen, wenn ich nach Hause komme.« Sie sah ihm in die Augen. »Verraten Sie mir, was bei Ihnen los war, als ich reingekommen bin?«

Er war hin- und hergerissen, hielt ihrem Blick aber stand.

Sie ist eine Zeugin. Ich sollte ihr nicht meine Lebensgeschichte erzählen.

Andererseits muss ich mich auch nicht selbst belügen. Ja, ich will es ihr anvertrauen.

Sein Bedürfnis, sich ihr zu öffnen, und seine Reaktion auf ihren Unfall hatten ihm seine Gefühle deutlich gemacht. Gefühle, die er für sich behalten sollte. Eine unsichtbare ethische Grenze lag vor ihm, die er besser nicht übertrat.

Ach, was soll's?

»Krankenhäuser und ich …« Er presste die Zähne aufeinander. Die Erinnerungen ballten sich zu einem zweiten Angriff zusammen. »Allein der antiseptische Geruch macht mich wahnsinnig.«

Sie sagte nichts. In ihren Augen erkannte er innere Stärke und Mitgefühl.

»Aber ich will Ihnen nicht …«

»Erzähl es mir.«

Und er erzählte es ihr.

Am Ende seiner Geschichte war sie es, die sich mit einem der rauen Papiertücher die Augen abwischte. »Es tut mir so leid, Zander. Ich kann mir nicht einmal annähernd vorstellen, was du durchgemacht hast. Und was für eine wahnsinnige Angst du um Ava haben musst.«

»Sie ist wie eine Schwester für mich.« Eine sehr oberflächliche Beschreibung dessen, was Ava ihm bedeutete.

Laute Stimmen drangen in ihre Kabine. Mehrere Leute waren in einen Streit verwickelt – und Zander erkannte die lauteste Stimme. Er schob den Vorhang beiseite und sah am Schwesternzimmer vorbei zum Empfangstresen der Notaufnahme.

»Bin gleich wieder da«, sagte er zu Emily.

»Ich warte hier. Hoffentlich dauert das mit dem Nähen nicht mehr so lange.«

Er eilte zum Tresen. Avas Verlobter hatte mehrere Krankenhausangestellte in OP-Kitteln in einen Streit verwickelt.

»Mason!«

»Bring diese Leute dazu, mir endlich zu sagen, was mit Ava ist!« Mason war auf hundertachtzig. Vor Wut knautschte er seinen Cowboyhut.

»Es gibt nichts Neues!«, sagte Zander. Er nahm an, dass das stimmte.

»Sie ist noch im OP«, informierte ihn Emilys Notärztin. Die Augen der jungen Frau sprühten Funken. Sie war auch kurz davor, die Beherrschung zu verlieren. »Sobald wir etwas wissen, sagen wir es Ihnen.«

»Warum dauert das so lange?« Masons Stimme war nicht mehr ganz so laut.

»Schwer zu sagen«, antwortete die Ärztin. »Ich lasse Sie jetzt zum Wartezimmer im OP-Bereich bringen.« Sie winkte einen Pfleger heran.

Mason folgte dem Pfleger, dann sah er sich um. »Zander?«

»Ich muss noch mit der Zeugin sprechen. Bin gleich bei dir.«

Mason nickte und lief unter dem lauten Klackern der Absätze seiner Cowboystiefel den Flur hinunter.

Zander sah ihm nach. Er konnte den inneren Aufruhr des Mannes so gut verstehen! Nicht zu wissen, was los war, war einfach nur die Hölle.

26

Madison presste sich das Handy ans Ohr. Schockwellen überfluteten sie, als sie Emily zuhörte.

Wer hat auf Emilys Auto geschossen?

»Hey, Madison? Sind die fertig?« Isaac schob einen Pfannenwender unter den Pfannkuchen vor ihm. »Woher weiß ich, ob die andere Seite richtig braun ist?«

Sie drehte das Handymikro weg. »Heb eine Seite an. Die brauchen nicht lange.«

Isaac ging in die Hocke, um auf einer Augenhöhe mit dem Grill zu sein. Dann hob er den Pfannkuchen mit äußerster Vorsicht ein paar Millimeter an und spähte konzentriert darunter. »Noch ein bisschen.« Er richtete sich auf und hielt Wache, ohne die drei kleinen runden Pfannkuchen aus den Augen zu lassen.

»Ava ist gerade aus dem OP gekommen«, fuhr Emily fort. »Sie ist an der Schulter und am Schlüsselbein verletzt, aber sie sind sehr optimistisch, was ihre Heilungschancen angeht.« Ihre Schwester senkte die Stimme. »Alle dachten, die Kugel hätte sie in den Hals getroffen, aber es waren Glassplitter vom Beifahrerfenster.«

»Du musst schreckliche Angst gehabt haben.«

»Das kannst du laut sagen. Aber erzähl den Tanten nichts. Ich sage es ihnen heute Abend, wenn ich wieder zu Hause bin.«

»Okay.«

Dory flatterte mit einer leeren Kaffeekanne in die Küche herein. Sie stellte sie in die große Kaffeemaschine und drückte alle Knöpfe in der richtigen Reihenfolge. Madison war erfreut. Sie hatte nämlich endlich eine Kurzanweisung an die Maschine geklebt, weil Dory alles von Mal zu Mal vergaß.

»Kannst du Onkel Rod bitten, irgendwas in der Villa zu reparieren?«, fragte Emily. »Ich würde mich wohler fühlen, wenn er da ist. Er hat gesagt, dass er das eine Außengeländer richten wollte. Vielleicht wäre jetzt eine gute Zeit dafür.«

»Warum?« Madison wurde hellhörig. »Warum willst du, dass er kommt?« Isaac prüfte die Pfannkuchen zum letzten Mal, ließ sie ungeschickt auf einen Teller gleiten und drehte sie um. Er sah Madison fragend an. Als sie den Daumen hochstreckte, strahlte er über das ganze Gesicht.

Sie konnte kaum glauben, dass er noch nie einen Pfannkuchen gebacken hatte.

Einen Moment sagte Emily nichts. »Die Agenten fürchten, jemand könnte es auf mich abgesehen haben.«

Madison erinnerte sich wieder an Emilys aschfahles Gesicht beim Gemeindetreffen. »Weil Nate Copeland ermordet wurde?«

»Und weil heute jemand auf Ava und mich geschossen hat. Sie können sich natürlich täuschen …«, fügte sie schnell hinzu. »Vielleicht war Ava das Ziel, vielleicht war es auch nur ein Zufall.«

»Was hast du an dem Morgen bei Lindsay gesehen?«, flüsterte Madison und entfernte sich vom Grill, damit Isaac sie nicht mehr hören konnte.

»Nichts, was auf einen Täter schließen ließ.« Emilys Stimme bebte. Und das brachte Madison aus dem Gleichgewicht. Emily war immer der Fels in der Brandung gewesen – nach

Vina natürlich. Sie ließ sich nie eine Schwäche anmerken. »Die Agenten sind vorsichtig. Kannst du bitte mit Rod sprechen?«

»Ja, klar, ich rufe ihn an. Aber es regnet und es ist richtig windig. Ich glaube nicht, dass er in diesem Wetter das Geländer reparieren will.«

»Mir ist es ganz egal, woran er arbeitet. Hauptsache, er ist im Haus, wenn unsere Tanten da sind.«

»Ist das meine Bestellung?«, fragte Dory und nahm Isaac den Teller mit den Pfannkuchen aus der Hand.

»Yep.« Dem Teenager war deutlich anzumerken, wie stolz er war.

»War das Dory?«, fragte Emily.

»Ja. Ich habe alle drei eingeteilt. Ich stehe am Grill und gebe Isaac etwas Kochunterricht.«

»Wo ist Leo?«

»Ich habe ihn nach Hause geschickt, noch bevor wir aufgemacht haben. Er hatte Halsschmerzen und voll auf Autopilot geschaltet. Die Tanten waren froh, einspringen zu können.«

»Wir brauchen sie alle drei, um deinen einen Job zu machen«, bemerkte Emily.

War das ein Kompliment?

»Sie machen es gut«, sagte Madison automatisch. Emilys Bemerkung hatte sie aus der Balance gebracht. »Wann kommst du nach Hause? Soll ich dich abholen?«

»Ich bin fast fertig. Nein, musst du nicht. Agent Wells bringt mich nach Hause.«

»Er muss erleichtert sein, dass es seiner Partnerin wieder besser geht«, sagte Madison. Sie mochte Ava McLane. Sie wäre gern eine Frau so wie sie.

»Das kannst du laut sagen!«

Sie beendeten die Unterhaltung. Madison ließ das Handy in die Schürzentasche gleiten.

Ihre Schwester hätte sterben können. Ein Schauder lief ihr den Rücken hinunter. Und von ganz unten, tief aus ihrem Inneren, stieg eine schreckliche Erinnerung auf.

»Du bist dran!«, rief Madison der zehnjährigen Emily zu.

Ihre Eltern saßen ein paar Meter entfernt auf einem großen Felsen, der einen wunderbaren Blick auf den Ozean bot. Dieser Park war der Lieblingspark der Mädchen, aber sie mussten immer ewig betteln, unbeliebte Arbeiten erledigen und alles Mögliche versprechen, bevor ihre Eltern mit ihnen herfuhren.

Es war ein blauer Tag an der Küste. Das Meer reflektierte die lebendige Farbe des Himmels. Es war der erste warme Frühlingstag, und die drei Mädchen taten, als wäre der Sommer da. Sie trugen das erste Mal seit letztem Herbst Shorts und Sandalen. Emily hatte Madison herausgefordert, wer von ihnen mehr Räder schlagen konnte. Tara hatte sich hochnäsig einer Mädchenclique aus der Highschool angeschlossen. Madison hatte gesehen, dass eine ein Päckchen Zigaretten dabeihatte.

Wie widerlich.

Dann hatte sie vier Räder hintereinander geschlagen. Das musste Emily ihr erst mal nachmachen. Emily hob die Hände und begann. Nach dem vierten knickte ihr Knöchel zur Seite. Sie rutschte auf dem feuchten Gras, wirbelte herum, verlor die Balance und versuchte, nicht hinzufallen. Doch dann gab der Boden unter ihr plötzlich nach und sie verschwand.

Madison schrie und robbte an die Abbruchkante heran.

Sie hatten in sicherem Abstand vom Abgrund gespielt. Genau an dem Platz, an dem sie immer spielten. Aber die Regenfälle der letzten Wochen hatten den Boden aufgeweicht. Nun war er weggebrochen.

Madison sah, dass Emily drei Meter unter ihr auf einem winzig kleinen Vorsprung gelandet war und sich mit dem ganzen

Körper an die Klippe klammerte. Dreißig Meter unter ihr krachten Wellen gegen riesige Felsen.

Madison erschauderte. Damals war ihr Vater vorsichtig den Abhang hinuntergerobbt und hatte seine Tochter gerettet. Aber es war sehr knapp gewesen. Emily war dem Tod von der Schippe gesprungen.

Das Gefühl äußerster Hilflosigkeit, das sie auch damals empfunden hatte, als ihre Schwester sich an den Abhang geklammert hatte, traf sie jetzt wie ein Schlag ins Gesicht.

Sie waren zehn Meter hinter dem Zaun gewesen, der Leute von der Klippe fernhalten sollte. Trotz der Warnschilder waren viele drübergesprungen, um besser sehen zu können.

Ihr Vater war als Held gefeiert worden.

Gleicht das seinen unverkennbaren Rassismus irgendwie aus?

Madison tauchte wieder aus der Vergangenheit auf und bemerkte, dass Isaac sie beobachtete.

»Ist irgendwas mit Emily?«, fragte er besorgt.

Madison hatte ihn selten so ernst gesehen. Vielleicht lag es auch an dem Haarnetz. Sie konnte ausnahmsweise mal seine braunen Augen sehen. Er war so begeistert gewesen, als Madison ihm Kochunterricht angeboten hatte, dass sie sich fragte, warum Leo sich nie die Mühe gemacht hatte. Wo der Teenager doch wie ein Sohn für ihn war.

»Sie hatte einen Autounfall. Es geht ihr aber gut. Natürlich ist sie etwas angeschlagen, aber sie hat sich nichts gebrochen.« Und dann fiel ihr etwas ein. »Würde es dir was ausmachen, heute Abend bei uns vorbeizukommen? Ich hätte ein paar kleinere Aufgaben für dich und ich zahle deinen üblichen Stundenlohn.« Was diese kleineren Aufgaben waren, würde ihr bis dahin noch einfallen.

Seine Augen verengten sich. »Was ist los?«

Sie zögerte. »Die Familie ist … ins Blickfeld gerückt, seit Emily Lindsay und Sean aufgefunden hat.«

»Was meinst du damit, ins Blickfeld gerückt?«

»Es wäre gut, wenn eine Weile mehr Leute in der Villa sind und die Augen aufhalten.«

Isaac musterte sie noch eine Weile. »Klar komme ich rüber«, sagte er dann.

Madison zwang sich zu lächeln. »Danke!« Und dann deutete sie auf Dory. »Guck mal, eine neue Bestellung für dich.«

Sie freute sich darüber, wie sein Gesicht sich aufhellte. Er nahm den Zettel und las ihn genau durch.

Ihre Unterhaltung mit Emily spulte sich noch einmal in ihrem Kopf ab.

Worin war Emily verwickelt?

* * *

Als er Emily vom Krankenhaus nach Hause fuhr, sortierte Zander seine Gedanken.

Er hatte keine Partnerin mehr. Ava musste sich mindestens eine, eher zwei Nächte im Krankenhaus erholen. Er wettete auf eine Nacht. Sowie sie wieder zu sich kam, würde sie alles dafür tun, entlassen zu werden. Mason würde sie zur Vernunft bringen müssen.

Er war sehr erleichtert bei ihr im Krankenhaus geblieben.

»Ihr Oberarm und ihre Schulter bestehen bald mehr aus Metall als aus Knochen«, hatte Mason ihm erklärt. »Sie hatte ja schon vier Schrauben im Oberarmknochen von der Schießerei vor einem Jahr.«

Zander erinnerte sich.

Sheriff Greer hatte Emily zur Schießerei befragt und dasselbe zu hören bekommen wie Zander. Der Sheriff hatte ihm gesagt, dass sie keine Spuren von einer Person auf dem

Seitenstreifen gefunden hätten. Verständlich bei dem starken Regen. Niemandem war ein Auto aufgefallen. Er sei noch dabei, sich umzusehen und Fragen zu stellen.

Zanders Chef hatte sich bereit erklärt, ihm eine Kollegin zuzuteilen, die aber erst am folgenden Abend eintreffen konnte. Das bedeutete, dass Zander fürs Erste auf sich gestellt war und entscheiden musste, was als Nächstes anstand.

Alice Penn. Er wollte von ihr wissen, was sie damals gesehen hatte, als Cynthias Leiche im Wald abgelegt worden war. Auch wenn er nicht besonders zuversichtlich war, etwas Brauchbares aus ihr herauszubekommen, da Alice flatterhaft war und der Mord vor zwanzig Jahren geschehen war. Das Ehepaar Fitch war seine oberste Priorität. Cynthia Green – vorausgesetzt, dass sie es war – musste noch warten.

Billy Osburne. Immer noch verschollen. Sheriff Greer hatte die Aufgabe übernommen, es gab aber noch keine heiße Spur.

Der Computerexperte Tim Jordan hatte ihm die versprochene E-Mail mit Sean Fitchs Online-Einkäufen und Kalender vor einer Stunde geschickt. Zander hatte sie genau angesehen, als er auf Emilys Entlassung gewartet hatte.

»Kennst du einen Simon Rhoads?«, fragte er sie und brach das Schweigen im Auto.

Sie drehte ihm das Gesicht zu, während er sich auf die Straße konzentrieren musste. Es regnete stark, die Scheibenwischer bewegten sich auf der höchsten Stufe. Im Inneren des SUVs war es warm und gemütlich – ganz im Gegensatz zu dem aufziehenden Sturm draußen.

»Ja. Er hat ein Ding mit Tante Dory am Laufen.«

Zanders Lippen zuckten. »Ein Ding?«

»Er hat sie x-mal gefragt, ob sie ihn heiraten will, aber sie sagt immer Nein. Die beiden sind eng befreundet, aber sie will nicht mit ihm zusammenleben. Sie liebt die Villa und ihre ›Mädels‹ zu sehr.«

»Sieht sie dich als eins ihrer Mädels an?«

»Klar. Sie genießt es, wenn wir alle zusammen sind. Das ist für sie wie eine nie endende Pyjama-Party. Warum fragst du nach Simon?«

Wie viel kann ich ihr sagen?

»Laut Seans Kalender hatte er zwei Tage vor seinem Tod einen Termin mit Simon.«

»Ergibt Sinn. Simon ist der inoffizielle Stadthistoriker, und da Sean Geschichtslehrer war, ist es nicht überraschend, dass sie einander kannten.«

»Inoffiziell?«

»Die Stadt stellt ihm ein kleines Büro und ein ebenso kleines Budget zur Verfügung. Ein ordentliches Gehalt ist angeblich nicht drin, aber Simon macht das nichts aus. Er würde es auch ganz ohne tun. Er ist etwas obsessiv.«

»Trifft das nicht auf alle Historiker zu? Ich habe rausgefunden, dass Sean Fitch an einem Buch geschrieben hat. Vielleicht hat Simon ihm dabei geholfen.«

»Ich erinnere mich, dass Lindsay mal davon erzählt hat.«

»Wo ist Simons Büro?«

»Im Zentrum. In einem winzigen Haus, das der Stadt gehört.« Sie sah auf die Uhr. »Wir müssen uns beeilen. Er empfängt niemanden nach drei Uhr, und er macht nie eine Ausnahme.«

»Ich bringe dich nach Hause und dann fahre ich bei ihm vorbei.«

»Hast du denn einen Termin?«, fragte sie.

»Brauche ich einen?« Die Frage überraschte ihn.

»Allerdings. Simon hat einen Tagesablauf, an den er sich penibel hält. Er ist vielleicht besessen von seinen Nachforschungen, aber er ist ebenso besessen von seiner alltäglichen Routine. Er weicht nie von seinem Tagesplan ab – schon gar nicht für einen Fremden. Es würde ihn vollkommen überfordern.«

»Und warum hast du dann gesagt, *wir* müssten uns beeilen?«

Sie grinste. »Für mich macht er eine Ausnahme. Für jeden, der etwas mit Tante Dory zu tun hat.«

Zander spähte auf den Verband, der unter ihrem langen dunklen Haar hervorblitzte. »Wie fühlst du dich?«

Sie horchte einen Moment in sich hinein. »Wenn ich bedenke, was heute passiert ist, geht es mir gar nicht schlecht.«

»Wahrscheinlich wegen der Schmerzmittel.«

»Ich gebe zu, dass ich nicht gerade unerfreuliche Nebenwirkungen spüre.« In ihren Augen tanzten Fünkchen.

»Die meisten Leute werden schläfrig davon.«

»Ich nicht. Auf mich hatten die schon immer die gegenteilige Wirkung. Was nicht unbedingt hilfreich ist, wenn man Ruhe braucht.« Sie betastete den Verband. »Das mit Simon geht schon in Ordnung. Ich darf es nur nicht übertreiben.«

»Wenn ich den Eindruck habe, dass dir etwas wehtut, brechen wir den Besuch ab.«

Sie schnaubte. »Na gut. Aber überlass das Reden mir. Du wirst schon merken, wann es angebracht ist, selbst etwas zu sagen.«

Angebracht?

27

Auf dem kleinen Weg mit den zersplitterten Steinplatten zum winzigen Haus ermahnte Emily Zander noch einmal, ihr das Reden zu überlassen. Sie kannte Simon Rhoads schon ihr ganzes Leben, und er war immer freundlich zu ihr und ihren Schwestern gewesen. Dass er ein komischer Kauz war, stand aber auch außer Frage, und er tat sich schwer mit Unbekannten. Er hatte ein gutes Herz und brannte für Heimatgeschichte.

Sie klopfte.

Ihr Kopf begann zu pochen, aber sie war entschlossen, das hier für Zander und für Lindsay und Sean durchzuziehen.

Die Tür wurde ein paar Zentimeter geöffnet und dann von einer Vorhängekette gestoppt. Dahinter tauchte ein bebrillter Kopf auf. »Emily!« Die Tür wurde geschlossen, die Kette entfernt, und dann flog die Tür wieder auf. Sein erfreutes Lächeln verflog, als er Zander hinter ihr stehen sah.

»Hallo, Simon«, sagte Emily schnell, um ihn von Zander abzulenken. »Ich brauche Ihre Hilfe. Das Ganze hat sich gerade erst ergeben, deswegen konnte ich keinen Termin ausmachen. Tut mir leid.« Sie setzte ein zerknirschtes Gesicht auf.

Simon war kleiner als Emily – die meisten Leute waren kleiner als Emily – und er trug immer zu lange Hosen, die ihm um die Beine schlotterten. Sein gestreiftes Hemd war vergilbt und so abgetragen, dass der Kragenrand löchrig war. Er hatte graue Haare und einen grauen Bart, die einen Barbierbesuch vertragen konnten.

Emily fand außerdem, dass er die Hilfe einer gut organisierten Frau gebrauchen könnte.

Nicht von Dory. Ihre Großtante hatte es nicht so mit den Feinheiten … Aber vielleicht machte sie gerade das zur idealen Partnerin für Simon.

Simon musterte Zander von Kopf bis Fuß. Dann sagte er: »Ich stehe dir immer zur Verfügung, Emily.« Es war deutlich, dass sich das nicht auf Zander bezog.

»Das weiß ich zu schätzen.« Sie legte Zander eine Hand auf den Arm. »Das ist Zander Wells. Er ist beim FBI und untersucht die Morde an Sean und Lindsay.«

Seine buschigen Augenbrauen zogen sich zusammen, als er Zander noch einen prüfenden Blick zuwarf. »Sie waren beim Gemeindetreffen.«

»Richtig.«

Simon wandte sich wieder Emily zu. »Wie geht es deiner Tante?« Er sah sie erwartungsvoll an.

Sie brauchte nicht zu fragen, welcher. »Sehr gut, vielen Dank. Sie sollten mal wieder zum Essen vorbeikommen.«

Er stand mit einem Mal kerzengerade da. »Das ist gut! Ich nehme dich beim Wort, Emily. Und nun hereinspaziert.«

Die Stadt hatte das winzige Haus vor einigen Jahrzehnten gekauft, nachdem die Besitzerin gestorben war. Der Plan war, das Haus zu renovieren und mit Profit zu verkaufen. Aber wie sich herausstellte, hatte die Stadt kein Budget dafür, und es interessierte sich nie ein prospektiver Käufer für das Haus. Jahrelang hatte der schlecht geplante Kauf Anlass für Ärger gegeben, nicht zuletzt, weil der Enkel der Verstorbenen im Stadtrat gesessen und den Kauf eingefädelt hatte. Und eines Tages legte er plötzlich sein Amt nieder und zog nach Florida.

Die Stadt hatte nie wieder eine Immobilie gekauft.

Schließlich hatte Simon Rhoads angeboten, ein paar grundlegende Reparaturen zu erledigen, wenn man ihm gestattete, sein historisches Archiv dort unterzubringen. Der Stadtrat erklärte sich einverstanden, und irgendwann wurde Simons historischer Schatzkiste ein kleines jährliches Budget zugesprochen. Dafür stand er der Öffentlichkeit dann auch an zwei Tagen in der Woche nach vorheriger Terminabsprache zur Verfügung.

Emily wusste, dass es kaum Terminabsprachen gab.

Die Holzdielen knarzten unter ihren Füßen. Das Haus roch nach staubigen Papieren und brüchigem Leder. Im Wohnzimmer standen ein uraltes geblümtes Sofa sowie ein ramponierter Couchtisch, und ein verblichener Teppich, der dringend mal gesaugt werden musste, lag auf dem Boden. An den Wänden des angrenzenden ehemaligen Esszimmers standen Aktenschränke, auf denen sich Kisten türmten.

Was aus dem schäbigen Büro herausstach, war ein wunderbarer Grafikschrank mit flachen Schubladen. Eine Kontroverse im Stadtrat über den möglichen Kauf des Möbels war zur lokalen Zeitung durchgesickert. Vina hatte betont, dass Simon Rhoads der Stadt unschätzbare Dienste erwies und nie um irgendetwas bat. Dass er jetzt aber eine vernünftige Ablage für seine historischen Mappen brauchte.

Simon bekam den Grafikschrank.

»Setzen Sie sich bitte aufs Sofa. Es tut mir leid, es ist ziemlich durchgesessen, aber ich nehme, was ich kriegen kann. Und einem geschenkten Gaul schaut man nicht ins Maul.« Er schlurfte um den Couchtisch herum und setzte sich auf einen Holzstuhl. »Was kann ich für dich tun?«, fragte er Emily und beugte sich neugierig vor. Simon war immer energiegeladen.

Ihre anderen beiden Tanten fanden das anstrengend, aber Dory störte das nicht.

»Ich glaube, das sollte Agent Wells erklären«, sagte Emily.

Der Historiker nickte deutlich weniger enthusiastisch.

»Mr Rhoads, hatte Sean Fitch vor einer Woche einen Termin bei Ihnen?«

Simon legte den Kopf zur Seite. »Ja.«

»Was wollte er?«

»Also, wissen Sie …« Der Historiker kniff sich in die Oberlippe. »Ich würde sagen, das ist vertraulich. Das geht nur Sean und mich etwas an.«

Zander wollte gerade antworten, aber Emily berührte seinen Oberschenkel. »Sie wissen doch, dass Sean ermordet worden ist«, sagte sie mit ihrer sanftesten Stimme und zwang Simon mehr oder weniger, sie anzusehen. »Das FBI versucht, seine letzten Tage nachzuvollziehen.«

Simon schnellte hoch. »Glauben Sie etwa, ich hätte ihn umgebracht?«

»Natürlich nicht«, sagte Emily.

Ihr war nicht entgangen, wie Zander sich bei Simons Gefühlsaufwallung angespannt hatte.

»Wir hatten gehofft, dass Sie Licht in das bringen können, was er in den Tagen vor seinem Tod getan hat.« Sie versuchte, so ruhig wie möglich zu bleiben, denn sie wusste, dass es ein schmaler Grat war. Ein falsches Wort und Simon konnte dichtmachen und ihnen jede Hilfe verweigern.

Simon atmete tief ein. »Sean und ich haben im letzten Monat ein paar Mal miteinander telefoniert. Bei diesem Termin vor einer Woche haben wir uns überhaupt erst kennengelernt, und es war eine Freude für mich, mit jemandem sprechen zu können, der so viel über Geschichte wusste. Die meisten Leute, die herkommen, interessieren sich nur für Ahnenforschung.

Wir haben uns drei Stunden unterhalten, viel länger, als ich für ihn eingeplant hatte. Er war sehr belesen und intelligent.«

»Was war sein Forschungsgebiet?«, fragte Zander.

»Er hatte mehrere. Sein Hauptinteresse war das, was man Schanghaien nennt. In unserer kleinen Ecke von Oregon gibt es eine dunkle Geschichte von Verbrechen gegen die Menschlichkeit. Sie wissen, dass Sean an einem Buch gearbeitet hat?« Simon sprang auf und schoss zum Grafikschrank. »Es gab so viele interessante Ereignisse in diesem oft übersehenen Gebiet der Vereinigten Staaten. Und es ist ein Vergnügen, wenn man darüber mit jemandem sprechen kann. Ich habe mich gefreut, ihm alles zeigen zu können, was ich zu dem Thema hatte.« Er zog begeistert eine dicke Akte aus einer Schublade.

Simon wurde immer lebhafter. Ihm war deutlich anzumerken, dass er ganz in seiner Forschung aufging.

»Es gibt tonnenweise Unterlagen darüber, aber hier sind einige der Papiere, die ich für ihn eingescannt habe.« Er machte eine Pause und sah zu den beiden hinüber. »Scannen ist die wunderbarste Erfindung überhaupt. So viel besser als Fotokopieren.« Beim Herumkramen summte er halblaut vor sich hin. »Es erleichtert mir das Leben ungemein. So wie E-Mails. USB-Sticks. Bluetooth. Wir leben in einer erstaunlichen Welt.«

»Ich muss zugeben, dass ich nicht viel übers Schanghaien weiß«, sagte Zander. »Nur was ich in Filmen gesehen habe. Und ich vermute mal, dass das nicht besonders wahrheitsgetreu war.«

»Astoria war der Hafen in Oregon mit den meisten Zwangsrekrutierungen«, begann Simon. »Im späten neunzehnten Jahrhundert segelten Schiffe aus aller Welt nach Astoria. Holz und Lachs waren die beiden wesentlichen Exportgüter. Auf allen Schiffen wurden immer Arbeitskräfte gebraucht. Zuerst nannte man Schanghaien Pressen. Die Kapitäne nahmen Kontakt mit Pressern auf, die ihnen Arbeitskräfte verschafften.

Manchmal machten die Presser die Männer betrunken und schafften sie dann auf die Schiffe, manchmal auch mit vorgehaltener Pistole. Alle konnten ihnen zum Opfer fallen. Holzfäller, Bauern …« Simons Augen leuchteten. »In Astoria gab es sogar eine Presserin. Ihr Mann war ertrunken, und von irgendetwas musste sie leben, also verkaufte sie den Kapitänen nichts ahnende Arbeitskräfte.«

Emily und Zander waren aufgestanden und sahen Simon über die Schulter.

Der Historiker tippte auf das Foto einer ernsten älteren Frau im Kreis ihrer Familie. Sie trugen die Mode des beginnenden neunzehnten Jahrhunderts. »Sieht nicht aus wie eine Kriminelle, oder? Erst um diese Zeit wurden Gesetze erlassen, die das Schanghaien unter Strafe stellten. Und dann verschwand es allmählich.«

»Worüber haben Sie sich noch mit Sean unterhalten?«, fragte Zander mit einem Hauch von Ungeduld in der Stimme. Emily konnte das nachvollziehen. Was sollte diese menschenverachtende Praxis mit den Morden an den Fitchs zu tun haben?

»Tja, also …« Simon kniff sich wieder in die Oberlippe. »Sean forschte über Verbrechen an der nördlichen Küste Oregons. Er war auf der Suche nach Informationen über Fort Stevens, Clatsop-Indianer und andere Stämme. Viele Verbrechen keimten in Portland auf und breiteten sich bis nach hier aus. Ich habe ihm auch Unterlagen über Gründerfamilien herausgesucht und über Seelotsen auf dem Columbia River …«

»Lotsen?«, fragte Zander.

»Ich habe doch eben von diesen großen Schiffen gesprochen. Sie brauchten ortskundige Lotsen, die sie sicher auf dem Columbia River navigierten. Wo der Fluss auf den Pazifischen Ozean trifft, ist eins der tückischsten Meeresgewässer der Welt. Deswegen wurde grundsätzlich ein erfahrener und ortskundiger Lotse an Bord gebracht. Noch immer ist der Einsatz von hiesigen Lotsen gesetzlich vorgeschrieben. Heutzutage werden sie entweder per Helikopter auf den Schiffen abgesetzt, oder sie gehen rund fünfzehn Meilen vor der Flussmündung an Bord.«

»Hört sich gefährlich an«, sagte Zander.

»Ja, das ist es auch. Es stellt für die Lotsen bei rauem Wetter auch heute noch ein großes Risiko dar.«

»Hat sich Sean nach Ihrem Treffen noch einmal mit Ihnen in Verbindung gesetzt?«, fragte Zander.

»Er kam ein oder zwei Tage später auf einen kurzen Besuch vorbei und wollte spezifische Informationen. Ich habe ihn an Harlan verwiesen.«

»Der Bürgermeister«, sagte Emily erklärend zu Zander. »Einer seiner Vorfahren war Kneipenbesitzer in Astoria. In einer Kneipe, in der viel gepresst wurde. Harlan hat das alles gründlich recherchiert, es ist eins seiner Hobbys.«

»Harlan ist nicht der Einzige in der Stadt mit einem Verwandten, dem man Schanghaien nachsagt.« Simon zwinkerte Emily zu.

»Richtig, aber niemand von uns ist so fasziniert von dem Thema wie Harlan. Wir anderen lassen die Geschichten über unsere straffälligen Vorfahren lieber in Vergessenheit geraten.«

»Bloß das nicht!« Simon schüttelte heftig den Kopf. »Ich habe schon oft mit Dory darüber diskutiert. Man lässt die Geschichte nicht einfach sterben.« Er öffnete einen Aktenschrank mit einer Hängeregistratur. Seine Finger tanzten über den Reitern. »Ah, hier ist es ja.« Er nahm einen Hängeordner heraus. »Sieh mal, woran ich gearbeitet habe. Es soll eine Überraschung für deine Tante sein, aber du kannst es dir ruhig jetzt schon ansehen.« Er streckte ihn Emily entgegen. Der Hängeordner war mit BARTON beschriftet.

»Was ist das?«, flüsterte sie.

»Hausaufgaben für dich. Du musst lernen, die Geschichten aus deiner Vergangenheit wertzuschätzen. Ich habe Kopien von allem gemacht, was mit Dorys Familie zu tun hat. Irgendwann werde ich alles schön binden lassen, also zeig es ihr bitte noch nicht.«

Emily starrte den Ordner an. »Das ist aber wirklich aufmerksam, Simon.«

Der Historiker wurde rot. »Leg einfach ein gutes Wort für mich bei Dory ein.«

»Mache ich.«

* * *

»Tut mir leid, dass Simon nicht wirklich hilfreich war«, sagte Emily auf dem Heimweg. »Es war Zeitverschwendung. Ich sehe jedenfalls keinen Zusammenhang zwischen Seans Forschung über hundert Jahre alte Zwangsrekrutierungen und seiner Ermordung.« Zander wirkte nicht so enttäuscht, aber sie vermutete, dass er das nur gut verbarg.

»Es war interessant«, sagte Zander. »Und irgendwie gibt es vielleicht doch eine Parallele: Schließlich wurden Männer damals gehängt, wenn sie von den Schiffen geflohen sind.«

»Ach, ich weiß nicht. Das kommt mir doch etwas weit hergeholt vor.«

»Ja, wahrscheinlich.«

Sie musterte sein Profil in dem fahlen Licht. Er war in Gedanken versunken, sicherlich dachte er über den Fall nach. »Ich glaube, ich habe dich von dem Kern der Ermittlung abgelenkt.«

Er sah sie überrascht an. »Wie kommst du darauf?«

»Erst mein Unfall und dann auch noch Simon …«

»Stopp! Nate Copeland wurde erschossen, und auf Ava und dich wurde geschossen. Ja, ich jongliere mit ein paar Bällen: die Fitchs. Nate Copeland. Das Skelett – ich hoffe, dass wir die Tote über das Gebiss bald als Cynthia Green identifizieren werden.

Das ist alles wichtig. Simon Rhoads musste ich auch befragen. Nur weil es sich auf den ersten Blick nicht gelohnt hat, heißt das ja nicht, dass es Zeitverschwendung gewesen wäre.«

»Aber du bist jetzt alleine.«

»Der Sheriff arbeitet ja auch an dem Fall, und morgen kommt eine andere Agentin.« Er fuhr vor der Villa rechts ran. »Jemand hat auf dich – oder auf Ava – geschossen. Ich nehme das nicht auf die leichte Schulter. Vor allem, weil du am Tatort der Morde an den Fitchs gewesen bist.« Er stellte den Motor ab und wandte sich ihr zu. Er war gefasst und entschlossen.

Er meinte es ernst.

Sein Blick ging an ihr vorbei. »Wer ist das?«, fragte er misstrauisch.

Sie wandte sich um und erkannte Isaac. Er lud gerade einen Arm voller Tannenzweige in eine Schubkarre. Er hatte sich die Kapuze über den Kopf gezogen, und Regen tropfte von seiner Jacke. »Isaac. Ich habe Madison gebeten, unseren Onkel zu fragen, ob er rüberkommen kann. Ein Mann im Haus ist ja nicht verkehrt. Aber es sieht so aus, als hätte sie Isaac verpflichtet und ihm eine ziemlich sinnlose Beschäftigung aufgedrückt. Es bringt ja nichts, die Äste aufzusammeln, bevor der Sturm vorbei ist.«

»Der Junge ist aber ziemlich hager.«

»Er ist stärker, als er aussieht.«

»Ich bin wirklich besorgt um deine Sicherheit.«

»Ja, und ich um die Sicherheit meiner Schwester und Tanten«, sagte sie mit Nachdruck. »Wir nehmen, wen wir kriegen können. Wenn es eine Abschreckung sein sollte, dass Deputys öfter am Haus vorbeifahren, dann ist ein Mann, der im Garten arbeitet, auch eine. Hoffentlich ist mein Onkel auch da.«

»Stimmt.« Er beobachtete Isaac noch eine Weile.

Sie hätte zu gern gewusst, was er dachte. Er setzte oft ein Pokerface auf, das wahrscheinlich bei seiner Arbeit notwendig war. Aber im Krankenhaus hatte sie einen Blick auf das geworfen, was sich dahinter verbarg. Zander Wells war zu starken Gefühlen fähig – die Maske des FBI-Agenten war beruflich bedingt.

»Danke, dass du mir heute von deiner Frau und deiner Tochter erzählt hast«, sagte sie sanft. Sie versuchte, den Ausdruck seiner Augen in dem schwindenden Licht zu lesen.

Er sah sie an, und die Maske des FBI-Agenten hob sich etwas. »Es tut mir leid, dass ich dich damit –«

»Ich bin auch verheiratet gewesen.«

Sein Blick wurde intensiver. »Was ist passiert?«

»Nichts, was dem, was du durchgemacht hast, auch nur nahekommt.« Es war ihr peinlich, dass sie es aufgebracht hatte. »Ich habe vor fünf Jahren Schluss gemacht. Er war … kontrollierend.«

Ärger flackerte in Zanders Augen auf. »Hat er dich verletzt?«

»Nein. Er hat mich nie geschlagen.« Sie lachte etwas gequält. »Er hat mich fertiggemacht. Emotional. Seine Worte, seine Taten … Er hat mich dazu gebracht, an meiner eigenen Wahrnehmung zu zweifeln. Ich war nicht mehr ich. Er ist ein Narzisst. Alles dreht sich um ihn, und er wollte, dass sich auch bei mir alles um ihn dreht.«

»Du sprichst von ihm in der Gegenwartsform.«

»Er ist immer noch da.« Emily seufzte. »Ich habe ihn gestern Morgen gesehen. Unglaublich, aber er besitzt die Frechheit zu denken, dass wir wieder zusammenkommen. Der Narzisst in ihm versteht immer noch nicht, warum ich die Scheidung eingereicht habe.«

»Klingt ja charmant.«

»Er ist Polizist in Astoria.«

»Emily.« Zander lehnte sich zu ihr hinüber. »Könnte er auf dich geschossen haben?«

Sie dachte einen Moment still nach. »Nein, ich hätte ihn erkannt.« Aber trotzdem spulte ihr Gehirn tausend Möglichkeiten durch.

»Er ist Polizist, also nehme ich an, dass er passabel schießt. Möglicherweise ist er verbittert. Wenn ihr euch gestern gesehen habt, hat er heute vielleicht intensiv an dich gedacht.«

Emily konnte nicht sprechen. Ihre Gliedmaßen waren wie gelähmt. *Würde Brett …*

»Nein«, flüsterte sie. »Ich hätte seine Haltung erkannt, seine Gestalt. Auch wenn ich sein Gesicht nicht gesehen habe, weiß ich mit jeder Faser meines Körpers, dass er es nicht gewesen ist. Ich kenne Brett.«

Zander wirkte nicht überzeugt. Aber plötzlich wurde sein Blick ganz weich. Ihre Wangen glühten.

Er räusperte sich. »Es ist wirklich unangemessen und dazu auch noch schlechtes Timing. Aber wenn dieser Fall vorbei ist …«

Emily verstand sofort. »Ich habe schweres Gepäck«, murmelte sie, ohne ihren Blick von ihm abzuwenden.

Wie er mich ansieht.

Ich könnte mich in seinen Augen verlieren.

Er lächelte wehmütig. »Dann sind wir ja zu zweit.« Er nahm ihre Hand und strich zärtlich mit dem Daumen über ihre Handfläche.

Ihr Herzschlag beschleunigte sich. *Er spürt es auch.* Sie hatte sich sofort zu ihm hingezogen gefühlt, aber sie hatte diese Gefühle verdrängt. Bis jetzt.

»Einmal habe ich den Fehler gemacht, meine Gefühle für mich zu behalten«, sagte er. »Ich habe mir geschworen, das nie wieder zu tun. Ich weiß, dass das nicht die richtige Zeit ist … Aber ich muss jetzt etwas sagen. Für den Fall, dass mir die Zeit wieder davonläuft.«

»Ja, das verstehe ich. Und ich bin froh, dass du etwas gesagt hast.« Einen Moment lang war sie überglücklich.

Verdammt, warum liegen diese Ermittlungen nicht schon hinter uns?

Er lehnte sich zu ihr und küsste sie. Ihr ging der Kuss durch und durch. Sie schmolz in seinen Armen, frustriert über die Mittelkonsole zwischen ihnen.

Zu schnell löste er sich von ihr und legte seine Stirn tief atmend gegen ihre. »Wenn das hier vorbei ist.«

»Wenn das hier vorbei ist.«

28

Ein paar Stunden später, als Zander im Hotelzimmer an seinem Laptop zu arbeiten versuchte, drifteten seine Gedanken immer wieder ab.

Ich hätte sie nicht küssen dürfen.

Als hätte er sich davon abhalten können! Er hatte sich sofort zu ihr hingezogen gefühlt. Und jetzt, wo er es ausgesprochen hatte, wollte er mehr. Aber das musste warten. Er musste einen Mörder finden, oder zwei, und Emily war eine der Hauptbeteiligten.

Sei professionell, verdammt!

Der Gedanke schlug ihm aufs Gemüt.

Sein Handy und sein Laptop klingelten zugleich. Er beantwortete den Anruf über den Laptop.

»Wells.«

»Guten Abend, Agent Wells. Hier ist Dr. Lacey Harper aus der Gerichtsmedizin. Ich bin für den Abgleich der Röntgenbilder des Gebisses in Ihrem Fall zuständig.«

Zander setzte sich aufmerksam auf. »Sind es die sterblichen Überreste von Cynthia Green?«

»Ja.«

Endlich etwas, das sie einen Schritt weiterbrachte. »Vielen Dank. Sie ahnen ja nicht, wie sehr ich Ihre Arbeit schätze.«

»Gern geschehen. Es ist für uns ja auch befriedigend, wenn wir jemanden identifizieren können. Es hilft auch den Angehörigen der Verstorbenen sehr.«

»Und Sie sind sich ganz sicher, oder?«, fragte Zander zögerlich. Er wollte sie nicht kränken.

Sie lachte. »Ja, allerdings. Ich kann es Ihnen aber auch gern zeigen, wenn Sie möchten.«

»Ich hinterfrage Ihre Arbeit nicht«, sagte er, erleichtert, dass sie nicht beleidigt war. »Aber ich würde wirklich gern verstehen, wie Sie vorgehen.«

»Haben Sie FaceTime?«

»Ja. Ich schalte es an.« Ein paar Augenblicke später erschien das Bild von einer sehr attraktiven blonden Frau, die ihn offen anlächelte. »Sie arbeiten für Dr. Peres?«, fragte er sie.

»Ja. Wir sind aber auch eng befreundet. Und Ava habe ich auch ein paar Mal gesehen – ich kenne ihren Verlobten ganz gut. Ein Segen, dass sie über den Berg ist.«

»Ja, sie hat Glück gehabt. Was wollen Sie mir zeigen?«

Sie wechselte zur Handykamera. Er hatte jetzt einen Monitor mit zwei Röntgenbildern vor sich, große Aufnahmen des ganzen Kiefers und der unteren Schädelhälfte. Zwei Skelettteile lächelten ihm entgegen, eine breite gespenstische Grimasse, weil der dreidimensionale Kiefer zweidimensional abgebildet wurde. Abgesehen davon sah Zander im Wesentlichen graue Farbtöne, auf denen die Zähne und Kiefergelenke grob auszumachen waren, die aber sonst wenig Aufschluss gaben.

»Ich habe das obere Röntgenbild von der Staatspolizei bekommen, die es vor zwanzig Jahren angefordert hatte, kurz nachdem das Mädchen als vermisst gemeldet wurde. Das war Glück, denn der Zahnarzt, dessen Name auf den Filmen steht, hat seine Praxis schon vor zehn Jahren geschlossen. Rein rechtlich muss er die Unterlagen nur sieben Jahre aufbewahren.«

Sie tippte auf das obere Bild. »Dieses wurde siebzehn Monate vor Cynthias Verschwinden aufgenommen. Es ist eine Kopie von der ursprünglichen Panoramadarstellung, deswegen ist es so dunkel. Die Kopien sind ganz gut, aber dunkler als die Originale. Das darunter ist die Aufnahme, die wir heute angefertigt haben. Wir haben hier kein Panoramaröntgengerät, deswegen habe ich es in der Zahnarztpraxis einer Freundin machen lassen. Es war eine ziemliche Herausforderung.«

Zander hatte einmal eine Aufnahme von seinen Zähnen mit einem dieser Geräte machen lassen, die um den Kopf des Patienten rotieren.

»Ich musste mich hinhocken und den Schädel über meinen Kopf halten. Zum Glück konnten die anderen Patienten mich nicht sehen. Ich kam mir ziemlich blöd dabei vor.«

Bei der Vorstellung musste er grinsen. Er sah von einem Bild zum anderen. »Sie sehen unterschiedlich aus. Das obere ist nicht nur körniger, das Lächeln scheint auch irgendwie … breiter?«

»Das liegt an dem Winkel. Ich habe versucht es anzugleichen, aber man muss immer herumprobieren. Das mit der Körnigkeit liegt daran, dass meine Aufnahme digital ist. Die obere wurde von einem echten Film entwickelt. Das ist immer schärfer.« Sie deutete auf beiden Bildern auf den letzten Zahn im Unterkiefer. »Das ist ein Weisheitszahn. Wie Sie sehen, unterscheidet sich der Winkel von dem der anderen Zähne. Sie sind etwas schräger.«

»Genau.«

»Und hier oben auch.« Sie zeigte auf die entsprechenden Zähne in der oberen Reihe. »Die Weisheitszähne sind noch weit oben im Oberkieferknochen. Die waren noch nicht zu sehen.«

»Aber die unteren schon?«

»Teilweise. Auf den nächsten Bildern ist das besser zu erkennen. Aber was ich sagen will, ist, dass die Zähne auf beiden Aufnahmen in exakt denselben Positionen sind.« Sie ging näher mit der Handykamera heran und wechselte von einem Bild zum anderen.

»Okay.« Er verließ sich auf sie. Für ihn waren es kaum mehr als verschwommene Tropfen.

»Sie war neunzehn. Die Länge der Zahnwurzeln und die Position der Weisheitszähne passen zu dem Alter.«

Sie zeigte auf den unteren Film. »Sie hat zwei weiße Füllungen. Hier und hier.«

Er kniff die Augen zusammen. Graue Nebelschwaden.

»Ich kann keine erkennen.«

Sie klickte, die Panoramabilder verschwanden und wurden von acht rechteckigen Aufnahmen ersetzt. Von der Art, die der Zahnarzt meistens anfertigte.

»Oben sind die vier alten, unten die vier neuen. Auch hier wieder: Filme versus Digitalbilder, meine sind also körniger.« Sie zeigte auf einen Zahn auf einem unteren Röntgenbild und zeichnete einen helleren Umriss nach. »Können Sie die Füllung hier erkennen?«

Ja, konnte er. Sie war weißer als der Rest des Zahns. Automatisch verglich er sie mit der auf dem entsprechenden Bild darüber. Haargenau dieselbe Form.

»Genau wie auf den Bildern aus dem Polizeiarchiv.«

»Ja. Und hier ist die andere.« Sie klopfte auf die ungleichmäßige Form der anderen Füllung.

Er verglich sie mit der oberen Reihe. »Aber das passt nicht zu dem oberen Bild.«

»Richtig.«

»Warum nicht?«

»Sie bekam die Füllung, nachdem der Zahnarzt die Aufnahmen gemacht hat.«

»Das können Sie aber nicht mit Sicherheit sagen. Stellt das nicht alles infrage?«

»Nein.« Sie brachte die Handykamera wieder nah an die obere Reihe. »Wahrscheinlich können Sie das so nicht sehen, aber sie hat in diesem Zahn ein Loch. Der Zahnarzt muss das auf seinen Röntgenbildern gesehen und das Loch gefüllt haben. Wissen Sie, nachdem einmal etwas an einem Zahn verändert wurde, kann man das nicht mehr rückgängig machen. Man kann eine Füllung vergrößern oder eine Brücke draufsetzen. Oder man kann ihn ziehen.«

Sie trank einen Schluck Wasser. »Alles in den beiden Filmen stimmt überein. Die Größe der Knochen, die Formen der Wurzeln, die Nasennebenhöhlen. Aber die Füllungen und die Weisheitszähne geben den Ausschlag. Die Formen und Positionen von Zähnen sind etwas Einmaliges. Man findet keine zwei identischen Gebisse.«

»Und wenn die Person eine Zahnspange getragen hat?«

»Die Positionen und die Winkel verändern sich etwas, aber die Füllungen und die Formen der Zähne bleiben gleich.«

Er ließ es sich durch den Kopf gehen.

Lacey tauchte wieder auf seinem Monitor auf. »Glauben Sie mir. Ich kann Ihnen in einem Anruf nicht alles erklären, was ich während meines Studiums der Zahnmedizin und in zehn Jahren Praxis gelernt habe.«

Das stimmte natürlich.

»Ich glaube Ihnen. Das mit der zweiten Füllung hat mich einen Moment irritiert.«

»Gut. Ich freue mich, dass wir sie identifiziert haben. Ihre Familie hat schon sehr lange gewartet.«

»Hat Dr. Peres eine Todesursache herausfinden können?«

Lacey machte ein ernstes Gesicht. »Nein. Das ist leider normal, wenn die Überreste skelettiert sind. Ich bin sicher, dass

Sie morgen ihren Bericht bekommen. Und ich schicke Ihnen meinen heute Abend noch rüber.«

Zander bedankte sich und beendete den Anruf.

Cynthia Green. Eine neunzehn Jahre alte afroamerikanische Frau. Vermisst seit zwanzig Jahren.

Was ist dir zugestoßen?

Sie war zwei Wochen vor dem Erhängen von Emilys Vater als vermisst gemeldet worden.

Sie war von der Küste verschwunden und zwanzig Jahre später kilometerweit entfernt in einem Wald wiedergefunden worden.

Das beschäftigte ihn. Er war erst kurz an der nördlichen Küste Oregons, aber er wusste mittlerweile, dass es hier kaum Gewaltverbrechen gab. Zwei so dicht aufeinanderfolgende Verbrechen machten ihn mehr als hellhörig.

Zander sah auf die Uhr. Es war spät, aber vielleicht erreichte er seinen Kollegen im Gefängnis trotzdem noch.

Er würde ihn um einen Gefallen bitten müssen.

29

Früh am nächsten Morgen klappte Zander den Laptop auf. Er wartete auf den Beginn der Videounterhaltung aus dem Staatsgefängnis mit Chet Carlson, dem verurteilten Mörder des Vaters von Emily.

Chet schlurfte ins Bild und setzte sich.

Er sah aus wie ein Mörder.

Wäre er in einem Film aufgetaucht, hätten die Zuschauer augenblicklich vermutet, dass er der Böse war.

Er war so groß, dass man unwillkürlich Angst vor ihm bekam. Seine Hände waren Pranken, doppelt so groß wie die Hände Zanders. Der rasierte Kopf und ordentlich gestutzte Ziegenbart entsprachen dem Klischee.

Chet sah Zander aufmerksam an, während er von einem Wächter mit den Handgelenken an eine Stange am Tisch gekettet wurde. Er lehnte sich vor, stützte sich auf die Ellenbogen und blickte Zander neugierig entgegen.

Zander wusste, dass Chet Carlson x-mal umgezogen war, bevor er in Astoria für den Mord an Lincoln Mills verhaftet wurde. Er war ein vorbestrafter Vagabund: Festnahmen wegen Landstreicherei, Diebstahl und Trunkenheit am Steuer. Als er verhaftet wurde, hatte er einen ungültigen Führerschein dabei.

Zander stellte sich vor, dann sagte er: »Ich habe ein paar Fragen über Lincoln Mills.«

»Das ist schon lange her.«

»Stimmt.«

»Also, was soll's?« Chet breitete die Arme aus, so weit die Ketten es erlaubten. »Ich bin hier. Lincoln ist tot. Ende der Geschichte.«

Zander hatte bei dem großen Mann mit einer rauen, tiefen Stimme gerechnet, aber Chet sprach weich. Nicht weiblich, sondern eher ruhig und gelassen, als wollte er ein wildes Tier beruhigen. Oder ein überdrehtes Kleinkind.

»Soweit ich weiß, behaupten Sie, ihn nicht getötet zu haben.«

»Das ist korrekt.«

»Aber Sie haben sich des Mordes für schuldig bekannt.«

»Auch korrekt.«

Zander spürte, wie gleichgültig es seinem Gegenüber war. »Erklären Sie das.«

Chet zuckte mit den Achseln und wandte den Blick ab.

»Haben Sie Lincoln Mills umgebracht?«

Chet kratzte an einer Kerbe in der Tischplatte herum. »Spielt keine Rolle mehr.«

»Warum nicht?«

»Ich habe keinen Beweis dafür, dass ich es nicht getan habe.«

»Lincolns blutige Jacke wurde in Ihrem Motelzimmer gefunden.«

Chet sagte nichts.

»Sie haben in einem Dutzend Städten in fünf Staaten gelebt, bevor Sie nach Astoria gekommen sind. Was wollten Sie da?«

»Warum stellen Sie mir Fragen, wenn Sie die Antworten schon kennen?«

»Ich will hören, was Sie sagen, damit ich mir selbst ein Urteil bilden kann.«

»Ein Richter hat das schon getan. Wer sind Sie, dass Sie noch einmal über mich richten wollen?«

»Da ist was dran«, sagte Zander. »Tun Sie es mir zuliebe. Oder haben Sie gerade was anderes vor? Ich habe gehört, Sie bekommen nur selten Besuch.«

Chet hob das Kinn und sah ihn ausdruckslos an. »Ich hab grad nix am Laufen.«

»Also … warum Astoria?«

Er legte den Kopf zur Seite und kaute auf der Unterlippe herum. »Das Meer«, sagte er schließlich.

»Was ist mit dem Meer?«

»Ich wollte auf einem Fischerboot arbeiten. Ich mag den Ozean. Ich hatte es schon in drei anderen Städten weiter südlich probiert, aber kein Glück gehabt.« Er versuchte, die Arme zu verschränken. Seine Bizepse spannten sich an, aber die Ketten stoppten ihn.

Zander konnte sich bestens vorstellen, wie Chet volle Netze ins Boot hievte, Leinen auswarf oder was sonst an harter körperlicher Arbeit auf einem kommerziellen Fischerboot anfiel.

»Ich mag den Geruch.« Die Nasenflügel des Gefangenen weiteten sich kaum merklich.

»Fische riechen nicht besonders gut.«

»Nein. Aber das Meer. Und ich bin gern draußen.«

Das Gefängnis ist nicht der ideale Ort für einen Naturliebhaber.

»Ich verstehe nicht, warum Sie einen Mord gestanden haben, den Sie nicht verübt haben.«

»Ich bin ziemlich sicher, dass ich es nicht gewesen bin«, stellte Chet klar.

Das ergibt keinen Sinn. »Aber warum haben Sie dann auf schuldig plädiert?«

Sein Mund zuckte, und er kratzte wieder an der Kerbe im Tisch. »Als sie mich geschnappt haben, haben sie mir gesagt, dass ich es gemacht habe.«

Zander runzelte die Stirn.

»Na ja, ich habe geglaubt, dass ich mich nicht daran erinnere, weil ich so viel trinke.«

»Sie waren Alkoholiker.« Zander hatte das im Vorfeld wegen der anderen mit Alkohol in Verbindung stehenden Straftaten vermutet.

»Bin ich immer noch. Aber damals habe ich gesoffen, bis ich umgefallen bin, bis zum völligen Blackout. Aber so viel kriege ich ja nicht mehr«, witzelte er.

»Sie waren so betrunken, dass Sie sich später nicht mehr daran erinnern konnten, jemanden erhängt zu haben?« Zander hatte Mühe, das zu glauben.

»Ja. Aber im Schlaf habe ich es gesehen. Ich dachte, ich hätte da so was wie eine unbewusste Blockade oder so und dass das, was mir die Polizei erzählt hat, die Wahrheit sein muss.«

»Sie haben sich schuldig bekannt, weil Sie angenommen haben, Sie hätten ihn vielleicht getötet?«

»So irgendwie. Wissen Sie auch, dass ich einen Lügendetektor-Test gemacht habe? Klar kann der vor Gericht nicht benutzt werden, aber ich hab geglaubt, dass der Test mir sagt, ob ich's gemacht hab oder nicht.«

»Das verstehe ich nicht.«

»Das Ergebnis vom Test war, dass irgendetwas in meinem Kopf vorging, auf einer unbewussten Ebene. Deswegen hab ich gedacht, dass das, was die Bullen gesagt haben, wohl stimmte. Davor hatte ich so viele Blackouts – und die Leute haben mir immer irgendwelchen Scheiß erzählt, was ich gemacht hab und wovon ich keine Ahnung hatte. So unmöglich kam mir das auch wieder nicht vor.«

Zander war fassungslos. »Aber Sie haben doch vorher nie jemanden umgebracht, wenn Sie betrunken waren.«

»Nein, aber ich war in ner Menge Schlägereien und hab ne Menge Typen verprügelt, an die ich mich null erinnere.«

»Warum haben Sie es sich dann anders überlegt? Warum haben Sie dann später gesagt, Sie wären unschuldig?«

Chet schloss die Fäuste um die Metallstange, an der seine Kette befestigt war. Selbst über Video erkannte Zander, dass seine Knöchel riesig waren und auf seinem Handrücken dicke schwarze Haare wuchsen. »Ich habe beschlossen, dass ich es nicht getan habe.«

»Eine Wende um hundertachtzig Grad.«

»Es war ja nicht so, dass ich eines Morgens aufgewacht bin und beschlossen habe, unschuldig zu sein. Das hat gedauert. Ich bin hier in ein paar üble Schlägereien geraten. Selbst wenn mich einer von den Jungs kaltmachen will, fehlt mir der Killerinstinkt. Ich will einfach nur am Leben bleiben.«

Während Zander dem Gefangenen zuhörte, stieg ihm langsam eine eisige Kälte den Rücken hoch.

»In der Nacht sind Lincoln und ich in der Kneipe aneinandergeraten. Ich kannte den Typ vorher nicht. Ich erinnere mich, dass ich ihm die Nase blutig geschlagen habe – auch so ein Grund, warum ich erst dachte, ich hätte ihn vielleicht auf dem Gewissen –, aber außer dass ich ihm die Jacke abgenommen habe, ist nichts passiert. Deswegen haben sie die Jacke ja auch in meinem Motelzimmer gefunden.«

Chet sah ihn ruhig an. Er versuchte nicht, Zander weiszumachen, dass er unschuldig war. Er stellte nur seine Sichtweise dar.

Verdammt, ich glaube ihm.

»Sagt Ihnen der Name Cynthia Green etwas?«

Chet dachte nach. »Nein. Sollte er?«

»Sie ist zwei Wochen vor Lincoln Mills Tod verschwunden. Vor Kurzem haben wir ihre sterblichen Überreste in der Nähe von Bartonville gefunden.«

Chet sah verärgert aus. »Wissen Sie eigentlich, wie oft hier irgendwelche Bullen aufgekreuzt sind und mich gefragt haben, ob ich den und den umgebracht habe?«

»Oft?«

»Ständig. Es ist absurd. Sie kommen aus dem ganzen Land und haben null Durchblick.«

»Ein junges afroamerikanisches Mädchen. Sie ist von einem Strand in der Nähe von Gearhart verschwunden.«

»Warum sagen Sie mir, wie sie ausgesehen hat? Ich hab so einen Scheiß nie gemacht.«

Er war gekränkt.

»Haben Sie gehört, dass vor ein paar Tagen wieder jemand in Bartonville erhängt wurde?«

Seine Überraschung wirkte echt. »Nein, habe ich nicht. Wenigstens kann ich dafür nicht verknackt werden. Wen haben sie erhängt?«

»Einen jungen Mann aus der Stadt. Einen Lehrer.«

»Schrecklich.«

»Sie wissen nichts darüber?«

Seine Brauen schnellten in die Höhe. »Ernsthaft? Hatten wir das nicht gerade? Verpissen Sie sich.«

Zander hätte ihm eigentlich noch mehr Fragen über den Mord an den Fitchs gestellt, aber Chets Reaktion wirkte authentisch. Er fragte sich, ob der Mann vor Kurzem Besuch gehabt hatte, der mit ihm über die Fitchs gesprochen hatte – vor oder nach der Tat.

Zander beendete den Video-Anruf und sprach noch einmal mit seinem Kumpel im Gefängnis, um ihn um die Namen aller zu bitten, die Chet Carlson in den letzten fünf Jahren besucht hatten. Sein Kollege versprach, ihm in den nächsten Minuten eine Mail zu schicken.

Er trommelte auf die Schreibtischplatte und wünschte sich ein Omelett vom Barton Diner. Ihm fiel plötzlich auf, dass er noch nicht gefrühstückt hatte. Er aktualisierte seinen Posteingang zum dritten Mal – und diesmal war eine Mail aus dem Staatsgefängnis dabei. Er klickte darauf.

In den letzten fünf Jahren hatte Chet nur eine einzige Besucherin gehabt. Sie war zweimal gekommen.

Beide Male im letzten Jahr.

Terri Yancey.

Zander dachte eine ganze Weile über den Namen nach. *In welchem Verhältnis steht Chet Carlson zu ihr?*

Für eine Angehörige war sie nicht oft genug gekommen.

Er hatte eine Vermutung. Er loggte sich bei der Kfz-Zulassungsstelle ein und fand einen Führerschein ausgestellt auf eine Terri Yancey. Sie war neununddreißig, brünett und lebte in Beaverton, ein paar Kilometer westlich von Portland.

Als er das Foto sah, verschlug es ihm den Atem. *Madison.*

Terri Yancey sah aus wie Madison. Emily und Madison wiesen gewisse Ähnlichkeiten auf, aber wenn man ein Foto von Madison durch eine App mit Alterungsfilter jagen und ihr dunkle Haare geben würde, würde sie so aussehen wie Terri Yancey.

Terri. Tara.

Ist das Tara?

Es lag auf der Hand.

Warum hat sie Chet Carlson besucht?

Und die größere Frage war: Warum hatte sie ihre Familie nie kontaktiert?

Als er Terris Adresse in sein Smartphone übertrug, wurde ihm angezeigt, dass er in knapp zwei Stunden an ihre Haustür klopfen konnte.

Sage ich es Emily?

* * *

Emilys Magen zog sich zusammen. »Bist du sicher?«, flüsterte sie. Sie standen auf der Veranda der Villa.

Zander zeigte ihr das Foto auf seinem Handy.

Emily umklammerte das Handy und starrte das Foto an. Tara blickte ihr entgegen. Sie war älter, und sie hatte dunkel gefärbte Haare. Aber es war Tara.

»Wie …?«, brachte sie hervor.

»Ich hatte heute Morgen ein Videogespräch mit Chet Carlson.«

Ihr Magen machte einen Salto. »Mann, Zander, sonst noch was?«

»Nein.«

Emily glaubte ihm nicht so recht. Mit klopfendem Herzen betrachtete sie das Gesicht ihrer Schwester.

»Nachdem ich mit ihm gesprochen habe, habe ich überprüfen lassen, wer ihn besucht hat. Deine Schwester war im letzten Jahr zweimal bei ihm.«

Taras Foto verschwamm durch den Tränenschleier. »Vielleicht hältst du das nicht für schockierend. Ich schon. Warum hat sie ihn besucht?«

»Ich weiß es nicht. Ich fahre hin und frage sie.«

Emilys Kopf schoss hoch. »Du fährst zu Tara?«

»Sie nennt sich jetzt Terri. Terri Yancey. Sie lebt in Beaverton.«

Emily ließ sich auf einen Metallstuhl auf der Veranda sinken. Ihre Gedanken überschlugen sich. Tara lebte in der Nähe.

»Möchtest du mitkommen?« Er ging neben ihr in die Hocke und sah ihr in die Augen. Er wirkte sehr besorgt.

»Ich weiß es nicht.« Sie war noch nicht so weit, seine Frage verarbeiten zu können. Sie beschäftigte sich noch mit der

Tatsache, dass Tara nur zwei Autostunden entfernt lebte und nie angerufen hatte. *Warum bloß?*

»Chet Carlson bleibt dabei, dass er deinen Vater nicht getötet hat.«

»Ja«, sagte sie mechanisch. »Das behauptet er seit einigen Jahren. Hat er versucht zu erklären, warum er es nicht gewesen ist?«

»Hat er. Aber er hat keine Beweise.«

»Was hat er über Tara gesagt?«

»Ich habe das mit Tara erst nach der Befragung rausgefunden.« Er sah sie erwartungsvoll an.

Er will, dass ich mitkomme.

Sie konnte sich Schlimmeres vorstellen, als ein paar Stunden mit Zander zu verbringen.

Ihr Herz schrie danach, ihre Schwester wiederzusehen. Aber da waren noch so viele andere widersprüchliche Emotionen.

Bin ich bereit herauszufinden, warum Tara uns verlassen hat? Wird sie überhaupt mit mir sprechen? Was, wenn sie sich weigert?

Sie musste sich *jetzt* entscheiden.

»Ich komme mit.«

30

Es war fast schon Mittag, als Zander und Emily vor einem schönen Haus parkten, das Emilys Neid erweckte. Eine ungewohnte Empfindung. Taras Haus stand in einem wohlhabenden Viertel mit sehr gepflegten Grünflächen. In der Einfahrt parkte eine deutsche Luxuslimousine.

Emily dachte an ihren verbeulten Honda. Sie hatte sich die neuen Reifen kaum leisten können. Und bald würde sie erfahren, welche lächerliche Summe ihre Versicherung für den Totalschaden zahlen würde. Das war alles nicht lustig.

Sie bemerkte, dass Zander sie aufmerksam ansah.

»Ich kann nicht glauben, dass Tara in so einem Haus lebt«, murmelte sie. »Während unsere Villa kurz vor dem Zusammenbruch steht.«

»Du musst nicht mit reinkommen.«

»Hey, ich bin den ganzen Weg hergekommen. Klar gehe ich mit rein. Und jetzt erst recht, wo ich gesehen habe, wie Tara wohnt. Während ich mich abstrampele, um die drei alten Tanten, unsere Schwester, die Villa und das Diner über Wasser zu halten.«

Emily sprang aus dem Auto. Es war ihr peinlich, wie bitter sie klang. Sie ging neben Zander den mit Ziegelsteinen gepflasterten Weg zur Haustür. Er klingelte.

Ein Mädchen öffnete ihnen. Emily verschlug es den Atem.

Sie sieht aus wie Tara als Kind.

Das Mädchen musste neun oder zehn Jahre alt sein. Emily hatte sich noch nie gefragt, ob Tara vielleicht Kinder hatte. Oder einen Mann. Das war kurzsichtig gewesen.

»Können wir mit deiner Mama sprechen?«, fragte sie schließlich.

»Mooom!«, brüllte das Mädchen ins Haus hinein. Ihr langes blondes Haar war zum Zopf gebunden, und sie trug schwarze Jeans mit aufgerissenen Knien.

Ich habe eine Nichte.

Der Gedanke traf sie mit voller Wucht. Ihr blieb die Luft weg.

Das Haus hatte hohe Decken und weiße Wandvertäfelungen. Hinter dem Mädchen führte eine gewundene Treppe in den ersten Stock. Die gewachsten Holzböden glänzten.

Schritte näherten sich.

Die Frau, die an die Tür kam, war nicht Tara. Sie sah Zander und Emily offen an.

»Wir suchen nach Terri Lancey«, sagte Zander. »Ist sie zu Hause?«

»Terri fühlt sich nicht wohl«, sagte die Frau plötzlich verschlossen. Sie wirkte misstrauisch. Sie war zwanzig Jahre älter als Tara. »Kann ich ihr etwas ausrichten?«

Emily und Zander tauschten einen Blick. Er nickte aufmunternd. Die Entscheidung lag bei ihr.

Soll ich?

Ich habe eine Nichte.

»Sagen Sie Tara, ihre Schwester Emily ist da«, sagte sie ruhig, ohne den Trommelwirbel ihres Herzens zu beachten.

Die Frau trat einen Schritt zurück und schlug die Hand vor den Mund.

Sie weiß es.

Das Mädchen legte den Kopf zur Seite und musterte Emily mit intelligenten Augen. Sie sah die ältere Frau an. »Wer ist das?«

Emily sagte nichts, während die ältere Frau sich sichtlich zusammenriss. »Bitte, kommen Sie herein.« Mit einer Hand auf der Schulter des Mädchens trat sie zurück und öffnete die Tür ganz.

Die Frau führte sie in ein repräsentatives Wohnzimmer und bat sie, sich zu setzen. »Ich gehe sie holen.« Sie verschwand durch eine Glasschiebetür. Ihre Schritte entfernten sich auf der geschwungenen Treppe.

Taras Tochter – wie Emily annahm – blieb mit wachsamem Gesichtsausdruck bei ihnen. Ihr war die Spannung zwischen den Erwachsenen nicht entgangen.

»Ich bin Emily. Das hier ist Zander.« Als das Mädchen nicht antwortete, fragte Emily: »Und du bist …?«

»Bella.«

War Tara Twilight-*Fan?*

Emily war einer gewesen.

»Wie alt bist du, Bella?«, fragte Zander.

»Warum sind Sie hier?«, fragte Bella unverblümt. »Was hat Grandma?«

Zander beugte sich näher zu Emily. »Sie ist definitiv mit dir verwandt«, flüsterte er.

»Das ist unhöflich!« Bella warf ihren Zopf über die Schulter und reckte das Kinn in die Luft.

»Du hast recht. Tut mir leid«, sagte Zander. »Du erinnerst mich an jemanden.«

»An wen?«

»Kennst du nicht, lernst du aber bald kennen.«

Bella kräuselte die Nase und rollte zugleich mit den Augen.

Emily zog die Luft ein. Die Mimik war, als würde sie in einen Spiegel sehen. Sie hatte sich das Augenrollen außerhalb der Familie abgewöhnt, aber das Naserümpfen war eine Gewohnheit, die sie nicht ablegen konnte.

Weibliche Stimmen näherten sich. Bella verließ das Zimmer, aber ihre Frage war gut zu hören. »Mama, wer sind die Leute?«

Dann stand Tara in der Tür. Mit einer Hand hielt sie sich am Türpfosten fest, um nicht das Gleichgewicht zu verlieren. »Emily«, hauchte sie.

Taras Anblick erschütterte Emily. Ihre Schwester war jetzt brünett und trug das Haar kinnlang. Emily hatte die kurzen braunen Haare zwar schon auf dem Foto im Führerschein gesehen, aber sie jetzt so verändert vor sich zu haben, war ein Schock. Als Teenager hatte Tara immer so ein Tamtam um ihre langen blonden Haare gemacht. Ihre Schwester war klapperdürr und hatte dunkle Ringe unter den Augen. Sie sah wie ein Nervenbündel aus.

Das ist meine Schwester.

Ihre Verwirrung, ihre Fragen lösten sich in Luft auf. Nach zwanzig Jahren waren sie wieder zusammen in einem Zimmer. Nichts sonst zählte. Emily sprang auf, eilte durch das Wohnzimmer und schloss ihre Schwester in die Arme. Es brach ihr fast das Herz, als sie nur Haut und Knochen spürte. Sie trat etwas zurück und versuchte Tara durch den Tränenschleier anzusehen. Dann wischten sich beide Schwestern die Augen.

»Es tut mir leid«, schluchzte Tara. »Es tut mir so leid«, wiederholte sie wieder und immer wieder.

* * *

Zander beobachtete die beiden Frauen. Er war froh, dass Emily ihn begleitet hatte. Seit die Schwestern aufgehört hatten zu weinen, redeten sie ohne Unterbrechung. Madison. Die Tanten. Bartonville.

Ihm war schon auf dem Führerscheinfoto aufgefallen, dass Tara ein schmales Gesicht hatte, aber in Wirklichkeit war sie krankhaft dünn. Sie stand etwas wackelig, aber das konnte auch von der emotionalen Achterbahn kommen, die beide Frauen gerade durchmachten. Schließlich setzten sie sich, aber auch auf dem Sofa fielen sie sich weiterhin ins Wort.

»Wendy«, sagte Tara, »kannst du mit Bella woanders hingehen, damit wir hier unter uns sind?«

»Ich will wissen, was los ist«, sagte das Kind mit fester Stimme.

»Ich verspreche, dass ich es dir später erzähle.«

»Sie hat gesagt, dass sie deine Schwester ist. Du hast gesagt, dass du keine Familie hast.«

Tara schloss die Augen. »Es ist eine lange Geschichte. Ich halte mein Versprechen.«

Das Mädchen warf Emily und Zander misstrauische Blicke zu, bevor sie widerwillig mit Wendy hinausging. Emily sah ihr hinterher. In ihren Augen lag etwas Hungriges.

Stille legte sich auf den Raum. Die Gefühle der beiden Schwestern hatten sich etwas beruhigt, und der peinliche Moment zog sich in die Länge. Die unbeantworteten Fragen hingen zwischen ihnen in der Luft. Warum war Tara gegangen? Warum wollte sie keinen Kontakt?

Sie saßen einander gegenüber auf dem Sofa. Tara knetete verkrampft ihre Hände. Als Emily das auffiel, öffnete sie ihre geballten Fäuste.

Zander taten die verstummten Schwestern leid. »Wie alt ist Bella?« Eine unverfängliche Frage.

»Sie ist neun.«

»Sie sieht Ihnen ähnlich«, sagte er zu Tara. Ihm fiel auf, dass sie keinen Ehering trug. »Und Bellas Vater?«

Tara wurde bleich. »Er ist vor fünf Jahren bei einem Autounfall gestorben. Meine Schwiegermutter Wendy hat uns danach aufgenommen.«

»Das tut mir so leid, Tara«, sagte Emily und strich ihrer Schwester über den Arm. »Wie entsetzlich für Bella und dich.«

»Alle um mich herum sterben.« Sie sagte das mit lebloser Stimme ohne jede Emotion.

»Kommen Sie klar?«, fragte Zander vorsichtig. Er wusste selbst nicht genau, worauf sich seine Frage bezog – auf ihre Gesundheit, ihre Gefühlslage, ihre Wohnsituation, ihren verstorbenen Ehemann oder vielleicht auf alles.

Sie sah ihn stumm an und wandte sich dann an Emily. »Was ist mit deinem Kopf?«, fragte sie mit Blick auf den Verband.

»Ach, das ist nichts weiter. Ich habe mich gestoßen und es musste genäht werden. Alles okay.«

Es überraschte Zander nicht, dass Emily nicht näher darauf einging, nachdem Tara gerade gesagt hatte, alle um sie herum würden sterben.

Er entschloss sich trotzdem, Tara eine direkte Frage zu stellen. »Warum haben Sie Chet Carlson besucht?«

»So haben Sie mich gefunden.« Ihre Stimme war nur ein hohes Flüstern.

»Warum versteckst du dich?«, schaltete Emily sich auf einmal wütend ein. »Warum hast du uns zwanzig Jahre nicht kontaktiert? Deine Familie? Ich habe damals drei Familienmitglieder innerhalb einer Woche verloren!« Sie gestikulierte wild.

»Ich kann darüber nicht sprechen«, flüsterte Tara.

In Zander keimte ein Gedanke auf, und er sah Tara aufmerksam an, während er sich fragte, wie er seine Vermutung zum Ausdruck bringen sollte.

»Warum nicht? Was ist so schlimm, dass du nicht darüber sprechen kannst?« Emily deutete auf Zander. »Er ist FBI-Agent, Tara. Er kann uns helfen. Was auch immer es sein mag.«

Zander war sich da nicht so sicher. Auf Taras Gesicht spiegelten sich die widersprüchlichsten Emotionen. Sie saß aufrecht und betrachtete ihn argwöhnisch.

»Ich habe eine Nichte«, sagte Emily sanft. »Ich wusste nichts davon … Und Madison auch nicht. Wir haben ihre Geburt verpasst, ihre Babybäckchen … Den ersten ausgefallenen Milchzahn …«

»Sie gehört euch nicht«, stieß Tara heftig hervor. »Sie ist meine Tochter, und ich tue alles, um sie zu beschützen. Und wehe, wenn du irgendwem auch nur ein Sterbenswörtchen von uns erzählst.«

Auf dem Sofa saß plötzlich eine kampfbereite Bärenmutter.

Emily hielt den Mund.

»Was haben Sie in der Nacht gesehen, Tara?«, fragte Zander.

»Nichts. Ich war nicht da.« Sie fragte nicht, in welcher Nacht.

Emily wollte etwas sagen, hielt dann aber an sich. Den Mund hatte sie zusammengepresst.

»Ich war bei einer Freundin. Wir haben viel getrunken. Ich weiß nichts darüber, was mit Dad geschehen ist. Und du weißt das genau, Emily.«

»Du hast Zanders Frage über Carlson nicht beantwortet«, sagte Emily.

»Was in der Nacht geschehen ist, hat mich mein Leben lang verfolgt. Ich wollte Carlsons Gesicht sehen.«

»Glauben Sie, dass er Ihren Vater ermordet hat?«

»Natürlich«, sagte sie schnell. »Auch wenn er behauptet, es nicht getan zu haben.«

Sie lügt.

»Ich lebe seit zwanzig Jahren in der Hölle«, sagte Tara. »Erst der Mord an Dad und dann, nachdem ich weggegangen bin, der Mord an Mom. Ich konnte das nur durchs Trinken aus dem Kopf kriegen. Jetzt leide ich unter dauernder Schlaflosigkeit und kann mich nicht mehr ohne Alkohol entspannen.«

Zander und Emily sahen sich entsetzt an.

»Tara, Mom hat Selbstmord begangen.« Emily klang verwirrt.

Tara blinzelte ein paar Mal. »Nein, sie wurde umgebracht.«

Emily schüttelte den Kopf. »Woher hast du das? Es gab von Anfang an keinen Zweifel an Selbstmord.«

Ihre Schwester saß sehr still da, ganz auf Emily fokussiert, während ihre Miene von Angst überschattet wurde. »Du täuschst dich.«

»Nein, ich schwöre, dass es wahr ist«, brachte Emily hervor.

Zander schnürte die schmerzhafte Unterhaltung die Luft ab.

»Ist es nicht.« Tara stand auf, die Hände zu Fäusten geballt. »Du lügst! Die Leute, die sie getötet haben, haben auch Dad auf dem Gewissen.«

»Tara, ich weiß ganz genau …«

»Wer hat Ihren Vater umgebracht, Tara?«, unterbrach Zander. »Vorhin haben Sie gesagt, Chet Carlson. Und eben haben Sie von *Leuten* gesprochen. Also, wer war es?«

Tara blickte von Zander zu Emily. »Chet Carlson war es. Ich meinte, dass er Mom auch ermordet hat.«

Sie lügt schon wieder.

»Ich muss mich hinlegen.« Tara ging zur Tür, aber Emily sprang auf, hielt Tara am Arm fest und zwang sie, sich umzudrehen.

»Ich weiß nicht, was passiert ist, Tara. Aber von mir aus ist alles gut. Ich will dich einfach nur in meinem Leben, egal was war. Mir ist egal, was du getan hast.«

Zander horchte auf. *Emily glaubt, dass Tara beteiligt war.*

»Verschwinde von hier!« Tara schüttelte Emilys Arm ab. »Und denk daran: Du hast Bella und mich nie gesehen!« Sie verließ das Zimmer mit großen Schritten.

* * *

»Was verheimlicht sie uns?«, fragte Emily.

Zander zögerte, die Theorie anzusprechen, die seit Beaverton an ihm nagte. Sie waren schon fast wieder an der Küste. »Sie glaubt, dass jemand anders deinen Vater ermordet hat.«

Emily sagte nichts.

»Und dass dieselbe Person deine Mutter ermordet hat. Ob das stimmt oder nicht, sie ist jedenfalls davon überzeugt.«

»Aber wie glaubwürdig ist sie?«, fragte Emily. »Sie hatte eine Fahne, und sie hat ja auch zugegeben, dass sie ein Alkoholproblem hat. Sie macht so einen angespannten Eindruck, ganz anders als früher. Ein Segen, dass sie Wendy hat, die sich auch um Bella kümmern kann.«

»Ihre Schwiegermutter kam mir wie eine Wärterin vor. Es hat mich nicht überrascht, dass sie uns verboten hat, noch einmal mit Tara zu sprechen. Dass sie uns rausgeworfen hat.«

Er beobachtete Emily beim Fahren aus dem Augenwinkel. Sie war nachdenklich und still. Nicht offen und entschlossen wie sonst. »Du hast mir gesagt, Tara sei in der Nacht, in der dein Vater umgebracht wurde, da gewesen. Aber sie hat der Polizei gesagt, dass sie nicht da gewesen sei.«

»Korrekt. Ich habe sie in der Nacht mit jemand anderem gesehen.«

»Nachdem dein Vater erhängt worden war?«

Ihre Schultern bebten ganz leicht. »Ja.«

»Und sie hat heute wiederholt, dass sie bei einer Freundin war.« Er machte eine Pause und versuchte, seine nächste Frage richtig zu formulieren. »Kann es sein, dass dich deine Erinnerung trügt?«

Sie wandte sich ab und sah zum Fenster hinaus. »Das habe ich mich in den letzten zwanzig Jahren schon tausendmal gefragt. Und das hat mich auch davon abgehalten, es der Polizei zu erzählen. Und natürlich wollte ich Tara nicht in Schwierigkeiten bringen. Aber selbst wenn ich mich getäuscht habe, ist es klar, dass Tara irgendetwas verbirgt.«

»Deine Mutter hat sich ein paar Tage, nachdem Tara weggegangen ist, das Leben genommen, richtig?«

»Richtig. Ich habe mich immer gefragt, ob Tara das überhaupt wusste.«

»Wer hat damals die Ermittlungen geführt?«

»Ich nehme an, der Clatsop County Sheriff. Der auch Dads Mord untersucht hat. Ich habe nie gefragt.« Sie atmete aus. »Ich wollte nie fragen«, fügte sie leise hinzu.

Das konnte Zander gut verstehen. In der Vergangenheit zu wühlen, war schmerzhaft. Er vermied es, so gut es ging.

Emily setzte sich auf. »Die Ampeln funktionieren nicht.« Sie waren gerade in die Hauptstraße von Bartonville eingebogen.

»Bei dem Sturm …«, sagte Zander. Zweige und Abfall wehten über die Straße. Schon vor der Gebirgskette der Küste war es sehr windig gewesen, aber je näher sie Bartonville kamen, desto bedrohlicher schwankten die Tannen im Sturm. »Wenigstens regnet es nicht mehr.«

»Die Kirche ist dunkel und die Post auch«, bemerkte Emily, als sie durch die Stadt fuhren. »Bitte setz mich am Diner ab und nicht zu Hause. Wenn es noch irgendwo Strom gibt, dann dort.«

»Wie kommt das?«

»Wir haben zwar nie Geld für Kameras ausgegeben, aber vor ungefähr zehn Jahren hat Vina in ein richtig gutes Überbrückungssystem investiert. Mit der Begründung, dass die Leute immer was essen müssen, vor allem wenn sie in ihren eigenen Küchen nicht kochen können. Das System hat sich doppelt und dreifach ausgezahlt.«

Zander fuhr auf den Parkplatz. Emily hatte recht. Der Diner war hell erleuchtet, und der Parkplatz war so voll, wie er ihn noch nie gesehen hatte. »Ich hole mir einen Kaffee und ein Sandwich zum Mitnehmen. Hoffentlich gibt es beim Sheriff Strom.«

»Im Diner ist wirklich viel los. Sie brauchen meine Hilfe.«

»Wie geht es dir?« Er sah sie aufmerksam an.

»Gut. Zu gut. Als wir von Tara losgefahren sind, habe ich noch eine Schmerztablette genommen.«

Er war skeptisch, aber er wollte sich nicht mit ihr streiten.

Er parkte und folgte ihr hinein. Die meisten Tische waren besetzt. Thea und Vina eilten zwischen den Gästen umher. Dory war nirgends zu sehen. Die meisten Leute tranken nur Kaffee und schienen den Sturm aussitzen zu wollen. Die Stimmung war etwas überdreht, der Sturm war hier ein soziales Ereignis.

Emily deutete Richtung Küchentür. »Sag Leo einfach, ich hätte gesagt, er soll dir was zum Mitnehmen machen. Ich muss loslegen.«

»Bleib da, wo Leute sind, okay?«

Sie sah ihn verständnislos an. Dann erinnerte sie sich, und sie wirkte deutlich weniger zuversichtlich. Sie nickte kurz und machte sich auf den Weg zu ihrem Büro.

Hatte sie wirklich schon vergessen, dass gestern jemand auf sie geschossen hat?

Zander ging zur Küche und drückte zögerlich gegen die Tür. Er fühlte sich wie ein Eindringling.

Leo bemerkte ihn sofort. »Hey, Zander«, sagte der kahle Koch.

»Ich habe Emily abgesetzt. Sie meinte, Sie könnten mir ein Sandwich zum Mitnehmen machen?«

»Na klar. Mit Speck, Salat und Tomaten?«

»Perfekt.«

Als Leo den Speck auf die Grillplatte legte, zischte er laut. Zander lief das Wasser im Mund zusammen.

»Neben der Kaffeemaschine gibt es Becher.«

Zander nahm sich den größten Becher und kippte eine halbe Kaffeekanne hinein. Er drückte gerade den Deckel darauf, als ihn jemand am Ellenbogen streifte. Er zuckte zusammen und hätte um ein Haar den Kaffee umgestoßen. Isaac hatte sich so leise wie eine Katze an ihn herangeschlichen.

»Sorry.« Isaac starrte auf seine Schuhe. Seine Haare waren windzerzaust, und er trug noch eine dicke Jacke. Er roch nach feuchter Erde und frischer Luft.

»Kein Problem. Kommst du zur Arbeit?« Zander fragte sich, was der Junge von ihm wollte.

»Zur zweiten Schicht. Ich war heute Morgen schon einmal da. Sie haben mich angerufen, weil der Strom ausgefallen ist und die halbe Stadt hier aufkreuzt. Jedes Mal dasselbe.« Er starrte immer noch auf seine Schuhe.

Zander wartete. Als nichts kam, fragte er: »Wolltest du etwas von mir?«

Endlich sah Isaac ihm in die Augen. »Suchen Sie immer noch nach Billy Osburne?«

Zander war plötzlich hellwach. »Allerdings. Hast du ihn gesehen?«

»Ja. Ich glaube, er ist bei einem Mädchen.«

Zander hielt seine Ungeduld im Zaum. »Geht das noch etwas genauer?«

Isaac machte eine Grimasse. »Ich hatte ihn kurz vorher in dem Auto des Mädchens gesehen. Sie wohnt drei Häuser von unserem entfernt. Bevor ich hergekommen bin, bin ich vorbeigegangen, um sicherzugehen. Da war er draußen und hat ein paar Äste von der Einfahrt geräumt.«

»Ganz schön leichtsinnig von ihm.«

»Es ist eine lange Einfahrt, und er war direkt vor der Garage. Die Häuser liegen alle weit auseinander und weit von der Straße zurück unter den Bäumen. Man sieht seine Nachbarn nicht. Ich bin nicht so nah rangegangen.«

»Was, wenn er dich gesehen hat?«

»Hat er nicht.« Isaac klang ganz sicher.

»Wie lange ist das her?«

»Eine Viertelstunde.«

»Hier ist Ihr Sandwich, Zander.« Leo schob ihm eine helle Schachtel rüber.

»Danke.« Zander nahm sie an sich und wandte sich wieder an Isaac. »Warum hast du die Polizei nicht angerufen, als du ihn gesehen hast?«

»Ich sage es Ihnen.« Isaac wurde rot, und er starrte wieder auf seine Schuhe.

»Aber du wusstest doch nicht, dass ich hier sein würde.«

Der Teenager wand sich. »Ich will nicht mit der Polizei sprechen.«

Zander beließ es dabei. Was auch immer der Junge gegen die Polizei hatte, spielte im Moment keine Rolle. Er klemmte sich die Sandwichbox unter den Arm, schnappte sich den Kaffee, ging aus der Küche und rief beim Hinausgehen den Sheriff an.

31

Madison fand Emily im Büro vor. Sie hatte ihre Schwester mit Zander Wells hereinkommen und gleich verschwinden sehen.

Sie beobachtete Emily kurz von der Tür aus, wie sie Papiere durchblätterte. Unter ihrem Haar schien der weiße Verband hervor.

Sie hätte sterben können.

Sie ist das Herz unserer ungewöhnlichen Familie.

Madison hatte all das, was Emily tat, eigentlich nie wertgeschätzt. Bis jetzt. »Geht es dir einigermaßen gut?«

Emily zuckte zusammen. »Alles okay, es ist nichts weiter.«

»Doch, ist es wohl, Emily. Ich habe mit Janet vom Krankenhaus gesprochen. Sie sagt, die Verletzung hätte sehr ernst sein können.«

»Du solltest deiner Freundin lieber Nachhilfe in Sachen Schweigepflicht geben.«

»Ich bin sicher, dass sie keine braucht.«

Emily schnaubte. »Und wie läuft es da draußen?«

»Gut. Vina und Thea leisten unseren Gästen Gesellschaft und füllen ihnen Kaffee nach. Zwei Drittel der Stadt hat keinen Strom – die Villa auch nicht.«

»Hab ich mir gedacht. Irgendwie scheinen wir immer die Ersten zu sein.«

»Was ist das?«, fragte Madison und deutete auf die prall gefüllte Hängetasche auf dem Schreibtisch.

Emilys Gesicht leuchtete. »Das hat Simon mir gestern gegeben. Er hat ganz viele Fotos und Dokumente gesammelt, die mit den Bartons zusammenhängen.« Sie zog den Inhalt hervor.

Beim Anblick einiger schwarz-weißer Fotos kam Madison neugierig näher. Unter dem ersten Foto stand in ungelenken Buchstaben *Sägemühle Barton.* Sie tippte auf einen Mann auf dem Bild. »Das ist unser Ururgroßvater.« Er stand zwischen einem Dutzend anderer rauer Männer in stolzer Pose. »Das muss zu Beginn des zwanzigsten Jahrhunderts gewesen sein.«

»Genau. Das ist George.«

Madison betrachtete die anderen Männer. Vielleicht lebten einige ihrer Nachfahren noch in Bartonville. Hey, vielleicht waren einige von ihnen gerade im Diner.

»Hast du das Foto schon mal gesehen? Ich nicht.«

»Ich auch nicht«, sagte Emily.

Es waren noch ein paar Holzfällerfotos da. George Barton, wie er sich gegen eine gefällte Tanne lehnte, deren Stammumfang breiter war als er groß. Eine Zugmaschine mit dem Namen Barton an der Fahrertür, auf deren Anhänger ein einziger gigantischer Stamm lag.

»Alles vorbei«, sagte Madison still. Sie bedauerte mit einem Mal, dass das Familiengeschäft, das sie nie gekannt hatte, nicht mehr existierte. Am Ende wurde im Sägewerk nur noch fremdes Holz verarbeitet, weil die eigenen Bestände abgeholzt waren. 1980 verkaufte die Familie das Sägewerk. Die neuen Besitzer schlossen sie und hatten Pläne, die nie umgesetzt wurden. Jetzt war aus ihr und ein paar anderen Gebäuden eine kleine rostige Geisterstadt geworden. Madison ging die nächsten Fotos schnell durch und legte sie dann ordentlich aufeinander. Sie wollte zu den Farbfotos weiter unten kommen.

Das erste von ihnen war ein Profifoto von der Villa. Bei ihrem Anblick seufzte Emily. Madison konnte das verstehen. Die Villa schimmerte im Sonnenschein, die Gartengestaltung war tadellos. Der Außenanstrich war frisch, alle Pfosten des Verandageländers waren an Ort und Stelle. Auf einem Tischchen auf der Veranda warteten ein Krug Limonade und hohe Gläser darauf, dass die Bewohner sich entspannt niederließen.

Madison legte es mit dem Gesicht nach unten auf den Stapel mit den bereits angesehenen Fotos.

»Ooooh!«, rief Emily und nahm das nächste Foto in die Hand.

Vier junge Frauen standen lachend untergehakt auf der Vordertreppe. Ihre einfachen Kleider hatten weite, knielange Röcke und betonten ihre unglaublich schmalen Taillen. Es musste ein Feiertag sein, denn alle vier trugen kurze weiße Handschuhe. Den Narzissen und Tulpen nach zu schließen war es wohl Ostern.

Madison erkannte ihre Großtanten und ihre Großmutter.

So jung.

»Sie ist schwanger.« Emily deutete auf ihre Großmutter.

Richtig, deren Taille war nicht so schmal wie die der anderen. »Mit wem, glaubst du? Mit Mom oder mit Onkel Rod?«

»Sieht wie Ende der Fünfzigerjahre aus. Also mit Onkel Rod.«

Madison hielt das Foto hoch und suchte im Gesicht ihrer Großmutter nach einer Ähnlichkeit mit ihr selbst, fand aber keine. Ihre Großmutter war gestorben, als ihre Mutter noch sehr klein war. Madison hatte sie nie kennengelernt.

»Alles Mädchen«, kommentierte Emily.

»Der Fluch der Bartons«, witzelte Madison. Es hatte in einem Jahrhundert Bartons nur sehr wenige Jungen gegeben. Ihre Vorfahren hatten normalerweise viele Mädchen und einen einzigen Jungen bekommen.

»Guck mal, hier!« Emily zeigte auf das Handgelenk ihrer Großmutter. »Erinnerst du dich an das Armband?«

»Das mit den Anhängern? Ich wusste nicht, dass es so alt war.«

Alle drei Schwestern hatten mit dem Armband gespielt. Es war breit und bestand aus den unterschiedlichsten Messingplättchen, zwischen denen ein paar farbige aus Emaille glänzten. »Großmutter muss es Mom geschenkt haben. Erinnerst du dich, wie wir uns gestritten haben, welche von uns es ummachen darf?«

»Ich habe stundenlang dagesessen und mir die Plättchen angesehen.« Ein verträumter Ausdruck lag auf Emilys Gesicht. »Ich habe es wirklich geliebt.«

Madison ging es ebenso. Auch eines von den Dingen, die sie durchs Feuer verloren hatten.

»Alle vier Schwestern sind so schön«, sagte Emily. »Warum hat nur Großmutter geheiratet?«

Madison kannte die Antwort nicht. Ihre Großtanten hatten immer nur abgewunken, wenn sie sie gefragt hatte. Vom nächsten Foto grinste ihnen ihr Vater entgegen.

»Wo ist das?«

Emily betrachtete es ganz genau. Sieben Angler standen vor einer kleinen Kneipe. »Ist das nicht heute der Perlenladen? Aber warum ist das bei den Barton-Fotos? Dad war doch ein Mills?«

»Wegen Onkel Rod.« Er stand neben ihrem Vater, dem er einen Arm um die Schulter gelegt hatte.

»Ach, ich habe ihn gar nicht erkannt.« Emily kniff die Augen zusammen. »Guck mal, ist das nicht Sheriff Greer? Und Harlan Trapp … mit Haaren.« Sie kicherte.

»Und Simon Rhoads.« Ein paar Halbstarke, die den Fischen ordentlich Angst einjagen würden.

»Mit diesem Foto könnten wir beide erpressen, den Sheriff und den Bürgermeister«, sagte Madison immer noch kichernd. »Auf so ein Image sind weder Greer noch Harlan Trapp scharf.« Madison ging die nächsten Fotos durch. Dieselben Männer in denselben Möchtegern-Muskelprotz-Posen. »Idioten.«

Emily stupste sie grinsend mit dem Ellenbogen an. »Die waren jung. Und wahrscheinlich betrunken.«

Und dann war da das Foto eines Paares auf einem Felsen hoch über dem Meer. »Mom und Dad«, sagte Madison atemlos. »Das habe ich noch nie gesehen.« Ihre Mutter war im Profil abgebildet, wie sie ihren Mann von unten ansah, mit einem seligen Lächeln. Er lachte in die Kamera. Das war das liebevolle Paar, das ihre Tanten ihnen immer beschrieben.

Eine traurige, verwirrte Ehefrau.

Anitas Worte klangen ihr in den Ohren. Tante Dory hatte vor zwei Tagen etwas Ähnliches gesagt. Von der Frau auf dem Bild schien das weit entfernt.

Haben Anita und Dory mir die Unwahrheit gesagt?

»Das ist die Stelle, an der ich fast gestorben wäre. Wahnsinn, was für ein leichtsinniges Kind ich war!«, rief Emily.

»Kann man wohl sagen!«

»Du hättest genauso gut über die Abbruchkante fallen können, Madison!«

Plötzlich fiel Madison die Taschenuhr ihres Vaters wieder ein. Die Schüsse und der Unfall hatten die Gedanken daran verdrängt. Sie sah zu Emily hinüber, die sich das Foto von ihren Eltern mit einem wehmütigen Blick ganz dicht vor die Augen hielt. *Jetzt oder nie.*

»Ich habe seine Taschenuhr in deinem Zimmer gefunden, Em.«

Emily legte das Foto auf den Tisch und blickte Madison entgeistert an. »Du warst in meinem Zimmer?«

»Ja. Tut mir leid. Aber warum hast du die Uhr? Hast du sie die ganzen Jahre über versteckt?« Das Gesicht ihrer Schwester war ausdruckslos, aber Madison merkte genau, wie die Wut in Emily hochkochte. »Mom hat jeden Stein nach der Uhr umgedreht!«

»Ich weiß.«

Madison verschränkte wartend die Arme.

»Ich habe sie … an dem Morgen in Lindsays Garten gefunden.«

Madison Herz machte einen Satz. »Was?«

»Ich bin draufgetreten.«

»Wie …?« Madison konnte keinen klaren Gedanken fassen. »Warum …?«

»Ich weiß es nicht.« Ein Schatten huschte über Emilys Miene. »Glaub mir, ich bin immer noch so durcheinander wie du jetzt. Nachdem ich es den FBI-Agenten erzählt habe, sind Agent McLane und ich losgefahren, um sie zu holen … Und dann ist der Unfall passiert.« Sie musste schlucken.

»Was … hat das … zu bedeuten?«, stammelte Madison.

»Wenn ich das wüsste!«

Plötzlich stand Madison ein ganz klares Bild von Emily, wie sie in der Mordnacht etwas aufhob, vor Augen. »Ich habe dich in der Nacht, in der Dad … Ich habe dich in der Nacht draußen gesehen. Du hast etwas aus dem Gras aufgehoben. Als ich die Uhr gefunden habe, habe ich angenommen, dass du sie damals an dich genommen hast.«

Emily wurde blass. »Aber damals hast du keinen Ton gesagt.«

»*Du* hast keinen Ton gesagt! Die Ermittler haben geglaubt, dass du im Haus gewesen bist. Aber ich habe dich draußen gesehen.« Ihr Herz schlug immer schneller. Ihr wurde so schwindelig, dass sie sich setzen musste.

Der Mund ihrer Schwester öffnete und schloss sich wieder.

»Warum hast du es niemandem gesagt?« Madison atmete etwas langsamer. »Was verheimlichst du?«, flüsterte sie. In ihrer Stimme lag die deutliche Bitte, dass Emily ehrlich zu ihr sein möge.

An Emilys Hals standen die Sehnen hervor, ihr Puls an der Schlagader war deutlich zu erkennen.

»Emily.«

Ihre Schwester massierte sich die Schläfen. »Was, wenn es nicht stimmt?«

»Wenn was nicht stimmt?«

Emily sah wieder das Foto ihrer Eltern an. »Dass ich Tara in der Nacht draußen gesehen habe?«

»Tara? Die war doch bei ihrer Freundin, das weißt du doch.« Madison wurde übel. »Ich habe gedacht, ich hätte Mom im Garten zwischen den Bäumen gesehen.« Sie schlug die Hände vors Gesicht. »Was hat das alles zu bedeuten?«

»Das war nicht Mom«, sagte Emily. »Du glaubst das wegen der Haare. Aber das war Tara.«

»Bist du sicher?«

»Ganz sicher.« Emilys Stimme klang hohl. »Tara, wie sie durch den Wald weggerannt ist.«

»Warum hast du das nie gesagt?«

»Warum hast du nicht gesagt, dass du mich gesehen hast?«, kam Emilys Gegenfrage wie aus der Pistole geschossen.

»Weil ich dich schützen wollte!«

»Und ich wollte Tara schützen!«

Die beiden Schwestern starrten sich schnell atmend an. Die Luft in dem kleinen Büro war schwer vor Schuld und Geheimnissen.

Emily hat geglaubt, Tara zu schützen, indem sie geschwiegen hat.

»Was hat Tara getan?«, flüsterte Madison.

»Ich weiß es nicht … Und ich will es auch gar nicht wissen.«

Die Erkenntnis traf Madison wie ein Hammerschlag. »Deswegen hast du nie nach ihr gesucht!«

»Ich wollte nicht wissen, was sie getan hat!« Emilys Augen waren nass. »Es musste etwas Schlimmes sein. Warum hätte sie uns sonst im Stich lassen sollen?« Sie legte das Foto zurück. Auf ihrem Gesicht spiegelten sich widersprüchliche Empfindungen.

»Was ist?« Madison sank das Herz. »Sag's mir, Emily!«

»Zander hat Tara heute Morgen gefunden. Ich habe vor ein paar Stunden mit ihr gesprochen.«

Madison wurde eiskalt.

»Mädels?« Dory stand in der Bürotür. Sie sah besorgt aus und rang die Hände.

»Was ist denn, Tantchen?«, erkundigte sich Emily so obenhin, als hätte sie gerade mit Madison übers Wetter gesprochen. Madison war sprachlos. Emilys Enthüllung zog ihr den Boden unter den Füßen weg.

Dory runzelte die Stirn. Die Falten in ihren Mundwinkeln vertieften sich. »Ich glaube, ich habe Tara eben gesehen.«

Emily sprang auf. »Wo?«

»Also … ich glaube, dass sie es war.« Sie sah sie unsicher an. »Aber ihr wisst ja, dass ich schon ein paar Mal geglaubt habe, ich hätte sie gesehen.«

Das stimmte. Dory hatte sie schon mehrmals auf Suchtouren geschickt, von denen sie erschöpft und durcheinander zurückgekommen waren.

»Sie hat mir in die Augen gesehen«, fuhr Dory etwas wackelig fort. »Natürlich war sie älter. Und ihre Haare waren kurz und braun. Aber diesmal bin ich wirklich sicher.«

Madison war enttäuscht. Dory war wieder verwirrt.

»Braune Haare?«, fragte Emily und packte Dory am Arm. »Bist du sicher?«

»Ja. Und sie gingen ihr bis hier.« Dory hob ihre Hand ans Kinn.

»Madison, das ist sie!«, sagte Emily aufgeregt. »Sie ist zurückgekommen!«

»Warte mal.« Madison kam nicht mehr mit. »Hat sie jetzt so eine Frisur?«

»Ja, genau. Ist sie im Diner, Dory?«

»Nein. Ich habe sie in einem Auto gesehen – na ja, in einem dieser SUV-Dinger.«

»Wo?«, fragte Emily ungeduldig.

»Sie ist mir entgegengekommen, als ich in die Stadt gefahren bin. Im Rückspiegel habe ich gesehen, dass sie in die Straße zum Park eingebogen ist.«

»Die führt nur zu einem Ort«, sagte Emily und hielt Madison ein Foto unter die Nase. »Zu diesem.«

Es war das Foto ihrer Eltern auf dem Aussichtspunkt auf der Klippe.

32

Zander traf Sheriff Greer vor Leos Haus.

Laut Isaac versteckte sich Billy Osburne drei Häuser von dem entfernt, in dem er mit Leo wohnte. Ein Deputy war vorbeigefahren, aber das Haus lag so weit von der Straße zurück unter den hohen Bäumen, dass es von der Straße aus nicht gesehen werden konnte.

»Wie glaubwürdig ist Ihr Zeuge?«, fragte Greer und hielt seinen Hut gegen den starken Wind fest. Zwei weitere Deputys standen mit ihnen zwischen den Autos, außer Sichtweite der Straße.

Zander bezweifelte, dass irgendjemand auf der Straße vorbeifuhr. Es war eine menschenleere Gegend. Nur die Schotterzufahrten, die hier und da von der Straße abbogen, deuteten auf Häuser hin.

Es war ein guter Ort zum Untertauchen.

Zander dachte daran, wie schwer es Isaac gefallen war, ihm von Billy zu erzählen, doch so nervös er auch gewesen sein mochte, so sicher hatte er gewirkt. »Mein Zeuge ist relativ nah rangegangen. Er war sicher, dass es Billy war.«

»Das Haus ist vermietet. Der Besitzer sagt, die jetzige Mieterin heißt Rachel Wolfe.«

»Kyle Osburne hat ja auch vermutet, dass sein Bruder bei einem Mädchen sein könnte.«

Der Sheriff schnaubte. »Ich wüsste zu gern, ob der Bursche bewaffnet ist.«

»Nicht unwahrscheinlich«, sagte Zander. »Schließlich wird er verdächtigt, Nate Copeland erschossen zu haben.«

Die Deputys wurden unruhig, als ihr ermordeter Kollege erwähnt wurde. Die beiden waren noch jung, etwa Mitte zwanzig, und Zander konnte nur hoffen, dass ihre Gefühle den Ausgang der jetzigen Aktion nicht beeinflussten. Der Deputy namens Daigle kam Zander bekannt vor. Dann fiel ihm ein, dass Daigle mit Nate an dessen Todestag zum Strand hatte fahren wollen.

»Das Einsatzkommando ist in Alarmbereitschaft«, sagte der Sheriff. »Wenn wir sicher sind, dass Billy dadrin ist, müssen sie dabei sein, wenn wir reingehen. Aber das wird mindestens eine Stunde dauern. Das Team besteht aus ein paar meiner Deputys, Beamten aus Astoria und aus Seaside.«

»Verstehe.« Zander war ungeduldig, auch wenn er wusste, dass es richtig war, auf die Leute vom Einsatzkommando zu warten, die im Umgang mit möglichen Pattsituationen oder Geiselnahmen geschult waren.

»Aber ich will hier auch nicht rumstehen und auf sie warten. Vielleicht ist dann niemand mehr drinnen«, sagte Greer. »Ich bin eigentlich immer dafür, an die Haustür zu klopfen. In neunundneunzig Prozent aller Fälle löst es die Situation.«

Zander musterte die beiden Deputys. Sie trugen schusssichere Westen und schwere Gürtel unter ihren dicken Jacken. An die Tür zu klopfen, war das Einfachste, aber es konnte innerhalb des Bruchteils einer Sekunde eine tödliche Wendung nehmen. Die beiden Männer wirkten einsatzbereit. Ihr Adrenalinpegel war mit Sicherheit in die Höhe geschossen. So wie Zanders. »Ich hole meine Weste.« Er ließ den Kofferraum aufklappen, zog den

Mantel aus und die Weste an. Dann streifte er die Jacke mit dem Schriftzug FBI auf dem Rücken drüber. Die Dämmerung rückte heran. Er wollte vermeiden, dass irgendjemand hier auftauchte und ihn für den Verdächtigen hielt.

»Ich parke vorm Haus. Daigle und ich klopfen an«, sagte Greer. »Und Sie und Edwards sichern die Hintertür, für den Fall, dass wir ihn hinten rausscheuchen.« Greer gab den Plan über sein Schultermikro an die Einsatzzentrale weiter.

Zander und Edwards joggten los, um hinter dem Haus zu sein, bevor Greer in die Einfahrt fuhr. Kurz vor der Zufahrt zum dritten Haus liefen sie in den Tannenwald hinein, der den Großteil des Grundstücks bedeckte. In den Bäumen hoch über ihren Köpfen sauste es, und die Luft roch nach feuchter Erde, dem dunklen Geruch irdischen Zerfalls. Sie liefen zwischen den dicken Bäumen hindurch, bis sie die Hintertür des Hauses sahen. Sie führte zu einer kleinen Veranda, von der drei Stufen zu einer Rasenfläche hinunterreichten.

»Ich gehe rüber zur anderen Seite und lasse Greer wissen, dass wir Stellung bezogen haben«, sagte Edwards. Er lief los, und Zander stand verdeckt hinter einer großen Tanne, die Tür im Blick. Ab und an regneten Tannennadeln auf ihn herunter. Aus irgendeinem Grund hatten diese drei Häuser hier draußen noch Strom. Sicherlich nicht mehr lange.

Lichtkegel krochen über das Haus und die Bäume, als Greer die Einfahrt hochgefahren kam. Zwei Autotüren knallten.

Zander wartete und behielt die Hintertür und ein Fenster im Auge. Er konnte nicht hören, was vorne passierte und ob der Einsatz rundlief. Edwards war nicht mehr zu sehen. Er bewachte die Fenster auf der anderen Hausseite.

Nur der Wind in den Wipfeln und das leise Prasseln der Zweige auf das Dach waren zu hören.

Dann wurde die Hintertür aufgerissen und Billy Osburne kam rausgeschossen, sprang von der Veranda und verschwand im Wald.

»Flüchtige Person!«, rief Zander und setzte ihm nach.

Der Boden war uneben und die Sicht eingeschränkt. Zander rannte so schnell wie möglich, ohne zu stolpern. Er sah keine Waffe in Billys Hand, aber das hieß noch lange nicht, dass er nicht bewaffnet war. Wenigstens leuchtete sein weißes T-Shirt in der Dämmerung. Und jetzt sah Zander, dass Edwards etwas seitlich vor ihm lief. Der Deputy war näher dran an Billy.

Edwards wird dem Sheriff gesagt haben, dass er Billy verfolgt. Die anderen beiden sind wahrscheinlich irgendwo hinter uns.

»Halt! Polizei!«, brüllte Edwards.

Billy beachtete ihn nicht und rannte einfach weiter. Zander legte etwas Tempo zu, setzte auf Geschwindigkeit, nicht auf Sicherheit und hoffte, nicht zu stolpern.

Edwards warnte den Flüchtigen noch einmal.

Dann verlor Zander Billy aus dem Blick, wurde aber nicht langsamer. Ungefähr zehn Meter vor ihm rannte Edwards in die Richtung, in der Billy eben verschwunden war.

Zander stolperte über eine Wurzel, stürzte zu Boden und rollte sich ab. Sofort war er wieder auf den Beinen. Er musste beim Abrollen auf einem Stein gelandet sein, denn seine rechte Hüfte schmerzte. Er sah Edwards und legte keuchend noch einen Zahn zu.

Edwards wurde von etwas Weißem zu Boden geworfen.

Billy.

Billy saß rittlings auf Edwards und ließ seine Fäuste auf das Gesicht des Deputys prasseln. Edwards japste, machte aber keine Anstalten, sich zu verteidigen.

Er bekommt keine Luft.

Billy zerrte an Edwards Halfter. In dem Moment machte Zander einen Hechtsprung, mit dem er Billy auf den

Waldboden schleuderte. Die Luft entwich mit einem lang gezogenen Zischen aus Billys Lunge. Er versuchte vergeblich, Zander abzuwerfen.

Zander packte sein Handgelenk, drehte ihm den Arm auf den Rücken und bog ihn weiter nach oben, bis Billy sich nicht mehr bewegte.

»Verdammte Scheiße, Mann! Brich mir nicht den Arm!«

»Dann beweg dich nicht.« Zander kniete auf Billys Rücken. Edwards hatte sich so weit erholt, dass er ihm Handschellen anlegen konnte. Zander stand auf, schwer atmend und vollgepumpt mit Adrenalin. »Alles klar?«, fragte er Edwards.

»Ja.« Dem Beamten war es offensichtlich peinlich. »Das letzte Mal, dass ich keine Luft mehr bekommen habe, war in der Grundschule, als ich von einer Schaukel gefallen bin.«

»Das schlimmste Gefühl überhaupt.«

»Ihr könnt mich nicht einbuchten! Ihr müsst mich gehen lassen!«

»Soll das ein Witz sein?«, fragte Zander. »Wir hätten da ein paar Fragen über einige Todesfälle im Ort, von denen ich vermute, dass nur Sie sie beantworten können.«

»Nein! Ihr müsst mich laufen lassen. Sonst bringt er mich um.« Seine Stimme überschlug sich. Er drehte den Kopf wie von Sinnen von einer Seite auf die andere.

Zander schaute sich nach allen Seiten im Wald um. »Wer? Edwards vielleicht? Klar, dass der sauer ist, weil Sie ihm die Luft abgeklemmt haben. Aber er wird Sie deswegen nicht gleich umbringen.«

»Der doch nicht, Mann! Ich sollte doch verschwinden.«

»Jemand wollte Sie verschwinden lassen? Oder Sie sollten verschwinden?«

»Wenn er merkt, dass Sie mich geschnappt haben, bin ich tot.« Billy schlug mit der Stirn gegen den Waldboden. »Verdammt. Das war's! Ich bin geliefert!«

Zanders Nackenhaare stellten sich auf. Der Mann hatte Angst. *Vor wem bloß?*

»Geht es um Kyle?«

»O Gott! Kyle! Den macht er auch kalt.« Billy drehte und wand sich und zerrte an den Handschellen.

Greer und Daigle kamen außer Atem an. »Gut gemacht!«, sagte Greer und schlug Edwards anerkennend auf den Rücken.

»Na ja … Er hat mich angegriffen, hat mich angesprungen …«, gab Edwards zu. »Hab keine Luft mehr gekriegt, und er hatte meine Waffe schon fast in der Hand, als Zander ihn überwältigt hat.«

»Das Einzige, was zählt, ist, dass wir ihn haben.« Zander fiel auf, wie saudreckig Billys T-Shirt und Jeans waren. Und zwar nicht von dem Rumwälzen auf dem Waldboden.

»Hat Ihre Freundin denn keine Waschmaschine, Billy?«

»Leck mich!«

»Auf geht's.« Greer packte Billy unter einem Arm, Daigle unter dem anderen, und so hievten sie ihn auf die Füße.

Billy starrte Greer mit weit aufgerissenen Augen an. »Sie müssen mich gehen lassen, Sheriff«, jammerte er.

Zander war fassungslos. *Sind das Tränen?*

»Hören Sie endlich damit auf«, sagte Greer. »Wir haben da eine schöne kleine Zelle, die wartet schon auf Sie.«

»Er wird Kyle und Rachel umbringen, wenn er erfährt, dass ich immer noch hier bin.«

»Moment mal.« Zander ging ganz nah an Billy heran. »Rachel ist die Frau hier im Haus, richtig? Und wer wird sie und Ihren Bruder umbringen?«

Billy ließ den Kopf hängen. »Das kann ich nicht sagen.«

»Verdammt«, sagte Greer. »Für so was ist mir meine Zeit zu schade.« Er zog Billy am Arm.

Der Mann begann panisch zu zittern, riss sich los und machte einen großen Schritt vorwärts. Beim nächsten Schritt stellte Daigle ihm sauber ein Bein. Billy landete auf der Seite, rollte sich zu einem Ball zusammen und zitterte wie Espenlaub.

Die vier Männer warfen sich verwunderte Blicke zu.

Hat er wirklich so eine Todesangst oder verarscht er uns nur?

Zander stupste ihn mit dem Fuß an. »Wir können Kyle nicht helfen, wenn Sie uns nicht sagen, was los ist.«

Billy stöhnte, kugelte sich noch enger zusammen und murmelte etwas vor sich hin.

»Was?« Zander ging in die Hocke. Seine Muskeln brannten von dem Sprint.

»Sie müssen mir versprechen, dass Sie Kyle und Rachel beschützen.«

»Versprochen.«

Billy holte tief Luft. »Jemand hat mir Geld gegeben. Ich sollte mit Sean helfen und mich dann aus dem Staub machen.«

Zander hatte Mühe zu sprechen. »Sie haben jemandem geholfen, Sean umzubringen. Habe ich das richtig verstanden? Aber Lindsay nicht?«

»Nein, Lindsay nicht.« Billy sackte in sich zusammen, als wollte er im Boden verschwinden.

»Wie viel haben Sie dafür bekommen, dass Sie jemandem das Leben genommen haben?« Zander spuckte die Worte aus.

Billy wendete das Gesicht ab. »Zweitausend Dollar«, murmelte er.

Zander stand auf und raufte sich die Haare. *Er lügt. Er muss lügen. Aber warum?* »Wer war das, Billy? Wer hat Sie bezahlt?«

Billy sah nicht auf. »Wenn ich das sage, bin ich tot.«

»Mann, wenn du nicht sofort damit rausrückst, bist du noch schneller tot!« Zander war mit seiner Geduld am Ende. *Er hat seine Seele für zweitausend Dollar verkauft.* »Du hast zwei Sekunden.«

»Harlan Trapp.«

Niemand atmete.

»Unsinn!«, sagte Greer. »Sie beschuldigen den Bürgermeister, einen Mord begangen zu haben?«

Zander hatte den großen kahlen Mann vor Augen, der noch nicht mal eine Gemeindeversammlung in den Griff bekam.

Das ist unser Killer?

Zander hatte Schwierigkeiten, sich das vorzustellen.

Billy drehte sich um und sah Greer in die Augen. »Er ist echt übel. Eigentlich ging es nur um Sean, aber dann hat er Lindsay plötzlich auch kaltgemacht. Wahnsinnig brutal.«

Greer wandte sich angewidert ab.

»Was ist mit Nate?«, fragte Daigle. »Hast du Nate erschossen?«

Billy sagte nichts, rollte sich nur noch enger zusammen.

»Du Arschloch!« Daigle trat ihn mit voller Wucht.

Greer und Edwards packten Daigle und zogen ihn zurück. Greer schubste ihn heftig. »Kommen Sie runter. Wenn ich das noch einmal sehe oder wenn mir irgendetwas in der Art zu Ohren kommt, sind Sie gefeuert!« Daigle taumelte zu einer Fichte hinüber, hieb mit der Faust dagegen, beugte sich vor und übergab sich.

Die anderen drei wandten sich ab.

»Ich lüge nicht. Das mit Harlan stimmt«, sagte Billy mit gebrochener Stimme vom Boden her. »Er ist ein Psycho. Er hat mir damit gedroht, dass er Kyle umbringt, wenn ich mich nicht um Nate kümmere. Er denkt, dass Nate uns bei Sean gesehen hat.«

»Was ist mit Emily Mills? Sollten Sie die auch töten?« Zander fiel das Atmen schwer. »Haben Sie gestern auf Emily und Ava McLane geschossen?«

»Über Emily hat er nichts zu mir gesagt. Und die andere kenne ich nicht.«

»Warum wollte Harlan, dass Sean stirbt?«, fragte Zander. Er zuckte zusammen, als Daigle sich wieder übergab.

»Keine Ahnung.«

»Sie haben ihm geholfen, einen Mann zu töten, und Sie wissen nicht, warum?«, fragte Greer.

»Er hat gesagt, Sean wüsste was über ihn.«

»Und was?«

»Keine Ahnung.«

Jetzt hätte Zander Billy am liebsten auch getreten.

33

Sheriff Greer bestand darauf, auch bei Harlan Trapp zu klopfen. Zander zögerte. Es hatte bei Billy gut geklappt, aber es zweimal an einem Tag zu versuchen, hieß, ihr Glück auf die Probe zu stellen.

»Er kennt mich«, sagte Greer. »Dass der Sheriff in einer Nacht auftaucht, wo der Großteil der Stadt keinen Strom hat, wird ihn nicht im Geringsten überraschen. Er wird mich reinlassen.«

»In seiner Gegend gibt es auch keinen Strom«, meldete Edwards.

»Na, dann wird er sich ja über meine Taschenlampe freuen.«

Zander hatte Greer beiseitegenommen, nachdem Billy Osburne abgeführt worden war. »Billy beschuldigt den Bürgermeister. Wie geht es Ihnen damit?«

Der Sheriff sah nachdenklich aus. »Wie es mir damit geht, tut nichts zur Sache. Es ist eine ernst zu nehmende Anklage, die wir verfolgen müssen.«

»Aber können Sie sich vorstellen, dass er dazu fähig ist? Wie Billy sagt?«

»Was für ein Wahnsinn! Nein! Ich kenne Harlan fast mein ganzes Leben. Der netteste Typ, den man sich vorstellen kann.

Ich bin sicher, dass das alles unglaublicher Unsinn ist, und ich freue mich schon auf meine nächste Unterhaltung mit Billy. Dann wird er hoffentlich eher bereit sein, uns die Wahrheit zu sagen. Wie auch immer, er hat zugegeben, Sean und Nate umgebracht zu haben.« In den Worten des Sheriffs schwang eine kaum unterdrückte Wut.

»Und denken Sie, dass sein Bruder beteiligt war?«

»Der steht als Nächster auf meiner Liste.«

Obwohl der Sheriff kaum Bedenken hatte, nahmen die vier dieselben Positionen ein wie vorher. Harlan Trapps Haus stand nicht zurückgesetzt unter dichten Bäumen. In der unmittelbaren Nähe waren weitere Häuser, glücklicherweise ohne umzäunte Grundstücke. Diesmal standen Zander und Edwards nah beieinander. Es war stockfinster. Nirgends ein Lichtschimmer. Die Nachbarschaft des Bürgermeisters wirkte, als wäre sie von Zombies eingenommen worden.

Der Sheriff parkte in der Einfahrt. Zander wartete.

Edwards Mikro knisterte. »Keiner macht auf«, sagte der Sheriff. »Sein Auto ist nicht in der Garage.«

»Ich klopfe an die Hintertür«, gab Edwards zurück.

Zander atmete aus. Sie pirschten sich vorsichtig an die Glasschiebetür hinter der Terrasse. Edwards schlug die Lampe leicht gegen das Glas. »Mr Trapp! Sind Sie zu Hause? Wir sind vom Clatsop County Sheriff.«

Ein paar Häuser weiter bellte ein Hund, aber aus Trapps Haus war kein Laut zu hören. Edwards klopfte und rief noch einmal.

»Scheint keiner da zu sein«, sagte Zander schließlich, nachdem er durch die Tür gespäht und sie vergeblich versucht hatte aufzustoßen. Er konnte drinnen die Umrisse von Möbeln erkennen, aber sonst nichts.

»Checken Sie die Fenster«, kam es durch Edwards Mikro. »Ich komme an der Südseite nach hinten, Daigle an der Nordseite.«

Ein paar Augenblicke später trafen die vier im Garten aufeinander.

»Die Vordertür ist abgeschlossen«, sagte Daigle.

»Die Hintertür auch.«

»Ich fahre zurück zur Polizeistation und versuche, Billy zum Reden zu bringen«, sagte der Sheriff. »Ihr beide gebt Harlans Nummernschild und die Beschreibung seines Wagens durch«, ordnete Greer an. »Wenn ihn irgendjemand sieht, hat er zuerst mich zu kontaktieren.«

»Ich sehe nach, ob er im Diner ist«, sagte Zander. »Da fährt man ja wohl hin, wenn der Strom ausfällt.«

»Halten Sie mich auf dem Laufenden«, sagte der Sheriff.

* * *

Zander hielt im Restaurant Ausschau nach dem kahlen Kopf von Harlan Trapp. Er bog in den kleinen Flur zum Büro, wo er Dory vorfand, die sich beseelt die alten Fotos aus Simon Rhoads Ordner ansah. Zander mochte die Frau, die er für sich Tante Nummer drei nannte. Sie war zwar etwas durcheinander, aber gutherzig und freundlich. Sie trug den gleichen blassgelben Strickpulli, den er heute schon an ihren Schwestern gesehen hatte.

»'n Abend, Dory. Wo treibt Emily sich denn herum?«

Sie strahlte ihn an. »Special Agent Zander! Wie schön, Sie wiederzusehen. Wir müssen Sie unbedingt wieder zum Tee bei uns in der Villa einladen – wenn der Strom zurück ist. Einmal hat ein Stromausfall fünf Tage gedauert. Das war schrecklich.« Sie hob ein Foto in die Höhe. »Können Sie erkennen, welche von denen ich bin?«

Das Foto von vier eleganten Damen brachte ihn zum Lächeln. »Sie sind die dritte. Sie haben Madison damals sehr ähnlich gesehen.«

»Sie finden also, ich sei scharf gewesen?« Sie zwinkerte ihm zu.

»Das kann man wohl sagen! Hat Emily –«

»Ich weiß nicht, woher Emily diese Fotos hat, aber sie haben so viele Erinnerungen an unsere Jugend aufgewühlt. Und mittlerweile bekommen wir schon Ermäßigung für Senile … äh … für Senioren.«

Er dachte daran, dass Simon Emily ausdrücklich gebeten hatte, Dory die Fotos nicht zu zeigen. Dann zog ein Foto auf dem Tisch seine Aufmerksamkeit auf sich. »Ist das der Sheriff?«, fragte er grinsend. Die Männer, die auf dem Foto abgebildet waren, strahlten eine Kameradschaft aus, die Zander nie erlebt hatte. Er schätzte, dass die meisten Ende zwanzig, Anfang dreißig sein mussten. Sie hatten Angeln und Kisten mit Ausrüstung dabei. Der Sheriff war leicht zu erkennen, er war damals genauso hager gewesen wie heute.

»Ja, genau. Das ist Merrill. Raten Sie mal, wer das ist.« Sie zeigte auf einen Mann.

Da er erst fünf Tage hier war, überraschte es ihn nicht, dass er es nicht wusste. Er schüttelte den Kopf.

Sie suchte nach einem anderen Foto. »Hier kann man ihn besser erkennen.«

Es war zur selben Zeit mit denselben Männern aufgenommen worden, aber sein Gesicht war jetzt schärfer. Zander kam trotzdem nicht drauf.

»Das ist Lincoln. Der Vater der Mädchen.«

Jetzt erkannte Zander, wie sehr seine Augen denen von Emily ähnelten. Lincoln machte eine Geste. In Zanders Gliedmaßen breitete sich eisige Kälte aus. Er prüfte die Hände der anderen Männer.

»Verdammt«, flüsterte er. Er schob die Fotos auf der Schreibtischplatte hin und her und entdeckte noch zwei weitere von der Gruppe.

»Dory, wer ist das?«

Sie sah genauer hin. »Na, das ist unser Bürgermeister, Harlan Trapp. Ich habe ganz vergessen, dass er irgendwann mal Haare hatte.« Sie kicherte. »Und das hier ist Simon. Er hat früher blendend gut ausgesehen. Leider hat er sich damals nicht für mich interessiert. Vielleicht hätte ich Ja gesagt.«

»Wer sind die anderen?«

»Also, dies ist Rod Barton, Brendas Bruder, der Onkel der Mädchen. Und der hier ist Merrill Greer. Die anderen kenne ich nicht.«

Harlan Trapp stand neben dem Sheriff. Seine rechte Hand hielt er vor dem Bauch und deutete mit zwei Fingern und dem Daumen auf Greer. Lincoln Mills und die anderen beiden Männer, die Dory nicht kannte, machten dieselbe Geste.

Ein Zeichen des Ku-Klux-Klans.

Harlan Trapp war ein Rassist. Genau wie Emilys Vater.

Das gab Billys Beschuldigung, dass Harlan Sean Fitch getötet hatte, etwas mehr Gewicht.

Verdammt! Er wünschte sich, Ava wäre im Einsatz. Zander musste das mit irgendwem besprechen. Jetzt.

Er starrte Sheriff Greer an, der ganz offensichtlich ein Kumpel war. Kein Handzeichen.

War er auch einer von denen?

Erzähle ich ihm davon, was ich gerade über den Bürgermeister herausgefunden habe?

Die Fotos waren fünfundzwanzig Jahre alt. Vielleicht hatten sie nichts zu bedeuten.

»Dory, wo ist Emily?«

»Madison und sie müssen in diesem Mistwetter was erledigen. Es wird eine fabelhafte Überraschung für meine Schwestern.«

»Die beiden sind zusammen unterwegs?«

»Ja.«

Wenigstens hatte sie ihre Schwester mitgenommen.

Wem kann ich vertrauen? Dass er an Sheriff Greer zweifelte, machte ihm zu schaffen.

Hat der Sheriff Harlan Trapp gewarnt, dass wir auf dem Weg zu ihm waren?

Vina.

Emilys Tante Nummer eins wusste alles über alle. Aber würde sie mit ihm sprechen? Ohne etwas zu verschweigen? »Danke, Dory.«

Er verließ das Büro. Vina plauderte mit einer großen Familie. Fünf Kinder. »Vina, kann ich mal kurz in der Küche mit Ihnen sprechen?«

Sie entschuldigte sich und folgte ihm. Thea bemerkte es und trottete hinter ihnen her. Die beiden Frauen waren neugierig, als er sie in eine Ecke der Küche führte und ihnen die Fotos zeigte. »Können Sie diese Männer identifizieren?«

Die Schwestern brachen in Begeisterungsrufe aus. Sie hatten diese Fotos offensichtlich auch noch nie gesehen und bestätigten alles, was Dory gesagt hatte. Die zwei Männer konnten sie auch nicht identifizieren. »Kann sein, dass die beiden von der Küstenwache waren«, sagte Thea.

»Nein. Ich bin mir ziemlich sicher, dass es Freunde von Lincoln aus Portland waren«, widersprach Vina. »Warte mal … Ich erinnere mich an diesen hier. Er hat irgendetwas gesagt, woran Brenda sich sehr gestört hat.«

Thea beugte sich tiefer über das Foto, dann stimmte sie Vina zu. »Leute aus Portland«, und dabei rümpfte sie die Nase.

»Ich bin auch aus Portland«, sagte Zander, weil ihn Theas Widerwille neugierig machte.

»Aber Sie sind einer von den Guten«, sagte Thea ernst. »Sie behandeln unsere Emily gut.«

Er hätte sich fast verschluckt.

Vina nickte. »Ja, das haben wir gesehen.«

»Und diese Typen waren keine von den Guten?«

»Ich habe mir immer gewünscht, dass Lincoln sich ihnen nicht angeschlossen hätte«, sagte Thea. »Dann hätte alles ganz anders kommen können.«

»Das müssen Sie erklären.«

Die beiden Frauen sahen sich an und zuckten mit den Achseln. »Aber das wissen Sie doch schon«, sagte Vina, als würde das alles beantworten.

Sie wissen, wie er drauf war.

»Sehen Sie das?«, fragte Zander und deutete auf Lincolns Hände. »Kommt Ihnen das nicht merkwürdig vor?«

»Nein.«

»Und wenn ich Ihnen sagen würde, dass er ein geheimes Handzeichen der Rassisten macht?«

Keine der beiden Frauen zuckte mit einer Wimper.

Das sagt mir mehr als alles, was sie mir erzählt haben.

»Wenn das stimmt, dann machen noch drei von denen dieses Zeichen«, sagte Thea.

»Korrekt.« Zander wartete. »Sie haben mir vor ein paar Tagen gesagt, diese Stadt hätte Hass in den Eingeweiden. Ich habe das so aufgefasst, dass es hier Rassismus gibt. Aber wussten Sie denn, dass diese Männer in so etwas verwickelt waren?«

Die Frauen schwiegen.

Er sah das als ein Ja an. »Ihr Bürgermeister, Harlan Trapp … Was wissen Sie über ihn?« Er musterte die Frauen. Vina konnte ihre Gedanken etwas besser verbergen. Sie wirkte ruhig und gleichmütig. Thea war zappelig und konnte ihre Augen nicht stillhalten.

»Es gab Gerüchte«, sagte Vina schließlich. »Aber es gibt immer Gerüchte … über alle.«

»Ich nehme an, Sie wissen ganz gut, welchen Gerüchten Sie Glauben schenken können und welchen nicht.«

Thea biss sich auf die Unterlippe. »Harlan ging zu diesen Treffen.«

»Zu welchen Treffen?«

»In Portland. Lincoln auch. Aber seine Eltern haben auch schon daran geglaubt und ihn so erzogen. Als er aus North Carolina hierhergezogen ist, muss er sich wie ein Fisch auf dem Trockenen gefühlt haben. Und dann hat er die Gruppe in Portland gefunden. Solange er das alles für sich behielt, haben wir seine Beziehung zu Brenda geduldet. Wogegen wir wirklich etwas hatten, war die Art und Weise, mit der er unsere Schwester manipuliert hat. Sie hat ihm nicht die Stirn geboten. Aber ab und an kam seine Gruppe hier zu uns an die Küste und hat richtig einen draufgemacht. Keine Kapuzen, keine weißen Gewänder, das nicht. Aber sie haben sich betrunken und hier alles aufgemischt – Dampf abgelassen, wie Männer das eben tun.«

Zander biss sich auf die Zunge. Er hatte noch nie auf die Art und Weise Dampf abgelassen. Allem Anschein nach hatten die Frauen Lincoln toleriert, solange er seinen Rassismus nicht allzu öffentlich ausübte.

Eine andere Generation.

»Hatte diese Gruppe aus Portland einen Namen?«, fragte Zander.

»Nicht, dass ich wüsste«, sagte Thea nach kurzem Nachdenken. Vina stimmte ihr zu.

»Gehörten alle Männer auf diesem Foto zu Lincolns Portland-Gruppe?«

»O nein. Ich bin sicher, dass Lincoln und Harlan nur ein bisschen damit angegeben haben«, sagte Vina. »Sie haben eben gern dick aufgetragen und ein bisschen geprahlt, wissen Sie?«

Wie Jungen nun mal so sind.

»Was ist mit Sheriff Greer? In was für einem Ruf steht er?«

Vina legte den Kopf zur Seite und sah Thea nachdenklich an. »Merrill war immer ein Ruhiger. Nicht der Hellste, aber auf ihn war immer Verlass.« Thea nickte.

»Sie wissen also nicht, ob er Mitglied dieser Portland-Gruppe war?«

»Genau.«

»Danke«, sagte Zander. Die Frauen gingen zurück zu den Gästen, während Zander sich fragte, ob er voreilige Schlüsse zog.

Er konnte sich einfach nicht entscheiden, ob er mit dem Sheriff sprechen sollte.

Ich rege mich gerade über fünfundzwanzig Jahre alte Fotos von ein paar Idioten auf.

Er brachte die Bilder zurück ins Büro. Dory wirkte frustriert.

»Agent Zander? Die Mädchen brauchen viel zu lange. Ich habe versucht, sie anzurufen, aber sie nehmen nicht ab.« Sie zog ihr weiches Gesicht in sorgenvolle Falten.

Er hatte sofort den Unfall von gestern vor Augen. »Wo sind sie denn?«

»Na ja … es ist eine Überraschung.«

»Dory, mir können Sie es sagen. Die Überraschung ist doch für Ihre Schwestern.« Er spannte jeden Muskel an. »Sie machen sich ganz offensichtlich Sorgen. Ich kann nicht helfen, wenn ich nicht weiß, wo sie sind.«

»Sie wollen Tara holen. Vina und Thea werden aus dem Häuschen sein!« Sie klatschte in die Hände.

Emily hat ihnen von Tara erzählt?

»Madison und Emily sind auf dem Weg nach Beaverton?«

»Nein, natürlich nicht. Tara ist hier.«

Ist Dory verwirrt?

»Tara ist hier in der Stadt?«

»Ja, wir nehmen aber an, dass sie hierhin gefahren ist.« Dory deutete auf ein Foto von einem jungen Paar auf einem Aussichtspunkt hoch über dem Meer.

Lincoln und Brenda Mills.

»Ich habe gesehen, wie Tara auf die Straße zur Klippe eingebogen ist. Und es gibt nur einen Ort, zu dem diese Straße führt.« Dory nahm das Bild der Mills in die Hand. »Zu diesem Park«, sagte sie triumphierend.

Sie hat Tara gesehen?

»Und da sind Emily und Madison jetzt? In diesem Park? Bei diesem Wetter?«

Sie sah Zander über den Rand ihrer Brille hinweg an. »Habe ich das nicht gerade eben gesagt?«

»Und die beiden wissen, dass Tara da ist?« Es fiel ihm schwer zu glauben, dass Tara nach Bartonville gekommen sein sollte.

»Da muss sie hingefahren sein.«

»Sagen Sie mir, wie ich da hinkomme.«

34

Während Madison über das Lenkrad ins Dunkle starrte, versuchte Emily, ihre rasenden Gedanken zu ordnen. Warum war Tara hergekommen? Sie hatte doch sehr deutlich gemacht, dass sie nichts mit der Familie zu tun haben wollte. Oder hatte Dory wirklich wieder wen mit Tara verwechselt?

Emilys Handy vibrierte. Eine Textnachricht.

War das dein Ernst? Dass du mich in deinem Leben haben willst, egal, was ich getan habe?

Emily blieb die Luft weg. Als Taras Schwiegermutter Zander und sie energisch zur Tür gebracht hatte, hatte Emily sie inständig gebeten, Tara ihre Handynummer zu geben.

Offensichtlich hatte Wendy es getan.

Ja.

Selbst wenn meinetwegen jemand gestorben ist?

Ja. Selbst dann.

Emily wartete gespannt.

Madison linste immer wieder zu ihr herüber. »Wer ist das?«

»Tara.«

Madison zuckte so zusammen, dass das Auto einen Satz machte.

»Es ist nicht so, wie du denkst«, sagte Emily schnell. »Ich wollte dir vorhin erzählen, dass Zander sie gefunden hat. Er ist mit mir zu ihrem Haus in Beaverton gefahren, und ich habe ihr meine Nummer gegeben. Ich hatte überhaupt keinen Kontakt mit ihr, seit sie abgehauen ist.«

»Emily …« Madison verschlug es die Sprache.

»Sie hat eine Tochter. Sie heißt Bella und sieht Tara unheimlich ähnlich.«

»O Mann!« Madison trat das Bremspedal durch. Sie hätte das Stoppschild fast übersehen. Wütend schrie sie Emily an: »*Warum hast du mir nichts davon gesagt?*«

»Es ist doch gerade erst passiert. Ich bin selbst noch dabei, es zu verarbeiten.«

Ihr Handy vibrierte wieder.

Und wenn die Person, die meinetwegen gestorben ist, Mom war?

Emily schnappte nach Luft.

»Was ist los? Was schreibt sie?« Madison versuchte, die Nachrichten zu lesen. Das Auto machte einen Schlenker.

»Guck nach vorne!«, schnauzte Emily sie an.

»Du hattest kein Recht, das alles vor mir zu verheimlichen!«

»Ich habe dir nichts verheimlicht. Ich hätte dir alles erzählt, sobald …« Wenn sie ehrlich war, war sie nicht sicher, ob sie Madison davon erzählt hätte. »Tara wollte nichts mit uns zu tun haben. Sie hat Zander und mich vorhin rausgeworfen.« Ihre Stimme versagte. Die Erinnerung war schmerzhaft. »Sie ist ein Wrack – ihre seelische Verfassung ist schlecht, und ich glaube, sie hat ein Alkoholproblem.« Sie flüsterte die nächsten Worte. »Sie streitet ab, in der Nacht damals da gewesen zu sein.«

Emily starrte auf Taras letzte Nachricht über ihre Mutter. Was sollte sie nur antworten?

Wir lieben dich.

Der Bildschirm verschwamm vor ihren Augen.

Bitte komm nach Hause.

»Aber du hast gesagt, dass du Tara gesehen hast. In der Nacht, als Dad ermordet wurde.«

»Vielleicht habe ich mich geirrt.« Hatte sie all die Jahre eine falsche Erinnerung mit sich herumgetragen?

»Warum ist sie hier? Warum ist sie nicht zum Diner gekommen?« Es war deutlich zu hören, dass Madison sich zurückgewiesen fühlte.

»Ich weiß es nicht.« Emily dachte an die Angst, die sie auf Taras Gesicht gesehen hatte.

»Dann frag sie, verdammt noch mal!«

Wo bist du?

Emily wartete, die Finger um das Handy gekrallt. Madison bog in die Straße zum Park ein, die sich vor ihnen den Berg hochschlängelte. Auf den vielen Serpentinen war ihnen früher immer übel geworden. Die Straße wand sich mehrere Hundert Meter in die Höhe, führte durch einen dichten Wald und endete an einem kleinen Parkplatz bei dem Aussichtspunkt, wo ihre Eltern für das Foto posiert hatten.

»Ich kann praktisch nichts sehen«, murmelte Madison nach einiger Zeit. Wenn sie in die Haarnadelkurven ging, beleuchteten die Scheinwerfer die Böschung und sie lenkte ins Dunkel hinein. »Mist!« Sie hielt an. Emily sah von ihrem Handy auf.

Das Tor zum Park war geschlossen. Der Rest des Weges zum Parkplatz war versperrt. Zwei Wagen standen am Straßenrand. Einer sah aus wie der kleine Mercedes SUV, den Emily vor Taras Haus gesehen hatte. »Sie ist hier.«

Dory hat recht gehabt.

»Aber warum?«, fragte Madison. »Was will sie hier bloß?« Ihre Stimme klang kläglich. »Du hast gesagt, dass Tara in schlechter Verfassung ist. Meinst du, sie ist hier, um sich umzubringen?«

Sie will sich von der Klippe stürzen.

»Sie hat mich gerade per WhatsApp gefragt, ob es mir egal ist, dass sie Schuld an Moms Tod hat.« Emily riss die Autotür auf. »Wir müssen sie aufhalten. Ruf die Polizei!«

Mach keine Dummheiten! Madison und ich kommen zur Klippe. Bitte warte!

Warum schreibe ich denn? Emily drückte auf ANRUFEN, während Madison mit der Polizei sprach.

Tara ging nicht ran.

»Los, schnell!« Madison und sie bückten sich unter den Metallstangen des Tors hindurch und liefen den Berg hoch. Emily versuchte es noch einmal bei Tara und joggte mit dem Handy am Ohr.

»Die Polizei schickt Leute her. Ich habe ihnen gesagt, dass das Tor abgeschlossen ist«, rief Madison außer Atem.

»Bis zur Klippe sind es bestimmt achthundert Meter«, sagte Emily. »Und fast alles bergauf.« Sie hatte die letzten Schmerztabletten vor einer ganzen Weile eingenommen. Ihr Kopf dröhnte, und das Laufen fiel ihr schon schwerer. *Schaffe ich das?*

»Ich habe keine Ahnung, was das alles soll!«

»Ich auch nicht«, stieß Emily hervor. »Aber ich weiß, dass Tara wahnsinnige Angst hat. Irgendwas muss nach oder bei Dads Tod passiert sein, weswegen sie abgehauen ist. Und weswegen sie die ganze Zeit weggeblieben ist.« Sie schaltete die Taschenlampe ihres Handys an. Madison tat es ihr nach. Auf beiden Seiten der Straße bis zum Aussichtspunkt gab es nichts als Bäume. Wenn Tara etwas Schreckliches vorhatte, würde sie das bestimmt erst an der Klippe tun.

Emily stolperte. Ihr Handy schlitterte über den Asphalt. Ihre Handflächen brannten, als sie aufschlug. Der Schmerz zuckte durch ihren ganzen Körper.

»Emily!« Madison zog sie behutsam am Arm hoch. »Ich hatte ganz vergessen, dass du am Kopf verletzt bist. Alles in

Ordnung?« Sie leuchtete Emily in die Augen, die das Handy beiseiteschlug.

»Alles okay«, keuchte Emily. Ihre Hände und Knie taten weh. Übelkeit stieg in ihr auf, und sie schloss kurz die Augen.

»Ich gehe vor. Ruh dich einen Moment aus.«

»Nein!« Emily machte sich von Madison los und ging zu ihrem Handy, das am Straßenrand in die Nacht leuchtete. »Scheiße.« Der Bildschirm war von Rissen übersät. Sie tippte darauf herum, aber nichts passierte. Nicht mal die Taschenlampe ließ sich ausstellen.

Das hat mir gerade noch gefehlt.

»Wir müssen weiter.« Emily setzte sich im Dauerlauf in Bewegung. Ihr Kopf dröhnte im Takt ihrer Schritte.

»Du bist doch verrückt«, grummelte Madison. Aber sie versuchte gar nicht erst, sie zurückzuhalten.

Sie liefen schweigend ein paar Minuten lang. Emily fürchtete bei jedem Schritt, dass es ihr letzter sein könnte.

»Dads Taschenuhr«, sagte Madison irgendwann. »Erinnerst du dich an die Gravur?«

»Ja.« Emily hatte keine Puste für längere Antworten.

»Sie hat was mit dem Ku-Klux-Klan zu tun.« Drei Schritte Zeit zum Luftholen. »Ich glaube, Dad hat da mitgemacht – oder in einer ähnlichen Gruppe.«

Emily ließ das sacken. *Das Treffen damals …*

»Ich glaube, unterbewusst habe ich es gewusst«, sagte Emily leise, »aber irgendwie immer verdrängt.«

»Du hast es gewusst?«

»Irgendwie schon. Im Nachhinein ergibt es Sinn. Als Kind hatte ich aber keine Ahnung. Du wolltest wissen, was ich damals im Garten aufgehoben habe, als Dad gestorben ist.«

»Ja.«

Es fiel Emily schwer zu atmen. Das Brennen in ihrer Lunge war fast so schlimm wie ihre Kopfschmerzen. »Ich habe Münzen im Gras gefunden. Es waren aber keine Geldmünzen. Ich hatte sie vorher schon mal in Dads Schublade gesehen.« Sie musste anhalten und mit den Händen auf den Oberschenkeln nach Luft schnappen. »Ich habe sie an mich genommen und versteckt. Wir hatten alles in dem Feuer verloren, aber die Münzen waren irgendwie meine. Etwas, das zu ihm gehörte und nur meins war. Ich wollte sie mit niemandem teilen. Wenn Mom sie gesehen hätte, hätte sie sie bestimmt haben wollen.«

»Ich habe sie vor einer ganzen Weile zwischen deinen Sachen gefunden.«

Das überraschte Emily nicht. »Ich habe mal online recherchiert. Es sind keine normalen Münzen, sondern Token. Viele Gruppen prägen ihre eigenen Mitgliedsmarken, zum Beispiel die Freimaurer oder spezielle Einheiten beim Militär. Diese Token stammten von einer rassistischen Gruppe aus Portland. Ich habe nicht verstanden, warum er so etwas haben sollte.«

Madison sagte nichts.

»Und dann habe ich sie weggeworfen«, flüsterte Emily. »Ich wusste nicht, was ich von der ganzen Sache halten sollte. Ich weiß noch …« Eine Erinnerung stieg in ihr auf.

»Was weißt du noch?«

»Ich glaube, Dad hat mich mal zu einer dieser Versammlungen mitgenommen. Ich hatte keine Ahnung, was sie da gemacht haben.«

Nur der Wind in den Bäumen durchbrach die Stille.

»Ich glaube, wir waren die Einzigen, die nichts gewusst haben«, sagte Madison leise. »Es ist jetzt auch egal. Los, weiter.« Sie zog Emily am Arm. »Wir sind fast da.«

Zwei Schüsse. Ihr Knallen hallte durch den Wald.

35

Das Licht von Zanders Scheinwerfern fiel auf drei Fahrzeuge vor dem Tor zum Park. Madisons Auto und der Mercedes von Taras Einfahrt in Beaverton.

Sie ist hier.

Den dritten Wagen erkannte er nicht. Er rief Sheriff Greer an.

»Greer«, meldete der sich.

»Wells. Können Sie für mich den Halter eines Wagens herausfinden? Ich bin unterwegs.«

»Einen Moment«, knurrte der Sheriff.

»Hat Billy noch etwas gesagt?«, fragte Zander.

»Er bleibt bei seiner Geschichte. Zwei meiner Deputys haben seinen Bruder abgeholt. Dem geht's gut. Er meint, Billy erzählt nur Unsinn. Okay. Lesen Sie mir das Nummernschild vor.«

Zander tat es.

»Das Auto gehört Harlan Trapp. Wo sind Sie?«

Tausend Fragen schossen Zander durch den Kopf.

Ist Harlan Emily gefolgt?

Zander dachte an Nate Copelands Leiche und an das Foto von Harlan Trapp mit dem Sheriff und den anderen Männern.

Wem kann ich vertrauen?

In der Ferne krachten zwei Schüsse. Zander zuckte zusammen. Seine Kehle wurde trocken.

Emily?

»Wo sind Sie? Wer schießt da?«, brüllte der Sheriff.

Zander griff zum zweiten Mal an diesem Tag nach seiner schusssicheren Weste und fällte eine Entscheidung, wem er vertrauen sollte. »Ich bin an der Straße zur Klippe, vor dem Tor zum Park. Es ist abgeschlossen. Emily und Madison sind irgendwo da oben und ich nehme an, Harlan auch. Ich weiß nicht, wer geschossen hat.«

»Ich bin in zehn Minuten da. Schicke meine Deputys auch sofort los.«

»Sagen Sie ihnen, dass ich reingehe.«

Der Sheriff zögerte eine Sekunde. »Mache ich.«

Zander befestigte seine Weste und starrte den Mercedes an.

Warum ist Tara hier?

Er zwängte sich unter den Querstreben des Tors hindurch und lief lautlos die Straße hoch, immer in der Angst, weitere Schüsse zu hören. Bald konnte er das Meer riechen, und der Wind wurde stärker. Er hatte keine Ahnung, was ihn am Ende der Straße erwarten würde.

Es gab keine Abzweigungen von der Straße, und im Dunkeln konnte er auch keine Fußwege ausmachen. Oder sonst irgendetwas. Er wollte seine Taschenlampe nicht benutzen, um keine Aufmerksamkeit – oder Schüsse – auf sich zu lenken.

Als noch ein Schuss krachte, warf er sich zu Boden. Sein Herz raste.

Ein Mann brüllte etwas, aber Zander konnte es nicht verstehen.

Er sprang wieder auf und lief weiter.

* * *

»Tara ist nicht gesprungen, sie hat sich erschossen!«, stieß Emily hervor, als die Schüsse verklungen waren.

»Vielleicht haben die aus dem anderen Wagen am Tor geschossen. Oder irgendwelche Jugendlichen.« Madisons Stimme klang wackelig. »Vielleicht hat es gar nichts mit ihr zu tun.«

Das überzeugte Emily nicht. Sie fing wieder an zu rennen, und Madison lief hinterher.

»Du hast gedacht, ich würde dir vertrauen?«

Emily blieb wie angewurzelt stehen, als Madison sie am Arm packte. Die Wut in der Stimme des Mannes war unüberhörbar.

»Wer ist das?«, flüsterte Madison.

»Du hast gedacht, du könntest mich hierherlocken und mich erschießen?« Höhnisches Gelächter drang zu ihnen.

Emily erkannte die Stimme, aber sie konnte sie nicht einordnen.

»Ich suche seit Jahren nach dir, du verdammte Schlampe.«

»Das ist Harlan Trapp«, raunte Madison ihr zu. Ihre Fingernägel gruben sich in Emilys Arm.

»Ich verstehe das nicht.« In Emilys Kopf drehte sich alles.

»Er schreit Tara an.«

Langsam begriff sie.

Harlan sucht seit Jahren nach Tara. Und sie hatte Angst, dass ihr jemand etwas antun würde …

Die Puzzleteilchen fügten sich zu einem Bild zusammen.

»Ist Tara vielleicht abgehauen, weil jemand sie bedroht hat? Hat sie etwas gesehen, was …«

Tara, wie sie durch den Wald lief, in der Nacht, als Dad ermordet wurde.

»Vielleicht hat sie gesehen, wer Dad umgebracht hat … Könnte es Harlan gewesen sein?« Emily wollte das nicht wahrhaben. Sie kannte Harlan Trapp schon ihr ganzes Leben lang.

»Komm raus, komm raus, meine süße Kleine!«

Er jagte Tara. Seine Stimme hallte durch den Wald. »Dann ist sie noch am Leben«, flüsterte Emily.

»Und versteckt sich irgendwo.« Madison schaltete das Licht an ihrem Handy aus. »Das sollten wir auch tun.«

Die beiden gingen von der schmalen Straße in den Wald hinein. Nur langsam gewöhnten sich Emilys Augen an die Dunkelheit.

»Du dachtest, du könntest mich mit einer lächerlichen Knarre bedrohen? Mich? Ich bin der verdammte Bürgermeister!«

Die beiden Frauen schlichen sich vorsichtig durch den Wald an, hielten Ausschau nach Harlan und Tara und behielten die Straße im Blick, die hier in einen kleinen Parkplatz mündete. Emily war nur noch zwei oder drei Male hergekommen, nachdem sie als Kind fast von der Klippe gestürzt war. Sie hatte sich vom Zaun des Aussichtspunkts ferngehalten, und trotzdem hatte ihr Magen rebelliert. Wie in ihrer Kindheit gab es noch Rutschen, Tetherball-Stangen und große Metallschaukeln, deren Sitzflächen im Wind hin und her schwangen. Die Ketten der Tetherbälle rasselten gegen das Metallgestänge.

Vor dem dunklen Himmel konnte Emily Harlans Silhouette am anderen Ende des Spielplatzes ausmachen. Er stapfte brüllend hin und her.

»Du bist nichts als ein billiges Flittchen!«

»Ich glaube, er ist zwischen uns und Tara«, raunte Emily. »Was machen wir jetzt?«

»Auf die Polizei warten.«

»Und wenn sie verletzt ist? Ich höre noch keine Sirenen!« Emily wurde immer angespannter.

»Vielleicht wollen sie eine potenzielle Selbstmörderin nicht mit Sirenen erschrecken«, flüsterte Madison.

»Wer hätte gedacht, dass mir zwei Scheißschwestern so viele Schwierigkeiten machen könnten?«

»Zwei Schwestern? Ich auch?« Emily war außer sich.

»Man hat gestern auf dich geschossen«, zischte Madison. »Ich wette, er hat versucht, seine Spuren zu verwischen. Erst Nate Copeland und dann solltest du dran glauben.«

»Aber warum wollte er Sean und Lindsay umbringen?«

»Weiß ich auch nicht. Im Moment weiß ich nur, dass meine Schwestern auf seiner Abschussliste stehen. Wir müssen hier weg.«

»Ich lasse Tara auf keinen Fall hier zurück!«

»Wir können ihr nicht helfen«, protestierte Madison leise.

Endlich hörten sie eine Sirene in der Ferne. Hilfe war auf dem Weg.

»Das hat auch lange genug gedauert.«

Harlan hatte es auch gehört und fluchte laut. *»Deine Familie ist der Abschaum dieser Stadt. Dein Vater war der Schlimmste von allen!«*

»Sieh mal!« Ein dunkler Schatten robbte auf der Meeresseite des Parkplatzes voran. Emily ließ sich auf die Knie fallen, um die Gestalt gegen den dunklen Himmel besser ausmachen zu können. Sie zog Madison zu sich herunter.

Tara.

»Sie bewegt sich, als wäre sie verletzt.« Emily beobachtete, wie Tara sich ganz flach machte und unter dem Zaun an der Klippe hindurchrollte. Harlan lief weiter schimpfend auf und ab, etwa zehn Meter von der Stelle, wo Tara verschwunden war. »Sie ist unterm Zaun durch.«

Madison schluckte. »Auf der anderen Seite gibt es ein paar gute Verstecke.«

»Ein loser Stein, und sie ist unten.« Emily schauderte. Dieselbe Panik wie damals, als sie sich an der Klippe festgekrallt hatte, stieg in ihr auf.

Es war der Ort, an dem Emily fast gestorben wäre.

»Wenn wir ein Stück da runtergehen und dann über die Straße, können wir uns auf der anderen Seite am Zaun entlang an Tara heranpirschen«, schlug Emily vor. »Unwahrscheinlich, dass er uns entdeckt.«

»Nein!«, fauchte Madison. »Der Zaun ist da aus gutem Grund. Wir wissen doch beide, wie leicht an der Klippe was wegbrechen kann!«

»Aber wir können sie da rausholen.«

»Warte auf die Polizei!«

»Und wenn sie verletzt ist?« Emily dachte an die Art, wie sie das Bein hinter sich hergezogen hatte. »Ein paar Minuten können entscheidend sein, wenn ihr das Bein abgebunden werden muss.«

»Du bist doch verrückt!«, zischte Madison.

»Ich geh da jetzt hin.«

»Scheiße. Okay. Ich gehe den Polizisten entgegen«, sagte Madison. »Damit sie wissen, was hier los ist. Sei vorsichtig!«

Emily lief zurück durch den Wald, bis der Parkplatz außer Sicht geriet. Dann überquerte sie die Straße und schlug sich durch das Gebüsch bis zum Zaun. Ihre Schwester war in gut vierzig Meter Entfernung jenseits des Zauns verschwunden. Mit rasenden Kopfschmerzen kroch Emily unter dem Zaun hindurch und robbte über Wurzeln und lose Steine voran. Am Abhang gab es mehrere gefährlich steile Stellen, aber wenn sie sich ganz nah am Zaun hielt, blieb der Untergrund ziemlich eben.

Sie schwitzte vor Angst, dass Harlan sie entdecken könnte. Aber er suchte immer noch die andere Seite des Parks ab.

Der Wind blies ihr die Haare ins Gesicht. Es war so gut wie dunkel. Unter ihr, am Fuß der Klippe, toste die Brandung.

Harlans Stimme kam näher, dann entfernte sie sich wieder und ging fast im Getöse des Meeres unter.

Er wurde immer nervöser, das konnte sie hören. Die Polizei musste nah sein. Die Sirenen waren verstummt, also waren sie bestimmt unten am Tor. *Sie kommen sicher zu Fuß, oder?* Der

Park öffnete erst später im Frühling. Unwahrscheinlich, dass sich die Polizei einen Schlüssel von der Parkverwaltung besorgt hatte.

Madison würde ihnen alles erklären.

Die ebene Fläche entlang des Zauns wurde immer schmaler, sodass Emily sich an der untersten Strebe entlanghangeln musste. Wieder stieg die Panik in ihr auf und wieder versuchte sie, die Erinnerung wegzuschieben. Wie sie sich verzweifelt an den Felsen und die Pflanzen gekrallt hatte. Wie sie nach ihrem Vater geschrien hatte. Sie kroch vorsichtig auf den Knien weiter. Der Vorsprung wurde wieder etwas breiter. Mit klopfendem Herzen verharrte sie einen Moment, um durchzuatmen.

Los! Weiter!

Sie sah hinter sich und erschrak, wie wenig sie erst geschafft hatte.

Geh weiter!

Als sie sich wieder in Bewegung setzte, fühlte es sich an, als hätte sie sich stundenlang ausgeruht. Dann sah sie Tara.

Sie kauerte auf der Meeresseite eines riesigen Felsbrockens, wo der Untergrund relativ breit und eben war. An demselben Felsen hatten ihre Eltern damals für das Foto posiert. Taras Versteck war verdammt nah am Abgrund, aber Harlan würde sie dort wahrscheinlich nicht entdecken, wenn er zum Zaun käme.

Aber es war alles andere als das perfekte Versteck.

Ihre Schwester hatte sich bewegungslos an den Felsen geschmiegt. Emily robbte näher und flüsterte: »Tara.«

Tara hob den Kopf. »Emily?« Ihre Stimme klang schwach.

Emily nahm ihre Hand. Sie war nass und klebrig. Vor Schreck hätte sie sie fast losgelassen. Sie konnte es sogar riechen. Blut.

Trotz der Dunkelheit sah sie, dass Taras Hose von Blut getränkt war.

»Wo bist du verletzt?«

»Hier, an der Seite.« Tara presste die rechte Hand auf die Stelle. »Ist schon okay.«

»Nein, ist es nicht.« Emily zog sich die Jacke aus, nahm Taras Hand von der Wunde und drückte den Stoff darauf. Ihre Schwester stöhnte auf, aber hielt den behelfsmäßigen Verband dann selbst fest.

»Ich möchte, dass du Wendy hilfst. Mit Bella«, presste Tara hervor.

»Jetzt nicht, Tara.« Emily zupfte an der Jacke herum. Ihre Kehle zog sich zusammen.

»Wendy kann das auch allein, aber ich möchte, dass du und Madison, dass ihr in Bellas Leben eine Rolle spielt.«

»Hör auf mit dem Scheiß! Du wirst nicht sterben.« Emily presste die Zähne zusammen. Was, wenn das eine Lüge war?

»Harlan hat gedroht, euch alle umzubringen, wenn ich nicht verschwinde.«

»Das habe ich mir gedacht.« Emilys Herz wurde schwer.

»Als ich von Moms Tod gehört habe, dachte ich, er macht seine Drohung wahr. Seit der Zeit habe ich immer panische Angst. Ich bin völlig paranoid. Als mein Mann gestorben ist, dachte ich monatelang, dass Harlan was mit dem Unfall zu tun gehabt hat.«

»O Tara. Warum bist du nicht zur Polizei gegangen?«

»Ich konnte niemandem vertrauen. Harlan hat mir gesagt, dass er Komplizen hatte.«

Wen?

»Er wird mich niemals in Ruhe lassen«, sagte Tara. »Er hat sich hier mit mir getroffen, weil ich gesagt habe, dass ich reden wollte. Ich habe eine Pistole mitgebracht – ich wollte ihn umbringen.« Ihre Stimme klang hart. »Ich wollte endlich leben, ohne immer Angst haben zu müssen. Ohne mir ständig Sorgen zu machen, dass er meiner Tochter etwas antun könnte.« Tara sprach immer langsamer. »Ich habe es nicht über mich gebracht, ihn einfach zu erschießen, als ich die Chance hatte. Er hat zuerst auf mich gefeuert, und ich habe zurückgeschossen.« Sie lachte fast lautlos. »Dann habe ich die Scheißknarre fallen lassen. Aber ich habe es in den Wald geschafft. Er hatte nie vor zu reden. Er wollte mich auch töten.«

»Wo hast du die Waffe fallen lassen?«

»Nein. Das kannst du nicht machen!«

»Wo hast du die Waffe fallen lassen?«

Tara gab den Widerstand auf. »Bei den Schaukeln. Du kommst da nicht hin, ohne dass er dich sieht.«

»Ich muss es wenigstens versuchen.«

36

»Zander!«

Die Frauenstimme kam rechts aus den Bäumen. Er bremste seinen Lauf. Ein Licht schien ihm ins Gesicht, sodass er eine Hand heben musste, um nicht geblendet zu werden. »Madison?«

»Wo ist die Polizei?« Sie senkte den Lichtkegel.

»Auf dem Weg. Wo ist Emily?«

»Sie ist bei Tara geblieben. Wir glauben, dass sie angeschossen wurde.«

»Von Harlan?« Zander lief weiter die Straße hoch, Madison folgte ihm.

»Ja! Woher wissen Sie das?«

»Sein Wagen steht unten am Tor. Ich glaube, er war es auch, der gestern auf Emily geschossen hat.«

»Er bringt Tara um, wenn niemand ihn aufhält.«

»Wie weit ist es noch?«

»Der Parkplatz ist gleich hinter der nächsten Kurve. Harlan war am anderen Ende, beim Wald. Emily wollte zu Tara. Und die ist unter dem Zaun an der Meeresseite durchgerutscht.«

»Was soll das heißen?«

»Na ja, es gibt einen Zaun, um Leute vom Abgrund wegzuhalten, aber dahinter sind ein paar Stellen, an denen man gut stehen kann. Allerdings kann der Boden da auch leicht nachgeben.«

Scheiße.

Emily und Tara waren auf der anderen Seite des Zauns.

»Gehen Sie runter und sagen Sie den Deputys, dass Harlan bewaffnet ist. Und dass zwei Frauen und ich da oben sind.«

»Und was machen Sie?«

»Ihn aufhalten!« Er sprintete los.

»Bleiben Sie im Wald«, rief sie ihm nach.

* * *

Emily kroch um die Schaukeln herum und wünschte, Tara hätte ihr etwas genauer gesagt, wo sie die Waffe hatte fallen lassen. Harlan suchte jetzt im Wald auf der anderen Seite des Parkplatzes. Emily durchpflügte mit den Händen die Holzschnitzel. Sie fühlte sich schrecklich schutzlos und betete, dass die Pistole endlich auftauchte. Taras Versteck war nicht schlecht, aber wenn er entlang des Zauns suchen würde, würde er sie wahrscheinlich entdecken.

Emily wollte ihre Schwester verteidigen, bis die Polizei hier war. Aber dafür brauchte sie die Waffe. Der Wind trug ihr Partikel der angefaulten Holzschnitzel ins Gesicht. Mit tränenden Augen konnte sie noch weniger sehen als vorher. Sie kroch zurück zu einer Stelle, wo sie schon gesucht hatte. Die musste doch da irgendwo sein. Vielleicht hatte sie sie knapp verfehlt. Aber da war nichts.

Ihre Kopfschmerzen waren unerträglich. *Was, wenn Harlan die Pistole gefunden hat?*

Vielleicht war es reine Zeitverschwendung.

Ein Schatten löste sich aus dem Wald. Sie warf sich flach auf den Boden und hielt die Luft an, ohne die Gestalt aus den Augen zu lassen. Harlan ging zielstrebig Richtung Zaun.

Er hat es aufgegeben, im Wald zu suchen.

Vor Panik drehte sich ihr der Magen um.

Wie kann ich ihn aufhalten?

Ihr Blick fiel auf die Kette, die immer wieder gegen den Tetherball-Ständer schlug. Der Ball war verschwunden. Harlan stand mit dem Rücken zu ihr. Sie rannte geduckt zu dem Metallpfahl. Hoffentlich drehte er sich nicht jetzt gerade um.

Sie hielt sich am kalten Metallständer fest und streckte sich auf Zehenspitzen zu der Verbindung zwischen Kette und Pfahl. Sie konnte nur hoffen, dass das Ding nicht angeschweißt war. Sie fand das Ende und fummelte an der Verbindung herum, bis es ihr gelang, den Karabiner zu lösen.

Sie drückte die eiskalte Kette an sich. Sie war nur ein lausiger Ersatz für eine Pistole.

Aber besser als nichts.

Harlan war am Zaun angekommen und ging daran entlang. In wenigen Sekunden musste er Taras Versteck sehen können.

Emily lief lautlos über den Parkplatz.

* * *

Zander hörte auf Madison und bog an der Kurve in den Wald ab. Hier kam er deutlich langsamer voran. Er konnte den Boden kaum sehen und stolperte ständig. Vor ihm tauchte der Parkplatz auf. Zander hielt an. Wo war Harlan?

Er muss die Sirenen gehört haben. Wo kann er sein?

Harlan musste wissen, dass es kein Entkommen gab. Dory hatte Zander gesagt, dass nur ein Weg zum Park führte.

Es sei denn, man ging ins Meer.

Würde Harlan wie ein Tier in der Falle reagieren, wenn er nichts zu verlieren hatte?

Er war schon vorher gefährlich gewesen. Jetzt war er vermutlich noch gefährlicher.

Auf dem Parkplatz war niemand zu sehen. Dory hatte ihm den Park beschrieben, mit dem Spielplatz vor der bewaldeten Seite und den steilen Klippen über dem Meer auf der anderen. Diese Richtung schlug er jetzt ein. Wo war dieser Zaun, von dem Madison gesprochen hatte?

* * *

Emilys Kopf war leer. Sie ließ Harlans Silhouette nicht aus den Augen, als sie loslief, mit der eisernen Kette in den Händen. Sie hatte keinen Plan, nur Entschlossenheit. Und Angst.

Harlan stoppte und beugte sich mit dem Rücken zu Emily über den Zaun.

Er hat Tara entdeckt.

Er sagte irgendetwas, aber da er mit dem Gesicht zum Meer stand, blies der Wind seine Worte fort.

Emily kam näher, ihre schnellen Schritte waren lautlos. Sie erkannte die Pistole in seiner Hand.

Er stieg auf die untere Querstrebe des Zauns und schwang ein Bein hinüber. Seine Waffe zeigte auf einen großen Gesteinsbrocken, den Emily schemenhaft in der Dunkelheit ausmachen konnte. Taras Felsen.

Wenn er das andere Bein über den Zaun hebt, sieht er mich bestimmt.

Sie rannte über den Parkplatz. Sie konnte sich nirgends verstecken.

Statt sich umzudrehen, setzte sich Harlan auf die obere Strebe. Ohne die Waffe zu senken, hievte er das andere Bein schwerfällig über den Zaun. Dann war er auf der anderen Seite. Er achtete nur auf Tara.

Seine Vorsicht war Emilys Glück.

Sie sprang mit einem Fuß auf die mittlere Querstrebe, mit dem anderen auf die oberste und stürzte sich von oben auf

Harlans Rücken. Harlan landete hart auf den Knien und fiel dann vornüber auf die Brust. Emily hörte sein Fluchen nicht. Sie rappelte sich auf, rammte ihm das Knie mit ihrem ganzen Gewicht in den Rücken und schlang ihm die Kette um den Hals. Einmal und dann noch einmal.

Doch er schaffte es irgendwie, eine Hand zwischen seinen Hals und die Metallschlinge zu zwängen, sodass er gerade noch Luft bekam. Mit seinem anderen Arm schlug er wild um sich und feuerte zwei Schüsse ab. Sie dröhnten Emily in den Ohren, als sie verzweifelt versuchte, die Kette festzuhalten und straff zu ziehen. Ihm die Luft abzuschnüren. Er rollte sich hin und her, zerrte mit der abgequetschten Hand an der Kette und versuchte, Emily abzuwerfen. Sie musste sich immer weiter zurücklehnen. Das Stück Kette zwischen ihren Händen und seinem Hals war zu lang für einen guten Halt. Es war wie ein buckelndes Pferd zu bändigen.

Ihr Knie rutschte von seinem Rücken und er warf sie ab. Eine Hand steckte unter der Kette fest. Noch kniend drehte er sich zu ihr.

Nein!

Sie riss an der Kette. Er röchelte und würgte, aber er schwang den Waffenarm herum und schoss. Ein stechender Schmerz durchzuckte ihre Wade. Sie lehnte sich weiter zurück, lag fast schon auf dem Rücken, um die Kette straff zu ziehen.

Tara kam angekrochen und trat ihm im Liegen gegen die Beine und Hüften. Dabei schrie sie wie am Spieß. Mit jedem Tritt beförderte sie ihn näher an den Rand der Klippe.

Tara hängt ihn auf!

Wenn ich ihn loslasse, stürzt er ab. Wenn ich nicht loslasse, hängt er sich auf.

Ihre Wade brannte wie Feuer. Denken war unmöglich.

Bei einem von Taras Tritten flog ihm die Pistole aus der Hand, aber noch nicht außer Reichweite. Tara kickte noch einmal dagegen. Jetzt kam er nicht mehr ran. Dann robbte sie wieder zu Harlan und bugsierte ihn mit wilden Tritten langsam Richtung Abgrund.

»Tara! Hör auf!«

Harlan gab ein schreckliches, wütendes Gurgeln von sich, doch Emily umklammerte die Kettenstränge, so fest sie konnte.

Soll ich loslassen?

Wenn sie losließ, konnte er sich die Pistole schnappen.

Tara kreischte und trat ihn mit beiden Füßen gleichzeitig. Harlan wand sich, um vom Klippenrand wegzukommen. Plötzlich gab der Boden unter seinen Füßen nach und bröckelte in die Tiefe. Durch seinen Sturz wurde Emily nach vorne gerissen. Sie grub die Fersen in den Boden. Sein Gesicht war ihr zugewandt, während der Großteil seines Körpers über die Klippe hing. Nur die Kette um seinen Hals hielt ihn davon ab hinabzustürzen. Seine freie Hand grub sich in den Boden, versuchte irgendwo Halt zu finden. Emily konnte die Panik in seinen Augen zwar nicht sehen. Aber sie konnte sie fühlen.

Ihr verletztes Bein gab nach und sie geriet ins Rutschen. Sein Körper hing noch ein Stück weiter über der Klippe.

»Tara! Halt ihn fest!«

Ihre Schwester bewegte sich nicht. Sie saß schwer atmend da und hielt sich mit einer Hand ihre blutende Seite. Und im nächsten Moment sackte sie leise stöhnend in sich zusammen. Harlans Gewicht zog Emily näher an den Abgrund, ein langsames, unaufhaltsames Rutschen. Sie sah sich als Kind an der Klippe hängen und nach ihrem Vater rufen. Die Erinnerung ließ ihr das Blut in den Adern gefrieren.

Emily wurde schwindelig. Alles verschwamm ihr vor den Augen. Unter ihrer Wade glänzte das Blut in einer größer werdenden Lache.

Ich muss ihn loslassen.

Es tut mir so leid.

Jemand packte die Kette. *Madison.* »Ich habe ihn«, rief sie. Plötzlich war Zander da. Er lag auf dem Bauch und streckte sich über den Klippenrand.

Er riss Harlan am Gürtel hoch. Emily ließ sich zurückfallen. Alle Kraft strömte aus ihr heraus. Zander zerrte Harlan weg vom Abgrund und lockerte die Kette um seinen Hals. Der Mann keuchte und fluchte. Zander rollte ihn auf den Bauch und band ihm die Handgelenke mit einem Kabelbinder auf den Rücken.

Schließlich drehte Zander sich zu Emily um. Sein Gesicht war ganz nah vor ihrem. Seine Lippen bewegten sich. »Alles in Ordnung?« Sie hörte es kaum. Sie war dabei, das Bewusstsein zu verlieren.

»Ich … glaube … nicht.«

37

Zwei Tage später

Um Harlans Hals zog sich ein grünblauer Bluterguss.

Zander saß ihm gegenüber in dem kleinen Raum des Bezirksgefängnisses und konnte kein Mitgefühl aufbringen. Das Würgemal war eine deutliche Erinnerung an Emilys und Taras Überlebenskampf.

Harlan Trapp war in zwei Tagen um zehn Jahre gealtert. Zander bändigte seine rasende Wut mit Mühe. Dieser Mann hatte mindestens seit zwanzig Jahren Tod und Zerstörung über andere gebracht … wenn nicht noch länger. Was für ein Ego musste er haben, dass er sich in einer Stadt, die er derart heimgesucht und zerrissen hatte, zum Bürgermeister wählen ließ?

»Fangen Sie mit Cynthia Green an«, befahl Zander. »Sie war neunzehn.«

Harlan zuckte mit den Achseln. Zander hätte ihn am liebsten geschlagen.

»Keine Ahnung, wovon Sie reden.«

»Und wenn ich Ihnen sage, dass wir zu dem Mädchen geführt wurden? Von jemandem, der Ihren Trupp damals beobachtet und gesehen hat, wie Sie die Leiche bei einem umgestürzten Baum abgelegt haben. Diese Person hatte bis jetzt zu viel Angst auszusagen.« *Manchmal muss die Wahrheit ein wenig gedehnt werden.*

Alice Penn war alles andere als eine glaubwürdige Zeugin. Sie kannte Harlan seit Jahren und hatte nie etwas gesagt. Wusste sie überhaupt, dass er es gewesen war?

Harlan dachte nach und kaute auf seiner Unterlippe.

»Cynthia Greens sterbliche Überreste wurden nicht durch Zufall gefunden, und die Person, die sie uns gezeigt hat, ist jetzt bereit auszusagen.« *Eine weitere Dehnung.*

Harlan lehnte sich zurück. Er hatte seine Entscheidung getroffen. »Es war eine Gelegenheit. Es gab viele Maulhelden in unserer Gruppe –«

»In Ihrer rechtsextremen Rassistengruppe in Portland.«

»Wenn Sie es sagen.«

»Genau das sage ich, und genau das wird der Staatsanwalt auch sagen.«

»Ich war mit einigen Kumpels auf einem Wochenendtrip. Ein paar Neulinge waren auch dabei. Und da haben wir das Mädchen gesehen.«

»Musste man jemanden umbringen, um Mitglied in Ihrem exklusiven Club zu werden?«

»Nein.« Er beugte sich vor und sah Zander direkt in die Augen. »Aber die Männer wollten zeigen, was sie draufhaben. Warum hätte ich mich ihnen in den Weg stellen sollen?«

Zander schloss die Augen, um seine Wut unter Kontrolle zu bringen. Er hatte einen bitteren Geschmack im Mund.

»Alle haben mitgemacht, bis auf Lincoln Mills«, sagte Harlan. Es klang angeekelt. »Es sind doch immer die größten Angeber. Sie machen einen auf dicke Hose, alles, um dazuzugehören. Dabei wissen sie genau, dass sie nicht das Zeug dazu haben. Lincoln war ein Maulheld, und als es zur Sache ging, hat er gekniffen. Nicht nur das. Er wollte uns sogar davon abhalten, das Mädchen zu schnappen.«

»Deshalb musste Lincoln sterben?«

»Es gab Gerüchte, dass er das mit dem schwarzen Mädchen melden wollte.«

»Und das haben Sie verhindert.«

»So was in der Art.«

»Wer waren die anderen Männer?«

»Das habe ich dem Sheriff schon gesagt.«

»Was ist mit Greer selbst? Er ist damals ja auch mit einigen von Ihnen rumgezogen.«

Harlan schnaubte verächtlich. »Im Ernst? Der Typ hat doch keinen Arsch in der Hose.«

Das sah Zander anders. Er hatte seine Probleme mit dem Sheriff gehabt, als er am Tatort der Morde an den Fitchs eintraf, aber Greer hatte sich seinen Respekt verdient. Die Leute in seinem Bezirk waren ihm wirklich wichtig.

»Gab es noch andere Opfer außer Cynthia Green?« Zander hatte eine Suche nach Vermissten und ungelösten Verbrechen an Schwarzen in der Gegend gestartet, aber er hatte nichts gefunden.

Harlan mied seinen Blick. »Ich habe Gerüchte gehört, dass in Portland was los gewesen sein soll. Aber ich war nicht dabei. Da kann ich Ihnen nicht helfen. Es gab nur Gerüchte … keine Namen.«

Sicher.

»Und wie kommt Sean Fitch ins Spiel?«

Harlan rutschte unbehaglich auf seinem Stuhl herum. »Simon Rhoads hat ihn zu mir geschickt, er hatte ein paar Fragen zur Lokalgeschichte.«

Zander wartete.

Harlan fuhr sichtlich nervös fort. »Er hat mir Fragen über das Schanghaien in der Gegend gestellt. Einer meiner

Vorfahren hatte eine Kneipe, die dafür berüchtigt war. Ich habe ihm was über den Verwandten erzählt und ihm ein paar alte Schmuckstücke gezeigt. Schnitzereien, ein paar Ringe, Armreifen. Und ein Tagebuch.« Mürrisch fügte er hinzu: »Und eine Taschenuhr.«

Aha.

»Er hat die Uhr aufgeklappt, sie sich angesehen und zu dem anderen Kram zurückgelegt. Hat gefragt, ob er noch mal wiederkommen könnte, wenn er weitere Fragen hätte. Klar, habe ich gesagt. Zwei Tage später war er wieder da. Mit ein paar historischen Fotos von Bartonville, die er von Simon bekommen hatte. Einige waren nicht besonders alt. Er meinte, er hätte die meisten Männer auf einem der Fotos identifiziert, und hat gefragt, ob ich die anderen kennen würde. Schließlich wäre ich auch drauf.«

»Ich glaube, ich weiß, welches Foto Sie meinen. Sind Lincoln Mills und der Sheriff auch drauf?«

»Ja. Ich wusste nicht, dass das noch existierte. Simon hebt alles auf. Ich habe gesagt, ich wüsste nicht, wer die anderen beiden Männer waren, aber Sean hat mir nicht geglaubt. Er war stinksauer. Hat mich angeblafft, dass er bei seiner Recherche rausgefunden hätte, dass Lincoln in einer nationalistischen Gruppe gewesen sei. Er faselte irgendwas von der Taschenuhr. Als ob sie irgendein Beweis gewesen wäre. Ich habe ihm gesagt, dass er die Schnauze halten und sich verpissen sollte, aber er war nicht zu bremsen.« Harlans Gesicht verfinsterte sich. »Dann hat er mir Fragen über Cynthia Greens Verschwinden gestellt.«

Zander war verdutzt. »Er hat rausgefunden, dass Sie damit etwas zu tun hatten?«

»Nicht ganz. Ich glaube, er hat nur im Trüben gefischt. Aber er hat mich überrascht, und meine Reaktion hat ihn davon überzeugt, dass er den richtigen Riecher gehabt hatte. Er hat immer weitergebohrt – hat gar nicht mehr aufgehört. Dann hat er auch noch von Lincolns Tod angefangen. Hat mich gefragt, ob ich ihn extra deshalb aufgehängt hätte, um ein Zeichen zu setzen.«

Zander versuchte sich vorzustellen, was den jungen Mann, den alle als unglaublich freundlichen Typen beschrieben hatten, dazu gebracht haben könnte, den Bürgermeister des Mordes zu beschuldigen. Des zweifachen Mordes. Zander sah das Gesicht des toten Sean vor sich. Er war voller Bewunderung für den Highschool-Lehrer.

Warum werden Leute wie Sean bestraft, während Abschaum wie dieser Mann am Leben bleiben darf?

»Klingt, als wäre Sean Ihnen auf die Schliche gekommen.«

»Als er in der Nacht endlich abgehauen war, habe ich gemerkt, dass die Taschenuhr verschwunden war. In dem Ding waren Mills' Initialen eingraviert, zusammen mit –«

»Einem Ku-Klux-Klan-Spruch. Ich habe die Uhr gesehen. Sie wurde am Tatort der Fitch-Morde gefunden. Sean hatte sie bei Ihnen entdeckt und Sie auf einem Foto mit anderen Rassisten gesehen. Dann hat er ein bisschen Recherche über den Mord an Mills betrieben und herausgefunden, dass eine Taschenuhr vermisst wurde –«

»Ja, es gibt einen Zeitungsartikel, in dem Brenda Mills zitiert wird. Sie jammert, dass sie die Uhr zurückhaben will, dass ihr Mann sie immer getragen hätte.«

Zander genoss Harlans missmutigen Gesichtsausdruck, als er zugeben musste, dass es seine eigene Dummheit gewesen war, durch die seine Taten aufgeflogen waren.

»Ich habe bei den Fitchs nach der Uhr gesucht«, sagte Harlan. »Aber ich habe sie nicht gefunden.«

Sean musste sie bei sich gehabt haben, als er nach draußen gezerrt wurde.

»Sie haben beschlossen, dass Sean sterben musste, damit er nicht zur Polizei gehen und Sie mit dem Mord an Lincoln Mills in Verbindung bringen konnte.«

Harlan schwieg.

»Wie haben Sie Billy dazu gebracht, Ihnen zu helfen?«

»Bei Billy reichen schon ein paar Kröten. Und die Drohung, ihn für das Dealen mit diesem Zeug, mit diesem GHB anzuzeigen.«

»Wer hat die Fitchs unter Drogen gesetzt?«

»Billy. Sein Bruder und er haben nebenbei ein bisschen mit GHB gedealt. Die Herstellung ist nicht schwer. Er hat was in eine Flasche Wein gekippt und Lindsay für einen Abend mit Sean mitgegeben. Sie und Billy hatten was am Laufen, wissen Sie?« Bei Harlans anzüglichem Grinsen drehte sich Zander der Magen um. »Na ja, vielleicht ist das nicht der richtige Ausdruck. Vor ein paar Wochen war sie abends in der Bar, hat sich ein bisschen betrunken und ist mit ihm mitgegangen. Danach hat er sie erpresst. Hat ihr gedroht, dass er ihrem Mann von der Nacht erzählt. Hat gesagt, er hätte Fotos.«

»Ich kann mir nicht vorstellen, dass Lindsay irgendwas mit einem Trottel wie Billy anfangen würde. Ganz egal, wie viel sie getrunken hatte.« Emily und Madison hatten Lindsay bewundert und geschätzt.

»Tja … Dann hat Billy ihr eben was in den Drink gemischt an ihrem ersten Abend.«

Das überraschte Zander nicht. Nichts, was Billy Osburne tat, schockte ihn mehr. »Warum Lindsay?«, fragte er. »Sie hätten sie doch nicht umbringen müssen.«

»Sie ist eine Rassenverräterin.«

Zander fröstelte. Was für ein menschenverachtender Ausdruck. Harlan Trapp war Hass pur. Zander dachte an die Beschreibung des Rechtsmediziners, an die unglaublich vielen Stichwunden. Zander hatte vermutet, dass die Taten mit enormer Wut verübt worden waren.

Er hatte recht gehabt.

»Sie war ja noch schlimmer als er. Hat das Arschloch geheiratet und ihn dann mit Billy betrogen. Das billige Flittchen.«

»Ich nehme an, Billy hat Nate Copelands Bier mit der Droge versetzt, bevor er ihn getötet hat. Hatte Nate Sie bei den Fitchs gesehen?«

»Ich war mir nicht sicher. Billy und ich waren im Wald hinter dem Haus, als Emily und später auch Nate ankamen. Wir waren zu lange geblieben, um das Scheißfeuer zum Brennen zu bringen. Wir hätten abhauen sollen, als wir Emily gesehen haben, aber ich wollte möglichst viel Beweismaterial zerstören.«

»Sie wollten auf Nummer sicher gehen und alle möglichen Zeugen beseitigen.« Zander bewegte keinen Muskel. »Sie haben auf Emily geschossen.«

Harlan kratzte sich. »Ich wollte sie nur einschüchtern.«

»Schwachsinn. Sie hatten Panik und haben angefangen, Fehler zu machen. Sie schüchtern Leute nicht ein. Sie bringen sie um. Es hat nicht viel gefehlt und Sie hätten an dem Tag nicht nur Emily, sondern auch eine FBI-Agentin ermordet.«

Der Mann sah ihn unverwandt an. Keine Reue.

»Wer hat tote Tiere vor die Barton Villa gelegt?«

Harlan schnaubte verächtlich. »Das war Billys Idee. Das dumme Stück Scheiße hat auch die Reifen zerstochen. Er kann die Bartons nicht ausstehen. Das geht zurück zu der Zeit, als die Mühle geschlossen wurde und sein Vater seinen Job verloren hat. Der Idiot. Als ob die drei alten Schrapnellen irgendwas mit der Schließung zu tun gehabt hätten.«

Harlan hatte seltsame Moralvorstellungen.

»Als Sie nach Lincoln Mills Tod Feuer gelegt haben, hätten Sie seine ganze Familie umbringen können.«

Ein Muskel zuckte an Harlans Wange.

»Warum zum Teufel hat diese Stadt Sie zum Bürgermeister gewählt? Wenn ich es richtig verstehe, wird Ihr Name schon seit Jahren mit Rassismus in Verbindung gebracht.«

Harlan sah verwirrt aus. »Denken Sie, die Leute scheren sich darum? Das waren nur Gerüchte. Und überhaupt, ich habe viel Gutes für diese Stadt getan.«

Dem konnte Zander nicht zustimmen. »Wie geht es Ihnen damit, dass Chet Carlson Ihretwegen zwanzig Jahre im Gefängnis gesessen hat?«

»Er hätte sich ja nicht schuldig bekennen müssen. Wie bescheuert ist das denn? Wer gibt schon einen Mord zu, den er nicht begangen hat?«

Harlan Trapp würde den Rest seines Lebens im Gefängnis verbringen. Zander hätte froh sein müssen, dass Harlan nichts bestritt, aber stattdessen fühlte er sich ausgelaugt und leer. Trapp war narzisstisch. Gleichgültig. Krank.

Zander hatte keine weiteren Fragen an ihn.

Aber an Tara.

38

Nachdem er das Bezirksgefängnis verlassen hatte, fuhr Zander zur Villa. Das Wetter hatte sich aufgeklart, und zum ersten Mal, seit Zander an die Küste gekommen war, war es wolkenlos. Meer und Himmel erstrahlten in satten Blautönen, aber die Temperatur war noch deutlich unter zehn Grad.

Tara und Emily waren beide an diesem Morgen aus dem Krankenhaus entlassen worden. Die Schüsse hatten bei beiden jeweils nur den Muskel verletzt, aber die Wunden hatten stark geblutet. Zander war mehrfach bei ihnen gewesen. Die Ärzte waren optimistisch, dass sie keine bleibenden Schäden davontragen würden, aber beide müssten sich noch eine ganze Weile schonen.

Vina öffnete ihm die Tür und dirigierte ihn nach oben, als er nach Tara fragte. Er klopfte an die geöffnete Tür ihres Schlafzimmers. Tara saß auf einem Schaukelstuhl und sah zum Fenster hinaus.

Bei seinem Klopfen zuckte sie zusammen und fasste sich sofort an die Seite. »Agent Wells.«

»Nennen Sie mich Zander.«

Sie sah ihn mit ihren braunen Augen skeptisch an, nickte aber. »Was kann ich für Sie tun?«

»Ich habe ein paar Fragen.«

»Wie alle anderen. Ich habe schon mit Ermittlern vom Bezirk und von der Landespolizei gesprochen. Ich hatte gehofft, dass wenigstens Sie mich in Ruhe lassen.« Ein Zucken in ihren Mundwinkeln zeigte ihm, dass sie ihn aufzog.

In dem Augenblick erinnerte sie ihn sehr an Emily. Ihr Lächeln und die Form ihres Gesichts waren wie Madisons, aber ihre Haltung und die Intensität ihrer Augen waren wie Emilys.

»Habe ich mich bei Ihnen schon für neulich Nacht bedankt?«, fragte sie. Dann verfinsterte sich ihr Blick. »Vielleicht sollte ich mich nicht bedanken. Schließlich ist er Ihretwegen noch am Leben.«

»Ich glaube nicht, dass Sie wirklich wollten, dass er von der Klippe stürzt.«

»Wollen Sie wetten?«, fragte sie leise.

Ihre Ehrlichkeit befremdete ihn. Übergangslos fragte er: »Was ist damals passiert, als Ihr Vater umgebracht wurde?«

Sie sah aus dem Fenster. »Ich bin mir nicht sicher.«

Sie lügt. Er wartete.

»Wir waren high«, sagte sie nach einer Pause. »Ich habe mir eingeredet, dass es nur ein Traum gewesen ist.«

»Wer ist wir?«

Sie sah ihn entschlossen an. »Meine Freundin erinnert sich an nichts. Und Harlan hat sie nie gesehen, also weiß er nicht, dass sie auch da war. Ich habe damals nicht über sie gesprochen, und ich werde es jetzt auch nicht tun.« Sie schluckte. »Ich weiß noch, dass ich bei meiner Freundin war, und dann sind wir zu mir nach Hause zurückgefahren. Es war mitten in der Nacht. Sie hat es irgendwie geschafft, geradeaus zu fahren, obwohl wir total high waren.«

»Sie hatten Glück, dass Sie niemanden umgebracht haben.«

Tara machte ein schuldbewusstes Gesicht.

»Tara, *Sie* haben niemanden umgebracht«, stellte Zander klar. Er verstand, dass sie sich auf irgendeine verkorkste Art zumindest teilweise für den Tod ihrer Eltern verantwortlich fühlte.

Das schien sie nicht zu überzeugen. »Ich denke, wir sind zu uns gefahren, weil wir uns reinschleichen und mehr Hasch aus meinem Zimmer holen wollten.«

»Sie hatten Haschisch in Ihrem Zimmer?« Emily hatte recht gehabt. Tara war in der Mordnacht da gewesen.

»Ich war ein Teenager.« Sie runzelte die Stirn. »Mit zwei neugierigen Schwestern. Ich war sehr gut darin, Sachen zu verstecken. Ich glaube nicht, dass sie es je gefunden haben.«

»Was haben Sie draußen gesehen?«

Tara atmete tief ein. »Meinen Vater habe ich, glaube ich, nicht gesehen, aber ich erinnere mich an mehrere Männer vorm Haus. Und daran, dass ich sofort das Gefühl hatte, ich müsste mich unbedingt vor ihnen verstecken. Keine Ahnung, warum. Es war nur so ein komisches Gefühl. Als hätte ich etwas Böses gespürt. Ich weiß noch, dass ich meiner Freundin gesagt habe, dass sie weglaufen sollte, dass wir abhauen müssten. Ich sehe es noch vor mir, wie ich die Zweige mit den Händen wegschiebe, und ich kann den Rauch noch riechen.« Sie sah verstört aus. »Ich habe aber kein Feuer gesehen. Und ich kann mich nicht erinnern, wie wir da weggekommen oder zurück zum Haus meiner Freundin gefahren sind. Am nächsten Morgen wollte ich mich davon überzeugen, dass es nur ein Traum gewesen war. Dann kam die Polizei, noch bevor ich meiner Freundin davon erzählen konnte. Sie hat total geschockt reagiert, also wusste ich, dass sie sich an nichts erinnern konnte.«

»Haben Sie Ihre Mutter damals draußen gesehen?«

Tara zog die Stirn in Falten. »Nein. Ich habe gehört, dass sie geschlafen hat, bis Emily alle aufgeweckt hat.«

»Aber Harlan hat Sie gesehen.«

»Ja. Das habe ich erst herausgefunden, als er zwei Tage später zu mir kam. Ich hatte mich zu dem Zeitpunkt schon selbst überzeugt, dass ich gar nicht da gewesen sein konnte. Ich konnte gar nicht glauben, was er sagte.«

»Sie haben Glück, dass Sie am Leben sind. Er macht ansonsten kurzen Prozess mit Leuten, von denen er glaubt, dass sie ihm Probleme bereiten könnten.«

Sie wurde rot und senkte den Blick.

O nein!

»Sie waren mit ihm zusammen«, sagte er tonlos. Ihm drehte sich bei dem Gedanken der Magen um. »Er ist zwanzig Jahre älter als Sie – und Sie waren doch fast noch ein Kind.«

»Ich war achtzehn«, blaffte sie. »Die Leute haben mich als Erwachsene gesehen – besonders die Männer. Wissen Sie, wie viele Kerle mir Avancen gemacht haben, als ich noch nicht mal sechzehn war? Verheiratete Männer. Typen, die mein Großvater hätten sein können.«

»Das tut mir leid –«

»Ist ja nicht Ihre Schuld. Aber es hat natürlich was bei mir bewirkt, wie ich mich selbst sah, verstehen Sie? Ich dachte, sie wollten mich, weil ich etwas Besonderes war. Ich habe die Aufmerksamkeit genossen. Und nach einer Weile habe ich sie gesucht. Harlan war wenigstens nicht verheiratet.«

»Also, Harlan hat Ihnen erzählt, dass er Sie in der Nacht im Wald gesehen hat. Was ist dann passiert?«

»Er hat mir befohlen, die Stadt zu verlassen und nie wieder zurückzukommen. Andernfalls würde er meine Schwestern und meine Mutter umbringen.« Sie sah aus dem Fenster. Ihre Stimme war kaum hörbar.

Das klingt wie der Harlan, den ich kennengelernt habe.

»Weil Sie eine Beziehung mit ihm gehabt hatten, sind Sie davongekommen.«

»Ich bin nicht davongekommen.« In ihren Augen brannte Wut. »Können Sie sich vorstellen, wie sich das anfühlt, wenn der Mann, mit dem Sie geschlafen haben, Ihren Vater ermordet? Und ich war davon überzeugt, dass er meine Mutter auch umgebracht hat, bis Emily mir erzählt hat, dass das nicht stimmt. Obwohl ich es immer noch nicht ganz in den Kopf gekriegt habe, dass sie Selbstmord begangen hat. Damals war ihr Tod für mich der Beweis, dass Harlan es ernst meinte. Dass meine Schwestern als Nächste dran wären. Und als ich älter wurde, war mir klar, dass mein Mann und meine Tochter potenzielle Ziele für ihn waren.«

»Es fällt mir schwer zu glauben, dass Sie so aus Bartonville weggegangen sind.«

Sie zog eine Augenbraue hoch. »Doch, genau das habe ich gemacht. Als ich den Leuten erzählt habe, dass ich abhaue, war auch niemand besonders überrascht.« Sie lachte gezwungen. »Ich war berüchtigt. Erst als Wildfang. Später als Schlampe. Meine Eltern haben mich nicht in den Griff gekriegt. Die Leute waren froh, dass ich wegging.«

»Ihre Schwestern waren alles andere als froh. Und Ihre Tanten auch nicht.«

»Das spielt jetzt keine Rolle mehr.« Ihre Stimme bebte vor Schmerz.

»Gehen Sie jetzt wieder?«

»Nein«, antwortete sie bestimmt. »Zum ersten Mal seit zwanzig Jahren kann ich frei atmen. Ich muss mich nicht andauernd umdrehen oder Angst um meine Tochter haben.« Sie tippte sich an die Stirn. »Sie haben ja keine Ahnung, wie anders sich die Welt auf einmal anfühlt. Ich weiß gar nicht, was ich machen soll, weil ich mich nicht mehr darauf konzentrieren muss, mich zu verstecken. Zwei Jahrzehnte, in denen ich immer nur in den gleichen Mustern dachte. Und jetzt hat dieses Denken gar keinen Sinn mehr. Einerseits fühle ich mich frei

Aber andererseits habe ich das verloren, was mein Handeln all die Jahre bestimmt hat.«

»Sie werden andere Dinge finden, für die Sie leben können. Ihre Schwestern, Ihre Tanten und eine neue Welt für Ihre Tochter.«

»Ja, sicher, aber es wird eine Weile dauern, bis ich mich daran gewöhnt habe. Bella verdient es, ihre Familie kennenzulernen, und umgekehrt auch. Also werden wir viel Zeit hier an der Küste verbringen. Ich habe meine Heimat vermisst. Nachdem ich weggegangen bin, habe ich die ganze Küste gemieden.«

»Ihre Familie wird froh sein, Sie zurückzuhaben.«

»Emily und ich haben schon viel geredet, und wir haben uns noch so viel zu erzählen. Ich habe so viel verpasst. Als ich dachte, dass Harlan mich da auf der Klippe umbringen würde, war ich so wütend. Wütend, dass ich seinetwegen meine Mutter und meinen Vater verloren habe. Und dann auch noch zwanzig Jahre mit der Familie verloren habe, die mir geblieben war.«

»Hat Emily Ihnen erzählt, dass sie die ganze Zeit nicht nach Ihnen suchen wollte?«

»Nein.« Sie sah ihn überrascht an.

»Sie hatte Angst, Sie hätten irgendetwas mit dem Tod Ihres Vaters zu tun gehabt. Sie hat Sie damals da draußen gesehen, und dann sind Sie verschwunden. Also fürchtete sie, die Wahrheit darüber zu erfahren, warum Sie abgehauen sind.«

Tara war still.

»Madison hat nach Ihnen recherchiert, als sie älter wurde. Sie hat sich mit Emily gestritten, weil die ihr nicht helfen wollte, aber Emily hat ihr nie von ihrem Verdacht erzählt.«

»Schlimm, so was zwei Jahrzehnte mit sich herumzutragen«, flüsterte Tara.

»Vielleicht ein bisschen merkwürdig, aber sie hat versucht, Sie zu beschützen.«

Tara wischte sich die Tränen aus den Augen.

»Madison und Emily freuen sich jedenfalls beide wahnsinnig, Sie wieder in ihrem Leben zu haben. Und dass sie Bella kennenlernen können natürlich auch.«

»Ich habe tolle Schwestern«, sagte Tara. Dann sah sie ihn neugierig an. »Und was ist mit Ihnen? Bleiben Sie auch?«

Er blickte sie erstaunt an. »Ich arbeite in Portland.«

»Ich frage wegen Emily. Die Luft vibriert, wenn Sie im selben Raum sind.«

Er grinste. Offensichtlich nahm Tara auch kein Blatt vor den Mund. Genau wie Emily. »Das muss sie entscheiden.«

»Vielleicht sollten Sie sie überzeugen.«

»Ich arbeite daran.«

»Bleiben Sie zum Tee?«

»Na klar.«

39

»Ich habe zwei Kellnerinnen eingestellt. Ich denke, das müsste reichen«, erklärte Madison, während sie am Tisch saßen und darauf warteten, dass die Tanten ihre Leckereien für den Tee zubereiteten. Emily sah schon fast wieder normal aus. Sie lief auf Krücken, um ihre verletzte Wade nicht zu belasten, und sie brauchte ihren Kopfverband nicht mehr. Haare verdeckten die Stelle, wo sie zum Nähen der Wunde rasiert worden war.

Madison hätte fast noch eine Schwester verloren. Zweimal.

Gott sei Dank waren jetzt beide Schwestern bei ihr.

Da Emily in den letzten beiden Tagen ausgefallen war, hatte Madison die Führung übernommen. Sie wusste, wie man das Restaurant leitete, aber zum ersten Mal genoss sie es, die Verantwortung zu tragen.

Ein komisches Gefühl.

»Die Tanten haben gesagt, ich soll nur eine einstellen – ein Mädchen, das Lindsays Schicht übernimmt. Ansonsten wollten sie einspringen, bis du wieder zurückkommst.« Madison grinste und rollte mit den Augen. Emily lachte.

»Das geht gar nicht«, stimmte Emily zu. »Es ist ja okay, wenn sie ab und zu ein paar Stunden übernehmen, aber wenn sie den Job ganztags machen würden, wären wir bald pleite. Sie verschenken einfach zu viel Essen.«

Das stimmte. Den Tanten war es unangenehm, bei Familien die Kinderteller zu berechnen oder von Freunden, die in finanziellen Schwierigkeiten waren, Geld anzunehmen. »Das bisschen können wir doch erübrigen«, sagten sie immer zu Madison, wenn sie sie dabei ertappte. Natürlich konnten sie ein bisschen erübrigen, aber sie konnten es sich nicht leisten, auf die Hälfte der Tageseinnahmen zu verzichten.

Madison lehnte sich zurück. Es war das erste Mal seit Ewigkeiten, dass zwischen ihr und Emily keine Anspannung in der Luft hing. »Weißt du, Em«, fing Madison an. Dann zog sich ihre Kehle zusammen. Gefühle, die sie schon vergessen geglaubt hatte, stiegen in ihr auf. Sie schluckte und fuhr fort. »Ich hatte wahnsinnige Angst, als ich dich kämpfen gesehen habe, da an der Klippe mit Harlan und Tara. Wie damals, als ich mit angesehen habe, wie du da runtergerutscht bist. An dem Tag konnte ich nur schreien. Ich war völlig hilflos.«

Emily hörte ihr zu.

»Aber diesmal konnte ich etwas tun. Und ich habe nicht gezögert. Zander hatte mir aufgetragen, den Polizisten entgegenzugehen, aber ich hatte dieses unbestimmte Gefühl, dass ich ihm lieber folgen sollte. Ich bin froh, dass ich das gemacht habe.«

»Eine Sekunde später, und ich hätte ihn fallen lassen«, gab Emily zu. »Ich bin froh, dass du da warst.«

Die Schwestern sahen einander an. Diese Offenheit und Wärme waren für sie beide ungewohnt.

Madison atmete tief ein. »Ich war immer so eifersüchtig auf dich.« Sie war selbst überrascht von den Worten, die wie von selbst tief aus ihrem Inneren kamen.

»Auf mich?«

»Du warst immer so perfekt. Du hast dich um alle gekümmert, besonders um mich.« Jetzt, wo sie einmal angefangen hatte, ließ Madison ihren Gefühlen freien Lauf. »Ich habe immer alle weggestoßen.«

Emily senkte den Blick. »Es hat uns wehgetan, dass du nicht gemerkt hast, wie sehr die Tanten und ich unter deiner Gleichgültigkeit gelitten haben«, sagte sie sanft. »Es fühlte sich an, als wären wir es nicht wert, von dir geliebt zu werden.«

Madison bedauerte das. Um sich zu schützen, hatte sie die Menschen, die ihr nahestanden, verletzt. »Ich wollte nicht, dass mein Herz noch mal gebrochen wird«, flüsterte sie. »Erst Dad, dann Mom und dann Tara. Es hat mich zerrissen. Ich dachte, es wäre besser, niemanden an mich heranzulassen. Besonders nicht meine Familie. Dann konnte meine Welt nicht noch einmal zerstört werden.«

Emilys Augen waren feucht. »Du warst so jung, als sie gestorben sind. Ich kann verstehen, warum du so reagiert hast.«

»Du warst ja auch nur drei Jahre älter … Aber du bist wie eine Erwachsene damit umgegangen. Ich konnte das nicht.«

»Ich hatte keine andere Wahl«, sagte Emily. »Alle waren weg. Ich musste dich beschützen.«

Die Frauen saßen lange still da und sahen einander in die Augen.

Madison dachte schmerzhaft an die Jahre, die sie verloren hatte. *Tara ist nicht die Einzige, die ihre Familie aufgegeben hatte.*

Sie hasste es, sich diese Blöße zu geben. Aber um die Beziehung mit ihren Schwestern wiederaufzubauen, musste sie ie an sich heranlassen. Das Risiko eingehen.

Ich habe nichts zu verlieren. Und alles zu gewinnen.

Madison lächelte. »Ich fand es toll, die Chefin im Diner zu pielen. Du solltest mich das öfter machen lassen.«

Emilys Unentschlossenheit war ihr so deutlich anzumer-en, dass Madison sich auf die Zunge biss, um ihr Lachen zu unterdrücken. Ihre Schwester hatte es immer schwierig gefun den, die Kontrolle abzugeben. »Lass mich zeigen, was ich kann

Emily zögerte. »Na gut. Lass uns sehen, wie es läuft, bis ic wieder fit bin.«

»Hat Tara gesagt, wie lange sie bleiben will?«, frag Madison, um das Thema zu wechseln, bevor Emily es sic anders überlegen konnte.

»Noch ein paar Tage. Es ist schön, Bella kennenzulerne Und Wendy.«

»Bella liebt die Villa«, sagte Madison. »Ich musste ihr jede Winkel zeigen.«

»Für ein kleines Mädchen ist die Villa wie ein Schloss. Ab ihr Haus in Beaverton ist auch sehr schön.« Emily runzelte d Stirn. »Tara bedrängt mich ständig, dass ich ein paar Woche bei ihnen verbringen soll. Hat sie dich auch gefragt?«

»Klar«, log Madison. »Ich kann es kaum erwarten.« Ta hatte eine offene Einladung ausgesprochen, aber sie hatte deu lich mehr Energie darauf verwendet, von Emily eine Zusage z bekommen.

Madison ahnte, warum.

Emily sah an Madison vorbei und strahlte. Zander half Ta beim Gehen. Madison grinste.

Seinetwegen möchte Tara Emily nach Portland locken.

Die Tanten tauchten alle gleichzeitig am Esstisch auf un redeten durcheinander. Sie waren mit Teeutensilien belade und mit Tellern voller bunter Kekse.

»Macarons!« Madison lief beim Anblick der französische Köstlichkeiten das Wasser im Mund zusammen. »Wo habt il die denn her?«

»Von Simon«, rief Dorothy fröhlich und grinste übe ganze Gesicht.

Zander half Tara auf den Stuhl neben Madison un setzte sich selbst neben Emily. Sie sahen sich liebevoll an, un er beugte sich zu ihr, um sie etwas zu fragen. Leider konnte Madison wegen des Geplappers der Tanten nichts verstehen.

Sie wollte ihnen gerade einen missmutigen Blick zuwerfen, aber hielt sofort inne, als sie ihre freudig lächelnden Gesichter sah. *Ich habe Glück, dass ich Tanten habe, die fröhlich plappern.*

Sie sah stolz von Tara zu Emily. *Und ich habe zwei Schwestern.*

Sie würde sie nie mehr auf Distanz halten.

Sie sind es wert.

* * *

»Wie geht es dir?«, raunte Zander Emily ins Ohr. Allein beim Klang seiner Stimme wurde ihr warm. Er sah ihr in die Augen.

»Jeden Tag ein bisschen besser.«

»Wir müssen reden.«

Ihr Herz setzte einen Schlag aus. Hatte er es sich anders überlegt? Doch sein Gesicht zeigte weder Bedauern noch Sorge. Er sah entspannter aus, als sie ihn je gesehen hatte. Seine grauen Augen waren gelassen und heiter.

Warum kribbelt es mir im Nacken?

»Du willst sagen, dass der Fall gelöst ist?«, fragte sie lächelnd in Anspielung auf sein Versprechen im SUV.

»Ganz genau.« Es klang zufrieden.

»Und was bedeutet das?« Vor Sorge wurde ihr flau. Sie hatte lange darüber nachgedacht, ob sie sich auf eine Fernbeziehung einlassen sollte, war aber zu keinem Schluss gekommen. Dauernde stundenlange Fahrten würden ihnen nicht guttun.

Sollten sie es trotzdem versuchen?

Tara.

Emily beobachtete Tara, die sich gerade mit Tante Thea unterhielt. Ein Verdacht stieg in ihr auf. »Tara möchte unbedingt, dass ich ein paar Wochen bei ihr verbringe. Oder noch länger. Sie war sehr hartnäckig.«

Zander legte den Kopf zur Seite. »Tatsächlich?«

»Diese gespielte Unschuld steht dir gar nicht.«

»Es war ihre Idee, dass du eine Weile in der Nähe von Portland verbringst. Dann kannst du sie und Bella besser kennenlernen, und wir beide können Zeit miteinander verbringen, ohne dauernd auf die Uhr gucken zu müssen.« Er sah sie gespannt an. »Wärst du bereit dazu?«

»Ja.« *Natürlich.* Sie konnte gar nicht aufhören zu lächeln.

»Gut … Übrigens … ich habe etwas gefunden, das dir gefallen könnte.« Er gab ihr ein schmales Kästchen. »Madison hat mir erzählt, wie viel es dir und deinen Schwestern bedeutet hat. Und Simon Rhoads hat mir geholfen, so eines in der Art zu finden. Du hattest recht – er würde alles für Dory tun – oder für dich.«

Gespannt nahm Emily das Kästchen entgegen. »Aber das wäre doch nicht nötig –«

»Es ist nichts Großes.«

Er sah auf das Kästchen, um ihrem Blick auszuweichen. *Es ist etwas Großes.*

»Ich weiß, dass das Original damals durch das Feuer zerstört wurde, aber dieses hier kommt ihm hoffentlich ziemlich nah.«

Sie kannte Zander Wells kaum. Sie wusste nicht, wo er aufgewachsen war, wie er sein Steak aß oder welche Musik er gern hörte. Und doch kannte sie seinen Kern. Sie wusste, dass er aufrichtig war, ehrlich und intelligent.

Er war ein guter Mann.

Als sie den Deckel des weißen Kästchens hob, stockte ihr der Atem.

»Wie gesagt, das ist größtenteils Simon zu verdanken. Er hat es als seine Mission angesehen, es nachempfinden zu lassen.« Er beugte sich näher zu ihr.

Das Armband mit den Plättchen verschwamm vor ihren Augen. Sie nahm es und untersuchte jedes einzelne. Es hatte viel Zeit und Mühe gekostet, dieses ganz besondere Armband zu fertigen.

Verdammt, ich habe das Original wirklich geliebt.

Dieses Armband war dem anderen unglaublich ähnlich. Aber das war gar nicht das Wichtigste. Das Wichtigste war, dass Zander so aufmerksam gewesen war. Dieses Geschenk war ein echter Liebesbeweis.

Sie blinzelte durch die Tränen. Seine Augen sahen weich und verletzlich aus.

Es ist alles so schnell gegangen.

»Ich brauche eine Begleitung zu einer Hochzeit im Sommer«, sagte er schließlich, ohne den Blick von ihr abzuwenden.

»Zu Avas?« Emily hatte gehofft, die FBI-Agentin wiederzusehen.

»Kommst du mit? Sie würde sich sehr freuen.«

»Möchtest du das?«, fragte sie ihn unsicher.

»Auf jeden Fall.«

Danksagung

Danke an Colleen Lindsay und Anh Schluep, die beim Brainstorming für das Fundament dieser Geschichte geholfen haben, und an Charlotte Herscher, die den Baufortschritt betreut hat.

Seit Zander Wells zum ersten Mal in meiner Callahan-&-McLane-Serie aufgetaucht ist, haben mich meine Leserinnen und Leser gedrängt, ihm ein eigenes Buch zu widmen. Und nun ist es da.

Vielen Dank an die üblichen Verdächtigen in meinem Team von Montlake. Ich bin jeden Tag dankbar dafür, dass ich mit dem innovativsten Verlag der Welt zusammenarbeiten darf.

Tausend Dank an meine Komplizin Melinda Leigh, die mir beim Jammern und Stöhnen zuhört, wenn mir nichts einfällt, und mir immer rät, etwas in die Luft zu jagen, wenn es in der Story hakt.

Printed by Amazon Italia Logistica S.r.l.
Torrazza Piemonte (TO), Italy

22444468R00214